STA
WA

AR

RS™

STAR WARS

LA HAUTE RÉPUBLIQUE

LA LUMIÈRE DES JEDI

TIMELINE STAR WARS

LA HAUTE RÉPUBLIQUE

LA LUMIÈRE DES JEDI

EN PLEINES TÉNÈBRES

LA CHUTE DES JEDI

MAÎTRE & APPRENTI

LA MENACE FANTÔME

L'OMBRE DE LA REINE

L'ATTAQUE DES CLONES

SOMBRE APPRENTI

LA REVANCHE DES SITH

AHSOKA

LE RÈGNE DE L'EMPIRE

CATALYSEUR – A ROGUE ONE NOVEL

LES SEIGNEURS DES SITH

TARKIN

MORTS OU VIFS

SOLO – A STAR WARS STORY

TRILOGIE THRAWN

L'ÈRE DE LA RÉBELLION

UNE NOUVELLE AUBE

LEIA : PRINCESSE D'ALDERAAN

ROGUE ONE – A STAR WARS STORY

UN NOUVEL ESPOIR

BATTLEFRONT II : L'ESCOUADE INFERNO

L'HÉRITIER DES JEDI

BATTLEFRONT : TWILIGHT COMPANY

L'EMPIRE CONTRE-ATTAQUE

LE RETOUR DU JEDI

LA NOUVELLE RÉPUBLIQUE

L'ESCADRON ALPHABET

TRILOGIE RIPOSTE

BAROUD D'HONNEUR

LIENS DU SANG

L'ASCENSION DU PREMIER ORDRE

PHASMA

LUKE SKYWALKER : LÉGENDES

LE COLLECTIONNEUR

LE RÉVEIL DE LA FORCE

LES DERNIERS JEDI

RENAISSANCE

L'ASCENSION DE SKYWALKER

La galaxie est en paix, placée sous le règne
de la glorieuse RÉPUBLIQUE
ainsi que sous la protection des nobles et sages
CHEVALIERS JEDI.

Symbole du bien sous toutes ses formes,
le FLAMBEAU STELLAIRE
est sur le point d'être inauguré par la République
dans la Bordure Extérieure.
Cette nouvelle station spatiale aura pour rôle
de porter la lumière et l'espoir
jusqu'aux confins de la galaxie.

Mais tandis qu'un formidable vent de renaissance
souffle sur la République,
un nouvel adversaire effrayant déploie ses forces.
Les gardiens de la paix et de la justice
doivent dès lors faire face à une menace
pesant sur l'Ordre, la galaxie
et la Force elle-même….

STAR WARS

LA HAUTE RÉPUBLIQUE

LA LUMIÈRE DES JEDI

Charles Soule

POCKET

Titre original :
The High Republic: Light of the Jedi

Traduit de l'anglais (États-Unis)
par Sandy Julien et Lucile Galliot

MIXTE
Papier issu de sources responsables
FSC® C003309
FSC www.fsc.org

L'éditeur de cet ouvrage s'engage dans une démarche de certification FSC® qui contribue à la préservation des forêts pour les générations futures.

Pour en savoir plus :
www.editis.com/engagement-rse/

Édition originale : Del Rey, an imprint of Random House,
a division of Penguin Random House LLC, New York.

ISBN : 978-2-266-31789-4
Dépôt légal : mars 2021

Pour Hannah, Sam, Chris et Jay,
qui aiment *Star Wars* tout autant que moi.

Il y a bien longtemps, dans une galaxie lointaine,
très lointaine....

La Force est avec la galaxie.

C'est l'époque de la Haute République : l'union paisible de mondes partageant les mêmes valeurs, où toutes les voix sont entendues et où l'on gouverne par le consensus plutôt que par la coercition et la peur. C'est une ère d'ambition, de culture, d'inclusion, de Grandes Œuvres. Visionnaire, la Chancelière Lina Soh dirige la République depuis l'élégant monde-cité de Coruscant, proche du centre éblouissant du Noyau Galactique.

Mais au-delà du Noyau et de ses nombreuses colonies pacifiques se déploient la Bordure Intérieure, la Bordure Médiane et enfin, à la frontière de l'espace connu, la Bordure Extérieure. Ces mondes foisonnent d'occasions à saisir pour ceux qui ont le cran d'emprunter les rares voies hyperspatiales qui y conduisent, mais le danger y rôde également. La Bordure Extérieure est un refuge pour tous ceux qui cherchent à se soustraire aux lois de la République, et les prédateurs en tous genres y abondent.

La Chancelière Soh s'est engagée à amener les mondes de la Bordure Extérieure dans le giron de la République au moyen d'ambitieux programmes de proximité tels que le Flambeau Stellaire. Mais tant que la station n'est pas opérationnelle, le maintien de l'ordre et de la justice à la frontière de la galaxie repose sur les Chevaliers Jedi, des gardiens de la paix dotés d'incroyables pouvoirs issus d'un mystérieux champ d'énergie que l'on appelle la Force.

Les Jedi travaillent en étroite collaboration avec la République et ont accepté d'installer des avant-postes dans la Bordure Extérieure pour venir en aide à quiconque nécessite leur soutien.

Les Jedi de la frontière constituent parfois le seul recours de ceux qui n'ont plus personne vers qui se tourner. Bien que les avant-postes opèrent en autonomie, sans aide directe de la part du Grand Temple Jedi de Coruscant, ils dissuadent efficacement les velléités d'individus malveillants qui manigancent dans l'ombre.

Rares sont ceux qui parviennent à tenir tête aux Chevaliers de l'Ordre Jedi.

Ce qui n'empêche pas certains d'essayer…

PREMIÈRE PARTIE

La Grande Catastrophe

CHAPITRE UN

HYPERESPACE. LE *LEGACY RUN*.

3 heures avant l'impact.

Tout va bien.

La Capitaine Hedda Casset passa en revue l'affichage des moniteurs intégrés à son siège pour la seconde fois. Elle les parcourait toujours au moins à deux reprises. Avec plus de quatre décennies de vol derrière elle, la capitaine considérait cette minutie comme l'une des raisons majeures de sa survie. Le second examen confirma tout ce qu'elle avait vu lors du premier.

— Tout va bien, dit-elle à voix haute, cette fois à l'intention de l'équipage. Il est temps pour moi d'aller faire ma tournée d'inspection. Lieutenant Bowman, la passerelle est à vous.

— Entendu, capitaine, répondit son second en se levant de son propre fauteuil pour aller s'installer dans le sien le temps qu'elle revienne de sa promenade du soir.

Tous les capitaines de cargos long-courriers ne dirigeaient pas leur vaisseau comme un bâtiment militaire.

Hedda avait déjà vu des appareils au pont taché, aux canalisations pleines de fuites et à la verrière de cockpit fissurée, autant de négligences qui la révulsaient. Mais la Capitaine Casset avait commencé sa carrière comme pilote de chasseur au sein de la Force Opérationnelle Interarmées Malastare-Sullust, qui faisait régner l'ordre dans leur petit secteur à l'orée de la Bordure Médiane. À l'origine, elle pilotait un Incom Z-24, le chasseur monoplace que tout le monde surnommait désormais « le Bourdon ». Des missions de sécurité le plus souvent : de la chasse aux pirates et autres têtes brûlées. Avec le temps, elle avait fini par commander un croiseur lourd, l'un des plus gros engins de la flotte. Une bonne carrière, des missions efficacement menées.

Elle avait quitté la FOI de Mallust avec les honneurs pour prendre un poste de capitaine à bord des vaisseaux marchands de la Guilde de Byne, ce qu'elle considérait comme une retraite paisible. Mais après plus de trente ans passés au sein de l'armée, elle n'avait pas seulement l'ordre et la discipline dans le sang : *c'était* son sang. Désormais, chaque vaisseau qu'elle dirigeait tournait comme s'il s'apprêtait à livrer bataille contre une armada hutt, même lorsqu'il ne faisait que transporter une cargaison de peaux d'ogruts d'un monde A à un monde B. Et cet appareil, le *Legacy Run*, n'y faisait pas exception.

Hedda demeura raide comme un piquet en acceptant le salut rigide du Lieutenant Jary Bowman, puis le lui rendit. En s'étirant, elle sentit les os de sa colonne vertébrale craquer. Trop d'années à patrouiller dans de minuscules cockpits, trop de manœuvres en gravité élevée… parfois au combat, parfois simplement parce que c'était un moyen de se sentir en vie.

Mais le vrai problème, songea-t-elle en plaquant une mèche rebelle de cheveux gris derrière son oreille, *c'est le nombre des années*.

Elle quitta le pont, abandonnant la mécanique précise de l'équipage de la passerelle pour emprunter le corridor compact qui menait au monde plus vaste et chaotique du *Legacy Run*. Le vaisseau, un transport de fret modulaire de classe A issu des chantiers de Kaniff, avait plus de deux fois l'âge de Hedda. Même s'il avait dépassé la période opérationnelle idéale, il restait sûr à condition qu'on l'entretienne et le vérifie régulièrement, ce qui était le cas. Sa capitaine y veillait.

Le *Run* était un vaisseau à usage mixte, conçu aussi bien pour le transport de cargaisons que de passagers, d'où le terme « modulaire » dans sa désignation officielle. Un compartiment unique et gigantesque occupait la majeure partie de sa structure en forme de long prisme triangulaire, avec les machines à la poupe, la passerelle à l'avant et le reste de son volume dévolu à la cargaison. Des bras articulés émergeaient de l'« échine » centrale à intervalles réguliers, permettant de fixer de petits modules supplémentaires. Le vaisseau pouvait accueillir jusqu'à cent quarante-quatre de ces sections configurables pour transporter toutes les cargaisons possibles et imaginables.

Hedda appréciait cette polyvalence absolue : on ne savait jamais où l'on allait se rendre et quels curieux défis vous attendaient d'un travail à l'autre. On avait même un jour converti la moitié de l'espace du compartiment principal en un immense réservoir d'eau pour transporter un poisson-sabre géant depuis les mers déchaînées de Tibrin jusqu'à l'aquarium privé d'une comtesse d'Abregado-rae. Hedda et son équipage avaient livré le monstre sain et sauf, ce qui n'avait pas été une mince affaire. Le plus difficile avait consisté à le rapatrier sur Tibrin trois cycles plus tard, quand la bestiole était tombée malade parce que le personnel de la comtesse ignorait complètement comment s'en occuper. Mais il fallait rendre justice à cette femme : elle avait payé rubis sur l'ongle les frais de transport du poisson pour qu'il regagne ses eaux natales. Beaucoup d'autres, en particulier de sa classe sociale, l'auraient simplement laissé mourir.

Ce voyage particulier semblait élémentaire en comparaison. Les sections de chargement du *Legacy Run* étaient remplies à quatre-vingts pour cent de colons à destination de la Bordure Extérieure. Issus de mondes surpeuplés du Noyau et des Colonies, ils allaient y chercher une nouvelle vie, de nouvelles chances à saisir et un air neuf. Elle pouvait les comprendre. De toute sa vie, Hedda Casset n'avait jamais tenu en place. Elle pressentait qu'elle finirait par mourir de la sorte, en scrutant l'espace au travers d'une verrière, et elle espérait bien que ses yeux se poseraient alors sur quelque chose qu'elle n'avait jamais vu auparavant.

Comme il s'agissait d'un transport de passagers, les modules avaient été disposés dans la configuration de base, avec des places assises convertibles en couchettes, assez confortables théoriquement pour qu'on puisse y dormir. De l'équipement hygiénique, des rangements, quelques holo-écrans, de petites cuisines et c'était tout. Les colons prêts à payer un supplément de confort disposaient de restaurants automatisés gérés par des droïdes et de compartiments de couchage privés, mais ils n'étaient pas nombreux. Ces gens se contentaient de peu. En effet, s'ils avaient eu des crédits, ils n'auraient certainement pas pris la route de la Bordure Extérieure pour aller s'y créer un avenir. Aux frontières obscures de la galaxie, on pouvait découvrir des défis à la fois enthousiasmants et mortels. Plus mortels qu'enthousiasmants, à vrai dire.

Même le chemin qui mène jusqu'ici est périlleux, pensa Hedda tandis que le vortex de l'hyperespace attirait son regard vers le hublot devant lequel elle passait. Elle détacha toutefois vivement les yeux, sachant qu'elle risquait de rester sur place une vingtaine de minutes si elle se laissait captiver. On ne pouvait pas se fier à l'hyperespace. Oh, bien sûr, il était utile et vous permettait de vous rendre d'un point à un autre, et l'expansion de la République depuis le Noyau reposait sur lui, mais personne ne comprenait vraiment comment ça fonctionnait en fin de compte. Il suffisait que votre navidroïde se trompe un tant soit peu dans le calcul des coordonnées pour que vous dériviez à l'écart du chemin jalonné – cette route principale qui traversait la nature inexpliquée de l'hyperespace – et que vous vous retrouviez sur un sentier obscur débouchant sur une destination inédite. Le phénomène se produisait même sur les hypervoies fréquentées, proches du centre galactique. Ici, dans ces régions où les prospecteurs avaient tout juste pris la peine de recenser les trajets possibles… eh bien, il valait mieux ouvrir l'œil.

Elle mit ses inquiétudes de côté et poursuivit son chemin. En toute franchise, le *Legacy Run* filait pour le moment sur l'une des routes les plus passantes et les mieux connues menant aux mondes de la Bordure Extérieure. Des vaisseaux y circulaient constamment dans les deux sens. Pas de souci à se faire.

Néanmoins, plus de neuf mille âmes à bord de ce vaisseau comptaient sur la Capitaine Hedda Casset pour les conduire saines et sauves à bon port. Par conséquent, elle s'inquiétait tout de même. C'était son travail.

Hedda émergea du couloir et entra dans la coque centrale, débouchant sur un vaste espace circulaire, une zone dégagée nécessaire à la cohésion d'ensemble de la structure qu'on avait convertie en une sorte de salle commune. Quelques gamins donnaient des coups de pied dans un ballon à proximité d'adultes occupés à bavarder. Tous profitaient d'une petite pause hors des modules exigus où ils passaient le plus clair de leur temps. L'endroit n'avait rien de bien raffiné : c'était un simple carrefour où se croisaient plusieurs couloirs, mais il était impeccable. Le vaisseau employait, sur l'insistance de la capitaine, une équipe d'entretien automatisée veillant sur l'hygiène et la propreté de l'intérieur. L'un des droïdes concierges était justement en train de courir le long d'une paroi, exécutant l'une des tâches sans fin que requerrait la maintenance d'un appareil de la taille du *Run*.

La capitaine prit le temps de faire le point : le groupe se composait d'une vingtaine de personnes de tous âges, issues de divers mondes. Des humains, bien sûr, mais aussi quelques Ardenniens velus et quadrumanes, une famille de Givins avec leurs yeux triangulaires caractéristiques, et même un Lannik aux traits pincés, au crâne coiffé d'un chignon et aux énormes oreilles pointues déployées de part et d'autre de sa tête… On n'en croisait pas énormément, dans le coin. Mais quelles que fussent leurs planètes d'origine, il ne s'agissait que de colons ordinaires qui passaient le temps en attendant de recommencer leur vie.

L'un des enfants leva la tête.

— Capitaine Casset ! s'exclama le gamin, un humain roux à la peau olivâtre.

Elle le connaissait.

— Bonjour, Serj. Quoi de neuf ? Tout va bien, ici ?

Les autres enfants interrompirent leur jeu pour se grouper autour d'elle.

— On n'aurait rien contre de nouveaux holos, soupira le garçon. On a regardé tous ceux du système.

— Quand y en a plus, y en a plus, répondit-elle. Et arrête d'essayer de t'infiltrer dans les archives pour accéder aux titres pour adultes. Tu crois que je n'ai rien remarqué ? C'est mon vaisseau. Je sais tout ce qui se passe à bord du *Legacy Run*.

Elle se pencha vers lui pour ajouter :

— Tout.

Serj rougit et se tourna vers ses amis qui tous, sans exception, venaient de se découvrir un intérêt prononcé pour l'examen du plafond, du sol et des parois pourtant insignifiants de la salle.

— Ne te fais pas de bile, reprit-elle en se redressant. Je comprends. Le trajet n'est pas vraiment passionnant. Tu ne vas peut-être pas me croire, mais d'ici peu de temps, quand tes parents te feront labourer les champs, construire des clôtures ou te défendre contre les rancors, tu regretteras ce temps passé à t'ennuyer dans mon vaisseau. Détends-toi et profite.

Serj leva les yeux au ciel et retourna au jeu improvisé que les autres enfants et lui venaient d'inventer.

Hedda sourit et traversa la salle, adressant des saluts et échangeant quelques phrases avec ses occupants. Des gens. Il y en avait des bons et des mauvais, sans doute, mais pour les quelques jours à venir, ces gens étaient les siens. Elle adorait ces trajets. Quel que soit le sort qui les attendait au bout du compte, ces colons voyageaient vers la Bordure pour réaliser leurs rêves. Participer à cette entreprise lui procurait de la satisfaction.

La République de la Chancelière Soh n'était pas parfaite – aucun gouvernement, passé ou à venir, n'aurait pu prétendre l'être – mais ce système laissait au peuple la place nécessaire pour rêver. Non, mieux encore : il encourageait les rêves, petits ou grands. La République n'était pas dépourvue de défauts, mais en réalité, on était sacrément loin du pire.

Le tour d'inspection de Hedda lui prit plus d'une heure : elle traversa les compartiments de passagers, mais contrôla également la cargaison de tibanna liquide à basse température pour s'assurer que les réservoirs remplis de substance volatile soient bien fixés (c'était le cas), examina les moteurs (rien à signaler), se renseigna sur l'évolution des réparations du système de recyclage environnemental du vaisseau (en cours et en bonne voie) puis vérifia que les réserves de carburant soient suffisantes pour le reste du trajet (elles l'étaient) avec une marge confortable.

Le *Legacy Run* répondait à toutes ses attentes. Un minuscule monde bien entretenu au milieu de l'espace sauvage, une bulle tiède de sécurité, isolant ses occupants du vide. Elle ignorait ce qui attendait les colons une fois dispersés dans la Bordure Extérieure, mais elle s'assurerait qu'ils y arrivent sains et saufs pour le découvrir.

Hedda regagna la passerelle, où le Lieutenant Bowman faillit littéralement bondir de son fauteuil lorsqu'il la vit entrer.

— La capitaine est sur le pont, annonça-t-il, et les autres officiers se redressèrent sur leurs sièges.

— Merci, Jary, dit Hedda tandis que son second se retirait pour retourner à sa place.

Tout en s'installant au poste de commandement, elle vérifia machinalement les moniteurs en quête de signaux sortant de l'ordinaire.

Tout va bien, pensa-t-elle.

KTANG. KTANG. KTANG. KTANG. Une alarme, stridente et insistante. L'éclairage de la passerelle bascula sur la configuration d'urgence, répandant une lumière écarlate sur tout le décor. De l'autre côté de la baie d'observation avant, le vortex de l'hyperespace paraissait curieusement différent. Peut-être cela tenait-il à l'éclairage d'urgence, mais Hedda lui trouva une teinte rougeâtre. Presque… maladive.

Elle sentit son pouls accélérer et bascula mentalement en mode de combat sans même y penser.

— Au rapport ! aboya-t-elle en parcourant vivement ses propres écrans du regard pour identifier la source de l'alarme.

— L'alerte provient du navordinateur, capitaine, répondit son navigateur, l'élève officier Kalwar, un jeune Quermien. Il y a quelque chose dans l'hypervoie. Droit devant. C'est gros. Impact dans dix secondes.

Il s'exprimait d'une voix égale, et Hedda était fière de lui. Il n'était sans doute guère plus âgé que Serj.

Elle savait que cette situation était impossible. Il n'y avait rien dans les hypervoies. C'était justement tout leur intérêt. Hedda n'aurait pu expliquer les principes scientifiques impliqués, mais elle savait que les collisions à vitesse lumière sur des voies bien établies ne pouvaient tout simplement pas se produire. C'était « mathématiquement absurde », à en croire ce que disaient les ingénieurs.

Hedda sillonnait l'espace profond depuis assez longtemps pour savoir que les phénomènes impossibles survenaient tout le temps. Pour ainsi dire tous les jours. Elle savait également qu'à une vitesse telle que celle à laquelle était propulsé le *Legacy Run*, dix secondes ne représentaient rien.

On ne peut pas se fier à l'hyperespace, pensa-t-elle.

Hedda Casset appuya sur deux des boutons de son tableau de bord.

— Accrochez-vous, dit-elle d'une voix calme. Je prends les commandes.

Deux leviers surgirent des accoudoirs de son fauteuil de capitaine et Hedda en saisit un dans chaque main.

Elle s'autorisa une profonde inspiration avant de piloter.

Le *Legacy Run* n'était pas un Bourdon Incom Z-24, ni même l'un des tout récents Longbeams de la République. L'appareil, en service depuis bien plus d'un siècle, était un cargo qui avait atteint, voire dépassé, son espérance de vie opérationnelle. Chargé à bloc et pourvu de moteurs conçus pour des accélérations et décélérations lentes afin de s'arrimer aux spatioports et aux complexes de chargement orbitaux, il se déplaçait avec la vivacité d'une lune.

Le *Legacy Run* n'était pas un vaisseau de guerre. Loin de là. Mais Hedda le pilotait comme tel.

Son œil et ses instincts de pilote de chasseur lui permirent d'aviser l'obstacle sur le trajet. Il avançait avec une vélocité phénoménale et était assez grand pour qu'à l'impact l'appareil et l'objet inconnu se désintègrent en nuages d'atomes destinés à dériver pour l'éternité sur les hypervoies. Pas moyen de l'éviter. Le vaisseau ne dévierait pas à temps. Elle n'avait ni marge de manœuvre ni délai pour bifurquer.

Mais la Capitaine Hedda Casset avait pris les commandes, et elle ne laisserait pas tomber son vaisseau.

Elle exerça une infime traction sur le levier de gauche, associée à une rotation plus large avec celui de droite, et le *Legacy Run* dévia. Davantage qu'il ne l'aurait voulu, sans doute, mais pas moins que ce que la capitaine escomptait. L'énorme cargo dépassa l'obstacle placé sur sa trajectoire, et l'objet frôla la coque de si près que Hedda crut sentir le souffle l'ébouriffer malgré les nombreuses strates de métal et de champs de force qui les séparaient.

Mais ils avaient survécu. Pas d'impact. Le vaisseau était toujours là.

Des turbulences. Hedda compensa en se dirigeant au jugé parmi les ondes et les sursauts, fermant les yeux et naviguant à l'instinct. L'appareil gémit et sa structure tout entière protesta.

— Tu peux y arriver, mon vieux, fit Hedda à voix haute. Nous sommes deux grincheux, et pas de première jeunesse, mais il nous reste un bon bout de temps à vivre. Je te bichonne et tu le sais. Si tu tiens le coup, moi aussi.

Et Hedda tint bon.

Mais pas son vaisseau.

Le grincement de métal tiraillé se mua en hurlement. Les vibrations produites par l'appareil dans l'espace adoptèrent un timbre que Hedda n'avait que trop souvent entendu. C'était le murmure d'une machine qui avait outrepassé ses limites, à cause d'avaries subies lors d'une escarmouche ou, comme c'était le cas aujourd'hui, d'un pilote qui lui en avait trop demandé.

Le *Legacy Run* était en train de se disloquer. Au mieux, il lui restait quelques secondes.

Hedda ouvrit les yeux. Elle lâcha les leviers et tapota les commandes de son tableau de bord, activant le champ de force qui séparait chaque module de cargaison en cas d'accident et espérant ainsi donner une chance aux occupants du vaisseau. Elle songea à Serj et à ses amis qui jouaient dans la zone commune, puis visualisa les portes de sécurité qui s'abattaient à l'entrée de chaque compartiment passagers, risquant bien de les emprisonner dans une section qui n'allait pas tarder à se vider de son air. Elle espérait que les enfants étaient retournés auprès de leurs familles en entendant l'alarme.

Mais elle n'en savait rien.

Elle ne pouvait pas le savoir.

Hedda riva ses yeux à ceux de l'officier en second qui la fixait, conscient lui aussi de ce qui les attendait. Il la salua.

— Capitaine, dit le Lieutenant Bowman, c'était un…

La passerelle se disloqua.

Hedda Casset mourut sans savoir si elle avait réussi à sauver qui que ce soit.

CHAPITRE DEUX

BORDURE EXTÉRIEURE. SYSTÈME HETZAL.
2 h 30 avant l'impact.

Le scantech (de troisième classe) Merven Getter était *prêt.* Prêt à pointer la fin de sa journée, prêt à ramener la navette dans le système interne, prêt à se précipiter à la cantina, à quelques rues du spatioport, sur la Lune Racine, là où Sella servait au bar, prêt à voir si aujourd'hui, enfin, il aurait le courage de l'inviter à sortir avec lui. C'était une Twi'lek et lui un Mirialan, mais quelle différence, au bout du compte ? *Nous sommes tous la République.* C'était le slogan de la Chancelière Soh… mais les gens y croyaient. Et à vrai dire, Merven avait bien l'impression d'y adhérer lui aussi. Les attitudes changeaient. Les possibilités étaient infinies.

Et peut-être qu'une de ces possibilités concernait un certain scantech (de troisième classe) affecté à une station d'observation à la limite de l'écliptique du Système Hetzal, lui-même à un sacré bout de chemin des frontières de la Bordure, désespérément isolé des lumières éblouissantes et des mondes fascinants du Noyau de la République. Peut-être que ce scantech (de troisième classe), qui passait ses journées à fixer des holo-écrans, à identifier des vaisseaux sortant du système ou y entrant, parviendrait à attirer le regard de l'adorable femme à la peau violette qui lui servait une chope de bière locale trois ou quatre soirs par semaine. Sella restait généralement bavarder avec lui un moment entre deux clients avant de retourner servir ceux qui venaient faire une petite escale dans sa modeste taverne. Elle paraissait trouver ses récits de la vie à la limite du système inexplicablement passionnants.

Merven ne comprenait pas cette fascination. Parfois, des vaisseaux surgissaient à l'intérieur du système ; ils émergeaient spontanément de l'hyperespace et apparaissaient alors sur ses écrans, et d'autres fois, c'étaient des vaisseaux qui partaient... et leurs petites icônes s'éteignaient sur ses moniteurs. Il ne se produisait jamais rien d'intéressant : les plans de vol lui parvenaient à l'avance et il savait généralement ce qui allait entrer ou sortir. Sa responsabilité se limitait à s'assurer que chacun respecte les plans en question, guère plus. Dans le cas très improbable où quelque chose d'inhabituel se produirait, il se contenterait d'en avertir des personnes bien plus importantes que lui.

Le scantech (de troisième classe) Merven Getter passait ses journées à regarder des gens voyager. Alors que lui, au contraire, restait figé.

Mais peut-être pas aujourd'hui. Il pensa à Sella. Il pensa à son sourire, à sa façon de décorer ses lekku de laçages qu'elle affirmait concevoir elle-même, à la manière qu'elle avait de laisser en suspens quoi qu'elle fasse pour lui verser une chope de bière au moment où il entrait, sans même qu'il ait besoin de demander.

Oui. Il allait l'inviter à dîner. Ce soir. Il avait économisé, et il connaissait un endroit pas trop loin de la cantina. Pas trop loin de chez lui non plus, mais il ne voulait pas brûler les étapes.

Il suffisait qu'il finisse cette foutue journée de travail.

Merven jeta un coup d'œil à sa collègue, la scantech (de deuxième classe) Vel Carann. Il aurait voulu lui demander s'il pouvait quitter le travail un peu plus tôt et sauter dans la navette pour la Lune Racine. Elle était en train de lire quelque chose sur un datapad et semblait captivée. Sans doute l'une de ces histoires d'amour entre Jedi dont elle était folle. Merven ne comprenait pas cette obsession. Il en avait lu quelques-unes… Toutes se déroulaient dans des avant-postes aux confins de la République, et abondaient en passions non réciproques et en regards langoureux… La seule action résidait dans les affrontements au sabre laser qui remplaçaient de toute évidence les activités auxquelles les personnages souhaitaient réellement se livrer. Vel n'était pas censée lire des documents personnels à son poste, mais si Merven le lui faisait remarquer, il suffisait à sa collègue d'une pression sur l'écran pour basculer sur un manuel technique et prétendre qu'elle ne faisait rien de mal. Le problème tenait au fait qu'elle était deuxième classe et lui troisième classe : tant qu'il s'acquittait de son travail, elle se croyait dispensée de faire le sien.

Non. Cela ne valait même pas la peine de demander à sortir plus tôt. Pas à Vel. Il arriverait à supporter le reste de sa journée. Il ne restait pas longtemps et…

Quelque chose apparut sur l'un de ses écrans.

— Oh ? fit Merven.

Bizarre. Rien n'était censé entrer dans le système avant une vingtaine de minutes.

Le moniteur afficha autre chose. Plusieurs autres choses. Dix.

— Qu'est-ce que…, marmonna Merven.

— Un problème, Getter ? s'enquit Vel sans détacher les yeux de son écran.

— Je ne sais pas trop. Je vois tout un tas d'entrées non planifiées dans le système, et les points ne ralentissent pas.

— Attends… quoi ? s'exclama Vel en posant son datapad pour enfin consulter ses propres moniteurs. Oh, ça c'est vraiment bizarre.

D'autres icônes surgirent sur les écrans de Merven, trop nombreuses pour qu'il les dénombre au premier coup d'œil.

— À cette vitesse ? s'étonna Merven. Depuis l'hyperespace ? Je me demande… Lance une analyse. Vois si tu peux les identifier.

Un silence éloquent lui répondit.

Merven leva les yeux.

— Je… ne sais pas comment faire, déclara Vel. Après la dernière mise à jour, je n'ai jamais pris la peine d'apprendre à utiliser le système. Apparemment, tu maîtrisais les opérations, et tu sais, je ne suis là que pour te superviser et…

— D'accord, la coupa-t-il, absolument pas surpris par cette réponse. Tu peux suivre leurs trajectoires, au moins ? Ce sous-programme n'a pas changé depuis au moins deux ans.

— Ouais, fit Vel. Je peux faire ça.

Merven reporta son attention sur les affichages et commença à taper des commandes sur son clavier.

Quarante-deux anomalies se trouvaient désormais dans le système et se déplaçaicnt à une vitesse proche de celle de la lumière. C'est-à-dire à une vitesse stupéfiante, bien au-delà des limites autorisées par le règlement de sécurité. S'il s'agissait bel et bien de vaisseaux, une amende particulièrement salée attendait les pilotes. Mais Merven en doutait. Ils étaient trop petits, pour commencer, et ne présentaient pas la signature caractéristique des moteurs spatiaux.

Des astéroïdes, alors ? Des rochers de l'espace projetés dans le système pour une raison mystérieuse ? Une sorte de tempête cosmique insolite, ou une pluie de comètes ? En tout cas, cela ne pouvait pas être une attaque, il le savait. La République était en paix, une situation qui allait manifestement durer. Tout le monde y était heureux et vivait sa vie. La République fonctionnait efficacement.

En outre, le Système Hetzal n'abritait pas de cibles stratégiques. Cet ensemble de planètes ordinaires, composé du monde-premier et de ses deux lunes habitées, la Lune Fruit et la Lune Racine, se focalisait essentiellement sur la production agricole. Il comprenait bien quelques géantes gazeuses et autres cailloux gelés, mais au bout du compte, son intérêt se limitait à abriter une bonne quantité de fermiers et ce qu'ils faisaient pousser. Merven savait cette activité importante : Hetzal exportait de la nourriture dans toute la Bordure Extérieure, et une partie de sa production parvenait même jusqu'aux systèmes proches du Noyau. Et il y avait aussi ce truc, le bacta, sur lequel il avait lu des articles : une sorte de successeur miraculeux du juvan qu'ils tentaient de faire pousser sur le monde-premier et censé révolutionner la médecine s'ils parvenaient à le produire en quantité… mais bon, tout cela restait des plantes, rien de plus. Difficile de s'enthousiasmer pour des plantes.

En ce qui le concernait, le véritable tour de force de Hetzal consistait à avoir donné naissance à la célèbre experte en chant de branchie Illoria Daze, capable de moduler les vibrations de ses cordes vocales pour produire des mélodies à six parties chantées en harmonie.

Associé à une vivacité d'esprit envoûtante et unique, le don de cette chanteuse née dans la misère – mais désormais riche – l'avait rendue célèbre dans toute la République. Mais Illoria ne vivait même plus ici. Elle habitait sur Alderaan maintenant, avec les gens chics.

Hetzal ne possédait rien de vraiment précieux. Ça ne faisait aucun sens.

Une autre nuée d'objets apparut sur les écrans, si nombreux à présent que l'ordinateur avait du mal à les suivre tous. Merven dézooma, passant à une vue du système tout entier qui permettait d'y voir plus clair.

Il constata que les mystérieux objets ne se contentaient pas de pénétrer à l'intérieur du système depuis la zone d'accès hyperspatiale sécurisée. Ils surgissaient de partout, et certains s'approchaient affreusement de…

— Oh non, souffla Vel.

— Je le vois aussi, dit Merven.

Il n'avait même pas besoin d'effectuer une analyse de trajectoire.

Les anomalies se dirigeaient vers les soleils, et nombre d'entre elles allaient emprunter une trajectoire croisant des mondes habités ou leurs stations orbitales. Et elles ne ralentissaient pas. Pas du tout. Propulsées à une vitesse proche de celle de la lumière, peu importait finalement qu'il s'agisse d'astéroïdes, de vaisseaux ou de bâtons de sucettes : tout ce qu'elles touchaient allait… être pulvérisé.

Sous les yeux de Merven, deux des objets percutèrent un satellite de communication télécommandé. L'anomalie et le satellite disparurent tous deux de l'écran, et la galaxie y gagna un petit surplus de poussière spatiale.

Hetzal Prime était un astre assez grand pour encaisser quelques impacts de ce genre et survivre en tant que corps planétaire. Même les deux lunes habitées supporteraient sans doute un ou deux chocs. Mais ceux qui y vivaient…

Sella se trouvait sur la Lune Racine en ce moment même.

— Il faut qu'on fiche le camp d'ici, dit Merven. On est pile dans la zone cible et il en apparaît de nouveaux chaque seconde. Allons à la navette !

— D'accord, répondit Vel, dont la voix reprenait un semblant d'autorité. Mais on doit d'abord envoyer une alerte dans tout le système. Il le faut.

Merven ferma les yeux un instant, puis les rouvrit.

— Tu as raison. Bien sûr.

— L'ordinateur a besoin de nos deux codes d'autorisation pour activer l'alerte dans tout le système, ajouta-t-elle. À mon signal.

Elle tapota quelques commandes sur son clavier. Merven l'imita, puis attendit son ordre. Lorsqu'elle lui adressa un petit signe, il entra son code.

Un son d'alarme léger se mit à tinter dans la salle des commandes lorsque le message partit. Merven savait qu'un bruit semblable était en train de résonner dans tout le Système Hetzal, depuis les chalands qui transportaient les déchets jusqu'au palais du ministre sur le monde-premier. Quarante milliards d'habitants levaient la tête, effrayés. Parmi eux, une adorable Twi'lek à la peau violette qui se demandait sans doute si son Mirialan préféré passerait à la taverne ce soir.

Merven se redressa.

— On a fait notre travail. À la navette, maintenant. On peut envoyer un message pour expliquer la situation en chemin.

Vel acquiesça et s'extirpa de son siège.

— Oui. Dépêchons-nous de…

Un des objets surgit de l'hyperespace si près et à une telle vitesse qu'en termes astronomiques, il se trouvait déjà sur eux au moment de son apparition.

Une boule de feu, et l'anomalie disparut avec la station de surveillance, ses deux scantechs et tous leurs objectifs, leurs craintes, leurs compétences, leurs espoirs et leurs rêves, l'énergie cinétique de l'objet atomisant tout ce qu'il touchait en une fraction de seconde.

CHAPITRE TROIS

AGUIRRE CITY, HETZAL PRIME.

2 heures avant l'impact.

— C'est confirmé ? demanda le Ministre Ecka tandis que l'alarme résonnait dans son bureau, constante, insistante et impossible à ignorer.

Ce qui était sans doute le but, selon lui.

— Apparemment, répondit le Conseiller Daan en plaquant une boucle de cheveux derrière son oreille. L'alerte provient d'une station de surveillance à l'extrême limite du système. Elle a été transmise en priorité absolue, sur chaque monde et avant-poste. Tous les ordinateurs reliés au processeur central répercutent la même alarme.

— Mais quelle en est la cause ? demanda le ministre. N'y avait-il aucun message joint ?

— Non. Nous avons demandé des précisions à plusieurs reprises, mais sans réponse. Nous pensons… que la station de surveillance a été détruite.

Le Ministre Ecka réfléchit un instant. Il fit pivoter son siège, tournant le dos à ses conseillers, et le bois ancien craqua légèrement sous son poids. Il regarda au travers de la vaste fenêtre panoramique qui composait le mur du fond de son bureau. Les champs dorés de Hetzal s'étendaient à perte de vue, jusqu'à l'horizon. Dans ce monde, et dans tout ce système à vrai dire, on estimait nécessaire d'employer la moindre parcelle pour cultiver, créer, développer. On installait des jardins sur les toits des bâtiments, on faisait pousser algues et plantes aquatiques utiles dans les cours d'eau et les lacs, on bordait de terrasses les étages des tours, d'où pendaient les tiges de plantes fruitières. Des droïdes récolteurs bourdonnaient tout autour, cueillant les fruits mûrs selon les saisons. C'était actuellement celle du mellifruit, de la baie des rois et du melon de glace. D'ici un mois, d'autres les remplaceraient. Sur Hetzal, c'était toujours la saison de quelque chose.

Il adorait cette vue. La plus paisible de la galaxie, selon lui. Tout était à sa place. Productif, conforme.

Mais l'alarme qui lui résonnait aux tympans perturbait cette sérénité. À présent, tout ceci lui semblait… fragile.

— Il se passe quelque chose dehors, annonça une autre conseillère, une Devaronienne du nom de Zaffa.

Ecka la connaissait depuis longtemps, mais c'était la première fois qu'elle lui paraissait inquiète. Les yeux braqués sur un data-écran, elle fronçait les sourcils.

— Une plate-forme minière vient de disparaître au milieu du système, ajouta-t-elle. Et des brèches apparaissent dans le réseau de satellites. C'est à croire que quelqu'un abat nos installations une à une.

— Et nous n'avons toujours pas d'image ? C'est dément, protesta Ecka.

Il désigna son chef de la sécurité, un humain corpulent d'âge mûr.

— Borta, pourquoi vos gens ne sont-ils pas au courant de ce qui se passe ?

Le dénommé Borta se rembrunit.

— Monsieur le ministre, sauf votre respect, vous le savez bien. Vos récentes restrictions budgétaires ont réduit la branche de sécurité de Hetzal à un dixième de sa taille d'autrefois. Nous faisons ce que nous pouvons, mais nous ne disposons que de ressources limitées.

— S'agit-il d'une sorte d'anomalie naturelle ? Ce ne serait pas… On ne nous attaquerait pas, tout de même ?

— Pour le moment, nous l'ignorons. La situation pourrait ressembler à une infiltration ennemie, mais nous ne voyons aucune signature de moteurs, et les sites touchés semblent complètement aléatoires. Il nous reste quelques plates-formes de défense orbitales, toutes intactes. S'il s'agissait d'une attaque, l'ennemi tenterait de nous empêcher de répliquer, mais ce n'est pas le cas.

L'alarme résonna de nouveau, et Ecka fit pivoter son fauteuil pour pointer du doigt le Conseiller Daan, qui eut un mouvement de recul.

— Vous n'allez pas éteindre cette fichue alarme ? Je ne m'entends plus penser !

Daan se reprit et se redressa légèrement pour appuyer sur une touche de son data-écran. La sirène cessa miséricordieusement.

Un autre conseiller prit la parole, un jeune homme mince aux cheveux roux et à la peau extrêmement pâle, du nom de Keven Tarr. C'était le ministre de la Technologie qui l'avait envoyé. Ecka ne voyait pas vraiment ce qu'il pouvait faire d'un technicien qui ne s'occupait pas de rendements agricoles. Au fond, le ministre restait un fermier avant tout… mais Tarr était censé être un type futé. D'ici peu, ce garçon finirait par monter en grade et se trouver un poste dans une région plus sophistiquée de la galaxie. C'était habituel sur un monde comme Hetzal. Tout le monde ne restait pas.

— Je crois pouvoir vous montrer ce qu'il se passe, monsieur le ministre, déclara Tarr.

Ses doigts, plutôt longs pour un humain, dansèrent sur son datapad.

— Laissez-moi transmettre les données au droïde… qui pourra projeter les informations afin que nous les voyions tous.

Il entra encore quelques commandes, puis déploya un câble de connexion pour relier son datapad au port d'accès du droïde hexagonal trapu chargé des comms qui patientait dans un coin de la salle. Celui-ci s'avança en roulant et la lueur de son unique œil vert se fit de plus en plus intense.

Ce projecteur intégré permit à la machine d'afficher une image sur le grand mur blanc réservé à cet effet dans le bureau du ministre. En temps normal, les présentations exposées sur le mur-vid concernaient les rendements des récoltes ou les programmes d'extermination des nuisibles. À présent, on y découvrait le Système Hetzal tout entier avec ses mondes, ses satellites, ses stations, ses plates-formes et ses vaisseaux.

Et quelque chose d'autre.

Le Ministre Ecka avait l'impression de regarder un champ envahi par une nuée d'insectes voraces. Des centaines de lumières minuscules se déplaçaient dans son système à une vitesse proprement ahurissante, toutes dans la direction des soleils. Et plus précisément, vers les planètes. Vers Hetzal Prime et les deux lunes toutes proches, sans parler de tous ces satellites, ces stations, ces plates-formes et ces vaisseaux… habités pour nombre d'entre eux.

— Mais de quoi s'agit-il ? demanda Ecka.

— Nous l'ignorons, répondit Tarr. J'ai obtenu cette image en compilant les signaux issus des satellites et des stations de surveillance qui ont survécu, mais tous disparaissent rapidement, et nous perdons notre réseau de senseurs au fur et à mesure. Quelles que soient ces anomalies, elles se déplacent à une vitesse proche de celle de la lumière et on a beaucoup de mal à les suivre. Et naturellement, lorsqu'elles heurtent quelque chose, c'est…

— … très déplaisant, termina le Général Borta.

— J'aurais plutôt employé le mot « apocalyptique », dit Tarr. Selon mes calculs, de nombreux impacts vont se produire sur le monde-premier.

— On ne peut rien faire ? s'enquit Ecka en regardant Borta. Les… détruire, par exemple ?

Borta lui adressa un regard impuissant.

— Autrefois, nous aurions peut-être eu une chance. On aurait pu en abattre quelques-uns au moins. Mais les systèmes de défense ne sont plus une priorité depuis… bien longtemps.

Il laissa son accusation peser dans l'air, mais Ecka ne l'encouragea pas sur cette voie. Il avait pris des décisions qui lui paraissaient judicieuses à l'époque, avec les meilleures informations dont il disposait. Ils étaient en paix ! La paix régnait partout. Pourquoi gaspiller de l'argent quand on pouvait aider la population d'une autre façon ? Pas question de revenir sur le passé de toute façon. Le moment était venu de prendre une nouvelle décision. La meilleure possible.

Il n'hésita pas. Quand la récolte brûle, on ne peut pas tergiverser. La situation a beau vous sembler terrible, plus on attend, plus elle s'aggrave.

— Donnez l'ordre d'évacuation. Dans tout le système. Puis expédiez un message à Coruscant. Mettez-les au courant. Ils ne pourront envoyer personne à temps, mais au moins sauront-ils ce qui se passe.

La Conseillère Zaffa braqua sur lui un regard dubitatif.

— J'ignore si nous pouvons mettre efficacement cet ordre à exécution, monsieur le ministre, dit-elle. Nous n'avons pas assez de vaisseaux ici pour une évacuation planétaire, et si tous ces objets se déplacent presque à la vitesse de la lumière, il ne reste pas beaucoup de temps pour…

— Je comprends, Conseillère Zaffa, répondit Ecka d'une voix désormais maîtrisée. Mais même si l'opération ne sauve qu'une personne, eh bien, ce sera toujours une victime de moins.

Zaffa hocha la tête et tapota son data-écran.

— C'est fait, déclara-t-elle. Évacuation de tout le système en cours.

Le groupe observa la projection désormais parcourue de parasites sur le mur. Le réseau improvisé de Tarr perdait sa couverture à mesure que les satellites connaissaient un sort funeste, mais le message restait clair. C'était comme si on venait de tirer avec un énorme canon sur le Système Hetzal, et qu'ils ne pouvaient rien faire pour sauver leurs vies.

— Vous feriez sans doute mieux de chercher un moyen de quitter la planète, dit Ecka. J'imagine que les vaisseaux dont nous disposons vont se remplir en un rien de temps.

Personne ne bougea.

— Et vous, monsieur le ministre ? l'interrogea le Conseiller Daan.

Ecka se retourna vers la fenêtre et contempla les champs dorés qui s'étendaient jusqu'à l'horizon. Tout était si paisible. Impossible d'imaginer le moindre problème ici.

— Je crois que je vais rester. Parler au peuple, peut-être, tenter de calmer les habitants. Il faut bien que quelqu'un veille sur la récolte.

Sur tout Hetzal Prime et dans les vastes étendues de ses deux lunes habitées, le message du Ministre Ecka, diffusé sur tous les canaux de communication, se répandit rapidement sur les datapads et holo-écrans, déclarant en substance : *Il n'y a plus aucun lieu sûr. Fuyez aussi loin que possible.*

Les explications limitées suscitèrent des spéculations. Que se passait-il ? Une sorte d'accident ? Quelle catastrophe pouvait frapper à une telle échelle qu'il faille évacuer un système entier ?

Certains ignorèrent l'avertissement. Ils avaient déjà connu quelques fausses alertes, et il arrivait que des craqueurs se livrent à des canulars ou friment en s'introduisant dans les systèmes informatiques d'alerte d'urgence. Il n'y avait jamais rien eu de cette envergure, certes, mais il était beaucoup plus simple de faire comme si de rien n'était. Après tout… un danger qui menaçait tout le système ? C'était impossible, tout simplement.

Ces gens restèrent chez eux ou sur leur lieu de travail. Ils éteignirent leurs écrans et reprirent leur vie, parce que cela valait mieux que l'autre possibilité. Et s'ils levaient les yeux au ciel de temps à autre, et apercevaient des vaisseaux décoller pour quitter la planète… eh bien, ils se disaient que ceux qui avaient embarqué à bord étaient des simples d'esprit pour s'effrayer de si peu.

D'autres, un peu partout, étaient paralysés par la peur. Ils voulaient se mettre en sécurité, mais ignoraient comment faire. Tout le monde n'avait pas la possibilité de quitter la planète. En fait, c'était le cas de la plupart des gens. À Hetzal, système agricole, la population restait attachée à sa terre. Lorsque ses habitants voyageaient ailleurs dans la République, c'était pour une occasion spéciale, une expérience unique dans leur vie. Mais voilà qu'on leur demandait de trouver un moyen de partir dans l'espace sur-le-champ... Comment? Comment auraient-ils pu faire une chose pareille?

Certains habitants de Hetzal possédaient toutefois des vaisseaux, ou vivaient dans des villes où le voyage spatial était bien plus courant. Ceux-là allèrent retrouver leurs enfants, rassemblèrent leurs richesses et se ruèrent au spatioport avec l'espoir d'arriver les premiers, de pouvoir réserver leurs billets avant les autres. Et bien sûr, cela n'avait pas été le cas. Sur place, ils découvraient des foules immenses, des files interminables, des prix que seuls les plus riches pouvaient s'offrir et qui crevaient le plafond à cause d'opportunistes sans scrupule. La tension monta rapidement. Des bagarres éclataient, et même si Hetzal disposait d'une force de sécurité, les agents scrutaient le ciel eux aussi, en se demandant s'ils allaient passer les derniers instants de leur vie à essayer d'aider d'autres habitants à se mettre à l'abri. Une fin noble, certes... mais était-ce vraiment celle qu'ils voulaient? Les agents de sécurité étaient des habitants comme les autres, et eux aussi avaient des familles.

L'ordre commença à se fissurer.

Sur la Lune Racine, un commerçant bienveillant décida d'ouvrir les portes du vaisseau qui lui servait à transporter les aliments frais produits sur place vers les mondes voraces de la Bordure Extérieure. Il offrit une place à tous ceux qu'il pouvait raisonnablement accueillir, et même lorsque son pilote le mit en garde contre la vétusté de l'appareil et des moteurs qui avaient fait leur temps, il persista dans son intention.

C'était un moment de magnanimité et d'espoir, et le commerçant était décidé à sauver autant d'âmes qu'il le pourrait.

Avec cinq cent quatre-vingt-deux personnes à bord, y compris le commerçant et sa famille, l'appareil ne parvint à décoller de sa plate-forme que lorsque le pilote poussa les moteurs au maximum. Il ne lui restait plus qu'à s'arracher à la gravité de la lune. Une fois dans l'espace, tout deviendrait plus simple. Ils pourraient s'enfuir et se mettre à l'abri.

Le vaisseau parvint à parcourir près d'un kilomètre avant que les moteurs surexploités n'explosent. Ses fragments enflammés tombèrent en averse sur ceux qui étaient restés au sol, et ces gens n'auraient su dire s'ils devaient ou non s'estimer chanceux, étant donné qu'ils ignoraient toujours ce qui les attendait. Le message du Ministre Ecka ne l'avait pas précisé.

Une variante de cette communication fut envoyée depuis Hetzal, à destination de tout autre système ou vaisseau capable de l'entendre : *Nous sommes dans une situation critique. Envoyez de l'aide si vous le pouvez.*

Beaucoup le reçurent parmi les différents mondes de la Bordure Extérieure : Ab Dalis, Mon Cala, Eriadu et bien d'autres encore… Diffusé par le système de relais de la République, il atteignit ensuite les planètes des Bordures Médiane et Intérieure, la région des Colonies, et même l'étincelant Noyau. Presque tous ceux qui le captaient souhaitaient intervenir… mais comment ? De toute évidence, le phénomène qui se produisait dans le Système Hetzal serait achevé depuis longtemps lorsqu'ils arriveraient.

On envoya malgré tout des vaisseaux, des frégates médicales pour la plupart, dans l'espoir d'offrir des soins aux citoyens blessés de Hetzal.

En supposant qu'il en reste.

— Rendez-vous dans le complexe de transport hors-planète le plus proche, déclara le Ministre Ecka à un droïde cam qui captait son image et sa voix pour diffuser ses recommandations dans tout le système. Nous enverrons des appareils récupérer ceux qui n'ont aucun autre moyen de quitter la planète. L'opération prendra du temps, mais gardez votre calme. Vous avez ma parole : nous viendrons vous chercher. Nous sommes tous issus des mêmes semailles. Un troupeau résilient. Nous survivrons de la même manière que nous avons survécu aux rudes hivers et aux étés arides, en nous y attelant tous.

Il marqua un temps avant de conclure :

— Nous sommes tous Hetzal. Nous sommes tous la République.

Le ministre leva la main et le droïde cam cessa d'émettre. C'était son quatrième message depuis le début de l'état d'urgence, et il espérait que ces transmissions aient des effets bénéfiques. Les rapports suggéraient le contraire : des émeutes avaient éclaté dans les spatioports des trois mondes habités… mais que faire d'autre ? Il diffusait ses communications depuis son bureau d'Aguirre City, démontrant ainsi qu'il n'avait pas abandonné son peuple alors qu'il en aurait certainement eu le pouvoir. Une manifestation de solidarité. Pas grand-chose, mais cela comptait quand même.

Autour de lui, les membres restants de son personnel coordonnaient leurs efforts pour apporter un tant soit peu d'aide. Le Général Borta organisait sa maigre flotte de sécurité pour maintenir l'ordre et transporter la population hors-monde. Avec l'aide du Conseiller Daan, il avait réquisitionné de grands cargos transportant habituellement les récoltes et actuellement en transit, les avait transformés en points de relais improvisés et leur avait ordonné de larguer leur cargaison dans l'espace pour accueillir les réfugiés. Chacun pouvait transporter des dizaines de milliers de passagers. Sans confort, bien sûr, mais dans cette situation, le confort ne comptait guère.

Des appareils plus petits transportaient les Hetzaliens jusqu'à ces grands vaisseaux, où ils les déchargeaient avant de repartir en toute hâte pour en chercher d'autres. Le dispositif ne manquait pas de défauts, mais c'était tout ce qu'ils avaient pu aménager en si peu de temps. Personne n'avait jamais rien planifié pour une situation de ce genre.

Le Ministre Ecka s'en voulait, mais comment aurait-il pu savoir ? Ce n'était pas censé se produire. C'était impossible, quoi que ce fût. Après tout, il n'était qu'un simple fermier et…

Non, pensa-t-il, soudain honteux. Il était le Ministre Zeffren Ecka, dirigeant de tout ce fichu système. Peu importait qu'il n'ait eu aucun moyen d'anticiper ce désastre : la catastrophe avait bel et bien lieu, et il fallait qu'il fasse tout son possible.

Tandis qu'il réfléchissait, il se tourna vers Keven Tarr, qui n'avait jamais cessé de gérer son petit réseau improvisé, s'efforçant de maintenir le flux d'informations. Le jeune homme manipulait désormais trois datapads distincts, ainsi que plusieurs droïdes comm projetant diverses images aux murs, et il puisait autant de données que possible sur l'étendue du désastre qui ravageait le système. Il n'avait encore aucune réponse réelle et ne pouvait que confirmer que les dégâts effroyables que subissait Hetzal provenaient de ce même phénomène qui affligeait la région. Des satellites, des antennes, des stations… tous pulvérisés par la tempête de mort qui s'était déclenchée. La situation rappelait les essaims de rongemouches qui dévastaient la Lune Fruit avant qu'on ne les modifie génétiquement et que l'espèce disparaisse.

Lorsque la nuée arrivait, on ne pouvait rien faire. Il n'y avait plus qu'à se terrer quelque part, survivre et ensemencer de nouveau les champs une fois les parasites passés.

Ecka regarda Keven Tarr éponger la sueur qui lui coulait dans les yeux, puis reporter son attention sur son datapad principal, celui qu'il avait installé sur la petite console qui lui tenait lieu de bureau.

Tarr écarquilla les yeux, et ses doigts s'immobilisèrent au-dessus de l'écran.

— Monsieur le ministre ! Je… je reçois un signal.

— Quel signal ? s'enquit Ecka.

— Je vais… je vais le retransmettre, répondit Tarr, et Ecka décela dans sa voix une curieuse note : de la surprise peut-être, ou bien de l'étonnement.

Les mots crépitèrent lorsque l'un des droïdes comm du technicien diffusa le communiqué dans le bureau du ministre. Une voix de femme. Quelques mots seulement, mais ils leur offrirent… ce dont ils avaient le plus besoin à cet instant.

— Ici le Maître Jedi Avar Kriss. Les secours sont en route.

Une chose unique.

L'espoir.

CHAPITRE QUATRE

LE *THIRD HORIZON*, CROISEUR DE CLASSE *ÉMISSAIRE*.

90 minutes avant l'impact.

Un vaisseau apparut dans le Système Hetzal, surgissant de l'hyperespace et ralentissant rapidement pour reprendre une vitesse conventionnelle. Il se trouvait déjà près du soleil, et les puits gravitationnels à travers lesquels il devait naviguer auraient réduit en pièces un appareil moindre, voire même celui-là, s'il n'avait eu sur sa passerelle les meilleurs membres d'équipage de la République.

C'était le *Third Horizon*, un appareil magnifique. Ses surfaces ondulaient comme les rouleaux d'une mer d'argent le long de sa structure fuselée, bordée de tours et de créneaux sur toute sa longueur comme une forteresse couchée, tout en ailes, en flèches et en spirales. Tout en lui parlait d'ambition. Tout en lui parlait d'optimisme. Il clamait haut et fort qu'on l'avait rendu esthétique parce que c'était possible, sans guère se soucier du prix ou des efforts requis.

Le *Third Horizon* était une œuvre d'art, un symbole de la grande République des mondes qu'il représentait.

Des appareils plus petits se détachèrent de leurs amarres sur sa coque comme autant de pétales sous la brise, taches d'or et d'argent voletant dans l'espace. C'étaient les vaisseaux de l'Ordre Jedi, les Vectors. De même que l'Ordre et la République travaillaient main dans la main, le vaisseau et son contingent de Jedi œuvraient de concert. Des appareils plus importants émergèrent eux aussi des hangars du *Third Horizon* : des Longbeams, les machines les plus fiables de la République. Ces appareils polyvalents pouvaient servir à des missions de combat, de sauvetage, de transport, et s'acquitter de toutes les tâches nécessaires à leurs équipages.

Les Vectors existaient à la fois en mode monoplace et biplace, car tous les Jedi ne voyageaient pas seuls. Certains emmenaient leurs Padawans avec eux afin qu'ils apprennent les leçons que leurs maîtres souhaitaient leur enseigner. Les Longbeams ne nécessitaient au minimum que trois membres d'équipage, mais ils pouvaient transporter confortablement jusqu'à vingt-quatre personnes : soldats, diplomates, médecins, techniciens, ou quiconque selon les besoins.

Les vaisseaux les plus petits se déployèrent dans le système et accélérèrent aussitôt pour s'éloigner du *Third Horizon*, déterminés. Chacun avait sa destination, son objectif. Chacun avait des vies à sauver.

Sur la passerelle du *Third Horizon*, une femme, humaine, se dressait seule. Le pont grouillait d'activité autour d'elle. Sous les arches et dans les alcôves, officiers, navigateurs et spécialistes commençaient à coordonner les efforts voués à préserver le Système Hetzal de l'oblitération totale. Le nom de cette femme ?

Avar Kriss, membre depuis trois décades environ de l'Ordre Jedi. Elle était entrée enfant au Grand Temple de Coruscant, cette école qui tenait également lieu d'ambassade, de monastère et de monument voué à rappeler à chacun que la Force reliait tous les êtres vivants. D'abord novice, elle était devenue Padawan au fil de ses études, puis Chevalier Jedi, et finalement…

… maître.

Cette opération était la sienne. Un amiral du nom de Kronara assurait le commandement du *Third Horizon*, qui faisait lui-même partie de la petite flotte de maintien de la paix de la Coalition Défensive de la République, mais il avait remis les rênes du sauvetage de Hetzal à la Jedi. La décision n'avait suscité ni conflit ni discussion. La République avait ses forces et les Jedi les leurs, chacun les employant au bénéfice de l'autre pour lui apporter son soutien.

Avar Kriss examina le Système Hetzal dont une image était projetée sur l'écran plat argenté du pont par un droïde comm flottant devant le mur et conçu à cet effet. Les images compilaient les informations reçues des sources internes au système et celles provenant des senseurs du *Third Horizon*. En vert, les mondes, vaisseaux, stations spatiales et satellites de Hetzal. Ses propres ressources – les Vectors, les Longbeams et le *Third Horizon* lui-même – apparaissaient en bleu. Quant aux particules de mort imminente, de source et de nature inconnues, qui filaient dans l'espace à une vitesse étourdissante, elles figuraient en rouge. Tandis qu'elle observait l'écran, de nouvelles taches écarlates émergèrent. Le phénomène, quel qu'il fût, n'était pas encore terminé.

La Jedi tendit la main vers son épaule, où sa cape blanche était retenue par une boucle dorée représentant le symbole de l'Ordre, un lever de soleil flamboyant.

Il s'agissait d'une tenue de cérémonie, tout à fait adaptée au conclave entre Jedi et émissaires de la République auquel le *Third Horizon* venait tout juste d'assister sur la station spatiale dont on venait de terminer la construction et qui devait changer la galaxie tout entière : le Flambeau Stellaire. À présent, cela dit, compte tenu de la tâche qui l'attendait, ce costume d'apparat constituait une distraction. Avar effleura la boucle qui libéra la cape. Elle répandit au sol une flaque d'étoffe, révélant une simple tunique blanche rehaussée d'or. À sa ceinture, dans un étui blanc, un cylindre de métal, une pièce d'electrum d'un blanc argenté, d'un seul tenant, ressemblait au manche d'un outil dont on aurait ôté le reste. Sur toute sa longueur, une ligne incisée de grès marin vert clair s'enroulait en spirale jusqu'à la garde, servant autant d'ornement qu'à assurer la prise. Une arme, qu'elle maîtrisait parfaitement, mais dont elle n'aurait pas besoin aujourd'hui. Ce n'étaient pas les sabres laser qui allaient sauver Hetzal. Ce serait les Jedi eux-mêmes.

Avar se laissa tomber au sol pour s'installer en tailleur. Ses cheveux mi-longs couleur paille s'écartèrent de son visage, comme mus par leur propre volonté. Ils se nouèrent en entrelacs complexes, formant un mandala dont l'élaboration elle-même lui servait à se concentrer. Elle ferma les yeux.

Le Maître Jedi ralentit son souffle, puisant dans la Force qui l'entourait et l'imprégnait. Elle s'éleva lentement, ne s'arrêtant qu'une fois en suspension à un mètre au-dessus du sol.

Sur la passerelle, les membres d'équipage du *Third Horizon* tournèrent les yeux vers elle. Ils hochèrent la tête, eurent un mince sourire ou sentirent simplement l'espoir fleurir en eux, avant de vaquer à leurs occupations urgentes.

Avar Kriss ne s'en rendit pas compte. Il n'y avait plus que la Force, ce qu'elle lui disait et ce qu'elle devait faire.

Elle commença.

CHAPITRE CINQ

HETZAL PRIME. EN ORBITE.
80 minutes avant l'impact.

Bell Zettifar sentit les premiers contacts de l'atmosphère qui effleurait l'appareil. Leur Vector ne portait aucun nom, du moins officiellement – car tous les vaisseaux étaient identiques et en théorie interchangeables aux yeux des Jedi –, mais son maître et lui empruntaient toujours le même, dont les ailes avaient été éraflées par la traversée d'une tempête ionique. Le motif ressemblait à des traînées stellaires et Bell – toujours mentalement, jamais à voix haute – l'avait donc baptisé *Nova*.

La conception des Vectors se résumait au strict minimum : bouclier limité, presque pas d'armes et une assistance informatique réduite à sa plus simple expression. Leurs capacités étaient celles que leur conféraient leurs pilotes. Les Jedi *étaient* les boucliers, les armes, les cerveaux qui calculaient les limites de ce que les appareils pouvaient accomplir et les lieux où ils pouvaient se rendre. Les Vectors étaient petits et agiles. Il fallait voir une flotte de ces appareils lorsque les Jedi qui les pilotaient coordonnaient leurs mouvements grâce à la Force, avec un niveau de précision dont aucun droïde et aucun autre pilote n'étaient capables !

Ils ressemblaient à des nuées d'oiseaux, ou peut-être à des feuilles mortes emportées par une bourrasque, toutes dans la même direction, connectées par un lien invisible… une Force. Bell avait assisté à une démonstration sur Coruscant, un jour, dans le cadre d'un des programmes de sensibilisation du Temple. Trois cents Vectors évoluant de concert, traits d'or et d'argent qui brasillaient sous le soleil au-dessus de la place du Sénat. Ils se séparaient, puis se réunissaient en traçant des entrelacs, se frôlant à des vitesses stupéfiantes, impossibles… Il n'avait jamais rien vu de plus beau. Les gens appelaient cela une Dérive. Une Dérive de Vectors.

Mais pour le moment, le *Nova* volait seul, avec simplement deux Jedi à son bord. Lui, l'Apprenti Bell Zettifar, et devant, au poste de pilotage, son Maître Loden Greatstorm. Le contingent de Jedi embarqué dans le *Third Horizon* s'était séparé, et les Vectors avaient pris la direction de points situés dans tout le système. Il y avait trop de tâches à mener à bien et trop peu de temps.

Leur destination était le plus grand corps planétaire habité, Hetzal Prime. Leur mission, vague mais cruciale : porter secours.

À travers la verrière, Bell jeta un coup d'œil à la courbe du monde qui se trouvait en dessous, vert, doré et bleu. Un endroit magnifique, du moins à cette altitude. À la surface, la situation devait être tout autre. On apercevait des signatures de moteurs stellaires jusqu'à l'horizon, exode massif de vaisseaux qui quittaient la planète. Le *Nova* ainsi que quelques autres Vectors et

Longbeams de la République qu'il apercevait çà et là étaient les seuls à se diriger vers la surface.

— Entrée dans la haute atmosphère, Bell, annonça Loden sans se retourner. Tu es prêt ?

— Vous savez que j'adore ce moment-là, maître, répondit Bell.

Greatstorm gloussa. Le vaisseau plongea, ou tomba : on aurait eu du mal à faire la différence. Un rugissement leur parvint depuis l'extérieur tandis qu'ils passaient de l'espace à la friction de l'atmosphère. Les bords d'attaque usinés avec précision des ailes du Vector avaient beau fendre l'air comme une lame, ils rencontraient une résistance.

Le *Nova* perça les strates supérieures de l'atmosphère de Hetzal Prime… non, on ne pouvait pas vraiment dire « percer »… Loden Greatstorm était un pilote trop habile. Certains Jedi utilisaient leurs Vectors de la sorte, mais pas lui. Il se *faufilait*, glissant sur les courants aériens et les chevauchant, pour laisser l'appareil prendre sa place naturelle dans l'interaction de la gravité et des vents à la surface de la planète. Le vaisseau voulait tomber, et Greatstorm le laissait faire. Une manœuvre grisante, mortellement dangereuse, d'autant que le Vector était conçu pour transmettre la moindre vibration, le moindre tangage aux Jedi qui l'occupaient afin qu'ils puissent réagir au mieux, guidés par la Force. Bell serra les poings. Un sourire s'épanouit sur son visage.

— Spectaculaire, dit-il sans y penser.

Son maître éclata de rire.

— Rien de tel, Bell. Je nous ai juste orientés vers la planète. La gravité s'est chargée du reste.

Après avoir plané sur une longue courbe, lisse comme le coude d'un fleuve, le *Nova* se redressa, désormais assez proche de la surface pour que Bell distingue les bâtiments, les véhicules et d'autres détails plus petits en contrebas. Tout semblait si paisible. Rien ne trahissait une catastrophe en cours dans le système. Rien, à l'exception du nombre croissant de vaisseaux qui décollaient.

— Où doit-on atterrir ? s'enquit Bell. Maître Kriss vous l'a-t-elle dit ?

— On a laissé ce détail à notre discrétion, répondit Greatstorm en se tournant légèrement de côté, dévoilant un profil sombre et buriné comme le flanc d'une montagne.

Le mouvement dégagea les lekku de son crâne de Twi'lek, et il suivit des yeux les traînées que laissaient les appareils d'évacuation planétaire.

— Nous aiderons de notre mieux, ajouta-t-il.

— Mais il y a toute une planète ! Comment savoir où…

— À toi de me le dire, petit, le coupa Loden. Trouve un endroit où nous rendre.

— Un exercice ? demanda Bell.

— Un exercice.

La pédagogie de Loden Greatstorm reposait sur un principe très simple : chaque fois que Bell était théoriquement capable de mener à bien une tâche particulière, et même si Loden pouvait s'en acquitter dix fois plus vite et cent fois mieux, c'était à l'apprenti d'agir et non au maître. « Si c'est moi qui fais tout, personne n'apprend quoi que ce soit », avait-il l'habitude de répéter.

Loden n'était pas forcé de tout faire, certes, mais Bell aurait été ravi de le voir faire quelque chose *de temps en temps*. Son apprentissage auprès du formidable Greatstorm consistait en une série sans fin de missions impossibles. Son entraînement au Temple Jedi pendant quinze de ses dix-huit années n'avait jamais été facile, mais en devenant le Padawan de Loden, il était passé à un niveau radicalement différent. Chaque jour sans exception, il devait repousser ses limites. Le moindre temps libre dont il disposait, Bell le consacrait à sombrer désespérément dans le sommeil le plus profond de sa vie… avant de devoir s'y remettre. Mais… il apprenait. Il s'était énormément amélioré en six mois, dans tous les domaines.

Bell savait ce que son maître attendait de lui. Encore une tâche impossible… mais Bell était un Jedi, ou du moins s'en approchait-il, et grâce à la Force, tout devenait possible.

Il ferma les yeux et ouvrit son esprit… et voilà qu'elle apparut, cette petite flamme en lui qui ne s'éteignait jamais. Au minimum toujours aussi vive que celle d'une bougie et, parfois, s'il se concentrait, aussi intense qu'un véritable brasier. À quelques occasions, elle lui avait semblé aussi éblouissante qu'un soleil, devenant un déluge de lumière qui affluait en lui au point qu'il craignait de devenir aveugle. Mais en toute honnêteté, cela n'avait pas d'importance. Simple étincelle ou incendie, tout lien avec la Force avait le pouvoir de chasser les ombres.

Bell puisa dans la lumière qui l'habitait, cherchant les connexions qui le reliaient aux autres formes de vie, aux réceptacles de Force à la surface de la planète. Tout près de lui, il ressentit une source immense de pouvoir et d'énergie. Elle était au repos, comme les braises rougeoyantes d'un feu, mais d'énormes réserves de vigueur demeuraient disponibles en cas de besoin. C'était son maître, Loden. Bell l'ignora. Il cherchait autre chose.

Là. Comme un holo longue distance qui devient plus net lorsque le signal gagne en puissance, le réseau de Force qui reliait tous les esprits et toutes les âmes de Hetzal surgit dans le cerveau de Bell. Il ne s'agissait pas d'un schéma clair, mais plutôt d'impressions : un plan recensant des zones émotionnelles, comparable au patchwork de champs qui défilait à vive allure sous le *Nova*.

Il ressentit surtout la panique et la peur, des émotions dont les Jedi s'efforçaient à tout prix de s'affranchir. Selon les enseignements, l'unique contact d'un vrai Jedi avec la peur devait se limiter aux fois où il la percevait chez autrui, une expérience tout à fait courante. Bell avait détecté ces émotions à maintes reprises, mais elles s'accompagnaient toujours d'amour, d'espoir et de surprise, ainsi que de nombreuses touches de joie : tout le spectre des émotions inhérentes aux êtres sensibles.

Du moins en temps normal. Sur Hetzal Prime, pour le moment, elles se limitaient essentiellement à la panique et à la peur.

Bell n'était pas surpris. Il avait entendu l'ordre d'évacuation : « Catastrophe en cours dans l'ensemble du système. Tous les habitants ont pour ordre de quitter immédiatement le Système Hetzal par tous les moyens et de rester à distance de sécurité. » Aucune explication, aucune mise en garde. Et le calcul était vite fait. Des milliards d'habitants, mais clairement pas assez de vaisseaux pour les évacuer tous. Qui n'aurait pas paniqué ?

Sur un monde qui bouillonnait de ce genre d'énergie négative, on avait du mal à imaginer ce que deux Jedi pourraient bien faire à eux seuls. Mais Loden Greatstorm avait confié une mission à Bell, qui poursuivit sa recherche dans l'espoir de trouver un endroit où ils pourraient se rendre utiles.

Quelque chose… un nœud de tensions, comprimé, dense… un conflit, une question, une situation déplacée, une impression d'injustice.

Bell ouvrit les yeux.

— À l'est, annonça-t-il.

En cas d'injustice, eh bien… ils rétabliraient la justice. Les Jedi *étaient* la justice.

Le *Nova* vira sur l'aile et accéléra doucement sous l'impulsion de Loden. Le maître de Bell le laissait parfois piloter, chaque siège disposant des contrôles, mais la maîtrise des Vectors nécessitait presque autant de compétence que celle d'un sabre laser. Dans de telles circonstances, Bell était ravi de voir Loden prendre les commandes.

Il lui tenait lieu de navigateur, puisant dans son lien encore intense avec la Force pour guider l'appareil vers la zone de conflit qu'il avait détectée, orientant Loden et corrigeant avec précision la trajectoire.

— On devrait se trouver exactement au-dessus. Quoi que ça puisse être.

— Je crois que je vois, répondit Loden d'une voix hachée et tendue.

D'ordinaire, on sentait un sourire derrière ce ton, même lorsqu'il critiquait sans ménagement les progrès pédagogiques de Bell. Mais pas cette fois. Ce que Bell ressentait, il savait que Maître Greatstorm le détectait aussi, et sans doute de façon plus intense encore. À la surface, sous les cercles qu'effectuait désormais le Vector, des gens allaient mourir. Certains étaient peut-être même déjà morts.

Loden fit de nouveau virer l'appareil pour effectuer un cercle plus resserré afin d'obtenir une vue dégagée du sol au travers de la verrière en transparacier du *Nova*.

À une centaine de mètres en contrebas se trouvait un complexe entouré d'une enceinte. Vaste mais pas gigantesque, il s'agissait sans doute de la demeure d'un individu ou d'une famille riche plutôt que d'un bâtiment gouvernemental. Une grande foule entourait le mur et se concentrait au niveau du portail. Un simple coup d'œil permit à Bell d'en comprendre la raison.

Un vaisseau de grande taille occupait la cour. Il ressemblait à un yacht de plaisance, assez spacieux pour accueillir une vingtaine, voire une trentaine de passagers en plus de l'équipage. Et si le confort ne constituait pas la priorité, on pouvait sans doute y caser dix fois plus d'occupants au bas mot. On devait sans doute voir l'appareil depuis le sol : sa coque dominait l'enceinte du manoir et la foule qui s'était amassée devant le portail y voyait de toute évidence le seul moyen de quitter ce monde.

Les gardes armés postés tout autour de l'enceinte ne l'entendaient manifestement pas de cette oreille. Sous les yeux de Bell, un tir de blaster fusa pour s'abattre près de l'entrée : une salve de mise en garde, heureusement, mais il semblait évident que le temps des avertissements n'allait pas durer. La tension montait parmi la foule. Il n'était pas nécessaire d'être Jedi pour s'en rendre compte.

— Pourquoi ne les laissent-ils pas entrer ? Cet appareil pourrait en emmener beaucoup en lieu sûr.

— C'est ce que nous allons déterminer, répondit Loden.

Il activa un interrupteur sur son tableau de bord et la bulle du cockpit se rétracta en douceur, disparaissant dans la coque. Loden se retourna en souriant sous le vent qui les giflait, soulevant ses lekku et les dreadlocks de Bell.

— On se retrouve en bas. Rappelle-toi : c'est la gravité qui fait presque tout le travail.

Puis il sauta.

CHAPITRE SIX

SYSTÈME HETZAL. *AURORA IX*,
LONGBEAM DE LA RÉPUBLIQUE.
75 minutes avant l'impact.

— Vous êtes sûr, capitaine ? demanda le Contremaître Innamin en désignant son écran où s'affichait le tracé d'une des anomalies hyperspatiales qui filait vers le centre du système. Il faut qu'on dégomme ce truc avant qu'il ne tue quelqu'un. Voire des tas de gens. Le problème, c'est que nos ordinateurs balistiques sont incapables d'en calculer la trajectoire. L'anomalie va trop vite. Au mieux, je dirais qu'on a une chance sur trois de la toucher.

Le Capitaine Bright secoua la tête dans un bruissement de tentacules. Il savait qu'il aurait sans doute dû réprimander Innamin pour avoir remis en cause ses ordres. Ce gamin faisait ça tout le temps : il était jeune pour un humain – guère plus de deux décennies – et agissait constamment comme s'il était plus malin que tout le monde. Bright laissait filer, d'habitude. La vie était trop courte, et les vaisseaux qu'ils dirigeaient bien trop légers pour qu'ils les alourdissent par des tensions malvenues. On ne pouvait pas qualifier d'insubordination une question pertinente de temps à autre.

Une sur trois, songea-t-il. À quoi s'était-il attendu, au juste ? Eh bien… à un peu plus d'une chance sur trois de mener à bien cette mission.

Le Longbeam immatriculé sous le nom *Aurora IX* était un appareil à la pointe du progrès, tout droit sorti des chantiers de la République sur Hosnian Prime. S'il ne s'agissait pas à proprement parler d'un croiseur de guerre, il valait mieux éviter de s'y frotter. Pourvu d'un réseau de processeurs capable de répondre à toutes sortes d'attaques simultanées, il pouvait tirer avec ses blasters, ses missiles et ses contre-mesures défensives lors d'une même salve. Sans compter qu'il n'était pas déplaisant à regarder. Bright lui trouvait des similitudes avec ces poissons-marteaux qu'il chassait chez lui, sur Glee Anselm : un crâne massif et allongé terminant un corps fuselé, doté d'un aileron élégant et sinueux. Une créature robuste et magnifique, pas de doute. Mais de l'autre côté, leur cible, l'un des mystérieux objets qui traversaient à toute allure le Système Hetzal, frisait la vitesse lumière. Elle avait surgi de l'hyperespace comme le projectile chauffé au rouge d'un lance-lim. Bien qu'à la pointe du progrès, l'*Aurora IX* ne réalisait pas de miracles.

Les miracles, c'était la spécialité des Jedi.

Qui, de toute évidence, étaient occupés ailleurs pour le moment.

— Tirez six missiles, ordonna Bright.

Innamin hésita.

— Nous n'en transportons pas plus, capitaine. Vous êtes sûr…

Bright hocha la tête. Il désigna l'écran d'Innamin. Un point rouge – l'objet inconnu – se dirigeait vers un cercle vert représentant une station de captage solaire située à équidistance des trois soleils du Système Hetzal. Encore assez éloigné, il se rapprochait toutefois dangereusement.

— L'anomalie file droit sur cette station solaire. Selon les données de Hetzal Prime, elle abrite un équipage de sept personnes. Nous ne pouvons pas l'atteindre et procéder à son évacuation avant qu'elle ne soit touchée, mais nos missiles nous devanceront. Si nous avons une chance sur trois d'abattre cet objet, nous doublons nos chances en tirant six projectiles. Pas l'idéal, mais…

Le dernier membre de son équipage, l'Enseigne Peeples, fit bourdonner sa trompe comme s'il s'apprêtait à parler, mais Bright l'arrêta d'un geste et poursuivit aussitôt.

— Oui, Peeples, je sais que ce calcul est fantaisiste. Mais c'est une équation différente qui me préoccupe : en tirant six missiles, nous pouvons peut-être sauver sept personnes. Voyons comment on se débrouille.

Les systèmes de ciblage de l'*Aurora IX* se mirent à cogiter. « À la pointe du progrès » ne semblait plus vraiment justifié maintenant que le redoutable point rouge s'approchait des occupants prisonniers d'une ferme solaire sans aucune issue de secours. Le Longbeam se précipita vers la station à vitesse maximale, réduisant la distance que ses projectiles auraient à parcourir et présentant un intéressant problème mathématique de trajectoire, d'accélération et de physique appliquée, ce qui réveilla les instincts tridimensionnels de Bright, des instincts nés d'une vie passée en grande partie sous l'eau. Il secoua de nouveau la tête, faisant bruire l'épais bouquet de tentacules verts qui émergeait de sa nuque, agacé de se laisser distraire alors que des gens, là-bas, étaient en train de prier pour survivre.

Les missiles s'élancèrent, six bruits sourds et feutrés réverbérés par la coque de l'appareil, et l'arsenal de l'*Aurora IX* se trouva réduit aux lasers. Les projectiles fusèrent, laissant de minces traînées de fumée pour marquer leur direction. Ils disparurent en un instant, accélérant pour atteindre leur vélocité maximale en quelques secondes.

— Missiles en route, déclara Innamin.

Tout reposait désormais sur ce fameux réseau de processeurs et la pertinence des trajectoires qu'elle avait calculées pour chaque missile. Peut-être que tous les six toucheraient au but. Ce n'était pas impossible.

Les membres d'équipage fixaient comme un seul homme le moniteur montrant les six missiles, l'anomalie qui filait à une vitesse stupéfiante, leur propre vaisseau et la station de captage solaire qui risquait de devenir sous peu le point de collision des huit objets en mouvement.

Le premier missile disparut de l'écran. Rien d'autre ne changea.

— Le missile un a manqué sa cible, commenta inutilement Innamin.

Deux autres missiles s'éclipsèrent également. Bright leva la main avant qu'Innamin ne puisse s'exprimer de nouveau.

— Nous avons vu, contremaître, dit-il.

Deux autres ratés. Il n'en restait plus qu'un. Tout le reste demeurait inchangé.

Le dernier projectile disparut à son tour, à bonne distance de l'anomalie en approche. Un soupir de désespoir commun se fit entendre sur la passerelle.

— Et les blasters ? demanda Bright, qui connaissait déjà la réponse.

— Navré, capitaine, répondit l'Enseigne Peeples dans un gémissement flûté et haut perché. L'artilleur le plus doué de l'univers n'y parviendrait pas, et je compte à peine parmi les dix meilleurs.

Bright soupira. Les membres de l'espèce de Peeples avaient une vision assez unique de l'humour : leurs blagues restaient plutôt drôles, mais ils choisissaient curieusement leur moment.

— Merci, enseigne.

La station solaire apparaissait désormais sur l'écran, vaste structure grêle qui rappelait à Bright les coraux-plume de la mer patrie. Des centaines de bras disposés en spirale tournaient autour d'une sphère centrale où vivait et travaillait l'équipage. Chacune de ces branches comportait des yeux qui clignotaient et pivotaient lentement sur toute sa longueur, absorbant la lumière des trois soleils qui faisaient bénéficier Hetzal Prime et ses mondes satellites de saisons fertiles d'une durée unique. La station retransmettait la lumière des soleils aux mondes agricoles en la stockant et en la canalisant grâce à une technologie exclusive qui faisait la fierté du système.

La plate-forme de captage était splendide. Bright n'avait jamais rien vu de tel. On aurait pu croire qu'elle avait poussé là… et peut-être était-ce le cas. On pouvait théoriquement cultiver n'importe quel végétal sur les mondes du Système Hetzal. Peut-être cela s'étendait-il aux stations spatiales.

Puis il y eut une traînée lumineuse, trop rapide même pour des yeux aussi performants que les vastes orbes sombres de Bright, pourtant développés par l'évolution pour distinguer les détails dans les abysses obscurs des océans de Glec Anselm. Elle détruisit la station instantanément. En une fraction de seconde, le complexe intact et fonctionnel s'était métamorphosé en boule de feu dont la moitié des bras arrachés dérivaient lentement dans l'espace.

La sphère centrale avait survécu, même si des flammes léchaient l'extérieur de la coque, se livrant au ballet muet du feu en apesanteur. Sous les yeux de Bright, les éclairages extérieurs de la station clignotèrent et s'éteignirent.

Il porta une main à son front. Cligna des yeux. Une fois, lentement.

Puis il se retourna vers son équipage.

— Nous ignorons si les occupants de cette station sont morts, déclara-t-il en examinant leurs expressions graves. Je voudrais effectuer un sauvetage, mais…

Il désigna l'écran où l'épave en feu grandissait à mesure que l'*Aurora IX* s'en approchait.

— Ceci pourrait s'effondrer à tout moment. Ou exploser. Voire imploser. Je n'en ai aucune idée. Mais le fait est que si nous y sommes arrimés lorsque la station se désintègre, nous succomberons nous aussi.

Bright tapota du bout du doigt l'un de ses tentacules.

— Je suis Nautolan, ce qu'aucun de vous n'ignore. La peau verte, les grands yeux noirs… Tout cela est caractéristique ! Ce que vous ignorez peut-être, c'est que ces tentacules me permettent de capter les phéromones émises par les autres êtres, et ainsi d'appréhender leur état émotionnel. Et je sais donc… que vous êtes terrifiés, tous les deux.

Peeples ouvrit la bouche. Miraculeusement, il s'abstint de plaisanter et la referma aussitôt.

— Je comprends que vous ayez peur, poursuivit Bright, mais nous avons une mission. Je le sais, et vous le savez l'un et l'autre. Il faut qu'on la mène à bien.

Innamin et Peeples échangèrent un regard, puis reportèrent leur attention sur leur capitaine.

— Nous sommes tous la République, pas vrai ? dit Innamin.

Bright opina du chef. Il sourit, dévoilant ses dents.

— Absolument, contremaître.

Il désigna Peeples.

— Enseigne, conduisez-nous là-bas.

CHAPITRE SEPT

SYSTÈME HETZAL, AU-DESSUS DE LA LUNE FRUIT.

70 minutes avant l'impact.

Trois Vectors Jedi et un Longbeam de la République surgirent de l'espace, catapultés vers la sphère orange et verte de la Lune Fruit de Hetzal dont la fertilité était connue dans toute la galaxie. Elle comptait quatre milliards d'habitants qui y pratiquaient l'agriculture et vivaient leur vie. Tous allaient mourir d'ici moins de trente minutes si les quatre Jedi et les deux fonctionnaires de la République ne parvenaient pas à détruire, ou au moins à dévier, l'objet qui filait droit sur la lune.

L'anomalie, plus volumineuse que le Longbeam, se dirigeait vers le continent principal de la lune. Compte tenu de sa vélocité, une grande partie de la couche extérieure allait se vaporiser à l'impact et se disperser dans l'atmosphère. Ensuite viendraient la chaleur et les flammes qui annihileraient toute vie à la surface : animaux, plantes et être doués de conscience.

En supposant que cette lune n'explose pas tout simplement à l'impact, songea Te'Ami. Elle bifurqua légèrement pour suivre la même courbe que les deux autres Vectors pilotés par ses homologues Jedi, une manœuvre qui dépendait autant du lien qui l'unissait à la Force que de la pression qu'elle exerçait sur les leviers de commande.

L'oblitération totale de la Lune Fruit comptait parmi les possibilités. La quantité d'énergie transférée à l'impact s'abattrait comme un coup de marteau sur le petit planétoïde. Les mondes paraissaient indestructibles quand on en arpentait la surface, mais Te'Ami en avait vu d'autres… La galaxie se fichait bien de ce que l'on estimait incassable. Il lui arrivait de détruire des objets simplement pour vous prouver qu'elle en était capable.

La petite flotte filait à une vitesse vertigineuse vers l'anomalie. Maître Kriss, à bord du *Third Horizon*, avait qualifié leur mission de « haute priorité », ce que Te'Ami comprenait tout à fait. Quatre milliards d'habitants… cela constituait effectivement une haute priorité.

Elle ressentait Avar dans son esprit, non pas sous forme de paroles, mais comme une vague présence. Maître Kriss possédait un don rare, même parmi les Jedi : elle pouvait détecter les liens naturels entre utilisateurs de la Force et les renforcer pour créer une sorte de réseau de communication. La méthode, peu précise, convenait surtout pour échanger des sensations ou des coordonnées, mais elle demeurait utile, en particulier dans un scénario où des centaines de Jedi s'efforçaient de sauver un système tous ensemble.

Pas simplement utile, à vrai dire. Ce lien apaisait Te'Ami. Elle n'était pas seule. Aucun d'entre eux ne l'était. Qu'ils réussissent ou échouent, les Jedi agissaient *tous ensemble*.

Mais nous n'échouerons pas, pensa-t-elle. Tendant un long doigt vert, elle activa l'un des interrupteurs à la forme élégante de son tableau de bord. Sa comm s'alluma.

— Longbeam de la République, c'est le moment. J'ai besoin que vous transfériez vos systèmes d'armement sous mon contrôle.

— Bien reçu, répondit le pilote du Longbeam, Joss Adren.

Son épouse, Pikka, occupait le siège de copilote. Te'Ami ne les connaissait pas personnellement. Elle savait juste qu'ils ne faisaient pas partie de l'équipage du *Third Horizon* et s'étaient immédiatement portés volontaires lorsque le croiseur était entré dans le système et que l'on avait compris l'étendue du désastre. L'Amiral Kronara les avait affectés à un Longbeam : mieux valait envoyer un vaisseau supplémentaire plutôt que de le laisser prendre la poussière dans son hangar. Les quelques mots échangés en dehors de la mission sur le chemin de la Lune Fruit avaient laissé entendre que Joss et Pikka étaient entrepreneurs, des ouvriers sur le Flambeau Stellaire qui avaient profité du *Third Horizon* pour rejoindre gratuitement le Noyau maintenant qu'ils avaient terminé leur contrat.

Tous deux semblaient être des gens bien. Il ne restait plus qu'à espérer qu'ils soient compétents. La tâche qui les attendait ne les ménagerait pas.

Une lumière couleur ambre clignota sur l'écran de Te'Ami, puis resta allumée.

— Armes basculées sous votre contrôle, annonça Joss.

— Merci, répondit-elle avant d'activer quelques interrupteurs.

Elle reprit vivement les leviers de direction. Les Vectors pouvaient se révéler capricieux : la réactivité fluide des contrôles leur permettait de réaliser des manœuvres incroyables, mais seulement au prix d'une concentration constante.

— Très bien, mes amis. Nous sommes prêts ?

Les réponses lui parvinrent par le canal réservé aux Jedi.

La voix basse de Mikkel Sutmani gronda dans ses haut-parleurs, immédiatement traduite en basic par les systèmes de bord :

— Paré.

Mikkel. L'Ithorien le plus réfléchi qu'elle ait jamais rencontré. Avare de mots, mais menant systématiquement à bien toutes les missions.

— Nous sommes prêts ici aussi, répondit la voix féminine de Nib Assek, troisième et dernier Chevalier Jedi de leur petit escadron.

Son Padawan, Burryaga Agaburry, ne dit rien. Le jeune Wookiee comprenait le basic, mais ne parlait que le shyriiwook, que Nib pratiquait aussi : elle l'avait appris tout spécialement pour le prendre comme apprenti. Ce n'était pas facile pour une gorge humaine de reproduire les grondements et gémissements qui composaient la langue des Wookiees, mais elle avait fait l'effort. Te'Ami et Mikkel, eux, ne comprenaient pas un mot de ce que disait Burryaga.

Cela dit, si Nib Assek affirmait qu'elle et son Padawan étaient prêts, Te'Ami n'en doutait pas.

— Projetez-vous dans la Force, leur dit-elle. Nous allons le faire ensemble. Tous unis.

Elle déploya ses sens au travers de la Force, cherchant le redoutable météore, ou plutôt l'objet inconnu dont les scans ne révélaient pas la nature exacte et qui filait vers eux dans l'espace. Là. Elle le sentait qui déformait le champ gravitationnel sur son passage.

Elle réfléchit, se penchant sur l'origine de l'objet, sa position actuelle, l'endroit où il allait se trouver ensuite.

Et en particulier celui où il se trouverait lorsqu'il recevrait de plein fouet les rafales conjuguées des armes des Vectors et du Longbeam, à intensité maximale.

On ne pouvait calculer ce tir à l'aide d'ordinateurs. Il fallait agit d'instinct, avec la Force. Tous les Jedi focalisant leurs efforts sur un moment unique.

— J'ai la cible, annonça-t-elle. On y est ?

Aucune réponse ne lui parvint de la part de ses homologues, mais elle n'en avait pas besoin. Elle sentait leur acquiescement au travers du lien qu'établissait Maître Kriss depuis la surface de Hetzal Prime. C'était plus rapide que de parler, plus efficace.

— Devenons des lances, conclut-elle, employant une phrase rituelle de son peuple, les Duros.

Pour éviter de lâcher ses leviers de direction au moment crucial, Te'Ami utilisa la Force afin de tirer son sabre laser de l'étui à sa ceinture. Une barre transversale en cuivre très oxydé traversait le manche de cerakote sombre. Lorsqu'on l'activait, il émettait une lame bleue. L'arme comportait des éraflures et des marques de chocs, ainsi qu'une cloque de soudure disgracieuse près de l'extrémité, là où elle avait dû refixer un élément qui s'était détaché. S'il existait un sabre plus laid dans tout l'Ordre, elle ne l'avait jamais vu.

Mais il se déployait quand elle le voulait, et le cristal kyber restait aussi pur et résonnant que le jour où elle l'avait trouvé sur Ilum, jadis.

Te'Ami aurait-elle pu rénover le sabre si elle l'avait souhaité ? Absolument. Nombre de Jedi changeaient souvent de manche pour les ajuster à l'évolution de leur technique de combat, pour suivre les innovations technologiques… voire simplement pour le style. L'esthétique. La mode, pour ainsi dire.

Te'Ami ne s'y intéressait pas le moins du monde. Son sabre laser, aussi ingrat fût-il, reflétait à la perfection l'une des vérités essentielles de la Force : peu importait l'apparence extérieure…

… à l'intérieur, chacun était composé de lumière.

Le sabre laser se déplaça dans le cockpit exigu. Il vint se poser contre une plaque métallique sur le tableau de bord avec un petit déclic particulièrement satisfaisant, maintenu en place par un minuscule champ de force localisé. Un vrombissement se répercuta dans la coque de l'appareil lorsque ses systèmes d'armement s'activèrent. De nouveaux affichages et curseurs s'allumèrent, émettant la même lumière bleue que celle de l'arme. On ne pouvait déclencher les armes d'un Vector qu'au moyen d'un sabre laser, ce qui permettait d'en réserver exclusivement l'usage aux Jedi et de s'assurer que leur emploi procédait toujours d'une action bien réfléchie.

En outre, on pouvait accroître ou réduire l'intensité des lasers du vaisseau grâce aux manettes de contrôle. Tous les tirs n'étaient pas destinés à tuer. On pouvait neutraliser, mettre en garde… et recourir à tout un éventail d'options. Dans ce cas, toutefois, on avait réglé les armes au maximum. Il fallait qu'elles désintègrent l'anomalie spatiale, la pulvérisent, ce qui nécessiterait toute la puissance des trois Vectors, associée à celle du Longbeam. Une énorme rafale.

Cette stratégie allait fonctionner. Il le fallait. La vie de quatre milliards d'habitants sans défense était en jeu sur la Lune Fruit.

Te'Ami se projeta de nouveau dans la Force pour vérifier si ses homologues étaient prêts. Elle sentit quelque chose… dans le flux qui la reliait au vaisseau de Nib Assek. La peur… presque… de la panique.

— Nib, je ressens…, commença-t-elle.

— Je sais, Te'Ami, la coupa la voix de Nib.

Calme, mais peut-être un peu gênée.

— C'est Burryaga. Il a du mal à contenir ses émotions. Je crois que c'est le stress lié à notre mission. Toutes ces vies dans la balance.

— Tout va bien, petit, fit la voix rocailleuse de Mikkel, traduite par la comm. Tu n'es qu'un Padawan, et pourtant nous t'en demandons beaucoup. Te'Ami, pouvons-nous lui épargner le fardeau qui consiste à nous assister pour le calcul de tir ?

— Oui, répondit Te'Ami. Il n'y a aucune honte à cela, Burry. C'est une occasion d'apprendre, voilà tout.

Te'Ami se concentra pour dévier délicatement la connexion du Padawan de Nib Assek. Le Wookiee demeura silencieux. Elle ressentait encore le bouleversement qui émanait de lui. Eh bien, il n'y avait rien de honteux, comme elle l'avait exprimé. Chaque Jedi trouvait sa propre voie, certains plus lentement que d'autres.

— Allons-y, dit Nib, peut-être pour rattraper le retard dû à son élève. Le temps presse.

— Entendu, répondit Te'Ami.

Elle posa ses deux pouces sur les leviers de commande, qu'elle fit pivoter le long de la molette d'intensité afin de régler les armes sur la puissance maximale. Puis elle cala les mains sur les gâchettes.

L'objet, fonçant vers la lune. Sa position précédente. Sa position actuelle. Sa position future.

Les autres Jedi étaient prêts. Ils tireraient au même moment qu'elle, tout comme les systèmes jumelés du Longbeam de Joss et Pikka, chaque faisceau convergeant très précisément vers le même point de l'espace.

Quatre milliards d'habitants. Il était temps. Te'Ami raffermit sa prise sur les gâchettes.

Le système comm lâcha un rugissement, une plainte sonore et insistante. Un véritable cri, presque paniqué. Le bruit surprit Te'Ami : si elle n'avait pas été un Chevalier Jedi, elle aurait pu tirer par inadvertance. Mais sa maîtrise lui permit de garder le contrôle.

Il lui fallut un instant pour comprendre ce qu'elle entendait : il ne s'agissait pas d'un cri inarticulé, mais bel et bien de mots. En shyriiwook. Burryaga exprimait quelque chose qu'elle ne pouvait comprendre. Une plainte répétée, désespérée. Ses émotions troublaient de nouveau la Force, toujours ce mélange de peur qui frisait la panique pure.

— Burryaga, je suis navrée, je ne comprends pas le shyriiwook. Tu vas bien ? Le temps presse. Il faut qu'on tire.

— Non, dit sèchement Nib Assek sur un ton appuyé.

Derrière elle, on entendait les gémissements et les grondements de Burryaga dans sa comm.

— Nous ne pouvons pas attaquer, ajouta-t-elle.

— Mais de quoi parlez-vous ? fit Mikkel. Nous n'avons pas le choix.

— Burryaga est en train de m'expliquer. Les émotions qui émanaient de lui… ce n'étaient pas les siennes. Il les percevait simplement. Il lui a fallu se concentrer sur elles, et surmonter sa propre crainte avant de pouvoir les comprendre.

— Je vous en prie, Nib, expliquez-nous simplement ce qu'il entend par là, demanda Te'Ami.

Nouvelle longue diatribe plaintive en shyriiwook, puis une pause.

— L'objet, dit enfin Nib. Celui qu'on doit détruire pour sauver la lune. Ce n'est pas qu'un objet spatial. C'est un débris, un fragment de *vaisseau*.

Te'Ami laissa retomber ses mains de part et d'autre des leviers de contrôle.

— De nombreuses personnes y sont coincées, conclut Nib. Et elles sont en vie.

CHAPITRE HUIT

AGUIRRE CITY, HETZAL PRIME.
65 minutes avant l'impact.

Le Maître Jedi Avar Kriss entendait le chant de la Force issu du chœur que formait le Système Hetzal dans son ensemble, la vie et la mort dans un mouvement de contrepoint permanent. C'était un air qu'elle connaissait bien pour le percevoir constamment, où qu'elle aille. Ici, la mélodie de la Force se muait en mélange dissonant de peur et de confusion. Des gens mouraient ou éprouvaient l'effroi associé à l'imminence du trépas.

Et au milieu de cette mélodie, les notes des Jedi et du courageux personnel de la République, ainsi que des héroïques habitants de Hetzal, exploitant les ressources à leur disposition pour tenter de sauver les peuples de ces mondes…

Le *Third Horizon* avait atterri non loin de la Résidence Ministérielle d'Aguirre City, capitale de Hetzal Prime. La République coordonnait ses efforts avec le gouvernement hetzalien pour tenter de juguler le désastre : assurer le déroulement ordonné de l'évacuation autant que faire se pouvait, suivre le trajet des projectiles en approche, apporter toute l'aide possible.

Avar Kriss occupait toujours la passerelle du vaisseau et servait encore de point de connexion aux Jedi du système afin qu'ils puissent sentir leurs présences respectives, se localiser les uns les autres et percevoir leur état émotionnel. Parfois, des mots ou des images en émergeaient spontanément, mais le phénomène restait rare. Ce n'était qu'un chant, et Avar chantait et écoutait.

Elle parvenait toutefois à rassembler énormément d'informations à partir de ce qu'il lui disait. Elle savait que cinquante-trois Vectors Jedi circulaient actuellement dans le Système Hetzal. Elle savait quels Jedi intervenaient en ce moment même sur la planète : par exemple, Bell Zettifar, le Padawan prometteur de Loden Greatstorm, approchait de la surface de Hetzal Prime à une vitesse extraordinaire.

Elzar Mann, son plus vieil et plus proche ami au sein de l'Ordre, pilotait son propre Vector, un appareil monoplace actuellement proche d'un des trois soleils du système. Il agissait presque toujours seul. Avar faisait partie des deux seuls Jedi avec lesquels il lui arrivait de travailler. Elle, et Stellan Gios. Essentiellement parce qu'Elzar était… non, on ne pouvait pas le qualifier d'instable. C'était une sorte de bricoleur, si tant est que l'on pût appliquer ce terme aux techniques des Jedi. Il n'utilisait jamais deux fois la Force de la même façon.

Elzar disposait toutefois d'un instinct sûr, et ne tentait jamais rien de trop insolite face à des enjeux graves. En général, ses expérimentations liées aux techniques de la Force permettaient d'accroître les connaissances de l'Ordre, et il lui était arrivé d'accomplir d'incroyables prouesses.

Mais il échouait aussi de temps à autre, parfois de manière spectaculaire. Jamais lorsque des vies étaient en jeu, certes, mais même cette infime incertitude, associée à ses réticences lorsqu'il s'agissait d'expliquer ce qu'il s'efforçait d'obtenir… Disons que certains membres de l'Ordre avaient du mal à le supporter sans s'exaspérer. Ce qui expliquait selon elle qu'il demeurât Chevalier Jedi plutôt que d'accéder au statut de maître. Elle savait que la situation contrariait l'intéressé. Il la trouvait injuste. Il ne se préoccupait pas de la voie qu'empruntaient les autres Jedi au travers de la Force, alors pourquoi se souciaient-ils donc de la sienne ? Il désirait simplement suivre sa propre route, où qu'elle mène.

Avar ne comprenait pas davantage que la plupart des Jedi les expérimentations d'Elzar, mais la sérénité de leur relation reposait sur le fait qu'elle ne lui demandait pas d'explications. Jamais. Cet arrangement avait nourri leur amitié depuis leur apprentissage en tant que novices au Temple Jedi de Coruscant. En outre, elle l'appréciait, tout simplement. Il était drôle, brillant, et ils avaient évolué ensemble au sein de l'Ordre, Stellan, Elzar et elle : trois élèves qui avaient été inséparables durant toutes leurs années de formation.

Elle écarta Elzar Mann de ses pensées pour écouter la Force. Elle sentit les Jedi sur les mondes du système, ceux qui pilotaient des Vectors, et d'autres encore sur des stations, des satellites ou des vaisseaux, dans tout le système, prêtant main-forte là où ils le pouvaient et collaborant généralement avec les vingt-huit Longbeams de la République déployés depuis le *Third Horizon*.

La connexion par la Force lui rapportait même que d'autres membres de l'Ordre étaient en route, faisant de leur mieux pour répondre à l'appel de détresse du Ministre Ecka malgré leur éloignement. La plus proche était Maître Jora Malli, future commandante du quartier Jedi sur le Flambeau Stellaire que l'on venait d'achever, avec son second, Maître Sskeer, un imposant Trandoshan. Stellan Gios venait de s'envoler de l'avant-poste de son temple sur Hynestia, filant dans l'hyperespace à bord d'un appareil d'emprunt comme si le simple fait de penser à lui, quelques instants plus tôt, l'avait convoqué. Et il y en avait bien d'autres.

Avar émit une note pour leur souhaiter la bienvenue, puis appela tous les autres Jedi qu'elle parvenait à joindre, près de Hetzal ou non. La distance ne signifiait rien pour la Force. Et ils avaient peut-être des moyens d'intervenir sans qu'on le sache.

Jusqu'ici, le bilan des victimes de la catastrophe demeurait faible, à peine plus élevé que les fluctuations habituelles de la vie et de la mort qui agitaient tous les vastes groupes d'êtres vivants. Maître Kriss craignait toutefois que la situation ne bascule d'un instant à l'autre : ils ne comprenaient pas vraiment ce qui se passait ici. Rien de tout ceci ne semblait naturel. Elle n'avait jamais entendu parler d'un tel phénomène, une immense quantité de projectiles qui apparaissait dans un système en surgissant de l'espace, sans crier gare.

Elle n'osait imaginer ce qui se serait produit si le *Third Horizon* ne s'était pas trouvé dans les parages après une escale pour refaire le plein de carburant, ou si leur tournée d'inspection du Flambeau Stellaire n'avait pas subi d'interminables retards à cause du superviseur du projet, une Bith enthousiaste du nom de Shai Tennem. Cette dernière avait insisté pour exposer à ses visiteurs Jedi et républicains le moindre recoin de la station, reportant leur départ et exaspérant l'Amiral Kronara. Mais s'ils étaient partis à temps, le *Third Horizon* aurait plongé dans les profondeurs de l'hyperespace avant que l'ordre d'évacuation du Ministre Ecka ne circule, et aurait été à présent beaucoup trop loin pour rejoindre Hetzal dans des délais raisonnables.

Sans l'excès de zèle d'une administratrice bith, Hetzal aurait dû se débrouiller avec cette apocalypse.

Le chant de la Force.

Entre ce qu'il transmettait directement à Avar et le bavardage des officiers de pont du *Third Horizon* qui évoluaient autour d'elle, elle parvenait à conserver une image à jour de la catastrophe, dans tous ses détails, des plus petits aux plus grands.

Au-dessus de Hetzal Prime, un technicien de la République terminait les réparations d'un vaisseau d'évacuation à court d'énergie afin de lui permettre de poursuivre son trajet vers un abri.

Près de la deuxième plus grande géante gazeuse, deux Vectors firent feu et réduisirent en poussière un fragment.

Un Longbeam outrepassa ses limites alors qu'il se précipitait vers une station endommagée, à l'extrême limite du système. Une avarie catastrophique de ses moteurs s'ensuivit. Avar sursauta légèrement en éprouvant la sensation de froid et d'obscurité.

Et au-dessus de la Lune Fruit, une impression très claire, aussi proche d'un message que pouvait l'être la communication à travers la Force dans ces circonstances… La sensation émise par un Chevalier Jedi du nom de Te'Ami : leur conception des événements était tragiquement incomplète.

— Non, dit Avar, perturbée par le sentiment d'urgence que Te'Ami s'efforçait de transmettre.

Ses émotions tourbillonnèrent, et le chant de la Force miroita dans son esprit, plus discret et moins distinct.

Concentre-toi, se tança-t-elle. *On a besoin de toi.*

Avar Kriss maîtrisa ses émotions et écouta. À présent, grâce à Te'Ami, elle savait quoi chercher. Elle invoqua mentalement les traits de l'autre Jedi, sa peau verte, son crâne allongé en dôme, ses grands yeux rouges… et, en un rien de temps, elle découvrit ce que Te'Ami avait tenté de lui montrer. À vrai dire, maintenant qu'elle cherchait, c'était évident. Avar déploya sa conscience dans tout le système, repoussant la limite de ses capacités.

Je ne peux pas me permettre d'en manquer un, pensa-t-elle. *Pas un seul.*

Elle ouvrit les yeux et déplia les jambes pour se remettre debout sur la passerelle du *Third Horizon*. Les officiers lui jetèrent des regards surpris : elle n'avait pas prononcé un mot ni bougé depuis un moment.

L'Amiral Kronara parlait à la Chancelière Lina Soh, qui avait appelé via un relais de haute priorité depuis Coruscant. Ses traits larges et délicats s'affichaient sur l'un des murs comm de la passerelle. Elle paraissait fragile… mais ne l'était absolument pas. Le visage de Kronara offrait un contraste marqué : c'était à croire qu'un marteau aurait pu s'y briser. Il paraissait dur… et il l'était vraiment. Il portait l'uniforme de la Coalition Défensive de la République, gris clair avec quelques touches de bleu, sa casquette sous le bras en signe de respect pour le statut de la Chancelière.

L'image s'affichait dans une résolution basse, et des lignes de parasites parcouraient le visage de Lina Soh toutes les deux ou trois secondes, mais il fallait s'y attendre. Coruscant n'était pas la porte à côté.

— La lumière soit louée pour avoir guidé votre vaisseau assez près de Hetzal pour que vous interveniez, amiral ! dit la Chancelière Soh. Nous avons envoyé des appareils de soutien aussi tôt que possible, mais le signal de détresse depuis Hetzal avait déjà mis longtemps à nous parvenir. Vous connaissez l'instabilité des relais comm dans la Bordure Extérieure.

— En effet, Chancelière, répondit Kronara. Nous apprécions tous vos efforts. Nous progressons ici, mais il faut s'attendre à un nombre considérable de blessés, et je suis sûr que toutes sortes de systèmes essentiels nécessiteront des réparations. Je ferai savoir au Ministre Ecka que vous avez envoyé de l'aide. Il appréciera sans aucun doute.

— Naturellement, amiral. Nous sommes tous la République.

Avar traversa la passerelle, passant devant Kronara au moment où il coupait la transmission avec Coruscant. Il lui jeta un coup d'œil curieux lorsqu'elle s'arrêta devant l'écran où s'affichait le rapport de l'opération d'intervention : tous les vaisseaux, le personnel, les Jedi, la République, les autochtones. Points rouges, verts, bleus, mondes, vies, espoir, découragement.

Elle toucha certaines anomalies rouges du bout du doigt. Au fur et à mesure, celles-ci apparurent en surbrillance, entourées d'un cercle blanc. Lorsqu'elle en eut terminé, elle avait marqué une dizaine de projectiles.

Avar s'éloigna du moniteur, puis se retourna pour regarder l'équipage de la passerelle. Perplexes mais polis, les officiers attendaient qu'elle explique ce qu'elle venait de faire.

— Je déteste devoir vous annoncer cela, mes amis, mais la situation vient de se compliquer énormément. Nous avons un nouvel objectif.

Les traits burinés de l'Amiral Kronara se crispèrent. Avar ne le prit pas personnellement.

— Remplace-t-il les paramètres de mission actuels ?

— J'en serais ravie, répondit-elle. Mais non. Nous devons toujours accomplir ce que nous sommes venus faire ici, empêcher les fragments de détruire Hetzal… mais à présent, il y a autre chose.

Elle désigna l'écran où les points rouges entourés de blanc filaient vers le soleil.

— Les anomalies que j'ai indiquées ici contiennent des êtres vivants. Il ne s'agit plus uniquement de sauver les mondes de ce système.

La prise de conscience se peignit sur les traits de Konara. Il se rembrunit davantage.

— Nous entamons donc une mission de sauvetage, en plus de tout le reste.

— Tout à fait, amiral, dit Avar.

Un chœur de désarroi se fit entendre, les officiers comprenant que leurs progrès jusqu'ici n'étaient que le préambule d'un effort bien plus intense.

— Comment est-ce possible ?

— Combien de gens ? Qui sont-ils ?

— Ce sont des vaisseaux ? Une invasion ?

L'Amiral Kronara leva la main et les voix se turent.

— Maître Kriss, si vous nous assurez que certaines de ces choses abritent des êtres vivants, il n'y a pas de doute. Mais comment proposez-vous d'organiser le sauvetage ? Ces objets se déplacent à une vélocité incroyable. Nos systèmes de visée arrivent à peine à les toucher, et voilà qu'il faut nous… arrimer à eux ?

Avar hocha la tête.

— J'ignore comment nous y parviendrons. Pour l'instant. J'espère que l'un d'entre vous aura une idée. Mais j'ajoute que chacune de ces vies est aussi importante que n'importe laquelle sur cette planète ou sur n'importe quelle autre. Nous devons commencer par nous persuader qu'il est possible de sauver tout le monde. Si la volonté de la Force est ailleurs, ainsi soit-il, mais je n'accepterai pas l'idée de les abandonner avant d'avoir essayé.

Elle traça un vaste geste de la main, embrassant l'ensemble de l'affichage.

— Voici tout ce dont vous disposez… ce que nous avons amené avec nous. Tous les vaisseaux hetzaliens sont occupés à évacuer, et il ne nous reste donc que les Vectors et les Jedi qui les pilotent, auxquels s'ajoutent les Longbeams et leurs équipages. Trouvez un moyen. Je vous en sais capables. Je vais en faire part aux Jedi. La Force aura peut-être une réponse à nous offrir.

Les officiers échangèrent des regards, puis se jetèrent à corps perdu dans le travail, s'efforçant de planifier dix missions de sauvetage complètement impossibles.

Avar Kriss ferma les yeux. Elle s'éleva dans les airs. La Force s'était mise à chanter et lui parlait de péril, de courage et de sacrifice, de Jedi accomplissant leurs vœux et jouant leur rôle de gardiens de la paix et de la justice dans la galaxie.

Le chant de la Force.

CHAPITRE NEUF

HETZAL PRIME.

60 minutes avant l'impact.

Bell tombait. Il avait espéré planer un peu, mais non. C'était une chute, rien de plus. Il avait suivi son maître en sautant du *Nova,* bondissant du cockpit pour se précipiter vers la surface. Il avait pratiqué ce genre de manœuvres à maintes reprises au Temple, mais elles impliquaient d'ordinaire des dispositifs rembourrés et d'autres mesures de sécurité au cas où le Jedi en formation ne parviendrait pas à mobiliser assez de concentration pour amortir sa chute grâce à la Force.

La gravité restait la gravité, et même la Force ne pouvait l'ignorer (même si Bell pensait Maître Yoda capable d'accomplir ce genre d'exploit en se concentrant suffisamment). Mais l'on pouvait convaincre la Force de ralentir une chute, de réduire l'impact à l'atterrissage. Exécutée à la perfection, la technique permettait de se poser aussi délicatement qu'une feuille ou un flocon de neige.

Quant à ce que faisait Bell… on était encore loin de la perfection. La Force semblait occupée ailleurs, peu disposée à accéder à sa demande d'aide. En voyant approcher le sol à une vitesse alarmante, Bell perdit toute forme de concentration. Il tendit les bras, ouvrit la bouche et se mit à crier. Un Jedi aurait dû accueillir la mort avec dignité, il le savait, et pourtant il avait adopté la posture la moins digne qui fût. Bell Zettifar était sur le point d'achever sa carrière de Padawan en s'écrasant au sol comme un fruit pourri, en éclaboussant les alentours et…

Rien.

Il ralentit, pivota dans les airs jusqu'à ce que ses pieds pointent vers la surface, et s'y posa… aussi délicatement qu'une feuille ou un flocon de neige.

— Tu manques encore d'entraînement, commenta son maître d'un ton où perçait un sourire.

Bell ouvrit les yeux et vit devant lui le Maître Jedi Loden Greatstorm, la main levée. Le sourire s'étendait également sur son visage.

— Probablement.

— Assurément, répliqua Loden en baissant le bras. Nous allons nous y atteler.

Il leva les yeux vers le *Nova*, qui effectuait doucement des cercles en pilote automatique à une centaine de mètres au-dessus d'eux, patientant le temps que les Jedi aient de nouveau besoin de ses services.

— Ce n'était pas vraiment idéal comme chute, ajouta Loden. C'est à peine si tu as eu le temps de réfléchir avant que le sol ne t'appelle. Je comprends, Bell. C'est ma faute. Mais ne t'inquiète pas, je vais arranger ça. De retour sur Coruscant, je te jetterai du sommet des plus hautes supertours qu'on pourra trouver. Peut-être te faut-il un peu plus de temps pour t'harmoniser avec la Force. Certains de ces bâtiments comptent des milliers d'étages. Tu pourras tomber pendant plusieurs minutes. Tu auras tout ton temps.

— Quelle merveilleuse idée, maître, fit Bell.

— C'est ce que je me disais.

Le Padawan se retourna pour découvrir la raison qui avait empêché Loden de poser le vaisseau. Des centaines d'autochtones de Hetzal Prime en colère se massaient autour du domaine que les deux Jedi avaient aperçu depuis leur Vector, cette demeure qui devait appartenir à quelque riche marchand, célébrité ou homme d'affaires. Au-dessus des hautes murailles hérissées de piques, on distinguait clairement la courbe élégante du vaisseau posé à l'intérieur.

Tous dans cette foule avaient entendu l'ordre d'évacuation du Ministre Ecka et savaient qu'un moyen de quitter la planète attendait derrière l'enceinte. Les gardes postés au sommet des murs ne semblaient guère disposés à laisser quiconque pénétrer à l'intérieur. Chacun portait un fusil de bonne taille, et s'ils ne braquaient pas directement ces armes sur l'assemblée qui grouillait aux portes, ils ne les en détournaient pas non plus. Si la situation dégénérait, des gens allaient mourir. Beaucoup de gens.

Bell et Loden avaient détourné l'attention de la foule, ce qui n'avait rien de surprenant. Deux Jedi qui tombaient du ciel, ça ne passait pas inaperçu, même dans les circonstances dramatiques auxquelles les habitants de la planète se trouvaient confrontés. Loden s'approcha du groupe le plus proche, composé d'une femme et de deux hommes. L'un d'eux tenait un bébé emmailloté. Ils avaient peur, ils étaient mécontents et proches du désespoir… Bell n'avait même pas besoin de la Force pour le ressentir.

— Bonjour, dit Loden. Je m'appelle Loden Greatstorm. Je fais partie de l'Ordre Jedi. Mon apprenti, ici présent, s'appelle Bell Zettifar. Nous sommes venus vous aider. Que se passe-t-il ? Pourquoi ne vous autorise-t-on pas à embarquer à bord de ce vaisseau ?

L'un des hommes se tourna brièvement vers les gardes postés sur le mur d'enceinte avant de reporter son attention sur Loden.

— Parce qu'il appartient à la famille qui vit dans cette maison chic, de l'autre côté du mur avec toutes ces piques. Ce sont les Ranoraki. Ils paient ces sentinelles pour s'assurer que personne ne montra à bord sauf eux. Ils se préparent au départ… sans doute qu'ils sont occupés à empaqueter leurs chaussettes en fil d'or ou d'autres idioties de ce genre. Ils prennent tout leur temps pendant que nous, on pourrit sur pied.

La femme intervint d'une voix tremblante :

— Il ne reste plus de vaisseaux. Ils sont tous partis et ne reviendront pas. C'est le seul moyen de quitter la planète. Sauf qu'à en croire l'ordre du Ministre Ecka, on dirait que… on dirait que…

Loden tendit la main, effleura la joue de la femme, et celle-ci reprit son calme, soudain plus détendue.

— Vous allez arrêter de vous inquiéter, dit-il d'une voix grave et ample que Bell connaissait bien.

Loden utilisait la Force pour donner du poids à ses paroles, afin qu'elles couvrent le chaos et l'angoisse ambiants.

— Concentrez-vous sur votre famille, sur votre enfant. Protégez-les. Je m'occupe du reste.

La femme hocha la tête et arriva même à sourire.

— Viens, Padawan, dit Loden en se dirigeant d'un air déterminé vers le portail.

Il ne se retourna pas pour voir si Bell le suivait… mais ce n'était pas nécessaire. Là où Loden se rendait, Bell lui emboîtait le pas. Ne fût-ce que pour savoir ce que son maître allait bien pouvoir faire.

Les deux Jedi traversèrent la foule, qui s'écarta devant eux dès que l'on prit conscience de leur identité. Ils portaient toujours la tenue de cérémonie arborée lors de l'inspection du Flambeau Stellaire : une tunique au doux tissu blanc et or avec, çà et là, quelques notes de couleur, le tout retenu par un fermoir doré représentant l'emblème de l'Ordre Jedi. Sur le terrain, ils étaient censés porter une tenue de cuir, voire une armure en fonction de la mission, mais ils n'avaient pas eu le temps de se changer. Ils étaient partis dès que le *Third Horizon* avait débarqué dans le système.

C'était peut-être une bonne chose, selon Bell. Personne ne risquait de se méprendre sur leur identité. Parfois, le simple fait d'être un Jedi résolvait les problèmes. Loden et lui formaient un duo imposant, il le savait : un humain et un Twi'lek, tous deux grands et à la peau sombre, leurs sabres laser fixés à la hanche… Le bruit de leurs pas résonnait avec toute l'autorité du Conseil Jedi.

Les murmures se répandirent sur leur passage comme des ondes sur l'eau, et les cris de colère s'éteignirent peu à peu jusqu'à ce que la foule devienne silencieuse, tous les yeux braqués sur eux. Apparemment, Bell n'était pas le seul à s'interroger sur ce que son maître projetait de faire.

Loden s'approcha des portes. Il leva les yeux vers les deux gardes postés sur les fortifications, de part et d'autre de l'entrée. L'endroit ne ressemblait plus vraiment à une demeure, mais à une petite forteresse. Bell se demanda ce que pouvait bien faire cette famille, ces Ranoraki, qui nécessitât d'engager un tel personnel de sécurité. Au moins deux douzaines d'hommes et de femmes surveillaient l'enceinte, et il y en avait sans doute d'autres à l'intérieur.

— Salut à vous, Maître Jedi, fit l'un des gardes sur un ton relativement avenant. On ne peut pas vous laisser entrer non plus, désolé. Et on dirait que vous avez votre propre vaisseau. Pourquoi vous n'y remonteriez pas d'un petit saut pour retourner dans les Mondes du Noyau ? Vous êtes sur une propriété privée, ici.

— Je me trouve toujours hors de l'enceinte, répliqua Loden. L'autorité dont vous disposez, quelle qu'elle soit, ne s'étend certainement pas au-delà, si ?

Le garde releva son arme et la cala contre son épaule. Il cracha, et la mucosité atterrit au sol, hors des murs, avec un petit bruit mouillé.

— Si vous le dites…

— On m'a fait savoir que vous ne laissiez personne accéder au vaisseau malgré l'ordre d'évacuation émis par le dirigeant planétaire ?

— Tout à fait.

— Mais le vaisseau pourrait transporter la plupart de ces gens. Voire tous avec un peu de créativité.

— Mon job ne consiste pas à les faire embarquer, Jedi. Tout le contraire, en fait.

— Vous devriez peut-être réfléchir à une retraite anticipée, déclara Loden.

Comme toujours, Bell perçut le sourire dans sa voix, mais il en identifia aussi la signification toute particulière, exactement comme il avait su que son maître employait la manipulation mentale des Jedi pour calmer la femme affolée. Bell écarta le pan de sa tunique pour exposer la poignée de son sabre laser encore dans son étui.

Sans le regarder, Loden leva une main dans sa direction et mit en contact deux de ses doigts, le premier et le second de sa main gauche, selon un signal convenu entre eux. Le sens en était élémentaire : *Non, ne fais pas ça.*

Bell se força à se détendre.

Le capitaine des gardes ne parut nullement s'en soucier. Il semblait même un peu amusé.

— Qu'est-ce que tu crois pouvoir faire, Jedi ? Percer les murs avec ton sabre laser ? Nous terrasser tous jusqu'au dernier ?

Son maître s'avança légèrement, et le sourire de sa voix avait gagné ses lèvres.

— Mais oui. Pourquoi pas ?

Le visage de l'homme changea. L'amusement avait disparu. Remplacé par… la confusion. L'inquiétude.

— Ouvrez les portes, dit Loden Greatstorm. Je vous promets que c'est la meilleure manière de procéder. Pour tous ces gens, là-dehors, mais aussi pour vous. Et pour tous vos amis là-haut.

Le garde considéra Loden, et Loden considéra le garde. Bell savait comment cela allait finir, et il ne pouvait s'empêcher de s'en réjouir, même si savourer ce genre de moment n'était pas très convenable pour un Jedi.

Loden n'avait même pas eu à dégainer son arme. Ni à utiliser la manipulation mentale. Loden Greatstorm s'était contenté de quelques mots bien choisis, et voilà que…

— Ouvrez les portes, dit le capitaine des gardes d'un ton las, abattu.

— Merci, fit Loden.

Il se retourna pour regarder Bell.

— Nous allons rester un moment. Pour nous assurer que tout se déroule sans heurt. Ensuite, nous partirons d'ici et nous verrons si nous pouvons nous rendre utiles ailleurs. Entendu ?

— Entendu, répondit Bell.

Des bruits s'élevèrent derrière eux, et les deux Jedi firent volte-face. Ce n'était pas des bruits très rassurants. Des tirs de blaster et des cris. Les Jedi ne pouvaient voir ce qui se passait, pas au travers de la foule.

— Saute, dit Loden avant de bondir au sommet du mur d'enceinte et d'atterrir à côté du capitaine de la garde personnelle de la famille Ranoraki, stupéfait.

Bell le suivit et, de ce point d'observation surélevé, ils aperçurent des speeders. Il y en avait deux, des appareils volumineux et lourds, équipés de canons embarqués, qui tiraient droit sur les Hetzaliens.

Des maraudeurs, pensa Bell. Des individus aussi désespérés que tous les autres habitants de Hetzal Prime mais qui, bien mieux armés, étaient déterminés à prendre le vaisseau du domaine.

Ils s'en prenaient à la foule sans défense et la dispersaient afin de percer une brèche dans la muraille.

— Sabre au poing, ordonna Loden Greatstorm.

Le sourire avait disparu de sa voix.

CHAPITRE DIX

SYSTÈME HETZAL.
ÀU-DESSUS DE LA LUNE FRUIT.
50 minutes avant l'impact.

— On n'y arrivera pas. C'est impossible ! affirma Joss Adren, commandant provisoire du Longbeam de la République dénommé *Aurora III.* C'était déjà bien assez compliqué de détruire ce machin !

Il fixa l'écran de son cockpit où figuraient son propre vaisseau, les trois Vectors Jedi qui l'escortaient, l'énorme anomalie spatiale lancée à pleine vitesse qui, apparemment, abritait des êtres vivants et, bien sûr, la lune densément peuplée que ladite anomalie allait percuter et sans doute pulvériser d'ici… oh, disons, douze minutes. En d'autres termes, le problème qu'ils étaient censés résoudre.

Lorsqu'ils s'étaient portés volontaires pour embarquer à bord d'un Longbeam et intervenir là où ils le pourraient, la motivation principale de Joss avait été d'essayer l'un de ces nouveaux vaisseaux de la République dont tout le monde parlait. Il n'avait jamais piloté ce modèle, agrémenté de petites modifications bien pratiques si l'on en croyait la rumeur.

Il ne rechignait pas à aider les gens, bien sûr… mais maintenant, voilà qu'il se retrouvait avec des vies entre les mains. *Des tas* de vies, et s'il pouvait s'attendre à des félicitations en cas de succès, on ne manquerait certainement pas de l'engueuler en cas d'échec.

Joss poussa un juron. Puis un second… suivi de quatre autres.

— C'est vraiment utile ? demanda sa copilote, Pikka Adren, son second à bord de l'*Aurora III*, mais également capitaine de son cœur.

— Ne va pas me dire que tu ne comprends pas.

Elle était légèrement amusée, légèrement irritée et tout à fait concentrée. Et aussi très belle, avec ses yeux clairs, ses cheveux sombres et bouclés, et ces taches de rousseur qu'il aimait regarder et toucher, et qui mouchetaient sa peau un peu plus pâle. Sa femme aimait lui dire qu'elle le trouvait séduisant, mais il ne se faisait pas d'illusions : il ressemblait à un bloc-moteur sur lequel on aurait posé une tête, avec des cheveux taillés en brosse, le plus court possible, pour ne jamais avoir à s'en soucier. Joss Adren devait bien avoir des qualités, sinon il n'aurait jamais réussi à séduire quelqu'un comme Pikka… mais il savait que son apparence ne figurait pas dans la liste.

— Oh, je comprends ta frustration, mon chou, répondit sa femme. Mais je veux qu'on essaie quand même de sauver ces gens.

— Mais bien sûr que je veux essayer, Pikka ! Simplement, je ne vois pas comment faire.

La mission initiale consistait à traquer une cible pour la détruire : l'un des mystérieux projectiles apparus dans le Système Hetzal. Apparemment, il se déplaçait vite, mais ne possédait pas d'armes ni de moyens d'altérer sa trajectoire. Il suffisait de le faire sauter avant qu'il ne touche la lune. Difficile, mais pas impossible.

Mais désormais, grâce à Te'Ami et à leurs trois autres collègues Jedi affectés à l'opération, ils savaient l'objet habité, aussi curieux que cela paraisse. Des gens se trouvaient à l'intérieur. En vie.

Ils s'étaient acquittés de la traque, mais la destruction n'était plus à l'ordre du jour, du moins jusqu'à ce qu'ils réussissent à sauver les occupants de la chose. Une fois qu'ils en auraient terminé, par des moyens qui demeuraient encore particulièrement vagues, il leur faudrait quand même atomiser ce machin qui fonçait toujours tout droit sur la « Lune Fruit », comme l'appelaient les habitants de ce système.

Une opération délicate s'était transformée en mission impossible… tout en devant toujours accomplir ladite opération délicate.

Joss soupira, puis passa en revue les ressources dont il disposait.

Un Longbeam, avec toutes ses capacités, ses armes et ses instruments. Un appareil absolument magnifique, en toute honnêteté. On pouvait accomplir beaucoup de choses avec un Longbeam. En plus de cela, ils avaient trois Vectors contenant quatre magiciens de l'espace, dont il n'avait jamais tout à fait compris les pouvoirs réels. Les Jedi étaient capables d'exploits hors du commun, d'accord, mais *lesquels* ?

Il y réfléchit, tout à fait conscient que chaque instant consacré à la recherche infructueuse de solutions rapprochait ce fragment, ce vaisseau, ou ce je-ne-sais-quoi, de la lune et de l'éradication totale de ses passagers ainsi que des habitants du planétoïde.

Bon, de quoi les Jedi étaient-ils capables ?

Ils se débrouillaient plutôt bien avec ces épées laser. C'était toujours agréable à regarder, mais elles ne résoudraient pas grand-chose dans la situation présente. Les Jedi sautaient haut et couraient vite, mais pas au point de s'élancer dans l'espace ou de rivaliser avec un vaisseau qui frisait la vitesse lumière.

Ils pouvaient aussi se contenter de se pointer quelque part et de faire sensation. Il les avait vus faire plus d'une fois.

Ils pouvaient... déplacer des objets grâce à leur esprit.

Tiens, tiens, pensa Joss.

Il se retourna vers Pikka.

— Magnégriffes ? dit-il, sachant qu'il n'avait pas besoin d'expliquer davantage.

Elle allait piger du premier coup, ce qui expliquait entre autres choses pourquoi ils s'entendaient si bien, au travail comme ailleurs.

— Peut-être, répondit Pikka, songeuse. Quel genre de câblage on y fixe ?

— De la soie egarienne. Ils viennent de les changer sur ces Longbeams, pour remplacer le tressage en duralliage.

— Bien. La soie egarienne présente une meilleure force de traction, avec l'élasticité par-dessus le marché. Plus on y fait passer d'électricité, plus elle se raidit. Si on pouvait harponner un objet avec un câble assez lâche et faire monter la tension en douceur...

— Exactement. Graduellement, pour éviter qu'il cède.

Pikka hocha la tête et tapota le tableau de bord en cogitant ferme.

— Mais on ne touchera jamais la cible. On ne parle pas de blasters, mais de grosses pinces bien massives. Pas l'idéal pour un travail de précision. Elles sont conçues pour remorquer les épaves stationnaires jusqu'aux docks en vue de réparations. L'anomalie se déplace trop vite.

— Eh bien justement, répliqua Joss. J'ai ma petite idée là-dessus.

Il activa son système comm.

— Maître Te'Ami ?

À vrai dire, il ignorait le statut exact de la Duros : Maître Jedi, Chevalier Jedi ou un autre rang au sein de l'Ordre ? De toute façon, il les appelait tous « maître ». On n'était jamais trop prudent. Joss ne savait même pas si les Jedi *pouvaient* se vexer, mais pourquoi prendre le risque ?

— Oui, Capitaine Adren ? fit la voix de la Jedi, calme et totalement dépourvue de tension alors qu'elle se trouvait face à la même situation insoluble que lui.

— Je crois que j'ai une idée. Mais je dois vous poser une question. Vous pouvez déplacer des objets par la pensée, hein ?

Elle marqua une pause.

— Grâce à notre lien avec la Force, plutôt, mais oui, je comprends ce que vous entendez par là.

— Est-ce que vous êtes capables d'empêcher quelque chose de bouger ?

Nouvelle pause, plus longue.

— Je vois où vous voulez en venir, capitaine, mais nous ne sommes pas des dieux. Nous ne pouvons pas arrêter net cet objet.

— Ce n'est pas ce que je vous demandais, répondit Joss en roulant des yeux en direction de Pikka, qui lui adressa un sourire. Nous disposons à bord d'un équipement qui pourrait le ralentir, mais ce n'est pas simple à manipuler. Il faudrait se caler sur la vélocité du fragment, et nous savons tous combien il est rapide. Nous devrons pousser les moteurs à leur extrême limite et brûler une bonne quantité de carburant ne serait-ce que pour accélérer jusqu'à la vitesse requise.

« Si vous pouviez le ralentir un tant soit peu, même de cinq pour cent, voire d'un pour cent seulement, ça pourrait faire une énorme différence. À ces vitesses, même une diminution de vélocité minimale réduirait de façon significative les ressources nécessaires.

— Un instant, répondit Te'Ami.

La communication s'interrompit, et Joss en déduisit qu'elle devait voir avec les autres Jedi si son plan avait des chances de fonctionner.

La comm crépita de nouveau :

— Nous ferons ce que nous pourrons, déclara la Jedi.

— Excellent !

Une idée lui traversa l'esprit et il se pencha pour ajouter :

— Heu… si vous pouviez tenter de préserver l'intégrité du fragment quand vous le ralentirez, tant que vous y êtes…

— Pourquoi ?

— Nous allons le percuter avec ces énormes griffes métalliques et nous ignorons s'il est fragile ou pas. Nous ne savons même pas de *quoi* il se compose. Il pourrait très bien se disloquer. Alors si vous pouvez faire quoi que ce soit, vous savez… pour éviter ça… ce serait plutôt bienvenu.

Une très longue pause.

— Vous n'avez rien trouvé de mieux ?

— C'est tout ce que j'ai trouvé, Maître Jedi. Si nous arrivons à nous accrocher à cet objet, nous pourrons renverser la poussée des moteurs à vitesse maximale, mais graduellement, pour le ralentir. Aucune signature de moteur n'en émane : on dirait une balle de fusil lance-lim. Comme si quelqu'un avait lancé une pierre à une vitesse phénoménale. En y appliquant une force opposée, nous devrions saper sa vélocité en un rien de temps. Enfin… s'il ne se disloque pas avant. Mais c'est là que vous entrez en scène…

S'ensuivit le plus long blanc de la conversation.

— Comme je vous l'ai dit, capitaine… nous ferons ce que nous pourrons.

— Splendide.

Joss coupa la comm et se tourna vers Pikka.

— Les magiciens de l'espace n'ont pas l'air emballés, commenta-t-elle.

— Bah, ils s'emballeront quand ça fonctionnera.

— Parce que ça va fonctionner ? Ce machin risque de partir en morceaux, à moins que les câbles ne cèdent et ne nous catapultent dans l'espace, ou même tout simplement qu'on ne parvienne pas à s'y arrimer quoi qu'on fasse…

— Bah, répéta Joss.

Il mit les gaz et le Longbeam fusa dans l'espace dans un rugissement de moteurs, toutes ses cloisons vibrant sous la puissance déployée.

— On va vite le savoir.

CHAPITRE ONZE

SYSTÈME HETZAL. ESPACE INTERPLANÉTAIRE.
40 minutes avant l'impact.

Une file de quatre vaisseaux, qui transportaient environ trois mille cinq cents passagers, s'éloignait à une vitesse constante de Hetzal Prime. Ils cherchaient à s'abriter du barrage de projectiles mortels qui avait fait irruption dans la zone et continuait à semer le chaos. Partout régnait la destruction, depuis les confins du système jusqu'aux stations d'extraction de gaz proches des trois soleils qui assuraient à Hetzal des saisons fertiles continues.

Deux des vaisseaux étaient des appareils de plaisance, et les deux autres des cargos reconvertis pour la durée de la période d'urgence. Les premiers pouvaient atteindre des vitesses bien supérieures, mais les quatre capitaines avaient préféré rester ensemble durant leur trajet hors du système pour pouvoir se porter respectivement secours en cas de besoin.

Dans son ordre d'évacuation, le Ministre Ecka avait demandé à tous les vaisseaux de gagner une « distance de sécurité minimale », sans plus expliciter cette formule floue. Pour déterminer la trajectoire à suivre afin de se mettre à l'abri, les capitaines s'appuyaient sur le vaisseau de la République qui avait pénétré dans le système au début de la crise : il coordonnait les efforts depuis la surface de Hetzal Prime en diffusant un flux de données actualisé. Les capitaines pouvaient y suivre la course de la multitude de projectiles mortels qui s'abattaient sur le système. Ainsi, ils avaient une vague idée des zones sûres où se rendre.

Compte tenu de ce qu'ils voyaient en ce moment, ils ne tarderaient pas à sortir de la région dangereuse. Et ensuite… quel sort les attendait ? Apparemment, les agents de la République et leurs collègues Jedi étaient en train de mettre une sorte de plan à exécution, mais aucun d'eux n'en connaissait la nature, et tous ignoraient quand ils pourraient regagner leur monde d'origine. Pour peu qu'ils le puissent un jour. De ce qu'ils en savaient, la situation pouvait bien ne pas s'améliorer, auquel cas ils ne remettraient jamais plus les pieds sur Hetzal Prime.

Et en cela, ils avaient raison.

En un clin d'œil, les vaisseaux avaient disparu, remplacés par quatre bulles qui se déployaient lentement, des bulles composées de feu, de vapeur, de métaux déchirés et des restes atomisés des milliers de passagers qu'ils transportaient. Un des projectiles avait émergé de l'hyperespace au beau milieu de leur trajectoire. Et comme les appareils voyageaient groupés par souci de sécurité, il les avait transpercés un par un telle une brochette de morceaux de viande. Les vaisseaux n'existaient plus.

Sur le *Third Horizon*, le Maître Jedi Avar Kriss entendit le brusque silence de toutes ces âmes qui venaient de disparaître à jamais dans la Force. Elle pinça les lèvres.

Elle n'arrêta pas d'écouter. Quelque chose la dérangeait, une note dissonante dans la mélodie. Elle cherchait à comprendre ce qu'elle entendait, de toute la force de ses perceptions, sachant bien qu'elle poussait ses capacités à leur limite. Trop d'événements se bousculaient ensemble dans le Système Hetzal, et son esprit n'était pas vraiment capable de les appréhender tous. Elle insistait, s'efforçant d'obliger la Force à lui révéler la réponse… mais elle savait qu'elle faisait fausse route. Il lui fallait prendre du recul, ne pas forcer les choses. Laisser la Force prodiguer ses bienfaits conformément à sa volonté, en son temps.

Avar modéra son souffle, le rythme de son cœur, puis elle sentit le calme revenir dans son esprit et son âme. Elle tendit de nouveau l'oreille, attentive à la fausse note – au même instant, un projectile finit par percuter la surface de Hetzal Prime, en pleine mer, détruisant des milliers de kilomètres carrés de fermes d'algues, provoquant un jaillissement de vapeur dans l'atmosphère et répandant des tsunamis dans un vaste cercle qui s'étendait à vive allure. Des habitants moururent, mais des centaines, pas des milliers ou des millions, car les fermes, très automatisées, étaient principalement gérées par des droïdes. Sans doute que d'autres allaient succomber lorsque les vagues atteindraient la côte, mais la catastrophe aurait pu être pire, bien pire. Le fragment était de petite taille et, l'eau l'ayant énormément ralenti, il n'avait pas pénétré la croûte planétaire.

Une fausse note, certes… mais guère différente des touches d'horreur et de souffrance qu'elle percevait par ailleurs. Le système restait déséquilibré, malgré les efforts des Jedi et de la République pour le sauver. Non, ce n'était pas une fausse note qu'elle cherchait.

C'était une *absence* de note. Il y avait un vide au beau milieu de ce que discernait sa conscience. Quelque chose qu'elle n'entendait pas, et que la Force cherchait à lui montrer. Mais elle canalisait trop d'informations complexes, et elles accaparaient sa concentration : les anomalies, la terreur des gens qui se trouvaient à bord de certaines d'entre elles, ses propres équipes s'efforçant d'intervenir, et le réseau de la vie elle-même au sein du système…

Quelque chose lui échappait. Et si elle ne trouvait pas un moyen de l'entendre, elle craignait bien que tous leurs efforts, au bout du compte, ne serviraient à rien.

Avar Kriss ouvrit son esprit le plus largement possible.

Et elle écouta.

CHAPITRE DOUZE

STATION SOLAIRE 22-X.
LONGBEAM DE LA RÉPUBLIQUE *AURORA IX*.
35 minutes avant l'impact.

— Maintenant, contremaître ! ordonna le Capitaine Bright, et Innamin activa les systèmes coupe-feu.

Une courbe de mousse verte jaillit des becs situés sous le cockpit du Longbeam pour atteindre les flammes qui ondoyaient à la surface de l'anneau d'accostage de la ferme solaire.

Dès que le feu fut éteint, Bright fit avancer le vaisseau en essayant de s'insérer efficacement dans le mécanisme d'arrimage. Ce n'était pas facile. La station avait subi de graves avaries lorsque le projectile hyperspatial avait fracassé ses bras extérieurs, emportant l'ensemble de la structure dans un mouvement giratoire rapide et désordonné. La structure chaotique que formaicnt dorénavant les panneaux solaires, les contreventements et le vaste compartiment central destiné à l'équipage comportait des propulseurs extérieurs qui tentaient de compenser cette rotation, mais le cerveau droïde chargé de l'opération ne comprenait sans doute pas que la masse totale avait radicalement changé après la perte de tous ces bras lors de la collision.

Les petits ajustements, ces jets de vapeur émis dans l'espace par les embouts directionnels… ne faisaient qu'aggraver la situation. La sphère centrale, où vivait et travaillait le personnel, tremblait sous les vibrations, bourdonnant comme un essaim d'insectes irrités. Connecter l'*Aurora IX* au système d'arrimage sans pulvériser le vaisseau ou la station, voire les deux, nécessitait des talents de pilote hors du commun.

Heureusement, le Capitaine Bright était un pilote plein de ressources.

— Allons-y, annonça-t-il en regardant le témoin de son tableau de bord passer au vert pour lui indiquer que la jonction d'amarrage se présentait bien.

En relevant la tête, il vit son équipe : le Contremaître Innamin et l'Enseigne Peeples avaient tous deux enfilé l'équipement d'urgence issu des casiers du Longbeam.

— Cette station abrite sept personnes, déclara Bright. Elle n'est pas très grande, mais elle comporte toutes sortes de cachettes potentielles. Personne ne répond à nos comms, ce qui signifie que les passagers sont blessés ou que l'impact du projectile a endommagé les systèmes. Il va falloir fouiller. Nous allons nous séparer, et chacun examinera un tiers des ponts. Si vous trouvez quelqu'un, ramenez-le au sas. En cas de besoin, appelez le droïde.

Il désigna d'un geste le cylindre argenté aux bords hémisphériques qui flottait dehors, tout près du cockpit. Un droïde pilule. De conception très simple, avec un grand œil de cristal rond et une grille de haut-parleur juste en dessous. Son aspect apparemment peu fonctionnel était trompeur. Bright avait vu ces engins au travail. Ils possédaient toutes sortes de bras amovibles sous les panneaux lisses de leur coque afin d'accomplir des tâches qui pouvaient s'échelonner de l'extraction de victimes sous une épave aux opérations de chirurgie élémentaire. Plutôt pratique comme machine…

— Allons-y, dit Bright en appuyant sur l'ouverture du sas de l'*Aurora IX*.

Une bourrasque d'air suffocant émana de la station abîmée, charriant avec elle des odeurs de fumée chimique, de plastoïde fondu et de métal surchauffé.

— Ça brûle, commenta l'Enseigne Peeples, sa trompe vibrant avec presque autant de vigueur que la station. Et ça pue. Peut-être que la station solaire a mangé trop de pharphar au déjeuner.

— Ouais, je le sens aussi… Mes tentacules sont presque aussi sensibles que ton nez, Peeples. Enfilez vos masques et respirez par petites bouffées. On a du boulot.

Les trois membres d'équipage se déployèrent dans la structure. Dans la fumée qui s'épaississait, il devint rapidement évident que, malgré les lunettes techno-évoluées qu'ils portaient tous, la fouille visuelle ne donnerait aucun résultat. Les sauveteurs criaient donc pour se faire entendre d'éventuelles victimes, et s'arrêtaient régulièrement pour tendre l'oreille avant de poursuivre leur chemin à travers les différents niveaux.

Bright, de plus en plus convaincu que les occupants de la station avaient tous péri, entendit soudain une voix faible qui provenait de derrière une console de contrôle effondrée.

— S'il vous plaît, je suis là… s'il vous plaît…

En se dirigeant vers le bruit, il découvrit une humaine à la peau sombre assise contre une cloison. Du sang coulait sur son visage depuis une blessure au cuir chevelu. Un autre membre d'équipage gisait à côté d'elle, inconscient. Elle avait déposé la tête de l'homme sur ses genoux, mais ne semblait pas capable de lui offrir davantage en matière d'assistance.

— Je travaille pour la République. Je suis le Capitaine Bright. Ne vous inquiétez pas, madame, nous allons vous tirer tous les deux d'ici. Comment vous appelez-vous ?

— Sheree, répondit-elle d'une voix faible. Et lui, c'est Venn. Je… ne suis pas sûre qu'il soit… il est peut-être mort. Il n'a pas bougé depuis un moment.

— Ne vous en souciez pas pour le moment, Sheree. Les autres membres de l'équipage ont-ils survécu ?

— Je l'ignore. Nous avons perdu le contact les uns avec les autres quand… tout a pris feu. Les comms de la station sont coupées.

Je m'en doutais, pensa Bright.

Il tira un comlink de sa ceinture et le porta à ses lèvres.

— Innamin. Peeples. J'ai deux survivants ici. L'un d'entre eux est trop blessé pour bouger. Je vais appeler le droïde pilule et les ramener au Longbeam. Vous avez trouvé quelque chose ?

Tout en parlant, il appuya sur la télécommande de sa ceinture pour faire venir le droïde de sauvetage auprès de lui. Avec un peu de chance, la machine parviendrait à faire quelque chose pour Venn, l'homme qui avait perdu connaissance. Et sinon, l'infirmerie de l'*Aurora IX* était équipée pour répondre à diverses urgences.

Le comlink crépita.

— Pas d'autres survivants pour le moment, capitaine, répondit Innamin d'une voix entrecoupée de parasites.

De toute évidence, les dégâts infligés à la station provoquaient des interférences.

— Mais nous avons un autre problème, ajouta-t-il.

— Dites-moi tout, ordonna Bright en regardant le droïde de secours approcher en planant silencieusement.

Il fit signe à Sheree qu'il allait reprendre sa fouille. Elle acquiesça, avec une expression douloureuse mais reconnaissante.

— J'ai commencé par le niveau du bas, poursuivit Innamin. C'est là qu'ils stockent le matériel opérationnel de la station : énergie, systèmes vitaux et tout le reste. J'ai flairé quelque chose et je me suis dit qu'il valait mieux vérifier le réacteur. Et j'ai bien fait. Il a subi de graves avaries. Ce truc est instable : si on ne le répare pas, il va exploser à coup sûr.

Bon sang, songea Bright. Il ne s'attendait pas à une mission facile, mais voilà qui présentait un défi à une tout autre échelle.

— Combien de temps nous reste-t-il ?

— En toute franchise, capitaine, si ça ne tenait qu'à moi, je donnerais l'ordre de partir tout de suite. Ça peut se déclencher d'une seconde à l'autre.

— On ne peut rien y faire ? Le stabiliser le temps de finir la fouille ? J'ai trouvé deux survivants, il doit bien y en avoir d'autres…

Innamin était ingénieur de formation. Des trois membres d'équipage de l'*Aurora IX*, c'était le seul à disposer des compétences nécessaires pour envisager de réparer un réacteur. Ce qui signifiait également que lui seul pouvait estimer s'il était capable d'intervenir d'une façon ou d'une autre. Innamin aurait simplement pu répondre : *Oh non, pas question, rien à faire, il faut qu'on déguerpisse, on a fait de notre mieux…* Personne n'aurait vu la différence. C'était encore un gamin, il avait toute la vie devant lui. Bright ne lui en aurait pas vraiment voulu s'il lui avait dit qu'il était temps de partir.

— Je peux essayer, dit Innamin. On gagnera peut-être quelques minutes.

Bright se sentit envahi de fierté.

— Nous sommes tous la République.

— Nous sommes tous la République, répéta Innamin.

— Et nous sommes tous *morts* si nous ne terminons pas la fouille rapidement ! intervint l'Enseigne Peeples depuis une autre section. J'ai un autre survivant. Gravement blessé. Envoyez la pilule.

Un tremblement agita la station à cet instant précis, une secousse sèche comme si quelqu'un, dehors, l'avait frappée au moyen d'une barre de duracier de cent mètres. La vibration déstabilisa Bright, qui eut à peine le temps de se rattraper pour éviter une chute redoutable. Ils étaient fichus, il le savait. L'explosion allait les pulvériser : trois aspirants héros, emportés en un instant avec ceux qu'ils tentaient de sauver. Mais la secousse cessa, et il avait encore un pont sous les pieds et des cloisons de chaque côté. La station était intacte. Bright décida de considérer l'incident comme un précieux rappel concernant la nécessité de ficher le camp d'ici.

— Gagnez du temps, contremaître, dit-il en se redressant. Et Enseigne Peeples, je vous envoie le droïde dès qu'il aura fini de s'occuper de mes deux survivants. Je continue à chercher.

Bright commença à courir, balayant les couloirs du regard et cherchant à percer la fumée pour détecter des silhouettes.

— Mais par la lumière… *dépêchez-vous*, tous les deux !

CHAPITRE TREIZE

HETZAL PRIME.

30 minutes avant l'impact.

Les deux Jedi, Bell Zettifar et Loden Greatstorm, l'apprenti et le maître, se précipitaient vers les speeders des maraudeurs. Les lames de leurs sabres laser jaillirent en vrombissant pendant qu'ils couraient. Ces armes émettaient un bruit unique dans toute la galaxie. Pour Bell, il évoquait la compétence, l'entraînement, la concentration, un choix d'ultime recours et l'art des Jedi.

Les sabres laser étaient conçus pour mettre un terme aux conflits. Pour ne pas blesser davantage que nécessaire et, dans les affreuses circonstances où la mort constituait la seule issue, pour tuer rapidement. Ce genre d'instrument n'infligeait pas plus de dégâts que ce que désirait son porteur. Avec un sabre laser, il n'y avait pas de dégâts collatéraux.

Lc ronronnement de sa lame suscitait toutes ces pensées à la fois chez Bell. Selon lui, les maraudeurs dont ils se rapprochaient lui associaient sans doute une signification bien différente. Pour eux, ce bruit était celui… des conséquences.

Les maraudeurs les virent arriver… Comment auraient-ils pu les manquer ? Bell se dit que les sabres laser servaient également à cela : brillants, lumineux, on ne pouvait les ignorer. Entre le son et l'éclat, l'ennemi recevait une mise en garde, l'opportunité de *renoncer* tout simplement à se battre, et n'était-ce pas l'issue la plus souhaitable dans tous les cas ?

C'était à croire que ces individus malfaisants ne réfléchissaient pas. Malfaisants… oui, c'était le mot. Quiconque mitraillait une foule impuissante pour tenter d'entrer de force dans une demeure et y voler un vaisseau… voilà bien la définition la plus pure d'un acte malfaisant.

Une vingtaine de maraudeurs attendaient, répartis équitablement entre les deux speeders. Chacun des appareils disposait d'un canon monté à l'arrière, et les armes pointèrent vers les Jedi, émettant un vrombissement sourd tandis qu'elles se chargeaient.

— Pourquoi la Force nous a-t-elle appelés à nous battre aujourd'hui ? demanda Loden.

— Pour la vie et pour la lumière, répondit Bell.

Les canons des speeders tirèrent, lâchant un tir de barrage, un véritable déluge de chaos à vous percer les tympans, le vacarme de la mort elle-même.

Bell n'était pas encore passé expert dans bien des arts que pratiquaient les Jedi. Loden avait raison de le pousser, de saisir la moindre occasion de le former, de renforcer ses compétences. Il était Padawan, et le resterait sans doute encore un moment. Mais le sabre laser… Son maniement avait coulé de source pour lui, dès le début.

Loden et Bell déviérent tous les tirs, jusqu'au dernier. Chaque faisceau était mortel, de larges rayons d'énergie à haute intensité filant à une vitesse stupéfiante… qui devenaient insignifiants face aux sabres laser des Jedi. Insignifiants face à la Force. Les Jedi déviaient la majorité des rafales vers le ciel, loin de la foule, mais tous deux orientèrent soigneusement quelques faisceaux en direction des speeders. Ils n'avaient pas besoin de coordination : Bell s'occupa de l'appareil de gauche, Loden de celui de droite, la Force rendant instantanément évidents leurs choix respectifs. Les traits d'énergie ricochèrent sur leurs lames dans un crépitement intense.

Les canons explosèrent, réduits à l'état d'épaves tordues et fumantes. Ceux qui les maniaient moururent sur le coup. Bell les sentit trépasser, en dépit de la concentration qu'il mobilisait pour se protéger, lui et ceux qui l'entouraient, et du lien qu'il entretenait avec tous les autres Jedi du système grâce aux efforts de Maître Kriss sur le *Third Horizon*.

Les canons avaient disparu, mais il ne s'agissait pas des seules armes des maraudeurs. Des tirs d'armes plus légères émanèrent des speeders fumants : des fusils, des flingues à diffusion et des pistolets blaster. Peu importait. Loden et Bell avançaient, inexorables, leurs lames lumineuses fendant l'air.

Une grenade à segmentation jaillit d'un tube que brandissait l'un des maraudeurs et fila droit vers un groupe de réfugiés en fuite. Loden Greatstorm tendit la main sans ralentir et le projectile bifurqua à angle droit, sa trajectoire horizontale s'infléchissant à la verticale. Il fila en hauteur pour exploser à des centaines de mètres au-dessus de leurs têtes. Les éclats de métal tranchants qui auraient réduit en charpie des dizaines de fuyards retombèrent dans les champs qui bordaient le domaine des Ranoraki.

Bell ressentit le profond mécontentement de son maître vis-à-vis du choix que venaient de faire les assaillants et les plaignit presque.

Les deux Jedi bondirent dans les airs, effectuèrent un saut périlleux et repoussèrent d'autres tirs de blaster pendant leur courbe ascendante. Il fallait reconnaître, au crédit des maraudeurs, que ces sinistres égoïstes tiraient plutôt bien. Non pas que cela eût la moindre importance.

Bell atterrit sur l'appareil de gauche et Loden sur celui de droite, comme s'ils en avaient convenu au préalable. Les maraudeurs eurent enfin une idée sensée et plongèrent hors de leurs véhicules pour se disperser parmi la foule, mais pas avant que les Jedi n'en aient désarmé quelques-uns à coups de sabre laser bien placés ou en leur arrachant leurs engins de mort grâce à la force.

— *Blast !* jura Loden en voyant les dernières crapules – huit, semblait-il – disparaître parmi les réfugiés. Certains sont encore armés. Ils pourraient prendre des otages. Il faut qu'on les poursuive à présent.

— Je sais, maître, mais comment allons-nous…

Un bruit sec, et Bell ne vit plus qu'un halo doré, une lumière aveuglante qui étincelait dans son champ de vision. L'odeur d'air ionisé et surchauffé lui emplit les narines. Un tir de blaster ricocha vers le ciel, trait de lumière destiné un moment auparavant à transpercer le crâne de Bell.

Bell réalisa que son maître venait de lui sauver la vie.

Par-delà le sabre de Loden, il vit que les gardes des Ranoraki, toujours postés au sommet du portail, avaient levé leurs armes pour leur tirer dessus.

— Les idiots, gronda Loden.

— Qu'est-ce qu'ils font ? fit Bell en levant sa propre lame pour dévier un tir. Je croyais que vous leur aviez fait entendre raison ?

— La situation a dû leur faire entendre déraison. L'occasion leur a paru trop belle : ils se sont dit que si on était pris entre deux feux, ils avaient peut-être une chance de nous abattre.

— C'est de la folie ! protesta Bell. Avec tout ce qui se passe ici, ils veulent se battre ?

— Ils ont peur. Ils s'efforcent d'arracher un semblant de contrôle à une situation incontrôlable.

D'autres tirs émanèrent de la foule : les maraudeurs survivants, voyant une ouverture, se frayaient un chemin jusqu'aux portes. L'échauffourée basculait dans le chaos et la bataille ouverte. Des familles de réfugiés ripostaient – certains avaient manifestement pris leurs propres armes en cas d'urgence.

Et pourtant, la catastrophe à grande échelle menaçait toujours. Plus ces gens s'attardaient sur la planète, plus ils risquaient de mourir lorsqu'un projectile en percuterait la surface. En fait, le cas venait apparemment de se produire.

Loin vers l'ouest, un immense nuage noir enflait dans le ciel pour former une gigantesque colonne qui s'évasait, formant un vaste disque en atteignant les premières couches de l'atmosphère. Des gémissements de terreur se répandirent parmi les réfugiés. D'aussi gros nuages noirs étaient rarement bon signe.

— Il faut que ça s'arrête, fit Loden.

— Je suis bien d'accord, dit Bell, mais comment ?

Son maître considéra l'affrontement. Puis il se tourna vers le ciel, où le *Nova* tournoyait encore lentement. Ou peut-être scrutait-il le firmament pour y déceler des traînées ardentes venues de l'espace, ces messagers de fin du monde qu'aucun sabre laser ne pouvait dévier, fût-il manié de la main la plus experte.

Il était en fait en train de jauger, de décider. D'échafauder un plan.

— Apprenti, protège-moi.

Sans attendre de voir comment son Padawan interpréterait son ordre, Loden désactiva son sabre laser. Juste à temps, Bell dévia une rafale qui aurait transpercé la poitrine de son maître.

Faveur rendue, *maître*, pensa-t-il.

Loden ferma les yeux et tendit la main devant lui, paume à plat. Il déploya brusquement ses doigts comme les branches d'une étoile.

Ce fut tout ce que Bell aperçut : il avait bondi devant son maître, le sabre en posture de garde, pour renvoyer les tirs de blaster vers les gardes de la muraille.

Rien ne passera. Je protégerai mon maître.

Il sentit un élan de la Force derrière lui, et huit silhouettes jaillirent de la foule pour s'élever dans les airs. Les derniers maraudeurs. La plupart lâchèrent leurs armes, mais certains tirèrent au hasard, sans rien toucher, hurlant de fureur et gesticulant avant que leurs blasters ne soient arrachés de leurs mains.

Bell était bouche bée d'admiration. Tel était le pouvoir des Jedi. Un jour, lui aussi pourrait devenir comme Loden. Il *allait* le devenir.

Même les gardes des Ranoraki cessèrent de mitrailler, tous les yeux convergeant vers les assaillants dont l'ascension n'avait pas cessé. Ils montèrent encore à trois mètres, puis cinq, dix… et retombèrent d'un coup. Comme des rochers poussés du haut d'une falaise, ils piquèrent vers le sol, dans un même cri, pendant une seconde et demie environ. Puis ils s'écrasèrent, et la clameur se mua en gémissements de douleur.

Ils n'étaient pas morts. Bell l'aurait senti. Mais ces gens ne tueraient plus personne. Pas aujourd'hui en tout cas, et peut-être plus jamais.

La foule poussa des hourras, que les deux Jedi ignorèrent. Ils étaient intervenus parce que c'était juste, et pour aucune autre raison.

— Merci, Bell.

— Je vous en prie, maître.

Loden leva la poignée de son sabre. Il la pointa en direction du portail, toujours fermé et verrouillé. Puis il riva son regard à celui du capitaine des gardes.

Il l'activa, et tandis que le cœur lumineux et ardent de la lame se déployait, les portes s'enfoncèrent dans un grand fracas, leur verrou pulvérisé par la Force et la maestria de Loden. Les lourds battants métalliques heurtèrent l'intérieur des murs avec une telle force que l'on pouvait craindre qu'ils ne sortent de leurs gonds.

— Vous avez compris, *maintenant*? cria le Jedi aux sentinelles pendant que les Hetzaliens affluaient à l'intérieur et se dirigeaient vers le vaisseau.

Le capitaine considéra la foule un long moment, puis reporta son attention sur Loden. Il laissa tomber son fusil, et les autres l'imitèrent.

Loden abaissa son sabre laser. Il regarda Bell.

Et sourit.

Mais à cet instant, une incertitude traversa le maître comme l'apprenti.

— Vous l'avez ressenti? demanda Bell. C'était Maître Kriss, à bord du *Third Horizon*.

— Oui, répondit Loden. Il se passe quelque chose d'anormal.

CHAPITRE QUATORZE

LE *THIRD HORIZON*.
25 minutes avant l'impact.

Avar Kriss se tenait sur la passerelle devant le mur de projection du *Third Horizon* où s'affichait toujours le Système Hetzal. La crise avait évolué : on était passé de la réaction pure à la gestion. Aucun nouveau fragment n'avait émergé de l'hyperespace depuis un moment, et on avait réussi à s'occuper d'une façon ou d'une autre de beaucoup des projectiles existants.

Maître Kriss écoutait toujours le chant de la Force, et savait que d'autres Jedi arrivaient peu à peu dans le système, prêts à mettre leurs talents au service de l'opération de sauvetage.

Sur l'écran, elle vit Jora Malli et Sskeer exécuter une manœuvre complexe aux côtés de deux Longbeams de la République, détruisant un fragment avant qu'il ne percute un transport qui convoyait plusieurs milliers de réfugiés.

— C'est fait, annonça Jora à la comm sur un ton détaché.

— Merci, Maître Malli, répondit l'Amiral Kronara, qui se trouvait à la gauche d'Avar. Je… ne savais pas si vous arriveriez à temps.

— Remerciez la Force, amiral, dit Jora. Et vos équipes. Nous avons livré un effort commun. Maintenant, si vous voulez bien m'excuser, je dois déterminer comment Sskeer et moi pouvons désormais nous rendre utiles.

Il y a un problème, songea Avar. Elle en était convaincue, jusque dans ses os, sans pour autant parvenir à distinguer ce qui causait cette impression.

— Un appel de Coruscant, amiral, annonça l'un des officiers de pont. De la Chancelière Soh, qui demande un rapport sur la situation.

— Transférez-la-moi, lieutenant. Je crois que les bonnes nouvelles vont lui faire plaisir.

Kronara se tourna vers Avar en souriant. On ne pouvait pas qualifier son attitude d'enjouée – des habitants étaient morts dans ce système et on ignorait encore ce qui avait provoqué la catastrophe –, mais il avait de toute évidence l'impression d'avoir accompli son travail à merveille, à l'improviste et sans préparatifs. La compétence, la formation et l'improvisation inspirée avaient triomphé : c'était l'issue parfaite pour un militaire.

— Je sais que je devrais m'abstenir de le dire, commenta l'Amiral Kronara, mais je crois que le pire est derrière nous.

Vous devriez vous abstenir, en effet, songea Avar. La Force chantait toujours dans son esprit, et au beau milieu de la mélodie, elle percevait encore un immense vide. Un silence. Quelque chose manquait.

L'amiral s'approcha d'une station comm pour prendre l'appel de la Chancelière. Avar ne détacha pas les yeux de l'écran.

Qu'est-ce qui m'échappe ? se demanda-t-elle. *Quel détail ?*

Quelque chose attira son attention : l'une des anomalies hyperspatiales au plus profond du système, non loin du plus grand des trois soleils de Hetzal.

Avar fit signe au plus proche des officiers de pont et désigna l'affichage.

— Regardez, dit-elle en lui montrant l'anomalie en question. De quoi s'agit-il, lieutenant ?

L'officier examina la zone.

— De l'un des fragments, Maître Kriss. Il n'abrite aucun être vivant, et nous pouvons donc plus ou moins l'ignorer, heureusement.

— L'ignorer ? Pourquoi ?

Il pianota sur son datapad. Une ligne pointillée apparut à l'écran, figurant la trajectoire du projectile. Il allait suivre une brève courbe à travers l'intérieur du système avant de disparaître dans le soleil.

— Comme vous pouvez le constater, expliqua le lieutenant en montrant l'affichage, il va tomber dans cette étoile et se vaporiser. Un coup de chance, vraiment, parce que nous ne disposons d'aucun vaisseau à proximité. Il a émergé de l'hyperespace à l'intérieur du système, près du centre, et la plupart de nos ressources sont déployées ailleurs.

Avar se rembrunit.

— Il y a autre chose. Un aspect particulier. La Force a attiré mon attention sur cet objet, et nous devons découvrir pourquoi. En connaissez-vous la nature ? La nature spécifique ?

L'officier hésita et plissa les paupières en fixant l'écran comme si celui-ci pouvait lui révéler une information inédite.

— Il se trouve trop loin des senseurs de bord pour que nous obtenions des données supplémentaires, madame. Je peux me renseigner auprès des administrateurs hetzaliens, cela dit. Ils ont peut-être des satellites plus proches qui pourraient nous éclairer.

— Je vous en prie, oui, acquiesça Avar. Faites vite.

L'officier hocha la tête et s'éloigna en direction d'une console de communication.

L'Amiral Kronara, revenu de sa conversation avec la Chancelière, reprit sa place à côté d'Avar.

— Qu'y a-t-il, Maître Jedi ?

— Je ne le sais pas encore, amiral, répondit-elle. Fions-nous à la Force.

— Oui, bien sûr.

— Comment va la Chancelière ?

— Je dirais qu'elle est soulagée. La journée n'a pas été bonne, mais elle sait que nous aurions pu subir bien pire. La Chancelière Soh m'a posé énormément de questions auxquelles je ne pouvais pas encore répondre, sur la source des anomalies, la probabilité que le phénomène se reproduise, ce genre de choses. Elle réfléchit sur le long terme.

— C'est son travail. Que croyez-vous qu'elle fera ?

— Si vous voulez mon avis, je pense qu'elle craint une sorte d'attaque. Je sais que c'est improbable, mais pas impossible. Les ennemis ne vous préviennent généralement pas lorsqu'ils ont l'intention de s'en prendre à vous.

— Et la plupart du temps, ils n'envoient pas non plus des compartiments de passagers pleins et dépourvus de moteurs, amiral. De quoi pourrait-il bien s'agir ? D'une sorte de force d'invasion ?

— Je mentirais en prétendant que je le sais, Maître Kriss. Peut-être utilisent-ils une sorte de tactique bizarre que nous ne comprenons pas encore. Ce qui compte, c'est que nous ayons été là pour aider à les arrêter, et…

— Capitaine, madame, les interrompit le lieutenant.

L'amiral et la Jedi se tournèrent pour le regarder. Blême, l'officier semblait au bord du désespoir. Comme s'il venait de se jeter du haut d'une falaise.

— Vous savez que nous rassemblons les données de nos propres senseurs et les ressources du système coordonnées par l'intermédiaire du bureau du ministre à Aguirre City. Leur principal technicien est un homme du nom de Keven Tarr. Il a accompli des prouesses remarquables, en maintenant en fonctionnement le réseau de satellites malgré toutes les avaries consécutives à l'incursion hyperspatiale. C'est très impressionnant, à vrai dire, et…

— Lieutenant, je vous prie, le coupa l'Amiral Kronara. Qu'est-ce qui se passe ?

L'officier hocha la tête et reprit.

— Tarr a mobilisé tout ce dont il disposait afin d'obtenir un scan de l'anomalie qui préoccupait Maître Kriss. Celle que… heu… celle que la Force lui a désignée. Il s'agit d'un module container, énorme, qui a vraisemblablement subi des dégâts. Il présente une fuite. Très légère, mais suffisante pour que le réseau de Tarr ait pu procéder à une analyse spectrographique. C'est…

Le lieutenant prit une profonde inspiration.

— Du tibanna liquide. Il ne contient que ça. Et l'étoile vers laquelle il file est de classe R.

L'Amiral Kronara lâcha un juron, ce qui ne manqua pas d'étonner Avar.

— Plutôt grave, j'imagine ? s'enquit-elle.

L'amiral fixa l'écran un moment en serrant les dents.

— En toute franchise ?

Il se tourna vers elle.

— Ça ne pourrait pas être pire.

CHAPITRE QUINZE

SYSTÈME HETZAL.
AU-DESSUS DE LA LUNE FRUIT.

20 minutes avant l'impact.

Trois Vectors Jedi volaient en formation autour du Longbeam de la République piloté par Joss et Pikka Adren. Te'Ami se trouvait à droite du plus grand vaisseau, Mikkel Sutmani à sa gauche, tandis que Nib Assek et Burryaga filaient au-dessus. Ils avaient atteint l'extrême limite de vitesse de leurs appareils, lancés à la poursuite du projectile qui allait percuter la Lune Fruit d'ici quelques minutes et faire des milliards de victimes, habitants de la lune comme occupants de l'objet.

Ils avaient réussi à s'en rapprocher énormément en sacrifiant presque tout leur carburant, et se positionnaient désormais à portée de tir de leur cible. Leurs senseurs l'avaient finalement identifiée comme un compartiment de passagers modulaire, du genre que l'on pouvait fixer à la structure d'un cargo pour lui permettre de transporter des voyageurs. Un module essentiellement autonome, doté de ses propres systèmes de survie ainsi que de batteries embarquées, et même d'émetteurs de champ hyperspatial individuels connectés aux appareils de navigation et de propulsion de l'appareil auquel on le reliait. Pour l'heure, il faisait surtout office de capsule de sauvetage géante, mais dépourvue de moteurs et donc incapable de s'orienter ou de ralentir. Tout ceci expliquait la présence de passagers à l'intérieur, sans pourtant élucider le mystère principal : comment l'objet avait-il pu surgir de l'hyperespace dans le Système Hetzal sans crier gare ?

Te'Ami nourrissait ses propres soupçons. Elle visualisait un vaisseau traversant l'hyperespace, un cargo transportant des compartiments dédiés à toutes sortes de contenus : des matériaux bruts, du carburant… et des passagers, sans doute des colons partis recommencer leur vie sur les mondes à peine habités de la Bordure Extérieure. Un problème survient sur l'hypervoie et l'appareil part en morceaux. Tous ces fragments sortent de l'hyperespace en même temps et, malheureusement, l'accident se produit au point de transit près de Hetzal.

La majeure partie des fragments de l'épave serait inerte, de simples morceaux de métal. Certains, protégés par des champs adéquats, pourraient toutefois être ces compartiments de passagers, avec des occupants encore en vie mais sans aucun moyen d'interrompre leur culbute dans l'espace, habités par la terreur et la panique qu'avait sentie Burryaga, attendant la mort. Attendant une aide qui ne viendrait pas.

Mais, contre toute attente, l'aide en question arrivait. Les Jedi et la République étaient là, et ils allaient sauver la vie de tous ces gens, jusqu'au dernier, ainsi que celle des habitants de la Lune Fruit.

— Maintenant, dit Te'Ami, et son ordre parvint simultanément à Nib, Mikkel et Burryaga, ainsi qu'à Joss et sa copilote Pikka.

Il était temps pour chacun de jouer son rôle.

Les Jedi avaient discuté de l'approche à adopter, mais seulement brièvement. Leur tâche, de prime abord, n'avait rien de compliqué. Ils puiseraient dans la Force, touchant le compartiment de tous côtés pour l'étreindre avec toute la puissance, toute l'énergie qu'ils pouvaient mobiliser, afin d'en appréhender au mieux la nature. Chaque surface, chaque poutrelle, chaque traverse, chaque câble, mais aussi, le plus important, toutes les vies qu'il abritait, ces êtres qu'ils s'efforçaient de sauver.

Ils enveloppèrent de Force le fragment à la dérive. Te'Ami avait déjà assisté à un rodéo sur un monde baptisé le Maelström de Chandar. L'objectif consistait à soumettre des animaux enragés au moyen d'une bonne longueur de corde ou de câble. Les inconscients qui y participaient passaient leurs lassos autour du cou des créatures avant de leur sauter dessus et de les chevaucher jusqu'à ce qu'elles les désarçonnent ou finissent par se calmer.

La plupart du temps, les aspirants cavaliers partaient en vol plané sur quatre ou cinq mètres avant d'aller s'écraser dans la boue. Parfois ils atterrissaient en douceur, mais pas toujours.

L'opération y ressemblait beaucoup : ils tentaient de capturer au lasso le compartiment de passagers grâce à la Force, mais les probabilités d'atterrissage en douceur semblaient plutôt réduites. Les Jedi refermèrent leurs boucles de Force autour de l'épave et tirèrent. Te'Ami expira brusquement, ses poumons se vidant d'un coup. Elle n'avait pas changé de position, toujours installée dans le cockpit du Vector et se déplaçant à la même vélocité que l'instant d'avant, mais elle n'avait pourtant plus cette impression. C'était comme si on l'avait brutalement tirée dans l'espace pour l'entraîner en avant sans qu'elle puisse y faire quoi que ce soit.

Parvenir à influencer la vitesse de l'objet semblait tout à fait impossible, malgré tous les efforts des Jedi, mais il fallait qu'ils essaient. Joss Adren s'était montrée claire : même une réduction d'un pour cent pouvait tout changer.

— Ralentissez… cette chose…, parvint à grogner Te'Ami sans desserrer les dents.

Elle sentait l'huile se rassembler dans les glandes qui lui bordaient les côtes, réaction physiologique involontaire à l'intensité de l'effort. Une odeur âcre se répandit dans le cockpit, mécanisme défensif issu de l'évolution, à l'époque où les Duros risquaient de se faire dévorer par toutes sortes de prédateurs sur leur monde d'origine.

— J'essaie…, répondit sèchement Mikkel, dont la tension naturelle déjouait les efforts du traducteur automatique pour maîtriser sa voix.

Te'Ami se demanda comment les Ithoriens réagissaient au stress. Sans doute pas en produisant de copieuses quantités d'huile malodorante.

— Capitaine Adren, dit-elle, nous avons fait notre possible. Si vous voulez agir, c'est le moment.

— Bien reçu, Maître Jedi, répondit Joss, d'une voix tendue lui aussi. Rappelez-vous : si vous pouvez maintenir l'intégrité du module une fois que nous l'aurons harponné, ce serait préférable. Ça risque de secouer un peu.

— Nous ferons de notre mieux.

— D'accord. Tir des magnégriffes dans trois… deux…

Quatre disques métalliques jaillirent dans l'espace devant la formation et s'orientèrent en direction du compartiment. Une traînée de vapeur issue de systèmes de refroidissement ou de survie en émanait, formant un brouillard épais où les disques disparurent. D'épaisses lignes argentées se dévidèrent : les câbles reliés aux treuils du Longbeam, avec lesquels ils allaient tenter de ralentir l'épave. Trois d'entre elles se tendirent tandis que l'autre partait se perdre en tourbillonnant dans l'espace.

— On en a accroché trois sur quatre. On ne pouvait guère espérer mieux. Il est temps de lancer les rétrofusées. Tenez-vous prêts.

Par l'intermédiaire de la Force, Te'Ami ressentait les efforts et la tension qui s'appliquaient désormais au système, avec toutes ses articulations et ses connexions complexes. Du Longbeam à l'épave, de la Force aux Jedi, de l'épave à la Force… et à tout ceci s'ajoutait une note de confusion nouvelle issue des pauvres survivants du compartiment, qui devaient avoir perçu le choc des griffes d'amarrage comme un coup de pied de géant sans avoir la moindre idée de ce qui les attendait.

Et en toute honnêteté, Te'Ami l'ignorait elle aussi. Le Longbeam activa ses propulseurs, se détacha de la formation, et les longs câbles épais se tendirent, s'affinant de plus en plus, jusqu'à devenir invisibles à l'œil nu. Le Capitaine Adren lui avait expliqué le phénomène : la soie composant les câbles était capable de s'étirer presque au niveau moléculaire sans perdre sa robustesse. Les attaches tenaient bon. Quant au compartiment auquel elles s'étaient fixées… on ne pouvait pas forcément en dire autant.

— Ça va se disloquer, s'inquiéta Nib Assek.

Burryaga émit un gémissement plaintif derrière elle.

— Non, gronda Mikkel. Nous l'en empêcherons. Il faut simplement… *maintenir notre prise*.

— Arrêtez de parler et faites-le, dit Te'Ami.

La boîte de métal, de plastoïde et de câbles, soumise à rude épreuve, renonçait à exister sous sa forme actuelle. Elle en avait trop enduré et le savait. Elle voulait se désintégrer, échapper au poids et à la chaleur, se transformer en nuée de fragments plus petits, tous libres de partir sur leur propre trajectoire.

Et sans les Jedi, c'était exactement ce qu'elle aurait fait. Ils utilisaient la Force pour maintenir l'objet en un seul morceau, employant les lassos de résistance qui leur avaient permis de le ralentir pour préserver son intégrité.

La méthode paraissait vouée à l'échec. Elle nécessitait trop d'efforts combinés, sans compter que les Jedi épuisés devaient garder leurs Vectors à vitesse maximale, et suffisamment près du compartiment de passagers pour continuer à maintenir leurs liens.

En arrière-plan de leurs pensées, une distraction supplémentaire apparut : une nouvelle crise venait d'éclore quelque part dans le système, une impression croissante d'inquiétude qui se propageait et enflait au sein du réseau d'Avar Kriss… mais ils n'avaient pas de temps à lui consacrer. Ils affrontaient déjà leur propre crise, ici.

Devant eux, l'épave vacilla comme le ferait un tas de pierres sur le point de s'écrouler lorsqu'on en retire une. Te'Ami ouvrit la bouche et lâcha un grognement, un bruit de tension intense, aussi bien physique qu'interne. Elle sentait toujours la traction qu'exerçait sur elle le compartiment, et savait désormais que si elle se laissait aller, si elle relâchait un tant soit peu sa prise, son Vector risquait d'être réduit en miettes autour d'elle. Il ne s'agissait plus simplement de la vie des occupants de l'objet, ni même de celle des habitants de la lune, désormais si proche qu'elle en apercevait le disque lumineux qui grandissait de seconde en seconde dans l'espace.

Te'Ami cessa de penser à toutes ces choses. Elle ferma les yeux et se laissa guider par la Force. Pendant de longues secondes, elle ne ressentit que le chaos, la nervosité, le stress. Puis… une décrispation. Une réduction de tension infime, mais qui facilita tout le reste. Comme l'avait dit le Capitaine Adren, même une diminution d'un pour cent comptait.

Un pour cent devint deux pour cent, puis davantage encore, et les objets qui luttaient les uns contre les autres se transformèrent en système unique.

Le compartiment ralentit. Sa vitesse diminua de plus en plus jusqu'à ce qu'il s'arrête lentement, retenu par la traction qu'exerçait le Longbeam sur ses câbles.

— Eh ben ! s'exclama le Capitaine Adren à travers la comm. Je n'aurais jamais cru que ça marcherait…

— C'est bien le moment de nous le dire, répondit Mikkel.

On percevait son épuisement total même à travers le traducteur.

— On est presque à court de carburant, reprit Joss en ignorant cette remarque. Deux secondes de plus et il fallait couper nos propulseurs. Nous n'y serions jamais arrivés seuls. Merci, Jedi !

— Nous n'aurions pas réussi seuls non plus, reconnut Te'Ami. Et c'était votre idée. Que vous ayez pensé qu'elle pouvait fonctionner ou non, elle a bel et bien abouti.

— Nous pouvons enfiler des combinaisons et aller voir sur place s'il y a moyen d'extraire les passagers, intervint Pikka Adren. Ou alors, nous pouvons remorquer l'objet jusqu'à une station et l'y amarrer.

Au moins, ils pourront recevoir des soins médicaux là-bas. J'imagine qu'ils ont été bien secoués.

— Très bien, répondit Te'Ami. Merci. Nous allons transmettre la méthode que nous venons d'employer : je suis sûre que les autres équipes de sauvetage trouveront l'information utile.

Elle redressa la trajectoire de son Vector pour s'approcher du compartiment de passagers. Le module comportait des hublots sur toute sa longueur, et derrière, elle distingua des visages. Des êtres de tous types, de tous âges, tous vivants. Elle sentit leur terreur s'atténuer, remplacée par…

Une alarme se répandit, fulgurante, dans le réseau de conscience que maintenait Avar Kriss dans tout le système. Toujours aucun mot, mais s'il avait fallu traduire la sensation, quelques-uns auraient suffi : « Jedi. On a besoin de vous. Maintenant. »

Il y avait un problème. Un énorme problème.

CHAPITRE SEIZE

STATION SOLAIRE 22-X.
10 minutes avant l'impact.

Le soubresaut de la station déséquilibra le Capitaine Bright et l'envoya heurter une cloison. Il la percuta violemment et parvint à se rattraper de justesse à une colonne pour éviter de se fracasser le crâne.

Le droïde pilule en suspension dans l'air à quelques mètres devant lui, dans le couloir en feu, ne parut même pas remarquer la secousse… mais il n'était pas en contact avec le pont. Il flottait, serein comme toujours, sa civière déployée depuis sa coque et transportant un minuscule Anzellan inconscient qui répandait derrière le droïde des taches de sang violet.

Ils n'étaient plus loin de l'*Aurora IX*, et avec l'Anzellan, ça faisait sept survivants retrouvés : l'équipage au complet. Leur mission était terminée, et miracle entre tous, ils avaient survécu jusqu'ici. Désormais, il leur suffisait de s'éloigner de la station avant qu'elle n'explose. Ce qui ne tarderait pas, comme le suggéraient les messages de plus en plus pressants qui leur parvenaient depuis l'ingénierie.

Bright leva son comlink.

— Contremaître Innamin, gronda-t-il. Qu'est-ce que c'était que ça, bon sang ? Vous m'aviez dit que vous pouviez stabiliser cette station.

— Capitaine, je vous ai explicitement dit le contraire, répondit Innamin d'une voix qui oscillait entre l'agacement et la panique. Le réacteur va sauter. On ne peut rien y faire. Il faut simplement qu'on soit partis quand il explosera.

— D'accord, dit Bright. J'ai le dernier membre d'équipage. Nous arriverons au Longbeam d'ici trente secondes. Montez, on découple le vaisseau et on file d'ici.

Le droïde pilule avait atteint le sas où attendait l'Enseigne Peeples, chargé de stabiliser les autres victimes issues de la station solaire dans l'infirmerie de l'*Aurora IX*. Il fit vrombir sa trompe pointue en découvrant l'Anzellan.

— Oooh ! roucoula-t-il. Qui est ce mignon petit bébé ?

Peeples ramassa le blessé et le pressa contre sa poitrine. La civière du droïde pilule se replia ingénieusement dans un mouvement sec avant de disparaître sous sa coque.

— Bon sang, Peeples, ce n'est pas un bébé ! Emmenez-le à l'infirmerie et assurez-vous que tout le monde est attaché et prêt à partir. Il faut qu'on file d'ici, et ça risque de remuer.

Peeples cligna des yeux, les dix-neuf dont il était pourvu, et les tentacules de Bright lui signalèrent que l'enseigne était frustré, sans doute parce qu'on venait de lui gâcher son plaisir. Il se tourna toutefois, emmenant l'Anzellan avec lui.

Puis il fit volte-face.

— Au fait, un ordre nous est parvenu depuis le *Third Horizon*. Évacuation complète du système. Toutes les tentatives de sauvetage sont censées s'arrêter, et tous les vaisseaux doivent se diriger vers les zones d'entrée en hyperespace et quitter immédiatement Hetzal.

— Ils ont expliqué pourquoi ? On va laisser des tas de gens derrière nous…

Peeples haussa les épaules, ou plutôt se livra au curieux spasme qui remplaçait ce geste chez lui, avant de s'éloigner tout en cajolant le petit être inconscient qu'il tenait dans les bras.

La station s'ébranla de nouveau, et un jet de flammes traversa le corridor. Bright eut à peine le temps de comprendre ce qui se passait que le droïde pilule se précipitait, à une vitesse qui contrastait avec son habituelle grâce languide. Il s'interposa entre le brasier et le capitaine, ouvrit l'un de ses panneaux latéraux et en fit émerger un tuyau. Une mousse ignifuge en jaillit, intercepta le feu et l'étouffa, de sorte que Bright ne perçut qu'une vague bouffée de chaleur.

Il lâcha le souffle qu'il avait retenu et inspira de nouveau, prenant conscience qu'il avait manqué de peu de se faire brûler vif.

— Merci, mon vieux, dit-il en tapotant le dôme cylindrique du droïde.

Ce dernier émit deux bips brefs. Bright ne comprenait pas le binaire sans traducteur, mais il les interpréta comme une réponse stoïque du genre « je ne fais que mon travail, capitaine », ce qu'il apprécia.

Il prit de nouveau son comlink.

— Innamin ! Qu'est-ce que vous fichez ? Si vous ne remontez pas, je vous laisse sur place !

— Justement, répondit le contremaître d'une voix d'où l'agacement et la panique avaient disparu.

Ne restait plus que… la résignation.

Ce que Bright n'appréciait pas du tout, cette fois.

— Quel est le problème, contremaître ?

— Je ne peux pas partir. Il faut entrer une séquence précise dans la console de contrôle du réacteur pour injecter du refroidissant toutes les deux ou trois secondes, et si je m'arrête, il explose aussitôt. J'ai tenté de mettre en place un processus automatisé, mais les processeurs sont endommagés. Je…

Sa voix se fissura.

— Non, nous allons vous sortir de là, dit Bright. J'amène le droïde pilule. Nous pouvons lui montrer la séquence. Il l'appliquera pour nous le temps que nous filions d'ici.

— Capitaine… vous devriez partir. Descendre pour me récupérer va prendre du temps et…

— La ferme, Innamin !

Bright fit signe au capteur oculaire du droïde pilule pour que ce dernier le suive, et il commença à courir en direction de l'échelle la plus proche.

Il dégringola les étages aussi vite que possible et arriva enfin au niveau du réacteur. Innamin leva les yeux, le visage baigné de sueur, si soulagé qu'il paraissait sur le point de défaillir.

— Tenez le coup, dit Bright au jeune officier.

La station trembla de nouveau… et ne s'arrêta pas cette fois.

— Nous n'avons *pas le temps*, répondit Innamin.

— C'est évident. Montrez la séquence au droïde.

— Il faut la lancer lorsque cette jauge passe au rouge, annonça Innamin, dont l'explication arrivait au moment opportun.

Il pressa rapidement cinq boutons sur la console et la jauge redescendit de quelques crans. Jusqu'à la zone orange et non la verte, mais il faudrait s'en contenter.

La séquence ne présentait pas de difficulté. Bright la mémorisa dès qu'il la vit la première fois. De toute évidence, le droïde l'avait fait lui aussi. Il s'avança, prit la place d'Innamin à la console et attendit le moment où il faudrait entrer de nouveau les commandes.

— Allez, ordonna Bright à son subordonné. Retournez au Longbeam.

— Vous ne venez pas ?

— Je veux m'assurer que le droïde y arrivera. Dépêchez-vous. Aidez Peeples. La lumière seule sait ce qu'il fabrique là-haut.

— Merci, capitaine, ça… ça me touche beaucoup.

— Nous sommes tous la République.

Innamin hocha la tête et sortit en courant de la salle du réacteur pour se diriger vers l'échelle la plus proche.

— Allez, splendide petite machine, dit Bright en se retournant vers le droïde pilule. Montre-moi que tu as tout compris.

La jauge passa au rouge et le droïde pilule intervint sans hésiter, pressant les cinq boutons en un clin d'œil. L'indicateur retomba, un peu moins que la fois précédente, et la station parut un peu moins susceptible de tomber en morceaux.

— Très bien, à toi de jouer. Il faut que je file. Ça a été un plaisir de travailler avec toi.

Cette fois, le droïde ne répondit pas, ce que Bright décida de comprendre comme une sorte d'acquiescement résigné. Il se retourna et sortit en trombe de la salle, suivant le même trajet qu'Innamin. Il atteignit l'échelle et posa le pied sur le premier barreau.

Ça va marcher, pensa-t-il, ce qui tenait davantage du souhait que de la conviction réelle.

Ce fut alors qu'il le sentit, ou plutôt que ses tentacules le perçurent, capables qu'elles étaient de capter des phéromones même dans les environnements les plus pollués. Il y avait quelqu'un d'autre ici, un être vivant. Vivant et blessé, si ses récepteurs ne le trompaient pas.

Bright suivit la piste olfactive et là, derrière un panneau, il découvrit un Twi'lek corpulent, mal en point, ensanglanté et inconscient. Il portait l'uniforme de la station. Bright se demanda si Innamin s'était montré négligent dans sa fouille du niveau parce que le réacteur endommagé lui avait détourné l'attention, parce que le blessé était presque caché ou… mais cela n'avait plus d'importance, pas vrai ?

À titre d'essai, Bright s'accroupit et tenta de soulever le Twi'lek. Il banda ses muscles, mais le blessé n'était qu'un poids mort. Il bougea à peine.

Non, pensa-t-il. *Impossible.*

Bright s'accorda un moment – mais pas davantage – pour réfléchir à sa vie, à ce qu'il avait accompli et à ce qu'il pourrait peut-être encore faire. Il songea à la République, à ce qu'elle signifiait et à sa promesse de la servir, ainsi que tous ses habitants.

Puis il regagna le réacteur en courant.

— Je m'en occupe, dit-il en écartant le droïde pilule du passage et en s'installant devant la console.

D'un geste du pouce, il désigna le couloir derrière lui.

— Tu as un patient, à environ neuf mètres une fois passée l'échelle de pont. Ramène-le au vaisseau. Tout de suite.

Le droïde pivota et s'éloigna aussitôt.

Bright entra la séquence de commandes et la jauge recula légèrement… mais moins que la dernière fois.

Il parla dans son comlink.

— Innamin, vous y êtes ?

— Oui, capitaine. Mais vous, où êtes-vous ? Vous deviez m'emboîter le pas…

— Changement de programme, répondit Bright. J'envoie le droïde pilule avec un évacué de plus.

— Mais nous avons déjà sept membres d'équipage !

— Eh bien, ça fera huit.

— Mais le réacteur…, commença Innamin, qui laissa sa phrase en suspens.

Bright pouvait presque l'entendre cogiter et comprendre peu à peu ce qui allait se passer.

— Décollez à la minute où le droïde aura embarqué. N'attendez pas. Échappez aux puits gravitationnels du système et sautez. Retrouvez le *Third Horizon* si vous le pouvez. Sinon, retournez sur Coruscant. On dirait que tout part en morceaux dans le système, et pas simplement ici.

— Mais capitaine, peut-être que…

— Non. Écoutez, je vous ai passé beaucoup de choses depuis que nous naviguons ensemble, Innamin. L'insubordination, les plaisanteries… la vie est trop courte, le vaisseau trop petit, c'est ce que je me suis toujours dit. Mais ça s'arrête ici. La vie est *vraiment* courte, contremaître, elle file en un rien de temps. Je vous ai donné un ordre, et si vous n'obéissez pas, je vous garantis la cour martiale.

Long silence au bout de la comm. Ils savaient tous deux à quel point cette menace était creuse. Ce n'était pas le sujet. Finalement, Innamin s'exprima, d'une voix éteinte.

— Je vois le droïde. Il transporte le blessé. Un Twi'lek ?

— C'est ça.

Bright entra de nouveau la séquence. La jauge recula. Un peu moins.

Les tremblements qui agitaient la station frisaient désormais le séisme. Elle se disloquait peu à peu.

— Allez, Innamin.

— Nous… nous sommes déjà détachés, capitaine. Nous enclenchons les rétrofusées à l'instant. Pour nous placer à une distance de sécurité minimale. Ça ne devrait pas prendre longtemps.

— Bien, dit Bright.

La jauge passa une fois encore dans le rouge. Bright tapa la séquence. Cette fois, l'aiguille ne bougea pas. Elle resta dans la zone dangereuse.

Bright soupira.

— Capitaine, nous sommes partis, dit Innamin. Nous sommes tous la République.

— C'est bien vrai, répondit Bright. Nous sommes tous…

La chaleur, la lumière, et puis plus rien.

CHAPITRE DIX-SEPT

HETZAL PRIME. LE *THIRD HORIZON*.

4 minutes avant l'impact.

— Maître Jedi, êtes-vous certaine qu'il s'agisse du bon choix ? demanda l'Amiral Kronara.

Avar Kriss percevait son inquiétude. C'était un bon commandant, et même si elle ne faisait pas techniquement partie de son équipage, elle savait qu'il se sentait responsable de sa sécurité. D'autant que s'il faisait ce qu'elle lui demandait, il la condamnerait probablement à mort.

— Tout à fait certaine, amiral. Nous avons embarqué autant de réfugiés que possible, et davantage encore.

Elle observa le hangar. C'était vrai. À lui seul, il abritait des centaines d'êtres qui n'avaient plus que les vêtements qu'ils portaient sur le dos. Personne n'avait reçu l'autorisation d'emporter quoi que ce soit d'autre. On avait alloué la moindre parcelle d'espace disponible dans l'immense croiseur au sauvetage des habitants du système. Et malgré tout, certains restaient prisonniers à la surface de la planète. L'Amiral Kronara et son équipage avaient fait de leur mieux, mais le *Third Horizon* n'était qu'une machine et, arrivé à un certain point, on ne pouvait plus ajouter de masse sans empêcher le vaisseau de décoller, auquel cas il ne sauverait personne.

— Ces gens ont peur, déclara Avar. Je le sens. Il faut que vous les conduisiez en lieu sûr.

— Mais si vous échouez, vous mourrez, dit Kronara en désespoir de cause.

— Je le sais, amiral, mais il y a là-bas des milliards d'habitants qui n'ont pas trouvé le moyen de quitter Hetzal Prime, répondit-elle en désignant le ciel, visible par la rampe de sortie du hangar.

Le vaisseau, en vol stationnaire à des centaines de mètres au-dessus des champs qui bordaient Aguirre City, avait quitté le spatioport après avoir pris à son bord le maximum de réfugiés.

— Si je ne tente pas cela, poursuivit Avar, ils mourront à coup sûr. Jusqu'au dernier.

— Mais pouvez-vous réellement les sauver ? À ma connaissance, ce genre de chose n'est pas possible… même pour des Jedi.

Avar lui sourit.

— Tout est possible grâce à la Force. À présent, prenez le *Third Horizon* et partez. J'ai du travail, et il est important que vous livriez un rapport direct à la Chancelière Soh concernant ce dont vous avez été témoin ici. Il ne suffit pas de lui en parler par comm. Rien de tout ceci n'aurait dû se produire. Il y a un problème. Je le sens. L'hyperespace est… malade, pour ainsi dire.

— Bien sûr, Maître Jedi, répondit l'amiral. Mais vous devriez faire ce rapport vous-même. Je ne comprends toujours pas pourquoi vous ne pouvez effectuer cette tâche depuis l'espace ? Je ne connais pas grand-chose à la Force, mais je sais qu'elle fonctionne à de grandes distances, et si vous étiez en sécurité à bord, au moins vous auriez un moyen de vous échapper si…

Avar Kriss pensait que le meilleur moyen de sortir vainqueur d'une dispute consistait à ne pas y participer. Elle descendit donc la rampe en courant et bondit dans les airs. Le vaisseau flottait au-dessus d'un champ de céréales bleues qu'elle ne connaissait pas : tout ce qu'elle savait, c'est qu'elles offraient une vue magnifique. Elle utilisa la Force pour ralentir sa chute, effectua une culbute et atterrit doucement sur le sol labouré entre deux rangées de pieds impeccablement espacés.

Le *Third Horizon* n'était déjà plus qu'une tache qui rétrécissait dans le ciel lorsqu'elle releva la tête. L'Amiral Kronara avait accepté sa défaite et quittait le système sans perdre de temps. Parfait. Il ne leur en restait que très peu.

Concentre-toi, s'exhorta-t-elle. Le temps manquait réellement, et la tâche à mener à bien ici était presque impossible.

Un réservoir de tibanna liquide hyper-réfrigéré, de la taille d'un grand vaisseau, se dirigeait droit sur l'un des trois soleils du Système Hetzal, une étoile de classe R. Lorsqu'il s'y écraserait, la nature volatile de la substance qu'il contenait, associée à la chaleur intense de l'astre et à sa composition unique et riche en azote, provoquerait une réaction en chaîne rapide. Le soleil, alimenté par l'explosion, doublerait quasiment de volume en émettant des radiations capables de calciner le secteur tout entier en l'espace d'un instant. En un rien de temps, le Système Hetzal cesserait d'exister.

À moins que la Force n'impose une autre volonté et n'emploie ses instruments, les Jedi, pour l'en empêcher.

Kronara ne comprendrait jamais pourquoi il était si important pour Avar de rester sur la planète. Il ne pouvait effleurer la Force.

Avar avait besoin de demeurer à la surface parce que ce monde était une planète de vie. Certes, la Force imprégnait toute chose, même aux confins gelés de l'espace. Elle entendait toujours son chant, mais ici, au milieu de ce champ, entourée de choses que les fermiers de Hetzal Prime avaient fait pousser, avaient cultivées avec amour et soin, ce chant devenait *puissant*. Puissant et délicieux.

Ici, elle n'avait pas besoin de consacrer du temps ou de l'énergie supplémentaires à établir un lien profond avec la Force. Elle la sentait tout autour d'elle.

Avar Kriss leva son comlink. Elle le configura en mode émission seulement, sachant que ce qu'elle s'apprêtait à expliquer susciterait des questions de la part de nombreux autres Jedi du système, parmi lesquels certains de rang supérieur au sien. Jora Malli faisait partie du Conseil Jedi, et même si elle envisageait de quitter sa place pour prendre son poste à bord du Flambeau Stellaire, elle ne l'avait pas encore fait. Techniquement, elle pouvait tout à fait ordonner à Avar d'arrêter.

Non pas qu'elle fût susceptible de le faire – sans doute – mais pourquoi prendre le risque ?

Avar pensa à Elzar Mann, coutumier de ce genre de chose. « Mieux vaut demander pardon que la permission » constituait littéralement son credo personnel.

Il va adorer ça, songea-t-elle avant de parler.

— Mes amis Jedi, ici Avar Kriss. Je me trouve à la surface de Hetzal Prime. Vous savez que je vous ai tous observés tandis que vous ne ménagiez pas vos efforts pour sauver ce système et son peuple. Vous vous en êtes incroyablement bien tirés. Mais quelque chose d'autre est sur le point de se produire, quelque chose de terrible, et il nous faut agir tous ensemble pour l'empêcher.

« L'une des anomalies hyperspatiales se dirige droit vers le plus grand des soleils… et c'est un container de tibanna liquide. On m'a expliqué que l'impact provoquerait une réaction en chaîne très rare, qui annihilerait tout dans ce système.

« C'est à nous qu'il appartient de dévier ce container vers une autre trajectoire. Nous demanderons à la Force de nous venir en aide. Nous nous attelons peut-être à une tâche impossible, et quiconque reste ici court le risque de mourir si nous échouons. Le *Third Horizon* est sur le point de sortir du système. Tous ceux qui souhaitent partir peuvent s'y arrimer. Mes pensées vous accompagnent.

Avar attendit. Même si elle avait coupé la réception de son comlink, le chant du système lui rapportait qu'aucun Vector n'avait modifié sa trajectoire pour se diriger vers le *Third Horizon*, qui entamait son accélération. Tous avaient choisi de rester. Les Jedi étaient avec elle.

— Commençons, dit-elle.

Elle rangea son comlink. Les mots ne suffisaient plus pour la tâche à venir.

Avar transmit les concepts par la connexion qu'elle entretenait avec ses homologues Jedi. Chacun recevrait des impressions sous une forme qui lui parlerait, ou du moins l'espérait-elle. Un plan très simple, à vrai dire : *Il y a un objet qui se déplace très vite. Il est très grand et très lourd. Il faut qu'il change de direction. Nous allons le trouver, tous ensemble, et faire affluer la Force, tous au même endroit, tous de la même façon, tous au même moment, et nous allons le déplacer pour qu'il n'entre pas en collision avec le soleil.*

Simple… mais d'une difficulté phénoménale. L'espace était vaste, et il fallait coordonner l'action de très nombreux Jedi afin que les efforts des uns n'annulent pas ceux des autres, qu'ils ne fassent pas appel à la Force à des moments légèrement différents… Bref, voilà la tâche qui l'attendait. Et s'en plaindre ne servait à rien.

Le sabre laser d'Avar glissa hors de son étui et s'éleva dans les airs grâce à la Force. Il flotta jusqu'à ce que le manche se trouve devant son visage, la garde à hauteur de ses yeux. Il s'alluma d'un coup, avec un chuintement d'énergie, faisceau d'un vert vif qui pointait vers le ciel d'azur et illuminait le champ bleu autour d'elle.

L'arme commença à tourner sur elle-même, doucement, comme les ailes d'un moulin. Elle émettait un son en fauchant l'air, un ronronnement sourd et régulier. Avar inspira, expira, et la cadence augmenta peu à peu. Le bruit changea de ton pour passer des basses à des notes plus aiguës aux tonalités rondes et agréables à l'oreille. Le sabre tournoya de plus en plus vite, au point que l'œil ne pouvait plus suivre l'arme transformée en un disque lumineux au centre métallique et brillant.

Le sabre offrait un spectacle magnifique, mais Avar ferma les yeux. Elle n'avait pas besoin de voir. Il lui suffisait d'entendre. Son sabre laser n'était pas qu'une arme. Ici, maintenant… c'était un instrument.

La note qu'émettait la lame s'éleva encore pour se muer en tintement clair, les vrombissements et la plainte ordinaire du faisceau cédant la place à un ton pur et cristallin.

La conscience d'Avar se fondit dans le chant du sabre, dont elle ajusta la vitesse de rotation jusqu'à ce que la note émise entre en harmonie avec…

Oui, pensa Avar Kriss. *Je l'entends.*

Son esprit s'élança tandis que le sabre chantait en accord avec le chœur plus vaste de la Force, devenant en un instant le système tout entier et tout ce qui s'y trouvait, en particulier les Jedi qui avaient établi à leur façon un lien avec la Force.

Ce qu'Avar percevait comme une mélodie, Elzar Mann le voyait sous la forme d'un océan infini et abyssal secoué par la tempête. Le Wookiee Burryaga devenait une feuille unique sur un arbre gigantesque aux racines profondes et aux branches frôlant le ciel. Douglas Sunvale se représentait la Force comme d'immenses engrenages imbriqués les uns dans les autres et composés d'une variété sans limite de matériaux, du cristal à l'os. Bell Zettifar dansait avec le feu. Loden Greatstorm dansait avec le vent.

Il ne s'agissait plus du simple réseau qu'elle avait bâti auparavant. C'était bien plus profond. Tous les Jedi étaient la Force, et la Force était chacun d'eux. Et elle, Avar Kriss, pouvait les effleurer tous, quelle que soit la manière dont ils visualisaient la Force.

Mais à présent, il lui fallait trouver leur cible. Le module plein de tibanna qui filait vers le soleil. Elle avait du mal, avec tous ces Jedi qui chantaient dans sa tête, ce chœur qui entonnait la symphonie de la Force à pleins poumons. Tant de Jedi, tant d'êtres, tant de vie. Chaque grain du champ qui l'entourait et qu'elle ne percevait plus que de façon diffuse résonnait comme une flûte.

Quelque part dans cette immensité se trouvait le module à la dérive prêt à les anéantir tous. Lui ne chantait pas sa propre mélodie, mais cette absence, justement, demeurait perceptible. Un silence, une césure, un point d'orgue d'une taille et d'une durée bien spécifiques.

Là.

Elle l'avait repéré, pas de doute. Il était… parti. Elle l'avait perdu.

— *Blast !* s'exclama-t-elle, et tout vacilla au risque de s'écrouler.

Elle avait perdu l'anomalie et ne parvenait plus à la retrouver, pas au sein de ce chaos où tout évoluait et tourbillonnait au sein du système. C'était comme regarder une fleur dans une prairie battue par le vent, détourner les yeux un instant, puis tenter de la retrouver précisément au milieu de toutes les autres.

Le temps se fracturait, instants fragmentés qui se perdaient dans le néant, à jamais. Il fallait qu'elle la retrouve. Absolument. Elle ne pouvait échouer. La responsabilité lui en incombait. Personne d'autre ne pouvait y arriver…

Non. Qu'avait-elle dit ?

Nous allons trouver le module, tous ensemble.

Elle disposait d'un système plein de Jedi qui œuvraient de concert avec elle. Chacun entretenait sa propre connexion avec la Force, différente de la sienne, peut-être, mais pas moins puissante.

Avar Kriss demanda de l'aide, et l'aide lui fut accordée.

Ce fut Estala Maru qui trouva l'anomalie en premier. Avar pouvait voir la Force à travers ses yeux : pour Maru, la bombe de tibanna ressemblait à une lumière unique, allumée derrière une fenêtre unique, dans un petit bâtiment unique d'une ville qui tourbillonnait dans la nuit. Mais une fois qu'elle l'eut repérée, il lui suffisait d'orienter les autres Jedi pour qu'ils regardent eux aussi dans cette direction, ce qu'ils firent tous.

Le reste reposait désormais sur Avar.

Elle prit un peu de recul, estimant la distance qui séparait encore la bombe de l'étoile et de l'impact : il ne restait plus beaucoup de temps. La coque extérieure du réservoir dégageait déjà de la vapeur sous l'effet de la chaleur solaire. Il fallait agir.

Il y a un objet qui se déplace très vite. Il est très grand et très lourd.

Il faut qu'il change de direction. Nous allons faire affluer la Force, tous au même endroit, tous de la même façon, tous au même moment.

Avar Kriss montra quoi faire aux Jedi, et tous puisèrent dans la Force comme un seul homme. Ils ne s'économisèrent pas. Ils intervinrent avec la discipline du désespoir, sans rien garder en réserve.

Et nous allons le déplacer.

Non loin de la Lune Fruit, Te'Ami perdit connaissance, une humeur jaune coulant de ses lèvres.

Nous allons le déplacer.

Un groupe de cinq Vectors en formation serrée perdit le contrôle de sa Dérive à force de concentrer ses efforts sur la déviation de la bombe de tibanna. Deux des appareils se percutèrent avant que leurs pilotes ne parviennent à se reprendre, et les trois Jedi qui les occupaient furent emportés.

Nous allons le déplacer.

Maintenant, pensa Avar.

À travers tout le système, les Jedi se projetaient dans la Force. Certains fermaient les yeux, levaient les bras, se mettaient debout, s'installaient en posture de méditation au sol ou lévitaient au-dessus… Certains se trouvaient dans des vaisseaux, d'autres à la surface des planètes. Beaucoup étaient seuls, mais d'autres étaient venus accompagnés de membres de leur Ordre ou étaient entourés de petits groupes capables de sentir d'une façon ou d'une autre l'importance de ce qui se produisait à l'instant, même si eux-mêmes ne savaient pas effleurer la Force.

Des dizaines de Jedi agissant conjointement.

La galaxie *vibra*. Une main invisible saisit fermement la bombe de tibanna pour la jeter de côté. Un geste délicat mais précis, comme pour jeter un œuf à quelqu'un dans l'espoir que la coquille ne se brise pas entre ses mains.

Avar tendit l'oreille.

Ils avaient réussi. Ils avaient fait obliquer le tibanna.

Mais ils avaient également échoué.

Le réservoir n'avait pas suffisamment dévié. Il allait percuter le soleil malgré tout, et à l'instant même, elle sentait le liquide qui chauffait dans le container, la pression qui montait, préparant l'explosion qui présageait d'une déflagration plus effroyable encore.

Encore, dit-elle aux Jedi, ceux qui pouvaient toujours l'entendre et répondre à son appel. L'effort avait fait perdre connaissance à nombre d'entre eux lors de la première tentative : le fardeau n'en serait que plus lourd pour les autres.

Il faut que nous essayions de nouveau.

Avar percevait la lassitude dans le chant, celle de tous ses compagnons issus de leur Ordre bienfaisant, ces héros qui étaient restés pour sauver des gens qu'ils n'avaient jamais rencontrés et ne verraient vraisemblablement jamais, des gens qui ignoreraient tout de leur choix et du sacrifice qu'ils avaient consenti pour eux. Tout ceci n'avait aucune importance.

Elle sentit ses homologues faire abstraction de leur épuisement, se tonifier et renouveler leur concentration.

En outre, elle sentit que d'autres Jedi y ajoutaient leur propre effort, depuis Coruscant, depuis l'autre bout de la galaxie. Même Yoda, où qu'il fût avec son petit groupe de novices : au chœur général se joignait sa voix unique, une voix d'une beauté bouleversante, sans rapport avec son apparence physique. Rien à voir avec cette simple matière brute.

Avar n'aurait jamais cru possible une telle prouesse, mais comme elle l'avait expliqué à l'amiral, avec la Force, rien n'était impossible. Son Ordre luttait à ses côtés, et elle aux siens, et la Force était avec eux.

Nous allons le déplacer.

Un autre moment précis, un autre effort considérable.

Nous allons le déplacer.

Elle sentit les Jedi qui prononçaient les mots avec elle, tous à leur façon, les concentrant dans le prisme au travers duquel ils voyaient la Force. Non, ils ne les prononçaient pas seulement. Ils les chantaient.

Nous allons le déplacer.

D'autres Jedi disparurent, la plupart perdant connaissance là où ils se trouvaient ou partant en spirale à bord de leurs Vectors. Certains parvinrent à reprendre le contrôle, mais d'autres furent perdus à tout jamais. Rohmar Montgo. Lio Josse.

Le Chevalier Jedi Rah Barocci vacilla et tomba de la tour agricole de la Lune Racine où il avait aidé une famille dont la fille avait subi une crise d'épilepsie en raison du stress de l'évacuation. La petite s'était calmée, et sa crise avait pris fin, mais Rah tomba de vingt étages et ne reprit pas conscience à temps pour se sauver.

Chaque disparition compliquait la tâche.

Elzar Mann, debout sur un promontoire rocheux qui dominait une pharmaferme où l'on produisait le nouveau médicament miraculeux, le bacta, en quantité extrêmement limitée, ressentit la pression, l'inertie de la bombe de tibanna qui refusait de bouger.

Pour Mann, la Force était un océan sans fond, infini, où toute chose évoluait en nageant. Lumineux près de la surface et sombrant dans les ténèbres lorsqu'on s'y enfonçait, mais un grand océan tout de même. Il s'y projeta, se laissa emporter par les courants, plongea plus profond que jamais, voyant et percevant ce qu'il n'avait encore jamais découvert. Cette mer s'étendait sans fin et abritait une telle quantité de choses inédites pour lui ! La vigueur se répandit en lui, balayant son épuisement. Il ajouta cette énergie à celle de ses homologues, pour leur donner tout ce qu'il pouvait.

Nous allons le déplacer.

…

…

…

…

Pour qu'il n'entre pas en collision avec le soleil.

Le tibanna pénétra dans la photosphère extérieure de la plus vaste étoile du Système Hetzal. Pendant un moment, un très long moment, le chant s'interrompit. Avar Kriss n'entendait plus que le silence.

Le fragment frôla le soleil dont il n'avait qu'effleuré les strates périphériques, surchauffé mais encore intact, sur une trajectoire qui allait l'emmener hors du système sans causer de dégâts.

Le chant reprit vie.

Le Maître Jedi Avar Kriss tomba à genoux dans les champs de Hetzal Prime. La poignée de son sabre, désormais éteint, toucha le sol un instant plus tard et s'enfonça dans la terre meuble.

Avar respira. Deux longues inspirations, puis une troisième. Elle porta son comlink à ses lèvres.

— Merci.

Ni Avar Kriss ni aucun autre Jedi de Hetzal ne savait qu'on avait retransmis ces événements dans toute la Bordure Extérieure. Le signal avait même trouvé le chemin des mondes situés au cœur de la République, avec un léger retard dû aux limites du réseau de communication galactique. Il venait de Keven Tarr, qui opérait depuis le bureau du Ministre Ecka à Aguirre City et continuait à faire son travail alors qu'il aurait eu l'occasion de partir à bord du *Third Horizon*.

À l'origine, il ne s'agissait que d'un flux de données envoyé au bureau de la Chancelière sur Coruscant, à la demande de cette dernière, sur un canal sécurisé à bande étroite, afin de permettre à Lina Soh et à ses assistants de disposer des dernières mises à jour concernant la catastrophe qui s'acheminait vers sa phase finale.

Mais Keven Tarr avait pris une décision. Quitte à vivre les derniers moments de Hetzal, son foyer et celui de milliards d'habitants, il refusait que cet endroit idyllique disparaisse sans laisser de trace. Il modifia les paramètres de la diffusion, retira le cryptage de sécurité et l'étendit à tous les canaux, tous les relais, pour atteindre tous les spectateurs et auditeurs accessibles.

À sa façon, cette prouesse technologique était aussi impossible que l'exploit auquel se livraient les Jedi.

Quoi qu'il en soit, les habitants de la République assistèrent au moment où le sort de Hetzal fut scellé. Le souffle coupé, ils regardèrent les Jedi travailler de concert pour protéger ces mondes pleins d'inconnus. Ces quelques individus courageux risquaient leurs vies pour sauver celles des autres et employaient leurs talents uniques pour préserver, pour aider.

Un hoquet de désarroi résonna sur des milliers de mondes lorsque la première tentative échoua et qu'il devint évident que les Jedi n'avaient pas réussi. Peut-être n'y parviendraient-ils pas. Certains détournèrent le regard, refusant de voir l'éclair aveuglant lorsque le soleil exploserait, juste avant d'emporter des milliards d'êtres conscients.

D'autres ne pouvaient s'empêcher de regarder, et ils assistèrent donc à la suite. L'étoile n'explosa pas. Elle n'emporta aucun habitant.

Dans toute la galaxie, on entendit des acclamations de soulagement et de joie. Et aussi les grondements mécontents de ceux qui vivaient dans l'obscurité et espéraient que les Jedi échouent et soient anéantis… mais ils étaient bien rares.

C'était une République qui chérissait et célébrait la vie, ainsi que ceux qui cherchaient à la protéger.

C'était une victoire.

Ce jour-là, au moins, la lumière avait triomphé.

C'était terminé.

CHAPITRE DIX-HUIT

Ce n'était pas terminé.

Dans le Système Ab Dalis, un peu plus loin sur l'hypervoie où le *Legacy Run* circulait lorsqu'il avait connu un sort funeste, sept fragments du vaisseau émergèrent de l'hyperespace au-delà du point de transfert.

L'un d'entre eux, de taille moyenne, était un morceau de la superstructure de l'immense cargo, une poutre de soutien en duracier encore fixée à une vaste portion de la coque.

Ces débris se déplaçaient juste sous la vitesse de la lumière, mais ils étaient dépourvus d'énergie, électroniquement inertes et situés dans la zone d'où les appareils pouvaient émerger de l'hyperespace en temps normal. Les batteries de senseurs et les systèmes d'avertissement d'urgence ne détectèrent pas les anomalies avant qu'il ne soit trop tard, et même si elles l'avaient pu, aucun vaisseau de la République rempli de Jedi ne croisait dans les environs pour intervenir.

Les sept fragments filaient le long de l'écliptique du système, mais Ab Dalis n'était pas aussi densément peuplée que Hetzal. L'espace était immense, et les fragments insignifiants en comparaison.

Six d'entre eux ne touchèrent absolument rien et traversèrent le système de bout en bout pour ressortir de l'autre côté sans incident.

Le septième percuta sous un angle oblique le monde le plus densément peuplé du système, un désert marécageux interrompu seulement par des usines de la taille d'une ville, des bidonvilles où logeaient les ouvriers de ces dernières et, çà et là, les tours où vivaient ceux qui exploitaient les autres. L'impact vaporisa le fragment, mais le choc rasa une de ces villes, et les bidonvilles, et les tours.

Environ vingt millions d'habitants moururent.

Ce fut la première Émergence.

INTERLUDE

Les Nihil.

Ab Dalis. Un monde qui n'avait jamais été charmant, toujours couvert de nuages brunâtres et agités, comme si les marais de la surface avaient essayé d'échapper à la gravité de la planète. À présent, elle paraissait plus disgracieuse encore que jamais. L'impact orbital avait répandu un immense nuage d'eau et de terre vaporisées dans l'air, et les particules en grande partie ionisées provoquaient de terribles orages dont les traits de foudre lardaient l'atmosphère de la planète.

L'endroit ressemblait à une sorte d'enfer.

Un convoi de six cargos sortit du système, loin de la planète ravagée. Ils transportaient les familles complètes des employés de Garello Technologies, une entreprise de milieu de gamme, basée dans le district de Keftia, qui s'intéressait à la recherche et à la fabrication de matériaux. En dehors de ces passagers, les soutes contenaient le produit des recherches essentielles de la société, ses machines et ses ressources financières. On avait tout chargé à bord des six appareils pour les mettre à l'abri pendant que la catastrophe suivait son cours sur Ab Dalis. L'effort immense avait pris toute la journée et la nuit qui avaient suivi l'impact.

Le directeur général, Larence Garello, avait confié les autres vaisseaux de son entreprise au gouvernement ab dalisien pour permettre l'évacuation, mais il avait choisi de prioriser la sauvegarde de son personnel et de son affaire. Beaucoup de gens comptaient sur Garello Technologies, et il voulait s'assurer qu'une fois la crise apaisée, tous ceux qui avaient remis leur sort entre ses mains en sortiraient sains et saufs. Qu'ils travailleraient toujours pour une entreprise capable de réaliser les idées et les produits assurant la subsistance d'une population considérable.

Beaucoup d'entrepreneurs ab dalisiens de même importance se moquèrent de Larence en raison des dépenses considérables engagées pour déplacer temporairement sa société hors-monde, mais il n'en avait cure. Les oligarques et multimilliardaires se préoccupaient davantage d'une seule poutre de duracier dans leurs usines que des ouvriers qui y travaillaient. Larence était riche, certes, mais uniquement parce que ses honnêtes employés se donnaient à cent pour cent pour lui. Et il allait prendre soin d'eux jusqu'au dernier, ça oui !

Le convoi se dirigea vers la bordure du système, où il devait s'arrêter et patienter le temps de voir comment évoluait la situation.

Mais avant que les appareils n'arrivent à destination, ils croisèrent un phénomène étrange.

Il ressemblait à un orage, ou peut-être à un nuage orageux. Un énorme tourbillon de vapeur bleu-gris, au beau milieu de l'espace, dense et menaçant, en plein sur la route du convoi. De vagues lueurs en émergeaient par intermittence, comme des mouches de braise survolant les marais d'Ab Dalis au crépuscule.

L'appareil de pointe, l'*Arbitrage*, était dirigé par un Shistavanéen à la fourrure sombre du nom d'Odabba, un assistant solide et compétent qui travaillait pour Garello Technologies depuis plus d'une décennie. Il scanna le nuage, mais les senseurs ne trouvèrent aucun résultat probant. Le capitaine donna donc l'ordre à tous les vaisseaux de dévier de leur trajectoire et de contourner la chose, quelle qu'elle fût. Par sécurité.

Mais la sécurité n'existait pas, n'existait plus.

Le nuage s'illumina. Un immense trait d'énergie torturée en jaillit et frôla l'*Arbitrage* pour frapper un autre appareil du convoi, le *Maree's Diligence*, baptisé en l'honneur de la mère de Larence Garello.

Le vaisseau brilla un instant, nimbé de flammes phosphorescentes, puis il s'assombrit tandis que tous les éclairages extérieurs s'éteignaient sur sa coque et que les moteurs s'arrêtaient. Le *Maree's Diligence* commença à dériver loin du reste du convoi, tous ses systèmes manifestement coupés.

Le Capitaine Odabba ordonna aux autres de lever les boucliers et de se préparer au combat, mais tous étaient des cargos et non des cuirassés. Et dans cette évacuation précipitée de la planète, on n'avait pas affecté de chasseurs d'escorte au convoi. Les vaisseaux étaient quasiment désarmés, pourvus seulement de quelques canons laser chacun.

Il y eut un deuxième éclair venu du nuage, puis un autre encore. On ne pouvait plus les considérer autrement que comme des traits de foudre, d'énormes rafales d'énergie à une échelle difficilement concevable. Chacun atteignit une cible au sein du convoi de Garello. Grâce aux boucliers déployés, ils n'immobilisèrent pas les appareils comme cela avait été le cas pour le *Maree's Diligence*, mais entamèrent malgré tout les défenses de chacun d'entre eux.

Chaque éclair avait illuminé l'intérieur du nuage, et l'espace d'un instant, les occupants du convoi avaient aperçu ce qui les attendait. Des vaisseaux. Beaucoup de vaisseaux.

Comme s'ils avaient attendu la troisième frappe pour agir, les appareils qui se cachaient dans l'étrange nuage en jaillirent telle une nuée d'insectes vrombissante et agressive. C'étaient des machines hideuses, dépourvues d'élégance, hérissées de pointes disposées sans logique apparente. Ils ressemblaient à des instruments conçus pour battre quelqu'un à mort. La plupart étaient mono ou biplaces, mais d'autres les accompagnaient, plus grands, tandis qu'au centre du nuage attendait un vaisseau beaucoup plus volumineux. Il semblait au moins aussi vaste que l'un des cargos du convoi, mais il ne s'agissait pas d'un transport. C'était une construction cruelle, conçue pour la guerre, pour la destruction.

Tous ces vaisseaux, quels que fussent leur aspect et leur taille, présentaient deux éléments communs : trois marques de couleur vive au flanc, comme une peinture de guerre, et un curieux module fixé à leurs moteurs, un filet de métal au but inconnu, qui ressemblait à une demi-lune remplie de flammes vertes et bouillonnantes.

Les tirs de laser fusèrent depuis les cargos du convoi, filaments anémiques en comparaison de la menace qu'ils affrontaient. Il y avait… tant d'ennemis !

La nouvelle se répandit parmi le personnel de Garello Technologies et l'équipage des convois. L'espoir mourut, remplacé par la panique et la terreur. Ils avaient vu les éclairs frapper, et l'emblème des vaisseaux. Et ils pensaient avoir identifié leurs agresseurs.

Les Nihil.

Le Capitaine Odabba donna l'ordre de battre en retraite, de faire volte-face et de retourner sur Ab Dalis.

Il savait que cela ne servirait à rien, mais ce serait toujours mieux que se battre, et peut-être que quelques-uns des vaisseaux arriveraient à se mettre à l'abri.

Les Nihil. Un an auparavant, ni Larence Garello ni le moindre de ses employés n'avaient entendu parler d'eux. Mais ces derniers mois, ce nom avait acquis un caractère presque mystique dans toute la Bordure Extérieure, comme celui d'une épidémie ou d'un prédateur contre lequel toute fuite, toute résistance devenait futile.

Les Nihil étaient des pillards, des voleurs, des meurtriers, des ravisseurs. Ils pouvaient arriver partout, à tout moment, surgissant de nulle part. Ils opéraient dans l'espace, sur les planètes, dans les villes ou en pleine nature. Ils se déplaçaient comme des spectres et tuaient comme des démons. On ignorait s'il s'agissait de véritables monstres ou s'ils se comportaient simplement avec une monstrueuse sauvagerie. Le peu que l'on savait sur eux ne pesait pas grand-chose face à ce que l'on ignorait.

Les informations les plus importantes à leur sujet tenaient en peu de mots : ils prenaient ce qu'ils voulaient et détruisaient le reste, et s'il arrivait qu'on entende le récit de quelqu'un qui leur avait survécu, personne ne rapportait avoir réussi à les repousser.

Une considérable quantité de vaisseaux ennemis entourait le *Maree's Diligence* neutralisé. Ils tournoyaient autour de l'appareil d'une façon à la fois chaotique et coordonnée, comme des insectes ailés rôdant autour d'un cadavre sans jamais se percuter entre eux.

Les vaisseaux d'assaut des Nihil lancèrent des projectiles. Il ne s'agissait ni de lasers ni de missiles, mais de sortes de harpons, qui s'enfoncèrent profondément dans la coque du cargo sans bouclier ni défense.

Dans un même mouvement, les appareils des Nihil pivotèrent à cent quatre-vingts degrés, tournant leurs propulseurs vers le *Maree's Diligence*. Ils démarrèrent. De longues flammes jaillirent de leurs moteurs, et ils tirèrent sur les câbles reliés à leur proie.

Depuis la passerelle de l'*Arbitrage*, Larence Garello assistait au spectacle, horrifié, en pensant aux passagers du vaisseau, à ses milliers de passagers.

À leurs familles. Il leur avait demandé de venir avec leurs familles, en affirmant pouvoir les protéger.

Le *Maree's Diligence* se disloqua.

Il n'explosa pas, en dehors de quelques vagues flammèches çà et là, sans doute parce que ses systèmes avaient cessé de fonctionner après le premier tir adverse. Quoi qu'il en soit, il se brisa en morceaux, exposant à l'espace toutes ses coursives et ses entrailles. De petits objets et des débris entamèrent des spirales dans le vide, et Larence Garello, directeur général de Garello Technologies, comprit que certains de ces objets étaient ses employés.

— Continuez de tirer ! cria le Capitaine Odabba à son équipage. J'ai demandé de l'aide à Ab Dalis, et ils enverront ce qu'ils peuvent. Il faut juste qu'on tienne le coup.

Larence n'était pas militaire, mais même lui se rendait compte que ces mots sonnaient creux. Une catastrophe à l'échelle planétaire ravageait Ab Dalis. Le gouvernement, corrompu et inefficace après avoir satisfait sur des générations les besoins de tous ces oligarques et multimilliardaires, n'aurait peut-être même pas envoyé quiconque à leur secours s'il en avait été capable.

Une nouvelle rafale de l'arme foudroyante émana du plus grand appareil de la troupe des Nihil, le croiseur de guerre situé en son centre. Elle toucha un autre cargo qui se figea, tous systèmes coupés, comme le *Maree's Diligence* avant lui. Les membres du convoi supposèrent que ce vaisseau allait lui aussi être taillé en pièces et pillé par ces charognards de Nihil.

Les ennemis entourèrent bel et bien le transport neutralisé, et les câbles jaillirent de nouveau… mais cette fois, un phénomène différent se produisit. Le réacteur n'avait peut-être pas entièrement cessé de fonctionner, ou peut-être avait-on commis une autre erreur, mais le vaisseau explosa. Une sphère de lumière blanche enveloppa le vaisseau de Garello Technologies ainsi que nombre des appareils des Nihil qui l'entouraient, et même si le cœur de Larence Garello se déchirait une fois encore devant la disparition d'autres membres de son personnel, un élan de triomphe sauvage l'envahit lorsqu'il songea qu'au moins, ils avaient emporté avec eux quelques-uns de ces salauds.

— Ils sont en train de nous aborder, annonça le Capitaine Odabba d'une voix grave tout en fixant les voyants d'urgence qui clignotaient sur ses écrans. J'ouvre les placards d'armurerie. Nous n'avons pas assez de blasters pour tout le monde. Tous ceux qui disposent d'une expérience militaire ont la priorité. Quant aux autres… trouvez de quoi vous défendre.

Il se retira de la console de commande pour se diriger vers l'annexe du pont où l'on conservait l'arsenal limité du cargo.

Avant qu'il ait fait deux pas, l'écoutille de la passerelle sortit de ses gonds, comme si un géant venait de l'enfoncer d'un coup de pied. Propulsée à travers le pont, elle percuta l'une des femmes d'équipage et la tua sur le coup. La Klatooinienne mourut sans un bruit.

Trois grenades blanches jaillirent du corridor extérieur. Avant même de toucher le sol de la passerelle, elles explosèrent en dégageant un gaz épais, dense, d’un gris bleuté. Ce fut instantané. Les occupants du pont, qui respiraient sans difficulté la seconde d’avant, eurent l’impression de se perdre dans le brouillard… ou dans un nuage d’orage.

Larence Garello tenta de retenir son souffle, mais le choc des événements avait précipité son rythme cardiaque, et il n’était plus tout jeune. Il aspira une bouffée d’air… mais il ne s’agissait pas d’air, et son métabolisme réagit instantanément au poison.

Il levait les yeux vers l’écoutille d’où les Nihil pénétraient sur le pont. Il les vit tandis que sa vision se brouillait peu à peu, aperçut les masques qu’ils arboraient, et comprit que leur nature réelle importait peu : ces pirates voulaient que la galaxie les considère comme des monstres.

Larence Garello prit une ultime inspiration brûlante et sut qu’il ne ferait pas partie de ces rares personnes à avoir survécu à une rencontre avec les Nihil.

DEUXIÈME PARTIE

Les Sentiers

CHAPITRE DIX-NEUF

CORUSCANT. PLACE DES MONUMENTS.

La paume de la main de Lina Soh reposait sur la surface rugueuse d'Umate, le plus haut pic de la chaîne de Manarai. Le sommet de la montagne se dressait à quelque vingt mètres au-dessus de sa tête, tandis que son pied se trouvait à cinq mille deux cent seize étages plus bas, à la surface même de cette cité-monde qu'était Coruscant. Il s'agissait du dernier site de la planète où l'on pouvait encore distinguer sa topographie d'origine. Aux environs, la silhouette de la montagne avait été incorporée à la ville et s'était transformée en ruche pleine de tunnels, de passages et de salles couverts de duracier et de permabéton que l'on distinguait à peine des autres zones de la planète. Mais ici, un vestige de la nature demeurait encore.

Des habitants de toute la République venaient à la place des Monuments pour contempler Umate, et beaucoup faisaient le même geste que Lina Soh : ils en effleuraient la surface et se ressourçaient un moment. Un cercle plus sombre, à la base du pic, témoignait du contact d'innombrables mains au fil des générations. Tous ces esprits, toutes ces consciences, toutes ces perspectives variées. Umate revêtait des significations différentes pour tous ces gens : l'endurance, le caractère imperturbable de la nature malgré la volonté des êtres doués de conscience de remodeler la galaxie, ou parfois la simple fraîcheur d'un lieu naturel sur un monde artificiel.

Pour Lina Soh, Chancelière de la grande République qui s'efforçait d'apporter la lumière aux nombreux mondes de la galaxie en les reliant les uns aux autres dans une union éclairée où tout devenait possible, Umate signifiait… le choix.

Les urbanistes de la cité-monde auraient pu raser la montagne à n'importe quel moment durant des millénaires d'histoire, mais génération après génération, ils s'en étaient abstenus. Ils avaient pris de façon répétée la même décision, fait ce choix qui consistait à préserver ce lieu entre tous, cette spécificité entre toutes. Nombre de systèmes politiques s'étaient approprié Coruscant en leur temps, des empires brutaux jusqu'aux démocraties les plus pures, mais tous avaient choisi de conserver Umate tel quel, la place des Monuments s'élevant au fil des siècles tandis que l'on ajoutait de nouveaux niveaux à la surface de la ville.

Le progrès était inévitable et crucial, mais il n'était pas le seul but à atteindre. La conscience comptait également. Le choix.

La Chancelière Soh recula. Elle se détourna de la montagne. Matari et Voru levèrent leurs têtes énormes et se dirigèrent vers elle. Les grandes et magnifiques bêtes avaient senti son humeur et savaient qu'elle était prête à partir. Les deux targons jumeaux, le mâle roux et la femelle jaune, tous deux plus grands qu'elle, avec leur pelage épais et leurs oreilles touffues, prirent leur place habituelle à ses côtés, lui emboîtant le pas tandis qu'elle s'éloignait d'Umate. Les félins géants la suivaient partout et lui tenaient lieu de gardes du corps, de compagnons, voire de comité de réflexion : elle leur parlait souvent à voix haute lorsqu'elle examinait ses idées ou ses plans. Les créatures ne comprenaient pas les mots, mais les targons possédaient de modestes dons d'empathie, aussi curieux que cela puisse paraître pour une espèce de prédateurs. Matari et Voru ne déchiffraient pas le sens, certes… mais ils la comprenaient. Et surtout, ils lui manifestaient une fidélité absolue. Lina travaillait dans la politique. Elle appréciait la loyauté plus que toute autre qualité.

On avait transformé la surface du niveau 5216 qui entourait le pic d'Umate en espace vert, en faisant l'effort de reproduire les plantes et les arbres qui auraient été visibles au pied de la montagne d'innombrables millénaires plus tôt, lorsque le sol en était encore accessible. Nul n'aurait pu confirmer l'authenticité des choix des paysagistes, mais la vue était charmante.

D'ordinaire, les touristes grouillaient sur la place des Monuments, attendant que vienne leur tour de toucher Umate, dans une longue file qui s'étendait presque jusqu'au parc de la colline du Sénat. Mais pour le moment, l'endroit était désert : les Forces de Sécurité de Coruscant s'en étaient assurées. Lina aurait pu organiser cette réunion dans son bureau, voire n'importe où sur la planète à vrai dire, mais elle appréciait ce lieu. C'était ici qu'elle ressentait le mieux son lien avec le reste de la République. Ce qui exaspérait ses équipes de sécurité, parce qu'elle devenait théoriquement vulnérable aux attentats aériens en s'exposant à ciel ouvert (même si elle pensait Matari et Voru capables de mettre un speeder à terre en cas d'urgence). Lina ne craignait aucun attentat, qu'il soit aérien ou autre. C'était le cœur du Noyau, et la République vivait une ère de paix, si l'on faisait abstraction des occasionnelles querelles régionales. Elle n'avait pas davantage à s'inquiéter de sa sécurité sur la place des Monuments que dans son propre lit.

Espérons que ce soit toujours vrai, songea-t-elle cependant, en repensant à ce qui était arrivé au *Legacy Run* et à tout ce que cela impliquait.

Norel Quo, son principal assistant, un Koorivar sans pigment, ce qui n'était guère courant parmi les siens, l'attendait à une distance respectueuse.

— Vous êtes prête, Chancelière ?

— Je le suis, Norel. J'espère que je n'ai dérangé personne en profitant de ce moment. Je ne viens pas assez souvent, et compte tenu de la conversation qui nous attend, je me suis dit que je ferais bien de me ressourcer.

— Vous êtes la Chancelière de la République, déclara Norel en calquant sa démarche sur la sienne tandis qu'ils s'éloignaient de la montagne pour s'enfoncer dans le parc, les gardes de la République en livrée bleue adoptant une formation de protection autour d'eux. Ils patienteront.

Le sentier contournait un bosquet de billians dont les flûtiges sifflaient dans la brise vespérale et conduisait à une petite clairière. Là, les interlocuteurs de Soh l'attendaient, un groupe qui comptait certains des individus les plus puissants de la planète, et donc de toute la République. Quatre Jedi : le Quermien Yarael Poof et la Togruta Jora Malli, tous deux membres de leur Conseil ; le second de Malli, l'imposant Jedi trandoshan Sskeer ; et Maître Avar Kris qui était intervenue directement pour résoudre la catastrophe du *Legacy Run* au sein du Système Hetzal. Le Sénateur Izzet Noor de

Serenno, porte-parole de la majorité des Territoires de la Bordure Extérieure. Jeffo Lorillia, son secrétaire des Transports. Et pour finir, l'Amiral Pevel Kronara, de la Coalition Défensive de la République, l'organisation financée par les ressources communes de plusieurs mondes pour s'occuper des rares échauffourées régionales que les forces planétaires ne parvenaient pas à juguler seules. Kronara ne dirigeait pas la CDR, mais c'était un membre de haut rang qui connaissait directement le sujet abordé.

Quelques membres des Forces de Sécurité de Coruscant s'étaient discrètement postés à l'orée de la clairière, et un droïde serviteur cuivré et lustré se tenait à proximité, prêt à apporter toute l'aide requise en cas de besoin.

Les sept personnes présentes bavardaient entre elles, mais se turent lorsque Lina s'approcha. Elle se dirigea vers Avar Kriss en souriant. Tendant les bras, elle prit la main de la Jedi dans les siennes, la serra et la regarda droit dans les yeux. Avar paraissait fatiguée, mais cela n'avait rien d'étonnant compte tenu de l'épreuve qu'elle venait de subir.

— Maître Kriss, au nom de toute la République, je vous prie d'accepter ma gratitude pour tout ce que vous avez fait dans le Système Hetzal. Vous et les autres Jedi avez sauvé des milliards de vies, sans même parler du fait que vous avez aidé à préserver la production de nourriture pour toute la Bordure Extérieure.

— Nous sommes tous la République, madame la Chancelière, répondit Kriss en souriant elle aussi. Nous avons fait ce que nous pouvions.

— C'est un exemple inspirant et symbolique de tout ce à quoi j'aspire pour la République. Nous nous entraidons, et ainsi nous grandissons et prospérons ensemble.

Lina lâcha la main de la Jedi en la gratifiant d'un autre sourire. Elle se tourna ensuite vers le reste du groupe.

— J'ai décidé d'étendre la restriction de voyage hyperspatial à cinq cents parsecs supplémentaires autour de Hetzal jusqu'à ce que nous soyons plus amplement informés.

Le Sénateur Noor émit un sifflement bas. C'était un grand homme mince, âgé mais vigoureux, chauve à l'exception d'une frange fournie de cheveux blancs qu'il portait longue et laissait retomber par-dessus le col de sa robe vert vif.

— Voilà qui va étrangler cette zone de la Bordure Extérieure, Chancelière. Avez-vous idée du volume de trafic qui circule sur ces voies ? Commerce, transport, expéditions…

— Je ne parle pas d'une fermeture définitive, sénateur. Mais ces Émergences continuent de se produire. Combien y en a-t-il eu jusqu'ici ?

L'Amiral Kronara fit signe au droïde serviteur, qui projeta dans les airs un plan à plat de la Bordure Extérieure. La carte se centrait sur Hetzal, représenté en rouge. Un certain nombre d'autres systèmes arboraient la même couleur, formant un cercle très irrégulier autour du site de la catastrophe d'origine. Un anneau rouge bordait l'ensemble : les limites actuelles de la fermeture des voies hyperspatiales.

— Quinze au dernier recensement, Chancelière, répondit l'Amiral Kronara. Nous en avons peut-être manqué quelques-unes, car naturellement, tous les fragments du *Legacy Run* ne percutent pas une planète. Nous supposons que les autres morceaux émergent de l'hyperespace sans qu'on les détecte.

— Et nous n'avons toujours pas la moindre idée de ce qui a provoqué tout ceci ?

— Pas encore, répondit le Secrétaire Lorillia en basic, mais avec un fort accent. Mes analystes n'ont jamais rien vu de tel, mais nous nous penchons sur ce problème.

— En théorie, reprit Lina, il serait donc possible que n'importe quel vaisseau voyageant dans l'hyperespace soit détruit de la même façon ?

Le secrétaire des Transports acquiesça, gêné. C'était un Muun pragmatique, qui détestait l'incertitude dans tous les domaines. Son but, l'objectif même du bureau qu'il dirigeait à l'échelle de la galaxie, consistait à s'assurer que les spatioports continuent de bourdonner d'activité, que les cargos circulent et que les transports de passagers partent et arrivent aux horaires prévus. Un problème affectant l'hyperespace, ce système à peine compréhensible qui permettait à la République tout entière d'exister… Eh bien, Lina se dit qu'il s'agissait sans doute du pire cauchemar de ce pauvre Jeffo.

— C'est à cause de ce risque que j'ai fermé les voies et qu'elles demeureront closes jusqu'à ce que nous en sachions davantage, déclara-t-elle.

Les lèvres de Lorillia tressaillirent et, joignant les mains, il pressa lentement les extrémités de ses longs doigts fins à deux reprises. Lina lui tapota l'épaule pour le rassurer.

— Tout va bien se passer, Jeffo. Je comprends bien que la situation complique grandement votre travail, mais je vous fournirai tout le soutien possible. Vous comprenez, je l'espère, pourquoi tout ceci est nécessaire. Les Émergences sont déjà bien assez néfastes. Nous ne pouvons laisser un autre vaisseau se faire réduire en miettes comme le *Legacy Run*.

Elle désigna Kronara et Avar Kriss.

— La prochaine fois, nous n'aurons peut-être pas de Jedi et de héros de la République à proximité pour nous sauver la mise.

Le Secrétaire Lorillia hocha sèchement la tête et se reprit.

— Naturellement, Chancelière. Vous pouvez compter sur moi. Je m'en arrangerai.

Lina prit le temps de passer en revue les rapports qu'elle avait reçus, puis elle se tourna vers les membres du Conseil Jedi, qui écoutaient attentivement sans rien dire.

— Et de votre côté, rien de neuf ?

— Nous pouvons affirmer que ces événements ne semblent pas résulter d'une action directe de la part d'utilisateurs de la Force, répondit Yarael Poof, le Quermien, dont la tête oscillait d'avant en arrière sur son long cou comme une fleur sous la brise. Nous ne sommes pas omniscients, mais pour le moment, nous n'avons aucune preuve allant dans ce sens.

— J'étais dans le Système Hetzal, ajouta Jora Malli, une petite femme portant la tunique blanche et dorée du Temple Jedi.

Visiblement frustrée, elle tapotait du doigt l'un des splendides appendices occipitaux rayés qui retombaient sur sa poitrine. Les Togrutas avaient fière allure, avec leurs montrals recourbés qui les couronnaient et leurs lekku qui formaient presque une tunique naturelle. Même leur couleur contribuait à cette apparence royale : la peau orange vif et les saisissants motifs faciaux blancs évoquaient un bal masqué. Lina savait qu'ils tenaient simplement ces traits de l'évolution naturelle – en tant que camouflage contre les prédateurs –, mais l'ensemble conférait aux Togrutas une certaine autorité innée auprès de la plupart des êtres doués de conscience de la galaxie. Jora Malli en exploitait tout le potentiel, consciemment ou non.

Lina ne s'était entretenue que très rarement avec elle par le passé, mais elle avait perçu chez elle une pointe d'impatience qui ne correspondait pas vraiment à l'idéal Jedi. Jora Malli aimait bousculer les problèmes jusqu'à ce que les solutions se révèlent, et se livrait à diverses tentatives jusqu'à ce que l'une d'entre elles fonctionne plutôt que d'envisager tous les angles avant d'entreprendre une action décisive. En un mot, elle préférait rester occupée.

Ce qui expliquait sans doute, de l'avis de Lina, pourquoi le Conseil Jedi lui avait confié la gestion de la section de l'Ordre à bord du Flambeau Stellaire dans la Bordure Extérieure. La station serait la première à réagir aux problèmes relevant de la compétence de la République ou des Jedi dans cette immense région de l'espace. Malli disposerait d'une autorité semblable à celle d'un amiral de la CDR ou d'un administrateur territorial de la République, toutes les décisions dépendant d'un vote majoritaire. Un enchaînement infini de problèmes à résoudre, des négociations et des ajustements sans fin, mille choses à faire à la fois. C'était l'affectation idéale pour elle.

— Sskeer et moi sommes arrivés après la tragédie du *Legacy Run*, poursuivit Jora Malli, mais si la Force avait servi à la provoquer, je crois que nous l'aurions senti, les autres Jedi du système ou moi-même. Maître Kriss en particulier était liée à la Force presque dès le début des événements.

Sskeer acquiesça d'un sifflement.

Le Sénateur Noor s'avança vers Lina et fit irruption dans son champ visuel. Devant cette attitude vaguement agressive, Matari et Voru plaquèrent les oreilles contre leur tête. Le sénateur ne parut pas le remarquer :

l'idée que de simples animaux puissent s'en prendre à sa personne ne l'avait même pas effleuré.

— Chancelière, je dois réitérer ma question. Combien de temps comptez-vous maintenir les hypervoies fermées ? Tous les mondes de la Bordure Extérieure ne sont pas autonomes. Des milliards de citoyens dépendent de ces voies de communication pour recevoir leur nourriture et autres denrées essentielles.

— Je ne vais bien évidemment pas affamer le peuple, sénateur, répondit Lina, un peu exaspérée. J'ai déjà une crise sur les bras, inutile d'en déclencher une autre en essayant de la résoudre. Je souhaite simplement réduire le risque de catastrophe au moins jusqu'à ce que nous comprenions à quoi nous avons affaire. Au besoin, j'autoriserai l'expédition limitée de produits de première nécessité.

Elle se retourna vers Kronara.

— Je vous demande de faire respecter l'interdiction, amiral. Pouvez-vous vous coordonner avec les autres commandants de la CDR pour poster des croiseurs aux relais hyperspatiaux appropriés ? Je ne voudrais pas que quiconque réactive des sections du réseau de navigation. Ce ne sont pas des mises à jour navigationnelles qui empêcheront ces voies d'être empruntées.

— Il s'agira d'une mobilisation plus vaste que tout ce que nous avons pu faire jusqu'ici, madame la Chancelière, mais oui, certainement.

— Je vous remercie.

Lina fit deux pas en avant jusqu'à se retrouver devant la carte des Territoires de la Bordure Extérieure qui flottait dans les airs.

— Nous voulons tous en finir aussi tôt que possible. En plus d'éviter des victimes et des dégâts supplémentaires, vous savez que j'ai des plans pour cette région de la galaxie. La station du Flambeau Stellaire affirmera la présence de la République, lui donnera davantage de substance qu'un lointain concept ne faisant que de brèves apparitions dans la Bordure Extérieure lorsque nos vaisseaux la traversent sans s'y arrêter, ou viennent y collecter les impôts. Nous serons là, avec eux, pour les aider, de Bunduki à Bastion.

La Chancelière Soh passa l'index dans la carte, et un point lumineux comme une étoile apparut, plus ou moins au centre de la zone désormais interdite en raison de la catastrophe hyperspatiale en cours.

Le Flambeau Stellaire. Enfin achevé après une construction laborieuse et difficile, l'immense relais a été bâti pour tenir plusieurs rôles : celui d'ambassade de la République capable de se transformer en forteresse si nécessaire, de référence locale sécuritaire afin de décourager les pillards et les maraudeurs, d'avant-poste contenant le plus grand contingent Jedi en dehors du Temple de Coruscant lui-même, et où ils pourraient se livrer à des recherches, enseigner et écouter les conseils de la Force, d'espaces culturels mettant en valeur la beauté des nombreux mondes qui composaient le secteur, de relais de communication divisant par dix les temps de transmission dans la région et de complexe médical le plus avancé de la Bordure Extérieure – en ce moment même, les survivants des catastrophes de Hetzal et d'Ab Dalis recevaient des soins sur le Flambeau alors que la station n'était même pas encore officiellement ouverte.

La Chancelière Soh avait pour ambition toute une série de Grandes Œuvres, qu'il s'agisse d'infrastructures ou d'actions culturelles : la Foire Républicaine, la construction en cours de relais de communication dans toute la galaxie, le mystère de la culture du bacta qu'il fallait élucider, la négociation de nouveaux traités entre Quarren et Mon Calamari, toutes sortes d'innovations technologiques et autres… mais c'était grâce au Flambeau Stellaire, et aux autres stations qui formeraient le réseau des Flambeaux, qu'on se souviendrait d'elle. La plus grande de ses Grandes Œuvres, qui ferait déborder la République du Noyau et la transformerait en une véritable entité galactique.

L'opération coûtait affreusement cher, cela dit, aussi bien en crédits qu'en capital politique. Même à une époque de paix éclairée, où le commerce florissait et où les coffres demeuraient assez pleins, certains auraient préféré conserver le statu quo. Leur point de vue ? Tout allait pour le mieux en ce moment, certes, mais le vent pouvait toujours tourner, alors pourquoi dépenser des crédits dont on risquait d'avoir besoin en cas de souci ? Dans une République immense, obtenir un consensus absolu n'était pas possible. Trois personnes confrontées au même problème pouvaient aboutir à trois solutions radicalement différentes : en multipliant cette configuration par quelques trillions, on avait une vague idée de ce que représentait de diriger un gouvernement galactique. Mais Lina avait fait aboutir le projet, non pas en faisant des promesses qu'elle n'avait pas l'intention de tenir, ni en menaçant, ni même en abusant des pouvoirs liés à son poste. Elle avait simplement fait de son mieux pour montrer aux mondes de la République ce qu'ils pouvaient devenir s'ils se rassemblaient. Pour leur montrer tout ce qui pouvait s'améliorer. Pour leur montrer combien ce moment était unique dans l'Histoire, leur faire comprendre qu'ils devaient le saisir, aller de l'avant et, dans l'idéal, le prolonger afin que les nombreuses générations à venir connaissent la paix et la prospérité dont eux-mêmes jouissaient.

Le Flambeau Stellaire symbolisait tous ses espoirs pour la République, et tous les membres du Sénat le savaient. Le succès de la station faciliterait tout le reste. Mais en cas d'échec…

— Je ne mettrai pas de vies en péril, dit la Chancelière, mais vous savez tous combien il est important, pour de nombreuses raisons, que la cérémonie d'inauguration du Flambeau Stellaire se déroule tel que prévu à l'origine.

Jora Malli prit la parole, sur un ton plus modéré : elle disposait d'informations adéquates pour éclairer cette problématique.

— Je reviens tout juste du Flambeau. Il est terminé, même s'il faut sans doute le lustrer et le nettoyer un peu. Un léger retard ne devrait pas énormément influencer l'emploi du temps.

Elle désigna Avar.

— Maître Kriss s'y trouvait récemment, elle aussi, juste avant la catastrophe du *Legacy Run*, pour la tournée d'inspection des quartiers Jedi. Qu'en avez-vous pensé ?

— Comme vous le disiez, Maître Malli, répondit Avar, je ne suis pas experte, mais l'Administratrice Tennem a explicitement déclaré que le Flambeau Stellaire pouvait accueillir sa cérémonie d'inauguration comme prévu. Sans le blocus, les finitions seraient achevées d'ici quelques semaines. Et l'administratrice ne semble pas du genre à exagérer.

— Fort bien, alors, dit Lina. Penchons-nous sur le sujet. J'ai des questions.

Elle leva la main et commença à compter sur ses doigts, un par un.

— Combien de fragments du *Legacy Run* reste-t-il ? Certains contiennent-ils des survivants, et si oui, existe-t-il une chance de les secourir ? Ce sont tous des citoyens de la République : s'il y a le moindre espoir, nous devons essayer. Existe-t-il un moyen de prévoir où les Émergences à venir vont se produire ? Et plus important encore…

Elle serra le poing.

— … que s'est-il réellement passé, et pourquoi ? L'hyperespace est-il sûr désormais, ou s'agissait-il simplement du début ?

Personne ne répondit. Ils savaient bien que spéculer ne servait à rien.

— Je vous demande à tous de le découvrir. Vous représentez les administrateurs, les politiciens, les forces de sécurité, et bien sûr les Jedi. Certains d'entre vous étaient présents sur le site de l'accident du *Legacy Run*. À vous tous, vous devriez rassembler assez de compétences et de contacts pour comprendre ce qui s'est passé et empêcher que cela se reproduise. Les ressources de la République et toute l'autorité de mon poste sont à votre disposition. Formez les équipes que vous voudrez, recrutez tous ceux qui vous paraîtront utiles. Le Flambeau Stellaire doit être inauguré dans trente jours. Je souhaite profiter de l'occasion pour fêter le triomphe de la République sur l'adversité. Mais je ne veux *pas* ouvrir cette station tant qu'une immense portion de la galaxie reste confinée, ce qui voudrait dire que la République est incapable de protéger ses citoyens. Que l'inauguration du Flambeau vous serve de date limite. *Trouvez la clef du mystère*, mes amis. Je suis persuadée que vous en êtes capables.

La Chancelière Soh tendit les bras de part et d'autre puis plongea les mains dans la fourrure de Matari et de Voru, réconfortée par leur présence et leur chaleur. Elle porta le regard au-dessus des arbres, en direction du pic d'Umate, à vingt mètres au-dessus. Autrefois, la montagne devait dominer cette zone de la planète, régnant sur la chaîne de Manarai. À présent, ce n'était plus qu'un petit affleurement rocheux pointant au-dessus de la surface d'un monde qui avait englouti les sommets, et elle semblait minuscule.

Mais Umate demeurait, produit de ce choix qu'avaient pris les générations successives pour préserver le relief, fût-ce sous cette forme amoindrie. Lina Soh appréciait cette attention, cette façon qu'avaient les sociétés de privilégier l'héritage par rapport au progrès, et que la pierre vivante incarnait.

Mais pour la Chancelière, Umate avait également une autre signification. Une symbolique qu'elle n'exprimerait jamais, dont elle ne parlerait jamais à voix haute, car elle allait à l'encontre de l'optimisme, de l'espoir et du potentiel sur lesquels s'appuyaient son gouvernement et la République elle-même.

Et ce sens était le suivant : il n'existait rien de si grand que l'on ne puisse l'engloutir. Rien de si fort que l'on ne puisse le ramener à la modestie. Rien de si grand que l'on ne puisse l'amoindrir. Même pas une montagne, même pas la République.

— Je ne suis guère coutumière des déclarations alarmistes, poursuivit la Chancelière sans quitter des yeux le sommet d'Umate, mais si la situation continue à s'aggraver, et que nous perdons la capacité de voyager en hyperespace, tout ceci sera terminé. Il n'y aura plus de République.

Son regard glissa du pic vers le ciel nocturne. Coruscant, cité-monde, émettait de la lumière à toute heure et empêchait de distinguer beaucoup d'étoiles même au beau milieu de la nuit. On n'apercevait que quelques points lumineux qui brillaient faiblement au milieu d'immenses étendues de néant.

— Juste des mondes épars, isolés dans l'obscurité.

CHAPITRE VINGT

SYSTÈME HETZAL. LE *THIRD HORIZON*.

Le droïde d'assemblage mit en place le morceau d'épave, appliquant des ajustements précis au petit fragment de métal avec ses bras manipulateurs. Comment l'appareil s'y prenait-il pour savoir où placer la pièce dans le puzzle qu'il assemblait, ou pour comprendre la nature originelle de chacun des morceaux récupérés ? La tâche appartenait à un circuit informatique de motivateur avancé et dépassait les limites de ce qu'Elzar Mann pouvait appréhender. Pour lui, un morceau de duracier déchiqueté ressemblait à n'importe quel autre.

L'opération paraissait en bonne voie, cela dit. À l'intérieur d'une grande zone rectangulaire, éclairée par d'énormes projecteurs, la silhouette du vaisseau qui avait été le *Legacy Run* devenait clairement visible. Une douzaine de droïdes d'assemblage s'affairaient à extraire les morceaux d'épave de la soute d'un énorme cargo stationné juste hors de portée des lampes. Un par un, ils inséraient les résidus de métal et de plastoïde dans la zone de reconstruction. Certains étaient grands comme un compartiment, d'autres se limitaient à un simple fil métallique. C'était à croire qu'ils s'efforçaient de rebâtir l'appareil à partir des débris récupérés çà et là.

Ce qui était plus ou moins leur mission, à vrai dire. On avait récupéré l'épave de l'accident initial de Hetzal lorsqu'elle était sortie de l'hyperespace, localisée par un immense réseau de satellites, de stations d'observation et de télescopes. Le système provenait des efforts improvisés d'un autochtone apparemment brillant du nom de Keven Tarr, qui l'avait échafaudé pendant le désastre. Ce jeune homme pâle et discret se trouvait en ce moment même à environ un mètre à gauche d'Elzar. Et il n'était pas seul. Tout un groupe s'était rassemblé pour identifier le vaisseau détruit, et ses membres fixaient en silence l'appareil abîmé au travers d'un écran sur le pont d'observation du *Third Horizon*.

Il n'en restait pas grand-chose. Les droïdes avaient beau faire de leur mieux, de nombreuses parties du *Legacy Run* avaient été détruites en percutant des objets du Système Hetzal ou propulsées au-dehors, disparaissant avant qu'on puisse les retrouver. Certaines avaient resurgi dans d'autres systèmes lors de l'une des dix-huit Émergences dénombrées à ce jour. On les avait elles aussi rapportées ici lorsque c'était possible, mais il devait en rester bien davantage dans l'hyperespace, attendant d'émerger à leur tour et de semer la dévastation dans d'autres régions de la Bordure Extérieure. C'était là toute la nécessité de reconstituer l'épave : estimer combien il en restait encore à trouver.

Afin de savoir à quel point la situation pouvait s'aggraver.

Elzar remarqua que l'un des plus petits fragments s'était en partie détaché, sans doute perturbé par les propulseurs d'un droïde d'assemblage ou déplacé par une rafale de vent stellaire. Il leva la main pour effectuer un geste subtil. La pièce reprit sa place, comme guidée par des doigts invisibles.

Sentant des regards peser sur lui, il jeta un coup d'œil à droite et vit Maître Avar Kriss qui l'observait. Bien sûr, elle l'avait senti employer la Force : il s'agissait d'un des dons d'Avar, parmi tant d'autres. Elle appelait cela le chant de la Force, une symphonie qu'elle entendait constamment.

Elzar lui adressa un clin d'œil. Avar leva les yeux au ciel, mais ses lèvres s'incurvèrent en un léger sourire. Elle ne pouvait s'en empêcher.

Il savait qu'Avar trouvait parfois frivole l'usage qu'il faisait de la Force, mais il ne comprenait pas ce point de vue. Quand on était capable d'utiliser la Force, eh bien… on était en droit de le faire. Quoi, il aurait fallu se retenir et attendre des occasions spéciales ? Ce n'était pas comme si elle risquait de s'épuiser. Là où Avar entendait un chant, Elzar voyait un océan d'une étendue et d'une profondeur infinies. La Force n'avait ni commencement ni fin, et il était impossible de la tarir.

Par conséquent, si le Chevalier Jedi Elzar Mann pouvait aider des droïdes d'assemblage dans le besoin en poussant un objet grâce à la Force, pourquoi s'en priver ? Où était le mal ?

Et Avar pensait la même chose, même si elle ne l'aurait jamais avoué. Son petit sourire exprimait tout ce qu'il avait besoin de savoir.

— Quel pourcentage du *Legacy Run* avons-nous là ? s'enquit Jeffo Lorillia, secrétaire des Transports de la République.

Le pauvre paraissait tendu. Un des muscles de son front démesuré semblait désormais pris de tressaillements permanents. On pouvait le comprendre.

Le travail de cet homme consistait exclusivement à garantir une circulation sûre et fiable dans toute la République, et voilà que la Chancelière venait d'étendre de cinquante parsecs le blocus spatial de la Bordure Extérieure après la dix-huitième Émergence près de Dantooine.

Keven Tarr consulta le datapad qu'il tenait.

— J'ai ici les schémas de la superstructure du vaisseau, ainsi que le manifeste de la société d'expédition qui détaille sa cargaison. Je dirais que nous en avons retrouvé le tiers. Notre cerveau embrasse l'ensemble de la silhouette que nous reconstituons ici, remplit les blancs et nous dit que c'est un vaisseau complet que nous voyons… mais en réalité, nous n'en avons pas tant que ça.

Elzar songea que le spectacle ressemblait au spectre d'un vaisseau, mais il décida de s'abstenir d'exprimer cette observation dans un système qui venait de perdre tant de ses habitants. Ab Dalis avait connu pire, naturellement, avec vingt millions de victimes sur son monde-premier, une effroyable tragédie, mais Hetzal avait subi d'énormes dégâts. Et il y en aurait encore tout le long de la Bordure, apparemment.

— Nous risquons donc d'y passer une éternité, dit le Sénateur Noor d'une voix qui confinait au gémissement d'angoisse.

Le représentant de la Bordure Extérieure comprenait les conséquences d'une fermeture de l'hyperespace aussi bien que le Secrétaire Lorillia. Certains considéraient déjà ces mondes comme des trous perdus, alors si on ne pouvait même plus s'y rendre… La galaxie contenait énormément de mondes. Il n'était pas difficile d'oublier un secteur entier, le cas échéant.

— Nous n'en savons rien, sénateur, intervint Avar. L'enquête vient à peine de commencer.

Le Sénateur Noor lui jeta un regard noir.

— Et pendant ce temps, madame la Jedi, cracha-t-il, le malheureux peuple tourmenté de la Bordure Extérieure, dont l'existence même dépend des voies de circulation, se rapproche à chaque instant du chaos. On me rapporte déjà que certains thésaurisent les denrées sur de nombreux mondes, et l'impact économique s'aggrave chaque jour.

Noor désigna par la verrière les vestiges du *Legacy Run*, éclairés par les projecteurs et flottant dans l'espace.

— Pourquoi sommes-nous là, du reste ? Ce n'est que l'épave d'un cargo. En quoi est-elle importante ? C'est là-bas que vous devez vous rendre, pour découvrir ce qui s'est passé. Trouver le responsable !

— Vous pensez que la catastrophe procédait d'un acte délibéré, sénateur ? demanda Elzar. D'une attaque ?

Noor leva les bras au ciel.

— Quelle autre conclusion devrais-je en tirer ? Hetzal est le cœur agricole de la Bordure Extérieure. Peut-être qu'une autre planète, plus proche du Noyau, a fini par convoiter le flux de crédits qui s'y dirigeait et a entrepris de saboter nos réserves alimentaires. Peut-être s'agissait-il des Selkath, irrités que la perspective du bacta puisse ruiner leur activité. Tout ce que je sais, c'est que ni la République ni les Jedi ne font quoi que ce soit pour trouver le coupable. Vous passez votre temps à lorgner l'espace ! Qu'est-ce que vous faites là, d'ailleurs ? Vous ne comptez pas parmi le comité de la Chancelière.

— Je vous assure, sénateur, que cet homme ne se contente jamais de lorgner quoi que ce soit, déclara Avar. Laissez-moi vous présenter Elzar Mann, un Chevalier Jedi que je connais depuis fort longtemps. Il était présent ici, dans ce système, pendant la catastrophe. Il a joué un rôle essentiel en aidant les Jedi à empêcher le fragment plein de tibanna de percuter le soleil. Sans son énergie, Hetzal ne serait plus.

— Nous avons tous fait notre part, murmura Elzar.

Mais au fond de lui, il était ravi qu'Avar ait remarqué sa participation. Des dizaines de Jedi travaillant de concert au moment crucial… Non, des milliers, en vérité, si ce qu'elle lui avait rapporté était exact… et malgré tout, elle savait ce que lui avait fait en particulier.

— Bien sûr, dit le Sénateur Noor. Nous apprécions vos efforts. Mais je persiste : le temps nous est compté. Après tout, le précieux Flambeau Stellaire de la Chancelière se languit au beau milieu de l'espace, attendant d'ouvrir ses portes. Et si c'était *lui* que percutait une Émergence, hein ? Je suis sûr que, *dans ce cas*, vous vous agiteriez enfin, vous autres.

Elzar Mann tendit le bras et posa la main sur la bouche du sénateur. Au-dessus de ses doigts, il vit l'expression choquée de l'homme dans ses yeux écarquillés.

— Chut, dit Elzar. Nous nous agitons, je vous le promets. Mais pas de façon visible pour vous. La Force ne ressent pas le besoin d'annoncer ce qu'elle s'apprête à faire. Elle agit, c'est tout.

Il retira la main. Le sénateur se mura dans un silence stupéfait, ce qui était le but. En fait, toutes les personnes présentes semblaient surprises elles aussi.

Parfois, Elzar trouvait nécessaire de rappeler aux gens que, malgré toute l'importance qu'ils s'accordaient à eux-mêmes, ils restaient des individus comme les autres.

Il aurait sans doute pu obtenir le même résultat grâce à une manipulation mentale, car l'esprit de Noor paraissait faible comme celui de la plupart des politiciens, mais Avar n'aurait pas du tout approuvé, et il le savait. En temps normal, cela n'aurait pas eu d'importance. Avar Kriss était une amie de longue date, ce qui signifiait qu'ils pouvaient se trouver en désaccord, voire se quereller comme des screerats en train de faire leur nid, sans que cela n'affecte aucunement leur relation. Mais à présent, ici… les choses étaient différentes.

Le Conseil avait confié à Avar la gestion de la réaction des Jedi face aux Émergences en raison de son intervention lors de la catastrophe du *Legacy Run*. C'était une mission infiniment délicate, et quel partenaire avait-elle choisi pour mener son enquête ? Oh, nul autre que le Chevalier Jedi Elzar Mann.

Pourquoi cette décision, alors ? Elzar croyait savoir. Lui et Avar s'étaient longtemps côtoyés, certes, ils s'entendaient bien, et lui-même maîtrisait nombre de techniques de la Force, dont certaines tout à fait obscures, mais ce n'était pas pour ces raisons selon lui. Bien d'autres Jedi étaient tout aussi qualifiés que lui. Elzar pensait qu'Avar l'avait sélectionné parce qu'en se distinguant dans cette mission, il pourrait atteindre le véritable but dont il se souciait parmi les Jedi : devenir maître. Une fois maître, on pouvait se livrer aux études de son choix et progresser sur la voie de la Force à sa façon. En fait, c'était exactement ce que le Conseil attendait de ses maîtres. Ce statut ressemblait à un paradis, mais un paradis qui demeurait jusqu'ici hors de portée. Briller lors de l'enquête sur le *Legacy Run*, montrer au Conseil qu'il pouvait aider l'Ordre à tendre vers ses objectifs aussi bien que viser les siens… cela pouvait faire une énorme différence.

En d'autres termes, Avar Kriss l'avait choisi comme partenaire parce qu'elle s'efforçait de l'aider… et Elzar ne souhaitait pas lui donner la moindre raison de regretter cette décision.

Par conséquent, aucune manipulation mentale. Du moins tant qu'il existait d'autres solutions.

— Je suis douée pour anticiper les problèmes, sénateur, dit Avar. Mon collègue ici présent, Elzar Mann, est doué pour les solutions. Il a tendance à trouver des moyens uniques pour surmonter la plupart des obstacles, des chemins que d'autres ne verraient pas. Je vous promets que nous allons élucider le mystère. Comme vous l'avez dit, le temps presse.

Elle se retourna une fois encore vers les restes du *Legacy Run*.

— Je vois ici deux problèmes à résoudre. Tout le reste dépend d'eux. En premier lieu, les Émergences. Nous devons nous assurer que rien de ce qui s'est produit sur Hetzal et Ad Dalis ne puisse se répéter. Deuxièmement, il nous faut découvrir ce qui provoque les Émergences… et donc ce qui pourrait bien avoir causé la catastrophe d'origine. Je crois que cette épave pourrait nous y aider, mais il ne s'agit que d'une intuition. Je ne suis pas une scientifique pratiquant une autopsie. Pourtant, je sais que l'on peut tirer des informations stupéfiantes des matériaux les plus minuscules, à condition d'y appliquer l'analyse adéquate. L'avons-nous fait ?

— Oui. Des techniciens de ma section passent en revue les données, et chaque nouveau morceau découvert nous en apprend davantage, répondit le Secrétaire Lorillia. Rien de concluant jusqu'ici, mais il existe peut-être un moyen facile d'obtenir une vue d'ensemble plus nette.

Il désigna un écran-vid dans la salle où s'affichait un schéma détaillé du *Legacy Run* sous sa forme d'origine, avant sa destruction.

— Les cargos de cette classe sont équipés d'un enregistreur de données de vol dédié. Extrêmement robuste et spécifiquement protégé pour survivre aux pires désastres. Il pourrait nous en dire plus concernant les derniers moments du *Legacy Run*, avant sa désintégration.

— C'est ce que je me disais également, secrétaire, mais les droïdes d'assemblage ne l'ont pas encore retrouvé, expliqua Keven Tarr en parcourant ses notes. Il pourrait déjà avoir émergé ailleurs, à moins qu'il ne dérive encore dans l'hyperespace.

— Impossible à dire, ajouta Lorillia. Nous ne pouvons qu'attendre en espérant le retrouver.

— Eh bien, reprit Keven, j'avais justement une idée à ce sujet. Le réseau de surveillance que j'ai mis en place pendant la catastrophe était conçu pour surveiller le système solaire tout entier en temps réel, ainsi que pour suivre chaque débris d'aussi près que possible. Pour détecter de nouveaux fragments lorsqu'ils émergeaient de l'hyperespace et suivre leur trajectoire. Voici à quoi le résultat ressemblait pendant le désastre.

Il leva son datapad et activa la fonction de projection pour afficher une image plus vaste du système. De longues lignes minces traversèrent le Système Hetzal, toutes dirigées sur des trajectoires en courbe douce vers les trois soleils en son centre.

— Il y a là une quantité de données. Et quand je les relie aux dix-huit autres Émergences…

Il tapota son datapad et l'image changea, s'étendant pour englober une bonne section de la Bordure Extérieure. D'autres lignes apparurent ici et là : dix-huit séries en plus de l'éventail mortel du Système Hetzal.

— … nous obtenons une sorte d'image à grande échelle. Je ne l'ai pas encore. Je ne dispose pas de la puissance de calcul. Mais si nous pouvions obtenir assez de droïdes, probablement des navidroïdes parce qu'ils sont doués pour calculer les trajets hyperspatiaux, je pourrais peut-être en déduire l'endroit où se produisent les Émergences. Et dans ce cas, nous pourrions les prendre de vitesse, voire trouver l'enregistreur de données de vol s'il existe encore.

Tout le monde se tut.

— C'est… très impressionnant, fit Elzar. C'est ce que vous devriez faire.

Keven haussa les épaules.

— J'aimerais bien… mais je ne peux pas.

— Pourquoi ça ?

— Je viens de le dire. Je manque de droïdes.

— Il y en a partout. Prenez ceux-ci, intervint le Sénateur Noor en désignant les droïdes d'assemblage derrière la verrière.

— Il m'en faut beaucoup.

— Combien ?

— Si nous parlons de navidroïdes, des derniers modèles, eh bien… vingt ou trente mille, sans doute. Comme je vous l'ai dit, ils sont doués pour ce genre de calcul. Mais dans le cas de droïdes ordinaires, ou d'anciens navvys… beaucoup plus. Il en faudrait sûrement une centaine de milliers. Et quels que soient les modèles employés, il faudrait les relier pour que l'opération fonctionne. Plutôt compliqué.

Nouveau silence.

— La Chancelière nous a dit que nous pouvions utiliser toutes les ressources, pas vrai ? rappela Avar.

— Oui, mais des dizaines de milliers de navidroïdes… c'est… hmm, grommela le Secrétaire Lorillia en faisant la moue et en réfléchissant au problème. Nombre de ces modèles sont directement intégrés aux vaisseaux qu'ils secondent. Ils pourraient venir assez vite, mais pour certains, il faudrait les…

hmm. La République n'en a pas autant, mais peut-être pourrions-nous en obtenir chez les fabricants… hmm.

— Vous devriez vous y mettre, suggéra Elzar. Plus tôt nous commencerons, plus tôt nous pourrons prévoir les Émergences. Nous pouvons sauver des vies et, dans l'idéal, retrouver l'enregistreur de données.

Avar prit la parole :

— J'ai également réfléchi à une chose qu'a dite la Chancelière. Il existe une possibilité pour que ce ne soit pas un problème ponctuel, qu'il y ait un souci avec l'hyperespace de façon plus globale. Avons-nous la moindre idée de la façon de procéder dans ce cas ? Je ne suis même pas sûre de savoir où commencer.

— Si vous voulez vous renseigner sur l'hyperespace, je sais à qui vous devriez parler, répondit le Sénateur Noor. Ils ne vivent plus ici, ils ont déménagé dans la Bordure Médiane quand leur famille a fait fortune… mais je pourrais vous les présenter.

— Qui est-ce ? demanda Elzar.

— Le clan San Tekka.

— Ce nom ne m'est pas inconnu… les prospecteurs ?

— Ils préfèrent le terme d'explorateurs. De drôles d'oiseaux, certes, mais personne ne connaît l'hyperespace aussi bien qu'eux. S'il existe un problème, ils pourront probablement nous aider.

— Très bien, conclut Avar. Secrétaire Lorillia, voulez-vous bien vous occuper du problème de navidroïdes avec Keven Tarr ? Elzar et moi allons trouver les San Tekka pour voir si nous pouvons apprendre quelque chose. Restons tous en contact. Comme le sénateur l'a fait remarquer…

Elle considéra une dernière fois l'épave du *Legacy Run*.

— … le temps joue contre nous.

CHAPITRE VINGT ET UN

LE NON-ESPACE.

— Qui sommes-nous ? rugit Pan Eyta, dont la voix déjà grondante résonnait dans sa volumineuse poitrine, amplifiée et modifiée par le masque qu'il portait et qui représentait une version déformée de son visage de Dowutin, avec d'épais sourcils et des cornes émanant du menton.

Ses paroles vinrent s'écraser contre la mer de visages qui le fixaient, et qui fixaient ceux qui partageaient sa table. La plupart des membres de la foule portaient eux aussi des masques, de facture différente mais tous confectionnés dans le même but. Quelques milliers d'individus issus de nombreux mondes dans toute la galaxie, et unis par un désir commun de *prendre*, de *tuer* et de *dévorer*.

— LES NIHIL ! lui répondit-on.

La clameur lui revint comme un coup de tonnerre.

— *Que domptons-nous ?* cria Lourna Dee en levant son poing serré au bout d'un bras mince, nu et musculeux.

C'était une Twi'lek d'une quarantaine d'années, maigre comme un piquet, à la peau verte comme l'eau d'un marécage, aux lekku émaciés et parcourus de rayures blanches comme un squelette. Elle portait une tenue de cuir renforcée, confectionnée avec la peau d'un dragon kell et ne laissant qu'un bras nu, ainsi qu'un masque assorti et un couteau glissé dans un long fourreau à la cuisse.

Lourna se tenait debout près de Pan Eyta, sur une estrade qui se dressait à l'une des extrémités du Grand Hall des Nihil, devant une table de banquet couverte de plats raffinés et d'alcools forts. La salle contenait des dizaines de tables semblables, séparées par d'immenses feux qui repoussaient la nuit infinie. Toutes croulaient sous les mets et les plaisirs auxquels chacun pouvait s'adonner à volonté. De la nourriture, des boissons, des drogues. À volonté.

— *LA TEMPÊTE !* répondirent les Nihil en criant.

Le troisième et dernier Maître-Tempête hurla sa propre question. C'était Kassav, un Weequay âgé dont la peau ressemblait à un bout de viande séché au soleil. Il ne portait qu'une cape en fourrure, un pantalon de cuir usé et son propre masque, une mince plaque de métal martelé où l'on avait percé des fentes pour les yeux, le nez et la bouche. Une horrible parodie de visage.

— *Qui nous guide ?* beugla-t-il.

— *L'ŒIL !* répondirent-ils, et sur ces mots, les Nihil se retournèrent vers une autre plate-forme, plus basse que celle des Maîtres-Tempête, où se tenait une seule personne assise à une table vide.

Marchion Ro.

Lui aussi portait un masque, mais il différait de ceux des autres. L'objet était unique, même dans le Grand Hall des Nihil. Du transparacier fumé, traversé d'un symbole unique, une gravure primitive, brutaliste, dont les tourbillons et les lignes figuraient une tempête stylisée et destructrice de planète vue depuis l'espace, l'œil du cyclone étant plus ou moins centré sur son visage. Il portait une tenue simple : un pantalon et une veste noirs, une tunique blanche sans manches et des gants de cuir ajustés, rembourrés aux phalanges. Il avait de longs membres, et le peu de sa peau que son costume dévoilait était d'un gris ardoise. Il ne portait aucune arme visible.

Marchion renversa la tête en arrière et scruta le vide qui les entourait tous. D'étranges lueurs brasillaient au loin, à la limite du champ de vision, passant par toutes les nuances du spectre. Les Nihil avaient baptisé ce lieu le « Non-Espace », et eux seuls savaient comment s'y rendre, par des routes secrètes traversant des hyper-voies torturées qu'aucune base de données galactique ne recensait. Des routes qu'avait fournies Marchion Ro, et son père avant lui.

Le Grand Hall des Nihil ne comportait ni murs ni plafond, juste des boucliers invisibles créant un dôme rempli d'air respirable au-dessus d'une vaste plate-forme de duracier de plusieurs centaines de mètres de long. Le tout donnait l'impression qu'ils dérivaient dans le néant absolu.

La symbolique sautait aux yeux, délibérément. Auprès des Nihil… c'était la lumière, la vie. Au-dehors… le froid et le vide de la mort.

— Que vois-je ? demanda Marchion Ro d'une voix calme, plus proche d'un souffle que d'un cri.

La foule se tut pour l'entendre.

— Que voit donc l'Œil pour les Nihil ?

— *TOUT CE QUE NOUS DÉSIRONS !* fut la réponse instantanée, rugie par un chœur de voix enthousiastes, affamées et joyeuses.

Marchion regarda Pan Eyda et hocha la tête. C'était au Dowutin d'assurer le spectacle. L'être gigantesque ajusta les revers de son costume de cuir taillé avec élégance, dont la couleur turquoise pâle était choisie pour mettre en valeur sa peau jaune.

— C'est juste, dit Pan. *Tout ce que nous désirons.* Comme sur Ab Dalis. Nous avons *anéanti* ce convoi. Nous avons *déchiqueté* ces vaisseaux, et nous leur avons tout pris, et à présent, tous ceux qui ont combattu à mes côtés auront leur part, en vertu de la Loi des Trois. Avec les Nihil, tout le monde mange à sa faim.

Pan Eyta pointa en direction de l'étrange univers du Non-Espace, par-delà la plate-forme, là où seule la flotte de vaisseaux qui avait amené les Nihil interrompait le vide. Marchion Ro porta son attention sur les appareils. Il n'y en avait pas deux identiques, tous reflétant les goûts et la culture de leurs propriétaires. Ils avaient en commun une certaine esthétique brutaliste, ainsi que des demi-sphères vertes appelées réacteurs à Sentiers, miracles de la navigation, fournis à l'organisation par Marchion et son père.

Les vaisseaux des Nihil, grands ou petits, ressemblaient à des poings blindés et cloutés prêts à vous battre à mort et à dépouiller votre cadavre. Aucune courbe là où une ligne droite faisait l'affaire. Des angles aigus, une absence générale de symétrie… Il y avait les plus petits, les nefs de Foudre, semblables à des chasseurs, d'autres un peu plus gros, les nefs d'Orage et les nefs de Nuage, et enfin les trois appareils des Maîtres-Tempête, grands comme des corvettes. Kassav possédait le *New Elite*, Pan Eyta dirigeait l'*Elegencia* et Lourna Dee… avait baptisé le sien le *Lourna Dee*.

Plus vaste, imposante et menaçante, une silhouette se profilait derrière le reste de la flotte des Nihil, tel un prédateur marin : le palais et bastion de Marchion Ro, dont les couloirs déserts et remplis d'échos étaient le seul foyer qu'il eût jamais connu : le *Gaze Electric.*

— C'est pourquoi nous sommes tous ici aujourd'hui, poursuivit Pan Eyta. C'est pourquoi nous festoyons. Nous volons ensemble et nous mourons ensemble, et quand nous revenons… nous glanons le fruit de nos efforts.

Pan désigna Lourna Dee et Kassav.

— Je dois également témoigner ma gratitude à mes homologues. L'opération d'Ab Dalis a été menée grâce à ma Tempête, mais Lourna Dee et Kassav m'ont apporté le soutien de leurs équipages. Tous auront leur part.

Il tendit la main vers la table et leva une énorme coupe de vin épicé pour la montrer à la foule avant de se tourner vers Marchion Ro.

— Et c'est également grâce à l'Œil des Nihil, qui nous a donné les Sentiers afin de rendre tout ceci possible. Nous n'aurions jamais réussi sans lui.

Pan Eyta rejeta la tête en arrière, leva son masque et vida la coupe dont le vin éclaboussa le sol. La foule poussa un rugissement d'approbation, et Marchion Ro leva une main en signe d'assentiment.

— Mais vous savez…, ajouta Pan en posant le récipient, nous aurions pu faire mieux. Ce convoi comptait six cargos, et nous n'en avons pris que cinq.

Il feignit une grimace d'insatisfaction et secoua son énorme tête.

— Nous en avons perdu un pendant l'assaut. Il a explosé au moment où nous allions l'éventrer, et tout ce qu'il nous réservait… n'est plus que poussière brûlante désormais.

D'un geste ample, il embrassa l'ensemble du Grand Hall.

— Où est l'Orage qui commandait l'équipe affectée à ce cargo ?

Une vague agita l'assemblée lorsque les têtes se tournèrent pour chercher celui qui allait devoir assumer cette erreur. Un long moment passa, mais la pression devint insupportable et un homme finit par se détacher. Il faisait partie de la Tempête de Lourna Dee, à en croire sa tenue minimaliste. On avait du mal à identifier son espèce, mais son masque comportait de grandes cornes incurvées qui lui couvraient les oreilles, des fentes blanches pour les yeux ainsi que le module de filtre devant le nez et la bouche que tous avaient en commun pour survivre aux diverses armes chimiques employées lors de leurs raids. Trois rayures irrégulières sur sa tunique identifiaient son statut dans l'organisation.

— Heh, fit Pan Eyta en se tournant vers Lourna Dee. On dirait que c'est un des tiens, Lourna. Ça t'ennuie si je…

— Je t'en prie, répondit la Twi'lek d'une voix sans émotion.

Elle ne dévoilait jamais grand-chose de ce qui se passait derrière ses yeux bleus, froids comme la glace.

— Il s'appelle Zagyar, ajouta-t-elle.

— Zagyar ! s'écria Pan Eyta en désignant l'homme. Amène le reste de ton équipe. Nuages et Foudres.

Zagyar adressa un signe de tête au groupe assis à sa table, et tous se levèrent. Sept hommes et femmes, tous masqués, tous différents à l'exception des fentes blanches pour les yeux qu'ils avaient en commun avec leur chef. Les Nuages portaient deux marques dentelées sur leur tenue, et les Foudres une seule. Ils s'avancèrent comme un seul homme, et les autres Nihil s'écartèrent pour les laisser passer afin qu'ils se postent devant Pan Eyta et les autres.

— Qu'est-ce qui s'est passé, Zagyar ? demanda le Dowutin. Pourquoi avons-nous perdu un sixième de ce que nous venions chercher ?

L'Orage ne chercha pas à dissimuler sa faute, ce qui était tout à son honneur. Il répondit de façon claire et nette. Pas de fioritures, ni rien qui puisse cacher la vérité. Marchion Ro respectait ce genre d'attitude.

— Une de mes Foudres, une gamine du nom de Blit, a mal calculé son tir de harpon. Elle a touché un des réservoirs du cargo. Il n'en a pas fallu plus que ça. *Boum*.

— Je flairais quelque chose comme ça. Et elle est ici, cette Foudre ?

— Non. L'explosion l'a emportée. Comme la majorité des miens. Il ne me reste que sept coéquipiers. Deux Nuages et cinq Foudres.

Zagyar fit un geste en direction des intéressés.

— Je vois ça, dit Pan. Mais il faut bien que quelqu'un paie pour cette erreur. Tout le monde y a perdu. J'*y* ai perdu.

Il fit un signe vers Marchion Ro, toujours assis à sa propre table, plus bas d'un mètre ou deux par rapport aux Maîtres-Tempête.

— L'*Œil* y a perdu. Il faut réparer ça. Pour les Nihil.

Zagyar ne montra ni crainte ni colère là encore. Il répondit d'une voix claire et honnête. Marchion Ro comprenait comment l'homme s'y était pris pour devenir un Orage, ce qui n'était pas chose facile. On ne grimpait dans la hiérarchie des Nihil qu'à force de réussite, et en faisant tout pour que les autres échouent.

— La Foudre qui a foiré l'a payé de sa vie. Ce n'est pas rien, selon moi.

— Ce n'est pas rien… mais elle n'est pas là. Toi et ton équipe, vous êtes tous responsables. L'un d'entre vous aurait pu mieux former Blit, l'aider davantage.

Vous ne l'avez pas fait, et ceci a un prix, que quelqu'un doit payer. Je vous laisse décider.

Zagyar hésita, examinant l'un après l'autre ses coéquipiers, les masques empêchant de savoir ce qu'ils pensaient.

Du fond du hall, la foule se mit à scander les trois mêmes mots, de plus en plus fort, jusqu'à ce que chaque Nihil les répète.

— Paie le prix !

— Paie le prix !

— *Paie le prix !*

Les coéquipiers de Zagyar se crispèrent. Ils se regardèrent, échangeant de petits regards furtifs, ignorant lequel serait le premier à agir. Les blasters étaient interdits dans le Grand Hall, mais tous avaient leurs lames, et les mains se tendirent vers elles.

— *PAIE LE PRIX !*

Marchion Ro tourna la tête en direction du bord de la plate-forme, où une ligne de lumière bleutée délimitait la frontière entre le monde éclairé de la vie et le néant glacé. Il détestait les petits spectacles qu'organisaient Pan, Lourna et Kassav lorsqu'ils poussaient Nuages, Foudres et Orages à s'affronter entre eux.

Les Nihil collaboraient tous sous la même bannière, et empruntaient les Sentiers que Marchion leur donnait, mais leur union n'allait pas plus loin. Ils incarnaient le chaos. Chacun pour sa peau, chaque Tempête prête à saper les efforts des autres. N'importe quel Nihil aurait tranché la gorge d'un autre à la moindre provocation ou si une occasion de profit se présentait.

Les Sentiers pouvaient conduire les Nihil n'importe où dans la galaxie, mais les pirates refusaient d'en tenir compte. Le seul à prendre conscience du potentiel de l'organisation était, inévitablement, l'Œil. Mais ce n'était pas l'Œil qui dirigeait les Nihil. Chaque Tempête disposait de son propre chef, son Maître-Tempête, et Marchion Ro n'exerçait aucune réelle influence sur ce que faisait chacun d'eux. Il récoltait sa part du butin des opérations menées grâce à ses Sentiers, en vertu de la Loi des Trois… mais c'était tout.

L'Œil voyait… mais l'Œil ne pouvait pas agir.

Des bruits de lutte parvinrent aux oreilles de Marchion Ro, mais il ne se retourna pas pour regarder. Quelqu'un était en train de payer le prix.

Il regarda – tous les Nihil le firent –, lorsque l'un des coéquipiers de Zagyar, traîné au bord de la plate-forme, se mit à hurler que c'était une injustice et à clamer sa loyauté. Marchion Ro ignorait qui on avait choisi. Peut-être Zagyar lui-même. Ça n'avait pas d'importance. La leçon, elle, était limpide.

Chaque Nihil était censé contribuer. On pouvait enrichir l'organisation, ou encore la renforcer. Et un des moyens de renforcer quelque chose… consistait à en extraire les maillons faibles.

Un corps s'éloigna en flottant dans le vide du Non-Espace. Il bougeait encore. Pas pour longtemps.

Pan Eyta se retourna vers les Nihil. Il écarta les bras comme pour les embrasser d'un geste, tout en désignant les tables de festin et les fontaines remplies de drogues, de bâtons de la mort, de planepoudre et de chuteflamme.

— Maintenant, profitez, mes amis. Vous l'avez mérité.

Il s'éloigna de la table tandis que les Nihil reprenaient les festivités. Si certains nourrissaient des doutes quant à ce qui venait de se passer, ils les cachaient derrière les masques, les poignées de nourriture et les tas de poudre intoxicante. La musique éclata, très forte, donnant l'impression d'être composée de sons qui évoquaient des feuilles de métal martelées selon une polyrythmie complexe.

— Il faut qu'on parle, annonça Marchion Ro en fixant les trois Maîtres-Tempête.

Kassav se rembrunit.

— C'est une fête, Marchion. Tu n'as pas entendu Pan ? Il y a de quoi célébrer ! Pourquoi tu ne te détends pas un peu ?

Marchion Ro le dévisagea pendant trois bonnes secondes.

— Il faut qu'on parle affaires. C'est important, et je veux en parler pendant que nous sommes tous réunis, et avant que vous ne soyez trop saouls pour réfléchir, tous les trois.

Les Maîtres-Tempête échangèrent des regards, mécontents.

Lourna Dee haussa les épaules.

— Très bien, Marchion, d'accord. Allons au fond.

Marchion Ro descendit de son estrade et se dirigea vers l'autre bout de la plate-forme, les Maîtres-Tempête lui emboîtant le pas. Des Nihil de tous rangs tentèrent de leur serrer la main au passage, cherchant désespérément un contact, même furtif, avec les chefs de l'organisation.

Le groupe arriva devant un petit bâtiment érigé à l'extrémité du Grand Hall : il abritait le sas et les mécanismes d'amarrage, ainsi qu'un petit complexe dont les chambres offraient un peu d'intimité en cas de besoin. Les deux droïdes sentinelles qui montaient la garde à l'entrée inclinèrent la tête au passage de Marchion Ro et des Maîtres-Tempête. Ils mesuraient bien plus de deux mètres, et en lieu et place de traits rudimentaires, les trois éclairs des Nihil brillaient d'un bleu clair sur la plaque noire et mate qui leur servait de visage. Ils ne portaient aucune arme et n'en avaient pas besoin. Des piques acérées hérissaient leurs membres et leur corps tout entier. Leurs poings serrés, composés d'alliages lourds, pouvaient pulvériser os et chairs.

À l'intérieur, une fois le portail d'entrée scellé, Marchion se retourna pour faire face à Kassav, Lourna Dee et Pan Eyta, tous responsables d'une Tempête, l'une des trois grandes subdivisions des Nihil, sur laquelle ils détenaient une autorité absolue.

— Réussie, cette fête, commenta Kassav.

C'était toujours le premier à parler. Aussi prévisible que le lever du soleil. Soit il détestait le silence, soit il éprouvait le besoin pathologique de rappeler à chacun sa présence.

Marchion Ro retira son masque et leva le bras pour passer la main dans ses longs cheveux sombres et les démêler. L'énergie de la pièce changea, même si les Maîtres-Tempête l'avaient déjà vu démasqué à de nombreuses reprises. Son apparence exerçait un effet particulier sur son entourage : une peau d'un gris ardoise, des yeux entièrement noirs, un physique anguleux et sec… Pour bien des espèces de la galaxie, l'aspect du peuple de Marchion criait au prédateur, suscitant la peur au plus profond des entrailles.

— Réussie, vraiment, Kassav ? grimaça Marchion. Tout ce que j'ai vu, c'était une *grande* fête. Une foule. Beaucoup de nouveaux visages. Dans vos trois Tempêtes.

— Nous avons toujours besoin de sang neuf, dit Pan Eyta d'une voix si grave que certaines syllabes, à la limite de l'infrason, conféraient une sorte d'ondulation résonnante à sa voix. Les Foudres trouvent d'autres candidats, et lorsqu'elles amassent suffisamment de coéquipiers, elles deviennent Nuages. Ensuite, ceux qui se font un nom passent au stade d'Orage. Nous avons toujours procédé comme ça. Tu le sais. On n'a pas changé depuis que ton père était l'Œil.

Marchion Ro éprouvait la conviction que l'un des trois individus qui se trouvaient devant lui avait assassiné son père, Asgar Ro. Gardien des Sentiers et Œil des Nihil jusqu'à ce que Marchion hérite de ce poste et de tout ce qui l'accompagnait, à la mort de son père. Mais il ignorait quel Maître-Tempête avait commis le meurtre, et il n'était que l'Œil. Les chefs, c'étaient eux, avec un millier de soldats sous leurs ordres chacun. Il ne disposait que d'une seule alliée réelle, qui ne lui servirait pas à grand-chose dans un combat.

— Je sais comment ça fonctionne, Pan, rétorqua Marchion. Mais les Sentiers ne constituent pas une ressource illimitée. En multipliant le personnel, nous allons les surmener. Il faut qu'on ralentisse la cadence.

— Personne ne va apprécier, intervint Lourna Dee. Nous ne ralentissons pas. Nous sommes les Nihil.

Marchion porta l'index à son casque.

— Les Sentiers viennent de moi. Et ce que je dis, à présent, c'est qu'il faut faire preuve d'une certaine prudence concernant la prochaine étape. C'est tout.

— C'est la République qui te préoccupe encore ? fit Pan Eyta. On en a déjà parlé. On sait qu'ils ouvrent cette station, ce Flambeau Stellaire, mais ça ne signifie pas pour autant qu'ils vont se lancer à nos trousses. Ils nous prennent pour des gagne-petit. Ils ne nous ont jamais gênés jusqu'ici, et ils ne possèdent même pas d'armée. Comment est-ce qu'ils nous retrouveraient, de toute façon ? On a nos Sentiers, pas vrai ?

Le Dowutin ajusta de nouveau son costume de cuir turquoise. Pan avait des goûts bien spécifiques. Il choisissait tout avec soin, depuis ses vêtements jusqu'aux plats qu'il dégustait en passant par la musique qu'il écoutait. Les Nihil de sa Tempête avaient tendance à manifester le même comportement. Dès le début,

Pan avait trié sur le volet ses premières Foudres, qui avaient choisi les leurs. Qui se ressemble s'assemble.

Chaque Tempête reflétait les penchants de son dirigeant : les membres de celle de Pan étaient minutieux, jusque dans leurs préparatifs. Le groupe de Kassav, chaotique et impulsif, ne comptait que des Foudres, des Nuages et des Orages toujours occupés à courir après le prochain exploit, la prochaine histoire délirante dont ils pourraient se vanter une fois défoncés au smash au point de pouvoir à peine aligner deux mots. Ceux du groupe de Lourna Dee étaient subtils, introvertis, et ils ne révélaient pas leurs intentions avant d'avoir obtenu le résultat escompté. En général, il s'agissait également des plus cruels des Nihil.

— Je ne parle pas que du Flambeau Stellaire, mais aussi de cette histoire avec le *Legacy Run* à Hetzal, précisa Marchion. Ces Émergences provoquent des catastrophes dans toute la Bordure. Mes contacts au sein de la République m'affirment qu'ils se penchent sérieusement sur le sujet. Ils ont lancé une enquête… et même les Jedi sont de la partie.

— Les Jedi, répéta Kassav en dévoilant ses petites dents pointues. J'ai toujours voulu en tuer un. Ça ferait une belle anecdote à raconter.

Marchion savait que Kassav n'avait jamais affronté de Jedi. Lui non plus, du reste, mais sa famille les avait côtoyés, et on lui avait raconté des histoires pendant toute son enfance. Quelques-uns d'entre eux suffisaient à déstabiliser, voire à anéantir les plus grandioses espérances. Ils étaient capables de… puiser dans quelque chose. Ce n'était pas que la Force. C'était leur Ordre lui-même. Il leur conférait une assurance, une structure, une disposition à prendre des décisions servant un objectif plus vaste, qui consistait à répandre la lumière dans la galaxie. Cela les rendait audacieux, et solides aussi. Marchion Ro n'avait pas peur des Jedi… mais il fallait être idiot pour ne pas les considérer comme une menace sérieuse.

— Rien ne t'empêche d'essayer de trucider tous les Jedi que tu voudras, Kassav, dit Marchion. Donne-nous simplement le nom de l'Orage qui devra te remplacer comme Maître-Tempête après ta mort.

Il marqua un temps de pause avant de reprendre la parole, les toisant tour à tour, laissant ses yeux noirs et froids faire le plus gros du travail. Le silence se mua en tension, et Marchion continua à les fixer, les défiant de le remettre en question de nouveau. Ils s'en abstinrent. Ils ne le feraient pas, pas ouvertement du moins. Il savait que chacun l'aurait décapité sur-le-champ s'ils avaient su comment accéder aux Sentiers, mais il gardait jalousement ce secret.

— Voici ce qui m'inquiète, reprit-il. Tous les trois, vous dirigez vos opérations de manière indépendante, et vous avez des équipes qui effectuent des raids dans toute la Bordure Extérieure. La Chancelière Soh a mis en place un blocus hyperspatial, dont le rayon augmente à chaque Émergence. Les Nihil sont pratiquement les seuls vaisseaux capables de circuler ces temps-ci, grâce aux Sentiers. Et si la République tombait sur un groupe de Nihil et comprenait de quoi nous sommes capables ? Ou les Jedi ? Il ne serait pas dans notre intérêt d'attirer l'attention de l'Ordre, ou de la Coalition Défensive de la République.

Il secoua la tête.

— Je sais que la République ne dispose pas d'armée permanente. Peu importe. Nous ne sommes pas assez importants pour lui tenir tête, même face à une simple unité de la CDR. Ils nous anéantiraient. Je propose de faire profil bas. Pas de nouvelles opérations pour le moment. Plus de Sentiers. Si les vôtres vous le reprochent, dites-leur que l'Œil a perçu quelque chose dans l'avenir, quelque chose d'énorme. Une nouvelle initiative.

— Est-ce vraiment ce que l'Œil a vu ? demanda Lourna Dee. Une nouvelle initiative, je veux dire…

— Je réfléchis constamment à l'étape suivante, Lourna. Tu le sais.

Kassav et Pan Eyta échangèrent un regard.

— Ça ne nous ressemble pas, c'est tout, fit Kassav.

— Je demande donc un vote, dit Marchion.

— Eh bien, je vote pour déclarer que tout ça, c'est un énorme tas de fiente de bantha, répondit Kassav. Les Nihil ne s'arrêtent pas. Il faut qu'on continue à *dompter cette tempête*.

— Tu sais, intervint Pan Eyta, je crois que je suis d'accord avec Marchion. Je suis pour qu'on prenne une petite pause. Pas très longtemps. Peut-être qu'on pourrait en profiter pour planifier, mettre en place une stratégie, et prévoir ce qu'on fera si la République vient fouiner dans notre territoire.

— Pffff, souffla Kassav. Bien sûr. Toi et les tiens, vous vous êtes engraissés grâce à Ab Dalis, alors vous n'avez plus besoin de bouffer pendant un bout de temps. Et nous autres, alors ?

— Peut-être que tu aurais dû me prêter davantage de tes troupes, Kassav, rétorqua Pan. Tu ne pouvais vraiment te séparer que d'un petit Nuage ? Allez… De toute façon, ça ne m'ennuie pas de faire une pause. Peut-être que je vais prendre des vacances. Acheter des billets pour l'opéra sur Cato Neimoidia.

Kassav émit un bruit de gorge dégoûté.

La suite du vote n'avait plus d'importance. Pour toute décision liée aux Sentiers, c'était l'Œil qui départageait les égalités, selon une règle établie de longue date. Avec le vote de Pan, la décision de mettre en attente les activités des Nihil, en tout cas jusqu'à ce que l'agitation consécutive à la destruction du *Legacy Run* s'apaise, l'emportait au moins à deux contre deux. Lourna Dee ne s'était pas exprimée, mais sa décision n'avait aucune importance, et son mutisme ne surprit personne. Elle semblait préférer que chacun en sache le moins possible concernant ce qu'elle pensait. Tendance pathologique ou stratégie ? Marchion l'ignorait. Sans doute un peu des deux.

— Eh bien, je crois qu'on en a terminé, dit-elle. Mais je veux tout de même vous proposer un travail.

— Ah ? fit Marchion d'une voix ténue.

Pan Eyta et Kassav ne semblaient pas particulièrement enthousiastes eux non plus. Les Maîtres-Tempête pouvaient autoriser des raids impliquant leurs propres équipes sans demander à leurs homologues, mais tout ce qui nécessitait l'emploi des Sentiers nécessitait un vote. En général, cela signifiait que l'avis de Marchion constituait le facteur décisif, car la plupart du temps, les deux Maîtres-Tempête qui ne voyaient pas leur intérêt dans l'opération votaient contre. Le système n'était pas mauvais, cela dit. En tant qu'Œil, Marchion était le gardien des Sentiers, et il paraissait légitime que sa voix ait davantage de poids quand il s'agissait d'en choisir l'usage.

— J'ai un nouveau groupe dans ma Tempête, poursuivit Lourna. Sept Foudres sous un Nuage. Ils m'ont soumis un plan vraiment intéressant, à vrai dire. Ils ont trouvé une famille de colons sur un monde minier, des gens qui ont beaucoup de relations. Mes gars veulent les kidnapper et demander une rançon à leur famille de richards. Plutôt futé.

— Non, Lourna. Je te l'ai dit. Nous venons de nous mettre d'accord. Plus de raids tant que ça ne s'est pas calmé sur Hetzal.

Elle s'approcha de lui, ses minces traits déterminés et ses yeux braqués sur lui.

— Et moi, je te dis que ce sera facile, Marchion. Ça se passera sur Elphrona, qui n'a pas beaucoup de forces de sécurité, et la famille a apparemment décidé d'aller vivre à la campagne, toute seule au milieu de nulle part. Des proies faciles. On aura fait l'aller-retour en un rien de temps.

Marchion se figea, ce que Lourna prit pour une invitation à poursuivre.

— Le Nuage a demandé des Sentiers. Tu sais… au cas où. Je sais que nous sommes sous pression, mais c'est un nouveau groupe, très prometteur. Je veux leur donner l'occasion de s'intégrer, de faire leurs preuves. Et en plus de ça… je t'assure que cette opération peut rapporter gros.

— Elphrona…, répéta Marchion. Cette planète comporte un avant-poste Jedi.

— Ah bon ? demanda Lourna sur un ton qui laissait clairement entendre qu'elle le savait déjà.

Marchion se tut. Les Nihil n'étaient pas qu'un groupe de pillards comme les milliers d'autres qui sévissaient dans la Bordure. Ils étaient spéciaux, puissants… tout ça grâce aux Sentiers. Au bout du compte, c'étaient ces atouts qui définissaient réellement les Nihil. Ils permettaient aux équipages d'utiliser l'hyperespace d'une façon inaccessible à tout autre appareil de la galaxie. Des micro-sauts, des bonds jusqu'à des lieux situés dans des puits gravitationnels, la possibilité d'entrer dans l'hyperespace depuis n'importe quel point plutôt que de se livrer à des calculs méticuleux ou de passer par une zone d'accès sans obstacle… Pourvus de cet avantage, les vaisseaux des Nihil pouvaient apparaître ou disparaître à volonté, comme des spectres. Ils pouvaient surgir n'importe où, à tout moment, et aucun système de défense ne pouvait les arrêter.

Les Sentiers définissaient les Nihil, mais ils venaient d'une source unique, loin d'être inépuisable, et que Marchion venait de soumettre à rude épreuve récemment, à la fois pour alimenter la croissance de l'organisation et pour mener à bien ses propres plans. La catastrophe du *Legacy Run* n'était pas la seule raison pour laquelle il souhaitait laisser reposer les choses un moment.

Mais l'idée de Lourna Dee… cela ouvrait des possibilités.

Inutile de procéder à un vote officiel. La Twi'lek était partante, bien évidemment, et les deux votes de l'Œil garantissaient la mise en œuvre du projet si Marchion Ro acceptait.

— Bien, dit-il. Envoie-moi le plan, la liste de ce que tu estimes nécessaire, et je te fournirai des Sentiers. Mais ne fais rien qui soit susceptible d'attirer l'attention de ces Jedi. Tu entres, tu t'empares de cette famille et tu repars.

— Merci, répondit Lourna Dee avant de s'en aller.

Comme toujours, cette femme ne se fendait pas d'un mot de plus que ce qu'il fallait.

Kassav et Pan Eyta échangèrent un regard avant de se tourner vers Marchion Ro.

Pan haussa les épaules. Il s'éloigna à son tour et rattrapa Lourna Dee pour rejoindre la fête, dehors.

Kassav ne bougea pas.

Marchion leva son masque pour le replacer sur son visage.

— Ça me paraît pas très juste, Ro, déclara le Weequay. Tu donnes un job à Lourna Dee, des Sentiers et tout ça, mais Pan et moi, faudrait qu'on s'arrête ? J'ai des bouches à nourrir, moi aussi. J'ai un bon millier de gens dans ma Tempête, et ça va pas les enchanter, tu peux me croire. Qu'est-ce que tu dirais si je t'envoie des idées, moi aussi, tu pourrais en choisir une et je mettrais mes gars en chasse ? T'auras ta part, un tiers complet pour l'Œil, comme d'habitude. Ça te tente pas, un petit pactole ?

Ils regagnèrent le Grand Hall et passèrent de nouveau devant les droïdes à pointes, qui inclinèrent encore une fois la tête sur le passage de l'Œil et du Maître-Tempête.

Marchion s'approcha du bord de la plate-forme, Kassav sur les talons, jusqu'aux lumières bleues qui délimitaient la portée des boucliers les protégeant du vide.

— Ton père, il aurait jamais fait ça, ajouta Kassav. Fermer les Sentiers ? Tu rigoles ? Pas Asgar Ro. C'était pas un lâche, ça non.

Marchion Ro s'arrêta net.

— Mon père est mort, Kassav. C'est moi l'Œil à présent. Tu fais ce que tu veux avec ta Tempête, mais les Sentiers viennent de moi. Ça ne te plaît pas ? Tu veux m'affronter, essayer de me prendre ce que j'ai ? Ne te prive pas. Mais je te préviens…

Il désigna le néant.

— … il y a un prix à payer.

CHAPITRE VINGT-DEUX

LA BORDURE EXTÉRIEURE.
AVANT-POSTE D'ELPHRONA.

— Qu'est-ce que tu attends ? demanda Loden.

Bell s'approcha lentement du bord de la falaise et jeta un coup d'œil en contrebas. Le sol ne lui semblait pas plus proche que les quatre dernières fois où il avait regardé. Il se retourna vers son maître, qui croisait les bras. Loden souriait, mais d'un de ces sourires qui ressemblait davantage à une expression de profonde désapprobation.

Allez, dépêche-toi, disait le sourire. *À moins que tu ne préfères rester Padawan jusqu'à la fin de tes jours.*

L'Ordre Jedi avait installé des avant-postes dans les secteurs les moins peuplés de la République, à la fois pour avoir l'occasion d'explorer de nouvelles régions et pour offrir de l'aide à tous ceux qui en avaient besoin dans ces zones plus sauvages. Moins vastes que des temples, ils abritaient un personnel de trois à sept Jedi offrant d'ordinaire des compétences variées. L'affectation à un avant-poste faisait souvent partie de la formation des Padawans, et c'était précisément la raison de la présence de Bell sur Elphrona. Il s'y trouvait depuis un moment avec son maître, même s'il leur arrivait d'effectuer une mission hors-monde comme la visite du Flambeau Stellaire qui les avait entraînés au beau milieu de la catastrophe du *Legacy Run*. À l'origine, ils devaient regagner Coruscant à bord du *Third Horizon*, mais le blocus hyperspatial décrété par la Chancelière Soh les avait contraints à retourner à l'avant-poste pour le moment.

Le Conseil pensait qu'on aurait peut-être davantage besoin des Jedi dans la Bordure Extérieure pendant la crise. Pourtant, jusqu'ici, la routine dans l'avant-poste ne changeait guère, blocus ou pas. Pour le Padawan Bell Zettifar, elle se composait d'ordres constants de la part de son maître, qui le chargeait de tâches impossibles censées composer sa « formation ».

Une vive bourrasque monta du sol et fit reculer Bell du bord de la falaise. Il huma l'odeur unique d'Elphrona, mélange de métal chaud et de poussière.

L'Ordre bâtissait souvent ses avant-postes pour qu'ils s'intègrent à l'environnement et à la culture de la planète où il les implantait. Celui de Kashyyyk était une immense maison dans les arbres. Sur Mon Cala, il se composait d'un radeau géant de coralite sous lequel poussait une véritable forêt de varech, offrant un habitat semblable à un récif aux créatures marines locales tandis qu'il dérivait au fil des courants.

Elphrona était un monde aride au sol d'ardoise et d'argile, à la topographie variée. De longues chaînes de montagnes en couvraient presque toute la surface. Essentiellement composées de fer et d'autres minéraux ferreux, elles s'enroulaient sur la planète en suivant les courbes des champs magnétiques. Depuis l'orbite, elles offraient un spectacle splendide, comme si un calligraphe avait décoré ce monde au moyen d'un pinceau d'une taille inimaginable. Mais au sol, le paysage ressemblait tout à fait à ce que l'on pouvait attendre d'une énorme boule de métal poussiéreux : un monde dont les os affleuraient sous la peau.

Dans ce rude environnement, les Jedi avaient bâti leur avant-poste sur le flanc d'une montagne, ou plutôt à l'intérieur. Ils avaient rasé une face du mont de fer et l'avaient sculpté avec des ciseaux laser pour former une entrée bordée de colonnes comme celles d'un temple. Deux immenses statues de Chevaliers Jedi la flanquaient, brandissant leurs sabres laser en posture d'attente. Ils portaient des tuniques à capuchon qui semblaient évoquer une époque plus ancienne. Au-dessus des portes, un gigantesque symbole de l'Ordre : les ailes déployées étreignant le trait de lumière stellaire destiné à éclairer la galaxie tout entière.

Bell n'aimait pas particulièrement Elphrona, il aurait préféré qu'on l'affecte à Mon Cala, par exemple, où la brise portait des parfums de vie et d'océan plutôt qu'une odeur de rouille. Mais il adorait l'avant-poste. L'endroit était simple et majestueux à la fois. Tout ce à quoi un Jedi aurait dû aspirer.

C'était l'aube, et la lumière du levant accrochait l'electrum du symbole Jedi qui flamboyait en reflétant le soleil. Rien n'aurait pu améliorer la vue dont on disposait depuis le sommet de cette falaise. Elle était parfaite.

Bell Zettifar, Padawan Jedi, s'en imprégna. Puis il voulut se retourner pour expliquer à son maître, le Chevalier Jedi Loden Greatstorm, qu'il ne se sentait pas encore prêt pour cet exercice et souhaitait se documenter un peu plus sur les techniques avant de *sauter d'une falaise absolument parfaite*.

— Je crois en toi, lui assura Loden, quelques mètres derrière lui.

Bell sentit son maître se projeter dans la Force. Il eut ensuite l'impression qu'une main se plaçait au centre de son dos, puis il fut poussé vigoureusement et tomba de la falaise.

À une trentaine de kilomètres de là se trouvait L'Espoir d'Ogden, une ville de bonne taille bâtie et préservée grâce aux rêves de ceux qui se croyaient à même d'exploiter la richesse minérale de la planète pour faire fortune. L'industrie minière sur Elphrona datait de plus d'un siècle, mais depuis des décennies, les gouvernements locaux résistaient avec succès aux efforts des grandes entreprises galactiques pour en acheter les ressources ou les fusionner avec les leurs. La planète tout entière était divisée selon une grille, et aucune famille, corporation, entreprise ou association n'avait le droit de posséder plus de quatre concessions en même temps.

Par conséquent, une bonne partie de la surface n'appartenait à personne, abritant peut-être des trésors inédits sous le sol, prêts à être découverts. Les tentatives précédentes avaient révélé des minéraux rares, de l'aurodium et du platine, voire des substances plus étranges encore : un filon de cristaux, par exemple. Elphrona était un coffre au trésor de la taille d'une planète, et les habitants s'étaient arrangés pour qu'il appartienne à tous ceux qui vivaient là. L'Espoir d'Ogden portait bien son nom. Dans cette ville au vaste potentiel, chacun disposait des mêmes chances d'atteindre le succès et la liberté. Dans ses discours, la Chancelière Soh mentionnait souvent Elphrona comme un emblème de l'esprit de la République. En général, l'endroit était rude mais agréable.

Et une famille était venue s'installer dans cet endroit agréable, une famille issue d'un monde densément peuplé et riche du Noyau. La mère, le père, leur fils et leur fille. Ils avaient acquis deux concessions voisines l'une de l'autre, à une heure de speeder de L'Espoir d'Ogden, voire un peu plus en cas de tempête de rouille. Ils s'étaient bâti une maison avec l'aide de leurs droïdes. Au début, il ne s'agissait que d'une structure grossière et hideuse en permabéton, guère plus qu'un refuge pour s'abriter du soleil et du vent, mais ils avaient fini par se l'approprier. D'autres chambres, d'autres fenêtres, une serre, un étage, des décorations : toutes les petites touches qui transformaient une habitation en véritable foyer. Ils avaient creusé la terre et cherché quels trésors pouvaient reposer sous leurs pieds.

Ils auraient pu utiliser leurs droïdes pour réaliser la majeure partie du travail, mais ce n'était pas dans ce but qu'ils étaient venus sur Elphrona, et chacun s'acquitta donc de sa part. Les enfants étudiaient avec leurs droïdes tuteurs, et grandissaient de jour en jour. Les parents travaillaient et planifiaient, persuadés qu'ils avaient pris la bonne décision pour eux et leur famille.

Mais un matin, la mère, qui s'appelait Erika, leva les yeux du droïde excavateur qu'elle réparait et aperçut un étrange nuage non loin de leur foyer. Ce curieux phénomène ne ressemblait à rien de ce qu'elle connaissait. En premier lieu, il rampait sur le sol comme un tapis de brume. Mais Elphrona était un monde aride. Il abritait de l'eau, certes, mais celle-ci circulait loin sous la surface, dans des rivières et des canaux souterrains. La pluie ne tombait qu'une fois par décennie. Par conséquent, le brouillard… Non, c'était impossible.

En outre, la nuée présentait un aspect insolite… un reflet d'un bleu métallique. Elle ressemblait à un nuage d'orage, à vrai dire, même si Erika n'en avait plus revu depuis qu'elle avait quitté son monde natal des années auparavant. Et le nuage se déplaçait, comme mû par une volonté propre. Dans leur direction.

— Ottoh, cria-t-elle à son mari, qui distribuait du fourrage à leur petit troupeau d'aciérés non loin de là.

Les bêtes aux longues jambes se pressaient autour de l'auge, manifestant un enthousiasme bien visible à la perspective du repas du matin.

— Qu'est-ce que c'est, à ton avis ?

Ottoh se retourna pour regarder. Il se figea. Contrairement à sa femme, il se tenait au courant des affaires galactiques : il ne s'était pas entièrement coupé des nouvelles de la République. Il avait donc entendu des histoires… et savait ce que signifiait un nuage qui s'approchait en rampant de votre foyer, de votre commerce ou de votre famille.

— Va chercher Bee, s'écria-t-il en lâchant le sac de fourrage qu'il tenait. Je m'occupe de Ronn. Il faut qu'on rentre et qu'on verrouille la maison. Vite !

Erika ne posa pas de question. Elle n'hésita pas. Ils se trouvaient à des kilomètres de tout soutien potentiel, et même sur les mondes agréables des Territoires de la Bordure Extérieure, les dangers abondaient. Elle appela sa fille et courut à la maison.

— Ronn ! hurla Ottoh sans détacher les yeux du nuage. Rentre à la maison *tout de suite* !

Dans le brouillard, il commençait à distinguer des silhouettes, une dizaine environ. Il n'en percevait pas les détails, mais savait à qui il avait affaire. Il avait entendu parler de pillards d'une cruauté inimaginable, surgissant de nulle part et disparaissant sans rien laisser d'autre dans leur sillage que la crainte de leur retour.

Les Nihil.

Bell puisa dans la Force. Il savait qu'un Jedi comme lui pouvait survivre à cette chute. Il avait vu Loden se livrer à ce genre d'acrobaties à maintes reprises par le passé, récemment sur Hetzal Prime, mais aussi lors des entraînements. Loden pouvait tomber comme une pierre et ralentir au dernier moment pour se poser à la perfection. Il ne s'agissait pas de voler, car aucun Jedi dépourvu d'ailes naturelles n'en était capable à la connaissance de Bell, mais on ne pouvait pas parler de chute non plus.

Bell savait l'exploit réalisable, et Loden Greatstorm l'en croyait capable. Son maître n'aurait – probablement – pas utilisé la Force pour le pousser de cette falaise obscènement élevée dans le cas contraire. Bell songea que le Conseil Jedi ne verrait certainement pas d'un très bon œil le meurtre par inadvertance d'un Padawan, mais Loden pouvait sans doute s'en sortir en déclarant que l'Ordre n'avait pas besoin d'un apprenti incapable de maîtriser une technique aussi simple que la descente contrôlée.

Tout ceci traversa l'esprit de Bell dès les premières secondes de chute. Au prix d'un énorme effort, il se força à se concentrer pour trouver la flamme intérieure de la Force et l'attiser afin qu'elle s'épanouisse, et pour établir grâce à elle le contact avec les bourrasques qui le giflaient et agitaient ses dreadlocks. Loden lui avait expliqué comment effectuer la manœuvre sans danger, même si sa description du fonctionnement idéal de la technique était demeurée vague et frustrante.

En général, l'idée consistait à se diriger vers les courants ascendants afin de les exploiter comme base pour ralentir la chute. Une fois qu'on y était parvenu, on était censé utiliser la Force pour exercer une poussée contre le sol qui se rapprochait. En combinant les deux éléments, on devait ralentir suffisamment pour atterrir sans risque. Bell y était arrivé sans trop de difficulté durant la formation au Temple en tombant de hauteurs moindres, ou en se posant sur un coussin répulseur destiné à éviter les accidents.

Mais à présent, tandis qu'il tombait d'une falaise et risquait d'être affreusement estropié *avec de la chance*, il parvenait à peine à se souvenir de ce que Loden lui avait conseillé de faire. Il savait que le vrai défi ne consistait pas à maîtriser la Force, mais bien à maîtriser la peur… La plus grande épreuve pour tout Jedi.

Une épreuve à laquelle il était sur le point d'échouer. Et depuis cette hauteur, il savait que même Loden Greatstorm ne parviendrait pas à le rattraper. Voilà. C'était la fin. Bell ferma les yeux. La peur l'envahit, et il ne lutta pas contre elle. Il chercha la sérénité, espérant mourir assez vite pour éviter une longue agonie sur les rochers déchiquetés au pied de la montagne.

Le vent cessa de siffler autour de lui.

Bell ouvrit les yeux et vit le sol, à un mètre environ sous lui. Puis il tomba et le heurta, rudement, mais pas autant que si sa chute ne s'était pas interrompue.

Il roula sur le côté en grognant, et une ombre tomba sur lui.

— Il faut que tu réussisses à maîtriser la technique, dit Indeera Stokes. Loden va vraiment te tuer, un de ces jours.

Elle tendit la main, et Bell la prit pour se remettre debout. Indeera, une Tholothienne, avait la peau quelques tons plus clairs que celle de Bell, d'élégants appendices blancs en guise de cheveux et des yeux si bleus qu'ils semblaient presque lumineux, à l'instar de tous les membres de cette espèce que Bell avait rencontrés. Sa tenue de cuir, râpée et usée, arborait l'emblème Jedi blanc sur une épaule. Elle portait l'étui de son sabre laser dans une sangle jaune qui lui barrait la poitrine en diagonale, ainsi qu'une écharpe de nanofibre enroulée autour du cou – celle-ci pouvait servir de masque en cas de tempête de poussière et pouvait prendre n'importe quelle forme en cas de besoin.

Auprès d'Indeera se tenait un petit quadrupède dont la peau tachetée de noir, de blanc et de gris comportait çà et là des taches rouges et orange. La créature aux yeux jaune vif était une femelle carbocanin originaire d'Elphrona. Elle fit quelques pas en direction de Bell pour frotter son museau contre sa main. Il la gratta derrière les oreilles, et le petit animal se mit à ronronner de plaisir.

— Salut, Tison, dit Bell. Moi aussi je suis content de te voir.

Après avoir gratifié le carbocanin d'une dernière caresse, il se retourna vers Indeera.

— C'est Loden qui vous a demandé de me rattraper ? demanda-t-il en époussetant sa propre tenue de cuir, à l'origine d'un blanc immaculé mais dont les taches et l'usure témoignaient d'un usage intensif.

— Ouaip, répondit Indeera. Il n'y a pas de honte. Aucun Jedi ne maîtrise tout à la perfection dès le début.

Elle lui tendit son sabre laser. Il ne l'avait même pas senti tomber. Bell le prit et le glissa dans l'étui qu'il portait à la hanche.

— Pas de honte…, répéta-t-il.

Loden savait depuis le début qu'il échouerait.

— Je ne comprends pas pourquoi il n'abandonne pas, tout simplement, ajouta-t-il. Je n'y arriverai pas, c'est évident.

— Parce qu'un jour tu tomberas réellement d'une falaise, et qu'il ne ferait pas son travail s'il n'essayait pas de t'éviter de mourir quand ça se produira. Les Jedi tombent sans arrêt, d'un tas de choses. Il faut que tu sois prêt.

Indeera se tourna vers le sentier qui remontait vers l'avant-poste.

— Viens, dit-elle. Porter est en train de préparer le petit déjeuner. Un ragoût aux neuf œufs, et il m'a dit qu'il avait aussi déniché des poivrons de roche.

— Vous croyez que Loden me laissera manger avant de me jeter de nouveau du haut de la falaise ?

— J'insisterai. Personne ne devrait mourir l'estomac vide.

— Ouah ! fit Bell. C'est bien aimable de votre part.

Il la suivit sur le sentier, Tison à ses côtés.

Ottoh porta de nouveau l'oculaire monolentille à son œil. L'un des réglages de l'appareil lui permettait de voir à travers les murs en captant les signatures thermiques de l'extérieur. Pratique, puisque les Nihil avaient déjà détruit les cams de sécurité de la ferme. Les moniteurs de l'abri ne transmettaient plus que des parasites.

Toutefois, tous les éléments du système de sécurité de luxe qu'ils avaient installé en emménageant dans la concession n'avaient pas cessé de fonctionner. Les volets automatiques en duracier renforcé avaient rempli leur fonction et s'étaient prestement abaissés devant les portes et les fenêtres une fois la famille en sécurité à l'intérieur. Mais sans les cams, ils étaient pour ainsi dire aveugles.

Ottoh ne pouvait compter que sur l'oculaire et les vagues silhouettes qu'il affichait en mode infrarouge. Les Nihil apparaissaient sous forme de contours violets et rouges aux têtes curieusement difformes. Le mineur avait déjà vu des centaines d'espèces humanoïdes, mais jamais rien qui ressemblât aux Nihil. Il en déduisit qu'ils portaient sans doute des masques, ce qui coïncidait à la fois avec les récits qu'il avait entendus et avec le fait qu'ils se servaient de gaz pour dissimuler leurs mouvements et neutraliser leurs proies. L'information ne les rendait pas moins menaçants. C'était bel et bien des monstres qui surgissaient de nulle part.

Et il y avait bien du gaz dehors, même si l'appareil ne parvenait pas à le détecter. Les aciérés du troupeau gisaient sur le flanc dans leur enclos, inconscients ou morts, alors qu'à sa connaissance, rien ne les avait touchés.

— Les joints sont étanches au gaz ? s'enquit Erika, qui pensait manifestement à la même chose.

— C'est ce qu'a promis l'entrepreneur. L'abri est censé résister à tout excepté à des tirs de blaster d'intensité maximale, et retenir les armes chimiques et radiologiques.

— Tu n'as pas parlé d'explosifs. Et s'ils ont apporté des explosifs ?

Ottoh ne répondit pas.

— Peu importe, je suis prête à me battre, poursuivit-elle, et il reposa l'oculaire pour se tourner vers elle.

Erika tapota sur son datapad une dernière fois, puis le présenta à Ottoh afin qu'il voie les éléments du plan qu'elle avait échafaudé.

— Je pensais au speeder, qu'en dis-tu ?

— Ouais. Au moins, on gagnera du temps. Peut-être que quelqu'un verra l'explosion, ou que les Nihil s'en iront, tout simplement.

Ce fut au tour de sa femme de se murer dans le silence.

— Qu'est-ce que ça donne, Ronn ? demanda-t-il à son fils, un adolescent de treize ans, qui représentait parfaitement tout ce que cet âge impliquait.

Mais à cet instant, pas d'angoisse existentielle ni de saute d'humeur : il faisait exactement ce qu'on lui demandait dans l'espoir de préserver la vie de sa famille.

Avec le comlink de la ferme, Ronn tentait de joindre quelqu'un qui puisse les aider depuis L'Espoir d'Ogden. Sa sœur Bee, neuf ans, s'était recroquevillée contre lui pour se rassurer, agrippée à un varactyl en peluche qu'Ottoh n'avait pas vu entre ses mains depuis des années.

— Je n'arrive pas à faire passer le signal, papa. J'ai vérifié la météo, et il y a une grosse tempête de rouille entre L'Espoir d'Ogden et nous. C'est ce qui brouille les transmissions, je crois.

— Continue, fiston, dit Ottoh. Ta mère va nous faire gagner du temps.

Un grand fracas leur parvint de l'extérieur, pas une explosion, mais un choc de métal contre du métal. Ottoh regarda de nouveau par l'oculaire et découvrit qu'un groupe de quatre Nihil s'était massé devant la porte d'entrée de la maison. Les envahisseurs semblaient tenir quelque chose, s'y accrocher ensemble, mais le réglage thermique de l'appareil ne permettait pas de distinguer l'objet en question. Sans doute un bélier en duracier.

— Ils essaient d'enfoncer la porte, conclut-il.

Un autre choc.

— Maintenant, Erika ! dit Ottoh.

Sa femme entra une commande sur son datapad.

Dehors, Ottoh vit leurs quatre droïdes d'extraction sortir du mode veille dans leur enclos, non loin du bâtiment principal. Leurs contours apparaissaient en vert et en jaune dans l'oculaire, car ils émettaient une signature thermique différente de celle des Nihil, mais il les voyait tous clairement.

Les machines sortirent rapidement de l'enclos et accélérèrent dans la cour. Il s'agissait d'appareils industriels, lourds et puissants, destinés à creuser le sol dur et à en extraire la terre et les roches. Ils n'avaient aucun moyen de se faire discrets, même si le gaz qui devait encore planer dehors leur fournissait un semblant de couverture. Le quatuor de droïdes se sépara : deux d'entre eux se dirigèrent vers le groupe de l'entrée, et les autres vers le speeder.

Ottoh se permit un instant d'admirer le talent de sa femme, qui parvenait à contourner les fonctions autonomes des quatre droïdes pour en prendre le contrôle et leur faire effectuer des opérations pour lesquelles ils n'étaient pas prévus : elle les faisait courir à toute vitesse et les guidait en entrant de simples commandes dans leurs circuits de contrôle, le tout sur un minuscule écran de datapad. Malgré la complexité de cette opération, chaque droïde fonçait en ligne droite, inexorable, pile sur sa cible.

— Bien joué, Erika… tu vas y arriver !

— Ne me… parle pas… maintenant…, dit-elle d'une voix crispée par la concentration.

Des tirs de blaster – traits blancs et incandescents dans l'oculaire – commencèrent à fuser des deux bandes de Nihil, les quatre de l'entrée et les six autres groupés autour de leur speeder. Les pillards avaient remarqué les droïdes en approche… comme on pouvait s'y attendre.

Les machines étaient robustes, conçues pour encaisser des impacts et des températures élevées, mais elles n'étaient pas invulnérables pour autant. L'une d'entre elles s'immobilisa, puis une autre.

— Plus vite, Erika ! Ils sont en train de les descendre !

Sa femme ne répondit pas, se contentant de lui décocher un bref regard. Ottoh comprit. Elle dirigeait les droïdes depuis son datapad. Quand l'un d'eux cessait de fonctionner, elle le savait aussitôt sans qu'il ait besoin de la mettre au courant. Il s'en doutait, même avant de lui dire. Mais il voulait simplement agir… *faire* quelque chose.

Derrière lui, il entendit la voix de son fils qui parlait hâtivement, et comprit que Ronn avait réussi à contacter quelqu'un. L'Espoir d'Ogden disposait d'une petite force de sécurité communale que finançaient chaque année tous les détenteurs des concessions. Leur caserne ne se trouvait pas si loin. Si la famille réussissait à tenir un peu plus longtemps…

Un troisième droïde s'arrêta net, une gerbe d'étincelles vertes jaillissant de l'endroit où se trouvait auparavant sa tête.

Il n'en restait plus qu'un. Ottoh le regarda débouler vers sa cible. Il le vit esquiver un tir des Nihil et s'émerveilla de nouveau du talent de sa femme. Quelle opératrice était capable de faire *plonger* un droïde d'excavation sous un tir ? Celle qu'il avait épousée, apparemment.

Le dernier droïde reçut une rafale bien placée et ralentit subitement au point de se traîner.

— Bon sang ! s'exclama Erika.

— C'est terminé ? s'enquit Ottoh.

— Non, répondit-elle d'une voix froide et assurée. Certainement pas.

Il entendit les doigts d'Erika pianoter furieusement sur le datapad, réajustant et redirigeant des fonctions. L'opération sembla couronnée de succès. Le dernier droïde continua d'avancer en chancelant, puis fonça de plus en plus vite en titubant. Les Nihil n'avaient pas cessé de tirer, mais il semblait presque insensible. Il perdit un bras, puis un autre. La moitié de sa tête disparut… ce qui ne l'arrêta pas.

Il atteignit le speeder des Nihil, et Ottoh retira l'oculaire juste avant qu'une lumière blanche ne remplisse son champ de vision. Un bruit retentit dehors, pas un simple vacarme cette fois, mais une déflagration.

Les droïdes d'excavation étaient des appareils de mine. Ils pouvaient creuser, trier, transporter des débris… mais aussi percer des trous dans la roche dense et métallique au moyen de petites cartouches d'explosif à haute puissance. À en croire la détonation, Erika avait vidé toute la réserve de la machine.

Elle souffla d'un air satisfait avant de demander :

— Combien j'en ai eu, mon chéri ?

Ottoh reprit l'oculaire et regarda dehors. La scène avait radicalement changé. Le speeder des Nihil avait disparu, comme le droïde d'excavation, tous deux remplacés par des fragments métalliques torturés et des flammes vives. Il réduisit la luminosité à la recherche de… là. Il compta les silhouettes : quatre près du feu, toutes immobiles. Mais deux autres des intrus étaient encore en vie. L'un d'entre eux se traînait lentement à l'écart de l'épave, et le groupe qui s'était servi du bélier à la porte était occupé à extraire le second. La maison avait malheureusement abrité cette seconde bande de l'explosion.

— Pas assez, conclut Ottoh. Mais c'est déjà ça.

Il retira l'oculaire et se tourna vers son fils, occupé à parler à Bee d'une voix douce et rassurante.

— Tu as réussi à avoir quelqu'un, Ronn ? Je t'ai entendu au comlink. Les secours arrivent ?

Ronn releva la tête, l'air lugubre.

— J'ai eu la sécurité de L'Espoir d'Ogden, papa. Je leur ai raconté ce qui se passait. L'homme à qui j'ai parlé m'a posé des tas de questions, mais il s'est arrêté quand je lui ai expliqué qu'il s'agissait des Nihil. Il… il a simplement dit qu'ils étaient trop loin pour venir à temps. Il s'est excusé… mais on aurait dit qu'il avait peur, surtout. J'ai essayé de rappeler, mais ça ne répond plus.

— Les lâches, cracha Erika.

Un *boum* sourd leur parvint d'en dessous. Quelque chose de lourd venait de percuter la porte d'entrée. Puis une voix se fit entendre :

— Vous n'auriez pas dû faire ça, lança-t-elle sur un ton sourd, aux intonations étranges. On voulait juste venir vous chercher.

Boum.

— Maintenant, on va aussi vous faire du mal.

— Encore un peu de ragoût ? demanda Porter Engle en regardant le bol vide de Bell. La chute, ça creuse !

Assis à la table en face de lui, Loden gloussa. Bell laissa passer. Peu lui importait. Il finirait bien par comprendre comment contrôler ses chutes avec la Force, et même s'il n'y parvenait pas, ce n'était pas une raison pour refuser un deuxième bol du ragoût de neuf œufs de Porter.

Porter Engle était une légende. Cet Ikkrukkien qui faisait partie de l'Ordre depuis plus de trois cents ans était tout en barbe. Il avait occupé la plupart des fonctions principales des Jedi en son temps : enseignant, explorateur, diplomate, guerrier… Chaque fois, il avait suscité assez de récits pour s'assurer une place de premier plan dans les chroniques. Par exemple, il ne lui restait qu'un œil : il avait perdu l'autre jadis, et la longue balafre qui lui barrait le visage représentait une histoire à elle seule. Mais maintenant qu'il approchait du terme de son existence, il semblait s'être trouvé une vocation de cuisinier. Son ragoût contenait bien neuf œufs différents, mais Porter n'en révélait jamais que cinq. Les autres étaient trop rares ou trop dégoûtants pour qu'il en divulgue la nature. En tous les cas, ce truc était *délicieux*.

Sous la table, Bell sentit Tison remuer. Elle s'était couchée sur ses bottes, et il sentait sa chaleur interne même à travers le cuir épais. La bête n'était pas idiote : de tous les Jedi d'Elphrona, Bell Zettifar était de loin le plus susceptible de lui glisser un petit morceau ou deux pendant les repas.

La créature s'était présentée un jour à l'entrée du bâtiment, famélique et tremblante, avec une blessure infectée à l'arrière-train.

Indeera l'avait soignée, Porter l'avait nourrie, Bell lui avait donné un nom et Loden lui avait permis de rester, en déclarant que la Force avait amené un nouveau membre à leur équipe. Élégante façon de contourner les règles de l'Ordre contre l'attachement, sachant qu'ils devaient évidemment prendre soin de leurs coéquipiers, s'assurer qu'ils soient en sécurité, heureux et bien nourris, que leur pelage soit brossé et… Bref, les Jedi de l'avant-poste d'Elphrona éprouvaient énormément d'affection pour Tison la femelle carbocanin, que ce soit autorisé ou pas.

— Avec plaisir, répondit Bell en tendant son bol. Il est succulent aujourd'hui.

— Ce sont les poivrons de roche, répondit Porter, ravi, en lui servant une autre louche de l'épais ragoût jaune. J'en ai trouvé de bien fermes au marché.

Les Jedi vétérans pouvaient vivre où bon leur semblait lorsque le passage du temps amenuisait naturellement leur capacité et leur désir de participer aux activités les plus intenses de l'Ordre. La plupart restaient au Temple de Coruscant, qui comprenait des logements pour ses membres les plus âgés afin qu'ils passent la fin de leur vie selon leurs souhaits. Porter Engle avait adopté une approche aux antipodes de celle-là, et demandé à ce qu'on l'affecte à l'avant-poste d'Elphrona. Il paraissait déterminé à demeurer aussi utile que possible malgré son âge, et vivre dans un avant-poste représentait selon lui le meilleur moyen de s'assurer que ses trois siècles d'expérience Jedi profitent directement à toute la galaxie.

En temps normal, on pouvait faire appel à un avant-poste Jedi pour régler une querelle, défendre une ville contre des maraudeurs, traîner des criminels en justice, enseigner aux enfants, offrir une assistance médicale, ou simplement recourir à l'un des dix mille usages de la Force pour aider le peuple. Tous les problèmes ne nécessitaient pas l'intervention d'un Jedi, mais lorsque la situation s'aggravait à ce point, les habitants de la galaxie étaient soulagés de vivre sur un monde doté d'un avant-poste.

— Le Flambeau Stellaire est presque prêt pour l'inauguration, dit Loden pendant que Bell entamait sa deuxième ration de ragoût.

— Plus que quelques semaines, précisa Indeera. Mais le blocus hyperspatial de la Chancelière pourrait repousser la date.

— Mmh… J'espère que non, fit Porter Engle en s'asseyant en bout de table. Ce ne serait pas la fin du monde si la station n'ouvrait pas à temps, mais je sais qu'il est important pour les projets de la Chancelière que tout se déroule sans accroc. Et j'aimerais bien voir cet endroit aussi. Ça me paraît très joli.

— Ça l'est, dit Loden. Qu'en penses-tu, Bell ?

— Splendide. Il y a une zone de biosphères où les visiteurs peuvent voir des reconstitutions de divers mondes des Territoires de la Bordure Extérieure. La jungle de Dantooine, une banquise de Mygeeto… j'ai bien aimé.

Loden laissa tomber sa cuillère dans son bol vide.

— L'idée consiste à souligner la diversité des mondes de la région. Ils feront tourner les biosphères de temps en temps, importeront diverses créatures… C'est très ambitieux.

Indeera prit la parole sans lever les yeux de son datapad :

— La station tout entière est ambitieuse. Et c'est la première d'une longue série, non ? La Chancelière a prévu tout un réseau de Flambeaux, je crois. J'ai lu quelque chose à ce sujet.

— C'est ce qu'ils nous ont expliqué au conclave, intervint Bell.

— Lina Soh et ses Grandes Œuvres, dit Porter Engle. Je la trouve formidable. S'il y a bien un moment pour déployer des Flambeaux, des réseaux de relais et s'étendre, c'est maintenant. Je me rappelle quand la galaxie commençait à peine à se structurer, il y a quelques siècles… nous ne nous préoccupions que de survivre, à vrai dire. Nous devrions exploiter cette période de prospérité pour bâtir quelque chose d'important pour l'avenir.

— Vous croyez que le réseau d'avant-postes de l'Ordre sera fermé une fois qu'ils activeront tous les Flambeaux ? demanda Bell.

— J'espère bien que non, répondit Porter en se calant sur son siège, les mains derrière la tête. Ce genre de vie me convient tout à fait. Chaque jour se révèle un peu différent, on voit ce qui se passe, on aide les habitants selon leurs besoins… ce n'est pas si mal.

Il fit signe à un droïde serviteur qui s'approcha en roulant pour débarrasser la table. Ils se trouvaient dans la salle à manger de l'avant-poste, une pièce confortable au plafond bas. Elle faisait partie d'un ensemble de huit pièces distinctes de la salle principale, vaste zone circulaire conçue autour d'un immense symbole de l'Ordre Jedi incrusté dans le sol. Les chambres à coucher, la cuisine, la réserve, le hangar, la salle d'entraînement au sabre laser… tout était accessible depuis la zone centrale, de la même façon que la Force effleurait toute chose équitablement.

— En parlant de ça, poursuivit Porter, qu'avez-vous de prévu, tous, aujourd'hui ?

— Je vais emmener un des Vectors dans un site de l'hémisphère sud, répondit Indeera. Des mineurs pensent avoir trouvé un filon d'essurtanium. Je n'en ai jamais vu jusqu'ici, et ce minerai posséderait des propriétés rares. Certains le disent même légèrement réactif à la Force. J'espérais pouvoir en acheter un échantillon et le ramener ici pour l'étudier.

— Prends Bell avec toi, suggéra Loden.

— Attendez, pour qu'elle puisse me jeter du cockpit ?

— Tu ne manques pas de sagesse, mon Padawan, répliqua Loden.

— Bon, eh bien moi, je vais faire la vaisselle, dit Porter. Et toi, Loden ?

— Une concession a des problèmes avec un nid de fourmichromes, au nord. J'envisageais de leur donner un coup de main.

— Ils ne peuvent pas faire appel à une unité d'extermination, tout simplement ? demanda Indeera.

— Sans doute que si, répondit Loden. Mais peut-être que j'ai *envie* d'aller combattre une centaine de fourmichromes.

Bell secoua la tête. Lui aussi aurait voulu affronter une centaine de fourmichromes, mais ce n'était pas la peine de demander, et il le savait. Il sauterait d'un autre Vector, un point c'est tout.

Un sifflement sourd s'éleva de la salle centrale et les quatre Jedi se retournèrent : ce son signalait une transmission entrante sur le système de comm d'urgence de l'avant-poste. Loden tendit la main et tapota sur le tableau de commande de la table pour la diffuser dans la pièce. Une voix se fit entendre, discrète mais vibrante de tension :

— Heu… Jedi… Ici… non. Je ne veux pas m'impliquer. Mais il y a une famille de mineurs, à une trentaine de kilomètres au sud-ouest de la ville. Deux parents, deux enfants. Les Blythe. J'ai capté une transmission destinée au poste de sécurité de L'Espoir d'Ogden. Je surveille ce canal sur mon comlink, c'est un peu mon hobby… Enfin bref, ils appelaient à l'aide. La famille est en train de se faire attaquer… par les Nihil. Les forces de sécurité de L'Espoir d'Ogden n'iront pas. Ils ont la trouille, je crois bien. J'aurais peur, moi aussi… avec ce qu'on raconte sur les Nihil… Mais la personne qui appelait… c'était un *gosse*. Il avait l'air… il avait l'air vraiment paniqué. Peut-être que vous pourriez vous y rendre ? Intervenir, d'une manière ou d'une autre ? Je vous envoie les coordonnées. Je ne veux pas m'impliquer, pas avec les Nihil.

Mais je me disais… je me disais qu'il fallait que vous soyez au courant, c'est tout.

Le message s'arrêtait là.

Tison pouvait sentir la tension dans la pièce. Sous la table, elle émit une sorte de petite toux sèche, comme le bruit d'une botte écrasant un morceau de charbon.

— Les Nihil, dit Indeera.

— Une famille, dit Porter Engle.

Il avait parlé d'une voix très froide. Pour la première fois, Bell le regarda et ne vit plus le chef cuisinier ikkrukkien barbu et hilare qu'il connaissait si bien, l'inventeur du ragoût aux neuf œufs. À la place, il contemplait le Jedi qu'on surnommait autrefois la Lame de Bardotta.

— Allons-y, conclut Loden.

CHAPITRE VINGT-TROIS

LA BORDURE MÉDIANE. NABOO.

Avar Kriss se pencha sur l'élégante balustrade en pierre sculptée afin de scruter, de l'autre côté du lac, un îlot boisé dont le centre s'élevait en formant un petit sommet. En dehors d'un modeste village dont les bâtiments aux toits orange se massaient au bord du lac, l'île offrait le spectacle d'une nature préservée.

— Varykino, dit Elzar Mann en s'approchant d'elle.

Elle lui jeta un coup d'œil. Il avait l'air en forme. Joyeux même, vu l'éclat dans ses yeux noirs et le sourire qui illuminait son visage, même si on pouvait mettre cette attitude sur le compte de la boisson qu'il tenait en main, une substance verte dans un verre de dégustation sans pied. Elle en ignorait la nature, mais connaissant Elzar, il s'agissait vraisemblablement du meilleur alcool disponible chez leurs hôtes. Et compte tenu des hôtes en question, on pouvait miser sur une qualité exceptionnelle.

— Pardon ? fit-elle.

— Varykino, répéta-t-il en désignant l'île avec sa coupe. C'est comme ça qu'on l'appelle. C'est une retraite pour les artistes, un lieu où les créatifs qui ont du mal à cohabiter avec la société se réfugient pour cogiter sur des sujets profonds. Il y a un poète, là-bas, un dénommé Omar Berenko. Brillant, à ce qu'on dit.

Elzar lui jeta un regard. Il passa la main dans ses cheveux sombres, coupés court et naturellement ondulés.

— Ça m'a l'air plutôt agréable, poursuivit-il. On devrait s'en souvenir, une fois que nous serons trop vieux pour que l'Ordre nous trouve une utilité. Ça m'irait bien de finir mes jours à méditer en paix. Je trouverais peut-être une méthode pour pêcher avec la Force.

Il but une gorgée, et prit une expression impressionnée.

— Avec une bonne réserve de ce truc à proximité ! Par la lumière, c'est fameux !

— Fais-moi goûter, demanda Avar, et il lui tendit sa coupe.

Elle but un peu de liqueur, dont le goût épicé et doux lui picota la langue.

— Pas de doute, c'est délicieux, conclut-elle. Mais doucement : nous sommes venus ici en mission.

Elzar but une dernière fois avant de reposer le verre sur la rambarde. Un droïde serviteur doré et étincelant s'empressa de la ramasser avant de se retirer à l'écart, sans pour autant s'éclipser, au cas où les deux Jedi auraient besoin d'autre chose.

— Tes propriétaires sont-ils en route ? demanda Avar au droïde. Nous patientons depuis un moment déjà.

— Bien sûr, Maître Jedi, répondit-il d'une voix qui sonnait agréablement à l'oreille. Maître Marlowe et Maître Vellis mènent à bien une tâche urgente, mais ils m'ont fait savoir qu'ils ne tarderaient plus. Vous pouvez vous asseoir pour les attendre si vous le désirez.

Le droïde désigna d'un long bras languide une zone de repos dans la véranda, meublée de canapés et de fauteuils rembourrés, ainsi que d'une table basse en quartz où l'on avait disposé des rafraîchissements. Avar en déduisit que c'était là qu'Elzar avait trouvé sa coupe. Quel déploiement de richesses ! Seules les plus riches familles de la galaxie pouvaient se permettre de posséder un domaine dans la contrée des lacs de Naboo. Cela dit, le décor ne donnait pas une impression de luxe ostentatoire, mais plutôt de soin et de bon goût. Les propriétaires de cette demeure ne cherchaient pas à impressionner : tous les choix de décoration tendaient vers la simplicité et l'intégration à l'environnement naturel. Ce qui était impressionnant en soi.

Comme pour le souligner, une douce brise balaya le patio et fit onduler les millafleurs suspendues aux tonnelles. Leur fragrance satura l'odorat d'Avar, et la beauté de la scène fit s'épanouir le chant de la Force.

Il était facile d'oublier qu'ils étaient venus ici afin de poursuivre l'enquête sur la crise galactique en cours. Elle se força à se concentrer. Elle attendrait sa retraite pour s'absorber dans la contemplation méditative… et l'espace d'un instant, très bref, elle s'autorisa à envisager l'idée de la passer avec Elzar Mann. Elle ne lui en parlerait jamais, bien sûr, sinon il ne cesserait de lui en rebattre les oreilles.

Une autre Émergence, une autre tragédie, était survenue dans le Système Ringlite, et des milliers d'habitants avaient péri. Seuls les vaillants efforts des unités de sécurité locales avaient permis d'éviter le pire. La Chancelière Soh avait dû étendre de nouveau la portée du cordon de sécurité hyperspatial. Le Sénateur Noor n'avait pas contesté cette mesure dont la nécessité sautait aux yeux, mais la pression montait : il fallait résoudre le mystère une bonne fois pour toutes.

Et la réunion de ce jour pouvait en être la clef.

Comme s'ils avaient lu dans ses pensées, deux hommes apparurent à l'entrée du patio et se dirigèrent vers elle et Elzar. Marlowe et Vellis, l'héritier de l'empire des San Tekka et son mari.

Ils étaient tous les deux pâles et blonds aux yeux bleus. La similitude s'arrêtait là, toutefois : les traits de Vellis semblaient sculptés dans du granite, tandis que ceux de Marlowe étaient doux. Ils formaient un couple harmonieux, cela dit, et à l'image de leur demeure, il émanait d'eux une impression de richesse, de confort et de sérénité.

Elle se demanda ce qu'auraient pensé les ancêtres de Marlowe en voyant ce qu'était devenue la famille : le clan San Tekka avait fait fortune un siècle auparavant dans le domaine de la prospection hyperspatiale. Ces individus mal dégrossis dénichaient des routes traversant les régions les plus sauvages de la galaxie, tout comme les explorateurs planétaires recherchaient des cols pour franchir les chaînes de montagnes les plus périlleuses. La prospection hyperspatiale présentait autant de dangers : nombre de ceux qui s'y risquaient disparaissaient à tout jamais, dérivant dans le néant sans aucun moyen de rentrer chez eux. Mais les San Tekka paraissaient avoir un don, et ils trouvaient régulièrement les trajets les plus courts et les plus rapides pour se rendre d'un point à l'autre de la galaxie. Ils vendaient ces routes aux commerçants, aux gouvernements et aux entrepreneurs, et il leur arrivait même de mettre en place des péages où l'on pouvait télécharger des données de navigation payantes. Toutes ces sources de revenus s'étaient accumulées. Désormais, les San Tekka comptaient parmi les plus riches familles de la galaxie, et leurs équipes de prospecteurs, dorénavant qualifiés d'hypergéomètres pour donner au métier une certaine forme de respectabilité, continuaient à flairer de lucratifs nouveaux chemins entre les étoiles.

La galaxie était infinie, et des voyageurs seraient toujours intéressés à la traverser plus vite et plus sûrement.

— Bienvenue dans notre demeure, dit Marlowe en tendant la main à Avar. C'est un honneur que d'accueillir des invités Jedi.

Elle lui serra brièvement la main. Elzar l'imita avec Vellis.

— Je vous en prie, asseyez-vous, invita ce dernier en désignant le canapé. Le droïde serviteur me fait savoir que vous avez déjà goûté l'essence de tournesoie, une de mes liqueurs favorites. Mais vous pouvez en découvrir beaucoup d'autres. Tout ce que vous voudrez.

— Merci, répondit la Jedi.

Le groupe s'installa, et Avar se projeta discrètement dans la Force pour sentir l'état émotionnel de leurs hôtes. Ils étaient entièrement détendus. Ce qui ne l'étonnait nullement. Un splendide patio au bord du lac, avec votre bien-aimé à vos côtés et suffisamment de crédits pour mille existences ? Bien sûr que les San Tekka étaient détendus.

— Le Sénateur Noor nous a expliqué que vous enquêtiez sur cette affreuse catastrophe dans la Bordure Extérieure, dit Marlowe en remplissant un verre d'un liquide rouge avant de le tendre à Vellis. J'ignore comment nous pouvons vous aider, mais nous le ferons volontiers. Izzet est un vieil ami, et nous savons qu'il est responsable de la Bordure Extérieure. Il n'a qu'à demander, vraiment.

— Sans parler de tous ceux qui se trouvent en première ligne, intervint Elzar d'une voix légèrement cassante.

— Naturellement, dit Vellis. Nous sommes tous la République.

— Les Émergences sont déjà bien assez préoccupantes, et nous travaillons sur un système permettant de prévoir les prochains phénomènes, annonça Avar.

— Vraiment ? C'est intéressant, commenta Marlowe. Comment est-ce possible ?

— Il se trouve que le ministère de la Technologie de Hetzal Prime comptait un analyste système de génie. Il est en train de mettre en place un réseau de navidroïdes… en reliant leurs processeurs pour exploiter les données dont nous disposons jusqu'ici sur le désastre d'origine et toutes les Émergences. Rien n'est encore fait. Le problème tient apparemment à la possibilité de se procurer assez de droïdes pour procéder aux calculs.

Marlowe et Vellis échangèrent un bref regard. Ils se transmirent des informations sans un mot, sans que même Avar ne puisse détecter ce qu'ils échangeaient.

— Nous pouvons probablement vous aider dans ce domaine, déclara Vellis. Nous disposons d'un ensemble d'algorithmes propriétaires qui nous servent à modéliser les routes hyperspatiales. Si votre analyste sur Hetzal est intéressé, nous pouvons lui envoyer quelques-uns de nos navulateurs – des spécialistes des hypervoies – pour l'aider à affiner son système.

— En général, nous préférons que nos secrets professionnels demeurent confidentiels, ajouta Marlowe, mais des vies sont en jeu.

— Merci beaucoup, répondit Avar. C'est très généreux à vous. Nous vous mettrons en contact avec l'analyste. Il s'appelle Keven Tarr. Je suis sûr qu'il acceptera toute l'aide qu'on peut lui fournir.

— Mais ce n'est pas vraiment la raison de notre présence, intervint Elzar.

— Ah ? fit Marlowe en haussant un fin sourcil.

— Il ne s'agit pas que d'arrêter les Émergences. Nous voulons nous assurer qu'aucun accident semblable à celui du *Legacy Run* ne se reproduise, et il nous faut donc en trouver la cause. Votre famille en sait davantage sur l'hyperespace que quiconque, à ce que nous a dit le Sénateur Noor. Avez-vous des théories ?

— Eh bien, nous avons consulté les rapports sur l'HoloNet, mais ils sont plutôt avares de détails. Disposez-vous d'informations supplémentaires ?

Elzar fouilla dans sa tunique pour en extraire une datapuce qu'il tendit à Vellis.

— Voici tout ce que nous avons jusqu'ici, dit-il. Le personnel du Bureau des Transports de la République a analysé l'épave, et si l'on en croit ce qui ressort des traces d'usure, on dirait bien que le *Legacy Run* s'est désintégré lors du transit.

— Une collision ? demanda Marlowe.

— Non, répondit Avar. Il semblerait que le vaisseau ait tenté d'exécuter une manœuvre qui a surmené sa superstructure jusqu'au point de rupture. Je simplifie à l'excès, mais il semble s'être littéralement disloqué.

Vellis et Marlowe demeurèrent muets un moment. Vellis posa son verre. Avar ne l'avait même pas vu goûter sa boisson.

— Vous le savez très certainement tous les deux, mais par définition, il n'existe aucune raison de manœuvrer dans l'hyperespace. C'est le vide. Il n'y a rien à percuter. On calcule très précisément les itinéraires pour éviter des collisions de cet ordre.

— Nous sommes au courant, dit Elzar. Tout le monde le sait. Mais… quelque chose s'est produit là-bas, et des gens continuent à mourir et à souffrir dans la Bordure Extérieure. Prétendre que c'est impossible n'est qu'une perte de temps.

Il désigna la datapuce que Vellis avait toujours à la main.

— Nous examinons diverses possibilités. Tout figure sur cette puce. Nous avons d'abord pensé à une erreur du pilote, mais nous nous sommes renseignés. Le capitaine du *Legacy Run* était une femme du nom de Hedda Casset. Ancienne militaire, vétérane décorée. Difficile de l'imaginer commettre une erreur qui causerait la destruction de son vaisseau. Selon les rapports, elle était sérieuse et appliquée.

— Une mutinerie, alors ? suggéra Marlowe.

— Pourquoi ça ? répondit Avar. Le vaisseau était plein de colons. Un trajet de routine depuis le Noyau jusqu'aux Territoires de la Bordure Extérieure. Rien d'inhabituel ni de particulièrement précieux à bord.

— De curieux phénomènes psychologiques peuvent survenir quand on voyage dans l'espace profond, expliqua Marlowe. Vous auriez du mal à croire certaines de nos anecdotes familiales. La folie s'installe parfois sans crier gare.

— Possible, dit Elzar. Mais il s'agissait d'un vol direct sur une route fréquentée. Les fonctionnaires du BTR ont interrogé quelques-uns des survivants que nous avons sauvés, et leurs témoignages n'allaient pas dans ce sens. La mutinerie est très loin de figurer parmi les premières hypothèses.

— Un dysfonctionnement mécanique, peut-être ? proposa Vellis.

— Pas impossible, mais peu probable, poursuivit Avar. Le *Legacy Run* était un vaisseau ancien, mais les registres d'entretien montrent que la Capitaine Casset le maintenait en parfait état, et il venait de subir une révision complète deux trajets avant le voyage qui a causé sa perte.

— La théorie que nous privilégions, intervint Elzar, c'est qu'il a rencontré quelque chose sur la voie hyperspatiale et tenté d'éviter une collision.

— Impossible, fit Marlowe. Je viens de vous le dire : l'hyperespace ne fonctionne pas de cette façon.

Avar surprit une infime impulsion de la part d'Elzar. Il ne s'agissait ni d'un mot ni d'un message, mais de quelque chose qu'elle comprenait aussi bien. Elle connaissait Elzar Mann depuis fort longtemps : ils avaient été novices ensemble, puis Padawans, ce qui leur avait permis de créer des liens, une connexion au travers de la Force qui leur permettait parfois de communiquer sans l'usage de la parole.

Mais si Elzar *avait* employé des mots pour s'exprimer, il lui aurait sans nul doute dit tout simplement : *il ment*.

Elzar était plus à même qu'elle de détecter la tromperie. Pour ce qui touchait à son don spécifique – la compréhension innée de la façon dont la Force effleurait toute vie dans la galaxie –, il n'existait peut-être aucun Jedi plus compétent qu'elle dans l'Ordre tout entier. Excepté peut-être Maître Yoda. Mais lorsqu'il s'agissait de comprendre ses semblables… c'était Elzar Mann l'expert. Il n'avait peut-être même pas besoin de la Force pour y parvenir.

Elle le soupçonnait toutefois d'envisager d'utiliser la Force à cet instant – ce que la plupart des Jedi appelaient contact mental et que lui-même qualifiait de *manipulation* mentale. Selon lui, la formule décrivait plus honnêtement le phénomène. Elzar allait lever deux doigts pour effectuer un geste subtil, toucher l'esprit de Marlowe San Tekka au moyen de la Force, et ensuite Marlowe ferait exactement ce qu'Elzar lui dirait.

Le contact mental comptait parmi les instruments de la lumière, Avar le savait, mais elle préférait une approche indirecte lorsqu'il s'agissait d'interférer de façon aussi ciblée sur la voie d'autrui. Elzar nourrissait ses propres réserves lui aussi, mais il considérait la technique comme un moyen d'ouvrir l'interlocuteur à la vérité, de lui transmettre une forme de lucidité et de lui permettre de sentir la volonté de la Force. En d'autres termes, Elzar résolvait des problèmes, et le contact mental était un moyen très sûr d'arriver à ses fins.

Avar envoya elle-même une impulsion par l'intermédiaire de leur lien, une impulsion simple et directe qu'il comprendrait aussitôt.

Non.

Elzar tourna vers elle un visage sans expression, mais qu'elle n'avait aucun mal à déchiffrer. Sa bouche s'incurva brièvement en un petit sourire – *d'accord, tu m'as eu* – avant qu'il ne reporte son attention sur les San Tekka.

— Êtes-vous absolument certain qu'une collision est impossible, Vellis ? demanda Avar. Peut-être qu'un vaisseau abandonné ou un astéroïde… Il doit bien exister un moyen pour un objet de partir à la dérive dans les voies hyperspatiales.

Vellis secoua la tête.

— L'hyperespace ne se comporte pas comme l'espace réel. Une fois qu'un vaisseau ou n'importe quel objet y pénètre, il n'a aucun moyen de rencontrer quoi que ce soit d'autre. Il se trouve dans une bulle d'espace-temps avec laquelle rien ne peut interagir, car chaque hypervoie constitue, à notre connaissance, son propre plan d'existence distinct.

Avar savait qu'elle se rappellerait ces paroles chaque fois qu'elle voyagerait dans l'hyperespace, jusqu'à la fin de ses jours. Les sauts en hyperespace faisaient partie de la routine, désormais, mais chaque fois qu'on en faisait un, on s'éloignait de tout ce qui pouvait paraître familier pour circuler dans un nouvel univers, un nouveau monde. L'indescriptible immensité du chant de la Force, malgré toute sa splendeur, lui donnait parfois l'impression d'être insignifiante malgré toute sa concentration et son expérience. Cela la laissait comme étourdie.

Une nouvelle impulsion de la part d'Elzar : *il ment.* Ce à quoi elle répondit de nouveau : *non.*

— Quoi qu'il en soit, reprit Avar, le *Legacy Run* a été détruit, et avec lui ses nombreux occupants. Et des millions de personnes ont péri depuis dans les Émergences. Votre famille a davantage étudié l'hyperespace que quiconque dans la galaxie. Avez-vous déjà croisé pareil phénomène ?

— Non, répondit tout simplement Marlowe, et cette fois Elzar ne manifesta aucune incrédulité.

— Vous ne pensez donc pas qu'il s'agisse d'un problème lié à l'hyperespace ? s'enquit Elzar.

— Nous consulterons vos données, dit Vellis en tendant la datapuce. Mais pour le moment, nous avons du mal à concevoir cette possibilité. Je ne crois pas qu'il faille vous inquiéter d'un autre accident comme celui du *Legacy Run*. Selon nous, en nous basant sur plus d'un siècle d'expérience sur ces voies…

— … nous avons affaire à un événement tout à fait unique, conclut Marlowe.

Avar se leva et Elzar l'imita en dissimulant sa surprise.

— Merci, dit-elle. Nous ne pouvons exprimer combien nous apprécions que vous envoyiez du monde aider Keven Tarr sur Hetzal. Nous allons maintenant partir pour notre prochain rendez-vous, mais si d'autres questions nous viennent, pouvons-nous vous contacter ?

— Naturellement, répondit Marlowe en se levant lui aussi. Comme je vous l'ai dit, c'est un honneur et un privilège que d'apporter toute l'aide requise aux Jedi et à la République.

Après un dernier échange de formules de politesse, Avar et Elzar quittèrent le complexe des San Tekka pour rejoindre le Longbeam qu'ils avaient pris pour se rendre sur Naboo. Il les attendait sur une plate-forme, juste derrière le portail.

— Ils nous cachent quelque chose, déclara Elzar.

Malgré son ton léger, elle le savait frustré. Une émotion familière chez lui. Il cherchait, furetait sans cesse, avec… insistance.

— J'en suis persuadée, Elzar. Ce sont des hommes d'affaires. Nous ignorons si ce qu'ils s'abstenaient de nous révéler était pertinent, cela dit. Les San Tekka ne me paraissent pas malveillants. Au contraire, en fait : ils offrent de partager quelques-uns de leurs secrets les plus jalousement gardés pour sauver des vies.

Elzar ne répondit pas, mais elle sentit qu'il devait bien en convenir, fût-ce à contrecœur.

— Poursuivons notre enquête, et voyons si nous pouvons en apprendre davantage. Au besoin, nous pourrons revenir les interroger. Nous avons progressé. Tu devrais t'en satisfaire.

— La boisson était bonne, c'est déjà ça, conclut Elzar en ouvrant la voie vers le Longbeam qui les attendait.

La brise soufflait sur la véranda, et Marlowe comme Vellis San Tekka, assis en silence, contemplaient l'île de Varykino de l'autre côté du lac, là où de singuliers génies s'affairaient à l'écart du monde, créant des œuvres d'art que nul ne verrait sans doute jamais hors de cette petite île.

— Tu sais à qui ça me fait penser, n'est-ce pas ?

Vellis leva son verre de vin, tapota le bord du bout de l'ongle plusieurs fois, puis le reposa sur la table de quartz.

— Impossible, répondit Marlowe. Elle ne peut pas être en vie. Ce serait une véritable antiquité.

— Je l'espère, répondit Vellis. Pour son propre bien, par tous les dieux…

Le soleil étincela sur les vaguelettes du lac, et tous deux songèrent au passé de leur clan, à l'origine réelle de leur immense fortune et à la terrible tragédie qui se trouvait au cœur de cette histoire.

— Oui, je l'espère…

CHAPITRE VINGT-QUATRE

HYPERESPACE. LE *GAZE ELECTRIC*.

Le vaisseau amiral de Marchion Ro traversait l'hyperespace, mais d'une façon qu'aucun autre vaisseau de la galaxie ne pouvait imiter. Sa trajectoire n'était pas tracée, se déplaçant d'une zone d'accès à une autre le long d'une hypervoie bien définie. Non… le *Gaze Electric* ne se déplaçait pas, il se livrait à des manœuvres. L'énorme appareil plongeait et se redressait, effectuait des virages incroyablement serrés, se faufilait dans de petites ramifications de la route principale pour aboutir à un méta-espace tout à fait inédit. Il suivait des chemins invisibles, qu'on ne pouvait emprunter deux fois.

C'était Mari San Tekka qui traçait cette trajectoire, et Marchion Ro la laissait diriger : elle disposait du contrôle absolu sur les systèmes de navigation du vaisseau, alors si le voyage se révélait parfois un peu mouvementé, voire effrayant, quelle importance ? Ces trajets la rendaient heureuse et lui faisaient du bien : ils la laissaient donc mettre à l'épreuve ses théories, expérimenter de nouvelles idées.

Piloter le *Gaze Electric* la calmait et lui donnait une impression de sérénité, de sorte que quand Marchion lui demandait des Sentiers spécifiques, elle pouvait les lui fournir sans s'épuiser ni piquer une crise.

Au travers d'un hublot, il observa les paysages étranges et irréels dans lesquels elle conduisait l'appareil. C'était comme voler dans une tempête de neige aux flocons semblables à des fleurs de lumière vert vif. Magnifique et effroyable à la fois.

En temps normal, les voyages dans l'hyperespace offraient une expérience radicalement différente. On entrait sur une voie, on poursuivait dans un tourbillon immuable de néant pendant un temps, puis on ressortait dans l'espace réel.

Mais le parcours de Mari ressemblait à celui d'un insecte véloce qui volerait d'un bourgeon à l'autre, changeant de direction sans se plier aux dictats de l'inertie, de l'accélération ou de la décélération.

Ce talent avait un prix, en usure et en carburant, même si le *Gaze Electric* était équipé pour endurer l'épreuve grâce à un réacteur à Sentiers unique. Le tout premier, en fait, d'un aspect semblable à ceux des autres appareils nihil, mais aux capacités grandement améliorées. Les réacteurs à Sentiers permettaient aux Nihil de transcrire les Sentiers en données de navigation qui seraient rejetées par tout système conventionnel car vus comme *impossibles* : ils étaient la clef de leur présent et de leur avenir.

Marchion possédait le vaisseau géant depuis bien longtemps. Auparavant, il avait appartenu à son père, tous deux hantant comme des spectres ses immenses espaces intérieurs conçus pour des milliers d'hommes et de femmes d'équipage. Mais le temps et les trahisons avaient réduit ses occupants à quelques-uns seulement. Les Ro, père et fils, n'avaient pas de monde d'origine, ils l'avaient abandonné depuis bien longtemps. Le vaisseau était ce qui se rapprochait le plus d'une patrie pour Marchion, tout comme Mari San Tekka était ce qui se rapprochait le plus d'une famille pour lui.

L'Œil des Nihil lança un regard à la femme étendue devant lui. Elle se trouvait dans une capsule hermétique oblongue dotée d'une vitre frontale. Des câbles la reliaient à l'alimentation de la passerelle, et de grandes cuves de produits chimiques variés bouillonnaient non loin de là, injectant leur contenu dans la capsule par l'intermédiaire de divers tubes. La machine était une sorte de capsule médicale géante conçue pour préserver la santé et le confort de Mari, autant que faire se pouvait pour une humaine qui avait passé depuis longtemps les cent ans d'existence.

Mari était plongée dans la concentration particulière qu'elle mobilisait lors de ces trajets. Ses yeux clignaient tandis qu'elle traçait dans le maelström de l'hyperespace des chemins que son esprit avait le pouvoir unique de déceler. Aucun autre être n'en semblait capable, et aucun navidroïde ne s'en approchait. Les cerveaux droïdes pouvaient calculer un trajet sur des chemins définis, mais la méthode de Mari n'avait rien à voir. Elle distinguait les routes entre les routes grâce à un mélange d'instinct et d'analyse mathématique inconsciente, à un niveau qu'elle-même n'aurait su expliquer.

Marchion le lui avait demandé, bien sûr, à maintes reprises, tout comme son père et sa grand-mère avant lui. Si l'on parvenait à reproduire le don de Mari San Tekka, il n'y aurait plus aucune limite à ce que l'on pourrait accomplir. Mari avait essayé, mais cela revenait à détailler pourquoi il y avait toujours plus d'étoiles même lorsqu'on voyageait loin ou lorsque l'on scrutait intensément l'espace. Certaines choses existaient, voilà tout, sans que l'on puisse les expliquer.

Ou les reproduire.

Lorsque Mari San Tekka mourrait, et d'ici peu, forcément, même si la meilleure technologie de la galaxie s'affairait à prolonger sa vie… ce jour-là, les Sentiers disparaîtraient avec elle. Et alors, l'avantage qui différenciait les Nihil de tous ces gangs de pillards sévissant dans la Bordure Extérieure s'évanouirait lui aussi.

Marchion appuya sur un bouton de la nacelle médicale de Mari et parla :

— Peux-tu nous ramener, Mari ?

La vieille femme l'ignora, et le *Gaze* effectua un nouveau saut. Marchion s'accrocha instinctivement pour encaisser le choc. Certains arrivaient à peine à rester debout quand Mari San Tekka lançait le vaisseau dans l'une de ses petites expéditions, mais il les pratiquait depuis son enfance.

— Mari ? répéta-t-il.

Pas de réponse. L'hyperespace tournoyait derrière les hublots, et les yeux de Mari le fixaient, décelant là des voies qu'elle seule pouvait voir.

Marchion Ro fronça les sourcils. Il pressa une autre commande de la capsule médicale, et le corps de Mari tout entier se crispa, parcouru par un léger choc électrique.

Il aurait préféré qu'elle ne le force pas à recourir à cette méthode. Fragile comme elle était, il ignorait combien de décharges elle pourrait encore supporter. Son médecin, un Chadra-Fan rebondi du nom d'Uttersond, avait déjà décrit le cœur de Mari San Tekka comme une lanterne de papier.

Mais il n'avait pas le temps de la laisser se perdre dans ses pensées. Il avait des plans, et des questions, et les Nihil avaient besoin de Sentiers, et les Sentiers que leur fournissait Marchion Ro venaient en réalité de cette vieille femme à laquelle il avait lié son avenir tout entier, cette femme qu'il *maintenait en vie* et *bichonnait*, et voilà qu'elle voulait simplement emmener son vaisseau à l'autre bout de la galaxie plutôt que de simplement…

Il pressa de nouveau le bouton, et le corps de Mari se raidit.

… lui donner…

Encore.

… ce dont il avait…

Encore.

… besoin.

Mari San Tekka s'effondra dans le berceau de sa nacelle médicale, puis se mit à trembler. Elle ouvrit grand la bouche, de la salive à la commissure des lèvres, et ses yeux se révulsèrent.

Une alarme retentit, un bruit sourd et insistant auquel le Docteur Uttersond allait répondre, il le savait. Marchion Ro appuya sur un autre bouton et l'alarme cessa.

Il se pencha sur la nacelle et regarda Mari San Tekka en proie à sa crise. La capsule déclencha les procédures d'urgence : des aiguilles se déployèrent au bout de bras mécaniques de part et d'autre de son occupante et s'enfoncèrent dans les veines de ses bras malingres tandis que des plaques métalliques glissaient sous sa tunique pour lui stimuler le cœur.

Peut-être que c'est la fin, pensa-t-il. *Tout ce que j'ai fait, toutes ces années à préparer... Tout pourrait s'achever maintenant, aujourd'hui.*

L'idée exerçait sur lui une fascination perverse. Captivé, il fixa le corps minuscule et parcouru de spasmes de Mari San Tekka en se demandant si sa vie à lui était sur le point de prendre… eh bien, un sentier bien différent.

Son doigt resta en suspension au-dessus du bouton d'appel d'Uttersond. Il ignorait ce que cette idiote de médecin pourrait bien faire, mais il était en train d'appuyer au moment où Mari San Tekka émit un aboiement de toux sèche.

Elle ouvrit les yeux et regarda ce qui l'entourait, stupéfaite. Son regard se fixa sur Marchion et elle lui sourit, un sourire aussi vaste, bienveillant et ouvert que celui d'une enfant.

— Eh bien, bonjour Marchion. Je me suis encore égarée ? Pardon. Tu sais comment je suis quand je nous emmène en voyage. Il y a tant à voir !

Son index pressa, hésitant, le panneau de commande placé sous sa main, et Marchion sentit le *Gaze* émerger de l'hyperespace.

— Tout va bien, Mari, aucun problème.

Elle fit basculer la nacelle médicale en position verticale afin de le regarder droit dans les yeux plutôt que d'en dessous. L'âge lui embrouillait l'esprit, mais pas le regard : elle le fixait sans ciller, sans hésitation, jamais troublée le moins du monde par les orbes noirs de Marchion.

— Très réussi, celui-là, en tout cas. J'ai trouvé un nouveau chemin entre Pasaana et Urber. Il devrait réduire d'un tiers le temps de trajet, peut-être davantage. Ça va te rapporter gros !

Mari San Tekka était prospectrice hyperspatiale depuis ses six ans. Il lui était arrivé quelque chose pendant qu'elle parcourait les régions interstellaires inexplorées avec sa famille, et l'accident l'avait changée. Il avait modifié son esprit, l'avait ouvert afin qu'elle perçoive ce que nul autre qu'elle ne pouvait voir : les Sentiers. Pendant quelques années, elle avait mis ce talent au service de sa famille, ce qui lui avait permis d'obtenir richesse et renommée… mais la célébrité a toujours un prix.

Les membres de la famille de Marchion Ro avaient pris Mari San Tekka… ils l'avaient enlevée, pas la peine de se voiler la face. Ils s'étaient servis de son don pour trouver ce dont ils croyaient avoir besoin à l'époque, puis ils l'avaient simplement… gardée. En lui racontant toutes les histoires nécessaires pour qu'elle reste satisfaite et continue à travailler pour eux. Et ils se l'étaient transmise de génération en génération, jusqu'à ce qu'elle finisse par habiter dans le *Gaze Electric*.

Mari San Tekka semblait croire qu'elle travaillait toujours comme prospectrice. Parfois, elle prenait Marchion Ro pour son père (ou pour celui de Marchion, ou sa grand-mère), parfois pour son fils, parfois pour son geôlier et parfois pour son partenaire en affaires. Sa perception du temps s'était brouillée au fil des décennies, même si son talent pour dénicher de nouvelles hypervoies n'avait pas diminué… et il ne s'agissait pas uniquement des Sentiers que Marchion demandait pour les raids des Nihil. Mari avait défini de nouvelles routes secrètes dans toute la galaxie, du Noyau Profond jusqu'à l'Espace Sauvage. Elle semblait croire que Marchion Ro les revendait à la République, ou au gouvernement qu'elle pensait actuellement à la tête de la galaxie. Elle se tenait à cette opinion, quelle que fût l'identité qu'elle lui prêtât.

En fait, Marchion n'utilisait nullement les nouvelles routes de Mari. Il les stockait dans la base de données centrale du *Gaze Electric*. Un jour, elles lui serviraient peut-être… mais il fallait encore que bien des éléments se mettent en place.

Quoi qu'il en soit, Mari San Tekka était ravie de penser qu'elle se rendait utile, et lorsqu'elle se sentait heureuse, il devenait plus facile de la pousser à accomplir ce dont il avait réellement besoin.

— Merci beaucoup, Mari, dit Marchion. Tu peux les entrer dans l'ordinateur, et nous allons immédiatement contacter les acheteurs. Tu es formidable.

Mari sourit, soudain timide. Elle était si *serviable*, si *ignorante*. Marchion détestait dépendre d'elle à ce point.

— Et comment se passe ton travail, Marchion ? Ce plan ambitieux ? Tu avances ?

Marchion avait raconté beaucoup de choses à cette femme… des choses qu'il n'avait révélées à aucun autre être vivant. Il se disait qu'il les avait divulguées parce qu'il avait besoin de son expertise, et pas parce qu'il n'avait personne d'autre à qui parler.

Il réfléchit à la question qu'elle venait de poser. Les Sentiers, et Mari elle-même, constituaient son héritage, celui qu'il avait reçu de son père. Asgar Ro n'avait pas créé les Nihil, pas plus qu'il n'avait régné sur eux. Et Marchion non plus. Tous deux servaient en tant qu'Œil, ce qui pouvait paraître impressionnant, mais l'Œil ne fournissait en réalité qu'un unique service : les Sentiers, en échange desquels les véritables dirigeants des Nihil, les Maîtres-Tempête, payaient extrêmement bien.

Asgar Ro n'octroyait pas les Sentiers aux Nihil que pour les crédits qu'il en retirait, toutefois. Il avait un projet, un projet de rédemption et de vengeance, pour sa famille et pour bien d'autres. Il n'avait pas pu le mener à bien de son vivant, et avait donc confié cette tâche à son fils.

Accomplir cette œuvre nécessiterait une transformation : les Nihil devraient changer du tout au tout, et ne pourraient rester cette bande de criminels égoïstes, ravageurs et désorganisés. Jusqu'à très récemment, Marchion Ro ne voyait aucun moyen d'accomplir cette prouesse… mais à présent, il n'avait plus le choix. Pendant des siècles, la République avait laissé la Bordure Extérieure se gouverner seule, mais la situation était en train de changer. Ils bâtissaient une immense station, le Flambeau Stellaire, et là où eux parlaient de déploiement galactique, il ne voyait rien d'autre qu'une démonstration de force.

Les Nihil devaient évoluer maintenant, avant qu'il ne soit trop tard et que la République ne vienne faire régner la loi et l'ordre en contrôlant la Bordure Extérieure. Elle et les Jedi, bien sûr. On ne pouvait pas les oublier, ceux-là.

— Mon plan se… met en place, répondit-il à la question de Mari. Je trébuche sur quelques obstacles, et les prochaines étapes nécessiteront une vraie subtilité. La période est risquée pour moi, d'une certaine façon. En fait, j'espérais que tu puisses m'aider.

Mari leva une main frêle et son sourire s'estompa.

— Oh, tu veux des Sentiers. Je suis obligée ? J'ai tellement peiné pour trouver cette nouvelle route… ça m'a épuisée, ça oui… Je peux peut-être m'en occuper plus tard ? Après une petite sieste ?

Électrocute-la, pensa Marchion. *Électrocute-la, encore et encore, jusqu'à ce qu'elle brûle dans cette fichue capsule.*

— Non. Une simple question, c'est tout. Je voulais que tu réfléchisses à quelque chose. Le chef t'a concocté ton dîner favori… On peut le faire apporter si ça t'aide.

Mari soupira.

— Très bien, Marchion. Si tu en as vraiment besoin. Tu sais, ton père ne me surmenait jamais à ce point. Il me manque.

Le doigt de Marchion Ro hésita au-dessus du bouton qui déclenchait les chocs électriques. Son père était mort. Il ne marchait pas sur ses traces et ne le ferait jamais. Mari San Tekka et les Maîtres-Tempête pouvaient bien lui lancer toutes leurs petites piques, laisser entendre qu'il ne serait jamais à la hauteur. Rien de tout cela n'avait d'importance. Son père était mort.

Il prit une profonde inspiration et serra son poing ganté.

— Merci, Mari. Voilà ce que j'aimerais que tu fasses.

Il tira de sa ceinture une datapuce qu'il inséra dans un lecteur de la nacelle médicale. Les informations s'affichèrent à l'intérieur de la verrière en lignes bleu clair, séries de données décrivant les derniers instants du malheureux *Legacy Run* lorsqu'il s'était désintégré dans le Système Hetzal. Mari San Tekka y braqua des yeux vifs et les parcourut sans rien manquer.

— Oh, les pauvres. Pauvre vaisseau. Quelle tragédie !

— Mmm, fit Marchion. Ça ne s'est pas arrêté là. Des fragments de ce vaisseau sortent de l'hyperespace dans toute la Bordure Extérieure. Ils ont appelé ça des Émergences. Or il y a un morceau en particulier… Une section du pont qui contenait l'enregistreur de données de vol du vaisseau… Les agents de la République la recherchent, parce qu'ils pensent qu'elle leur rapportera ce qu'ils veulent savoir au sujet du sort du *Legacy Run*.

— Oui, je vois, dit Mari en suivant toujours les lignes de données qui défilaient dans la verrière de la nacelle médicale.

— Ils essaient de construire une sorte d'énorme machine, en reliant d'innombrables droïdes de navigation et en espérant l'utiliser pour prévoir l'endroit où les pièces manquantes du *Legacy Run* vont resurgir. Je veux simplement savoir si c'est possible. Peut-on vraiment accomplir ce genre de chose ?

Mari n'hésita pas. Elle lâcha un rire étonnamment riche. Marchion se demandait d'où il pouvait bien sortir. À regarder sa poitrine, on aurait cru pouvoir l'écraser d'une pichenette.

— Bien sûr, voyons ! Je pourrais le faire à l'instant. Je peux te dire où le moindre fragment du vaisseau va reparaître. Ça ne prendrait pas longtemps. Mais… je suis très fatiguée.

Marchion se figea. Tout était clair. À cet instant précis, chaque étape à suivre se révéla à lui. Le parcours comprenait des options, des embranchements, et il lui faudrait prendre des décisions, improviser… mais il n'existait qu'un sentier possible, une voie qui menait à ce qu'il avait recherché toute sa vie.

Son comlink bipa, et il le décrocha de sa ceinture.

— Oui ?

— Elle vient de faire une nouvelle crise, dit le Docteur Uttersond de sa voix haut perchée. Je l'ai vu sur mes moniteurs.

La voix du Chadra-Fan l'irritait au plus haut point même lorsqu'il n'employait pas le ton glacial qu'il prenait en ce moment.

— Elle va très bien.

— Non, monsieur, avec tout votre respect. Elle a besoin de repos. Plus de prospection, plus de Sentiers, rien d'autre pendant au moins une semaine. Elle est fragile, et il lui faut recouvrer ses forces.

— Merci docteur. C'est compris.

— Vraiment, monsieur ? Parce qu'il m'arrive de me le demander. Je crois…

Marchion coupa la transmission. Il regarda Mari San Tekka observer avec un sourire innocent les morceaux du *Legacy Run* qui semaient la mort et la destruction dans le Système Hetzal.

— J'aimerais énormément que tu m'aides, Mari. J'ai besoin de m'absenter pour régler certaines choses, mais je reviendrai plus tard. Peux-tu commencer dès maintenant ? Je demande au chef de t'apporter ton dîner. Tu pourras travailler en mangeant.

Mari ne répondit pas. Elle lui adressa un vague geste de la main et sa nacelle médicale reprit lentement la position horizontale. Elle sombra de nouveau dans les profondeurs, l'esprit vagabondant parmi les routes sinueuses qu'elle seule pouvait comprendre tandis qu'elle s'attelait au problème.

Marchion Ro sortit de la chambre de Mari pour regagner la passerelle du vaisseau. L'équipage du *Gaze* se composait entièrement de droïdes et de personnel engagé en dehors des rangs des Nihil. Il ne pouvait se fier ni aux Nuages ni aux Orages, et encore moins aux Foudres. À aucun d'entre eux. Même les Maîtres-Tempête n'étaient pas autorisés à entrer dans son vaisseau. Parmi eux, nul ne savait d'où provenaient les Sentiers, mais s'ils le découvraient, eh bien… n'importe qui était capable de maintenir une nacelle médicale en état de fonctionnement.

Une fois sur la passerelle, une salle splendide sculptée d'un seul bloc dans le tronc d'un arbre wroshyr importé de Kashyyyk et façonné par des artisans pour une somme faramineuse, Marchion s'installa dans son fauteuil de capitaine sans un mot pour le personnel qui s'y trouvait. Il tapota le bouton qui déployait autour de son siège des écrans qui l'isolaient du reste du pont et faisaient également office de moniteurs comm.

Un autre bouton, puis Kassav, Pan Eyta et Lourna Dee apparurent sur les écrans.

— Laisse-moi deviner, tu as peur des grands méchants Jedi et tu ne veux pas nous fournir de Sentiers, dit Kassav, toujours le premier à parler et le dernier à la fermer.

Pan Eyta et Lourna Dee gardèrent le silence.

— Je n'ai pas peur des Jedi, Kassav. Mais comme je ne suis pas non plus un idiot, je prends la menace qu'ils représentent au sérieux. Ils pourraient détruire tout ce que nous avons bâti.

Kassav parut sur le point de répliquer, et Marchion poursuivit donc sans lui en donner l'occasion.

— Je vous sais tous frustrés de devoir faire profil bas. Pas de raids. Bien. Vous vous rappelez cette nouvelle initiative que j'évoquais ? C'est en cours. Nous allons faire changer les choses. Je vais vous donner à tous les trois une liste d'Émergences, celles qui ne se sont pas encore produites. Consultez-la, et voyez ce que nous pouvons en tirer. Le seul problème, c'est que nous devrons nous passer de Sentiers. Il vous faudra planifier vos opérations sans eux. Tactiques et techniques standard uniquement.

Lourna et Pan ne disaient rien, mais il les voyait calculer, cogiter, essayant de savoir combien l'opération leur profiterait ou leur nuirait, quel genre de jeu il jouait, comment en tirer un bénéfice ou le faire changer d'avis, ou s'il était temps de mettre en branle le plan qu'ils avaient certainement mis en place pour l'assassiner, voler tout ce qu'il possédait et s'emparer des Sentiers.

Pour une fois, Kassav ne s'exprima pas tout de suite. Il réfléchissait sans doute aux mêmes problèmes que les deux autres.

— Je suis impressionné, vraiment, lâcha finalement le Weequay. C'est plutôt bien fichu. Mais comme on va se charger de tout nous-mêmes et que tu ne nous fournis aucun Sentier, on devrait partager différemment.

Je propose que l'Œil reçoive moins d'un tiers. Que diriez-vous… de dix pour cent ? Ça me paraît juste.

Marchion lui adressa un sourire qui n'en était pas un.

— Voilà ce que je peux faire, Kassav, si les Émergences ne t'intéressent pas : je peux les donner à Pan Eyta et à Lourna Dee. Ou à aucun d'entre vous. À vous de voir. Mais si vous bénéficiez des informations de l'Œil, le tarif sera le même que d'habitude, sinon, les Sentiers c'est terminé, pour toujours. On divise les profits comme d'habitude. La Loi des Trois s'applique.

Kassav n'apprécia pas. Marchion s'en fichait.

— La République essaie elle aussi de calculer où les Émergences vont se produire, et elle interviendra aussitôt lors des prochaines, alors prenez vos meilleurs éléments. Vous vous pointez et vous repartez sans traîner. Vous pouvez piller un site victime de la catastrophe. Ou peut-être exiger une rançon en échange des coordonnées où aura lieu une Émergence… mais faites-le anonymement, en recevant les fonds sur un de nos comptes secrets. Ce que je veux dire, c'est que vous devez agir avec subtilité. Si la République comprenait que quelqu'un sait localiser les Émergences à l'avance, cela pourrait la conduire tout droit jusqu'à nous. Et nous n'avons pas besoin d'attirer ce genre d'attention.

Il se pencha.

— C'est entendu ?

Les Maîtres-Tempête acquiescèrent, et Marchion Ro coupa la communication. Il réfléchit un moment. Tout était si clair désormais. Limpide. Il appuya sur un bouton de l'accoudoir de son fauteuil de capitaine.

— Apportez son dîner à la vieille dame, ordonna-t-il.

CHAPITRE VINGT-CINQ

ELPHRONA.

Il y eut un fracas métallique, puis le véhicule se mit à vibrer. Bell entendit Indeera pousser un juron entre ses dents, mais ils ne ralentirent pas. Au contraire : ils accélérèrent et le vrombissement du moteur grimpa dans les aigus.

Tison remua à côté de Bell, nerveuse. Le jeune Jedi caressa la fourrure de l'animal et perçut les variations de température à travers les différentes couleurs de son pelage.

— Ce n'est rien, ma belle. Indeera a juste cogné quelque chose. Tout va bien.

Ils se trouvaient à bord d'un autre véhicule créé sur mesure pour les Jedi par les entreprises Valkeri : un Vanguard, l'équivalent terrestre du Vector. Certains le surnommaient parfois « V-Roue », même si l'appareil n'utilisait pas forcément ses roues pour se déplacer. Chaque avant-poste Jedi en possédait au moins un dans leur dotation standard, et le véhicule était conçu pour être utilisé dans l'ensemble des environnements planétaires où se trouvaient ces stations. On pouvait s'en servir soit comme transport terrestre, à roues ou à chenilles, soit comme speeder à répulsion quand le terrain devenait trop accidenté pour l'engin, même configuré en char. Un Vanguard pouvait aussi faire office – quoique de façon limitée – de véhicule amphibien, ou même de submersible, puisqu'il avait la possibilité de se rendre totalement étanche en cas de nécessité. Il était capable de tout faire à part voler, et cela se révélait pratique sur Elphrona où les champs magnétiques très puissants de la planète rendaient certaines régions totalement inaccessibles aux vaisseaux.

L'esthétique générale de l'engin était analogue à celle des Vectors : des lignes lisses et racées dont les courbes et les angles s'intégraient parfaitement à la géométrie harmonieuse de l'ensemble. Derrière les sièges de la cabine du conducteur – occupés à cet instant par Indeera Stokes et Loden Greatstorm – se trouvait une vaste zone passagers polyvalente, avec assez d'espace pour entreposer l'équipement nécessaire à n'importe quelle mission. Les Vanguards étaient plus robustes que les Vectors, mais ils partageaient avec leurs cousins volants plusieurs caractéristiques liées aux Jedi : le système d'armement nécessitait un sabre laser pour être déverrouillé, et la plupart des commandes étaient mécaniques, de façon à pouvoir – en cas d'urgence – être contrôlées par le biais de la Force plutôt que de manière électronique.

Généralement, un Jedi n'utilisait pas la Force pour accomplir quelque chose d'assez simple pour être fait manuellement, mais des vies avaient été sauvées par le simple fait de pouvoir déverrouiller à distance une écoutille de Vanguard, utiliser ses canons ou même déplacer le véhicule. Bell ne se pensait pas capable de le faire et il n'était pas sûr que Loden le puisse non plus. Indeera… peut-être. Question technologie, c'était elle – et de loin – la plus douée. Elle se mettait naturellement aux commandes quand ils prenaient le Vanguard, et ce jour-là ne faisait pas exception.

Indeera avait choisi la trajectoire la plus courte pour rejoindre leur destination et filait à présent pleins gaz en ligne droite à travers un paysage de collines basses. Il existait bien une route qui reliait l'avant-poste à L'Espoir d'Ogden avant de passer par les différentes concessions, mais ce n'était pas une route directe. L'emprunter aurait pris plus de temps qu'ils ne semblaient en avoir, étant donné l'urgence du message qu'ils avaient reçu. Aussi le trajet fut-il cahoteux et mouvementé… mais ne dura pas longtemps, surtout avec Indeera derrière le volant.

Le Vanguard franchit un sommet.

— De la fumée, dit Loden.

Bell se tourna pour regarder à travers le pare-brise et vit ce à quoi faisait référence son maître : une large colonne de fumée noire s'élevait au loin, droit devant eux, bien visible maintenant qu'ils avaient franchi la crête de la dernière colline.

— Si ce n'est pas la ferme des Blythe, c'est celle juste à côté. Vous croyez que…, demanda Indeera.

— Oui, acquiesça Loden. D'après ce que j'ai entendu dire, les Nihil détruisent tout sur leur passage. Ils s'emparent de ce qu'ils veulent et ravagent le reste. Ils se servent de gaz pour attaquer, aussi. Ça pourrait être ce qu'on voit, là.

— Ça ressemble plus à un incendie, selon moi, estima Indeera. Je te laisse le volant, Loden. Je vais prendre un Veil pour jeter un coup d'œil à ce qui nous attend.

— Et ça nous donnera l'opportunité d'attaquer sur plusieurs fronts si les Nihil sont toujours là, ou s'ils ont laissé des surprises, ajouta Loden.

Indeera hocha la tête. Elle s'extirpa de son siège tandis que Loden s'emparait du volant. Le Vanguard ralentit.

La Jedi se déplaça jusqu'au compartiment passagers et dépassa Porter Engle qui, assis en silence, fixait un point invisible de son unique œil.

De l'extérieur, l'Ikkrukkien était calme, mais Bell percevait un bouillonnement d'énergie à l'intérieur du Jedi. Porter Engle, le gentil cuisinier créateur de mets inventifs et dispensateur d'aphorismes utiles, était en train de céder sa place à ce qui ressemblait à un volcan endormi sur le point de se réveiller : frémissant de passer à l'action, empli d'une puissance inimaginable. L'ancien Jedi procédait à l'invocation d'un fantôme : une de ses vies passées. Une version de lui-même dont les Padawans racontaient les exploits. Quelqu'un que les gens qui attaquaient des familles de colons sans défense préféreraient ne jamais croiser.

— Vous allez bien, Porter ? demanda Bell.

— Oui, répondit le vieux Jedi sans le regarder.

Bell décida de le laisser tranquille. Il n'avait pas peur de Porter – ils étaient tous les deux des Jedi, après tout. Mais… il n'était pas sûr d'avoir très envie de rencontrer un fantôme.

Indeera se glissa entre eux pour rejoindre l'arrière du véhicule, où les deux Veils étaient fixés, l'un au-dessus de l'autre. Comme le reste de l'équipement construit par les entreprises Valkeri pour l'Ordrc, ces speeders avaient été conçus pour des utilisateurs de la Force et étaient, en tant que tels, des appareils extrêmement sensibles et nerveux. Guère plus qu'une selle sanglée à une structure creuse en duralium équipée d'un seul répulseur et de quatre éléments ressemblant à des ailes, un Veil n'était, au final, rien de plus qu'un bâton volant. Mais pour qui savait le piloter, il se révélait aussi rapide que maniable. Un groupe de Jedi juchés sur ces bolides et armés de sabres laser pouvait venir à bout de pelotons entiers de véhicules blindés en renvoyant les décharges de blaster en direction des assaillants.

Les Veils étaient aussi incroyablement plaisants à piloter et Bell aimait en prendre un pour se promener à travers les collines et les vallées entourant l'avant-poste d'Elphrona les rares fois où Loden lui laissait une heure de temps libre.

Indeera décrocha l'un des appareils de leur support, puis frappa du pied le bouton commandant l'ouverture de la trappe arrière du Vanguard. Le panneau se souleva et une bourrasque chargée d'une odeur métallique s'engouffra dans le compartiment.

— Sois prudent, dit-elle à Bell, puis Indeera bondit hors du véhicule et les ailes du Veil se déployèrent aussitôt.

Il la vit prendre le vent, s'éloigner en voltigeant et disparaître en un instant.

Bell referma la trappe, puis alla rejoindre l'avant du Vanguard, non sans passer devant Porter qui ne disait toujours rien. Il s'assit dans le fauteuil récemment libéré par Indeera. Tison s'allongea entre eux, et Loden tendit la main pour caresser la tête de la créature sans quitter des yeux ce qui se trouvait devant eux.

À travers le pare-brise, la source de la colonne de fumée finit par se dévoiler : une maison en feu, un bâtiment à un étage situé au centre de ce qui avait été une jolie petite propriété – une exploitation minière, manifestement.

Loden ralentit, puis immobilisa le Vanguard à quelques centaines de mètres du brasier. Il se tourna vers son Padawan.

— Est-ce que tu sens la présence de survivants ?

Bell se projeta avec la Force. Rien. Un vide froid.

— Non.

— Moi non plus. Mais il faut que l'on vérifie quand même. Voir si quelqu'un a disparu… ou s'il y a des indices sur ce qui s'est passé. Justice sera rendue, ici, d'une manière ou d'une autre.

Loden ouvrit la porte située de son côté de la cabine de pilotage et mit pied à terre. Bell l'imita, Tison se glissant à sa suite. Porter émergea l'instant d'après, sa main posée sur la poignée du sabre laser rangé dans son étui.

Bell se rendit compte qu'il n'avait jamais vu le vieil homme dégainer son arme. Pas une seule fois.

Loden porta un comlink à ses lèvres.

— Nous sommes arrivés à la concession des Blythe, Indeera. On dirait que les Nihil ont incendié la maison. On va jeter un coup d'œil. Tu vois quelque chose ?

— Rien, répondit la voix d'Indeera. Je suis en train de prendre de la hauteur à un demi-kilomètre environ. Je peux être là rapidement en cas de besoin. Je vous tiens au courant si je vois quelqu'un approcher.

— Parfait, dit Loden et il rangea son comlink dans sa ceinture. On y va, mais pas trop vite.

Il fit quelques pas en direction de la maison en feu. Ils passèrent devant un enclos où plusieurs aciérés terrifiés s'égayèrent ou tapèrent du pied, les yeux exorbités et les nasaux frémissants. Porter leva la main.

— Tout doux, les amis, chuchota-t-il, et les bêtes se calmèrent immédiatement.

Se laissant tomber sur leur arrière-train, elles se blottirent les unes contre les autres dans un coin de l'enclos.

— Une épave de speeder, indiqua Loden en montrant du doigt un tas de ferraille fumant non loin de la maison. Des cadavres, aussi. Et un groupe de droïdes miniers, abattus par des tirs de blaster. J'imagine que la famille a essayé de se servir des droïdes pour se défendre. Ça n'a pas marché, ou pas assez en tout cas.

Porter appela depuis l'endroit où il se trouvait, près de l'enclos des aciérés. Accroupi près du portail, il observait avec attention une portion de terrain où le sol avait été piétiné.

— Les Nihil ont volé des aciérés à la famille pour remplacer leur speeder. Je peux voir tout ce qui s'est passé, là, dans la poussière. Six personnes, quatre prisonniers.

Il se leva et son regard semblait assez froid pour éteindre l'incendie.

— Deux d'entre eux sont des gosses.

Bell observa la maison avec plus d'attention... Il y avait quelque chose sur la porte. Quelque chose de bizarre, comme une inscription, ou...

Il s'approcha d'un pas. La porte de la maison des Blythe avait été marquée de haut en bas par trois traits en dents de scie. Les contours étaient grossiers, irréguliers, comme gravés par une vibrolame presque déchargée.

— Il y a quelque chose là-bas, dit-il en faisant un pas de plus vers la porte.

Ces traits ressemblaient à... des éclairs. Trois éclairs aux contours déchiquetés. La chaleur émise par l'incendie était intense, mais le symbole exerçait sur lui une sorte de fascination primitive. Il se rapprocha encore, mû par le besoin de le voir le plus clairement possible.

Tison aboya, cherchant manifestement à l'avertir de quelque chose.

Bell s'arrêta pour se tourner vers le carbocanin.

— Quoi, ma belle ? lui demanda-t-il, puis il comprit pourquoi Tison essayait d'attirer son attention : quatre sillons de terre fonçaient vers lui à toute vitesse.

Des mines-taupes, eut-il le temps de penser. Puis il fit deux choses.

D'abord, il projeta Tison loin de lui avec une poussée de Force. Il agit avec le plus de douceur possible, mais l'objectif était de la mettre rapidement à l'abri. Quelles que soient les blessures occasionnées par cette projection, rien ne serait jamais aussi grave que de se retrouver pris dans une explosion. Puis Bell bondit à la verticale et sortit son sabre dans le même mouvement.

Les mines-taupes étaient conçues pour se précipiter sur leur cible en restant juste en dessous de la surface du sol, avant de jaillir dans les airs et d'exploser à une hauteur d'un mètre environ en projetant une onde d'éclats accompagnée d'une couronne de feu émettant une chaleur intense. Elles étaient mortelles et cruelles, la plupart des gens ayant à peine le temps de réaliser qu'ils étaient attaqués avant d'être tués.

Deux des mines-taupes surgirent de la terre – des cylindres gris foncé dotés à l'extrémité d'une bouche pleine de rouages grinçants, moyen par lequel elles se propulsaient sous la terre. Alors que Bell atteignait l'acmé de son bond, il les saisit toutes les deux avec la Forcc ct les lança aussi loin qu'il le put dans les airs, un geste instinctif qui, il l'espérait, se révélerait suffisant.

Les deux mines restantes n'avaient pas émergé, leur cerveau primitif ne sachant plus où se trouvait la cible maintenant qu'elle ne touchait plus le sol.

Il y eut un fracas retentissant, puis un second un instant plus tard, lorsque les deux mines en suspension explosèrent.

Bell fut frappé par une vague de chaleur – intense, mais soutenable.

Dans sa chute, il repéra l'extrémité d'un sillon en contrebas et fit de son mieux pour tomber dessus.

Bell atterrit en enfonçant la lame de son sabre dans le sol et réussit à empaler l'une des deux mines restantes. L'ultime taupe jaillit dans les airs et, réagissant d'instinct, avec la Force pour seul guide, le Jedi la fendit en deux avant même qu'elle n'atteigne son point d'explosion.

Les deux moitiés de l'engin se séparèrent de façon nette, puis tombèrent sur le sol, et Bell releva les yeux.

Il vit Loden et Porter, occupés à repousser le même genre d'attaques… chacun à sa façon. Loden se servait de la Force pour arracher les mines de la terre avant même qu'elles n'aient le temps de s'approcher de lui, les projetant dans les airs pour qu'elles explosent sans faire de dégâts au-dessus des plaines couleur rouille. Porter, quant à lui, se tenait plié en deux, son sabre allumé à la main, une lame d'un bleu vif qu'il tenait en prise inversée.

Sa technique consistait à trancher les mines à l'instant où elles bondissaient du sol. Les unes après les autres. La manœuvre que Bell avait effectuée une fois, sans trop savoir comment d'ailleurs, Porter la répétait encore et encore. L'expression de son visage restait figée. Sa lame fendait l'air et les morceaux de métal pleuvaient autour de lui, sans jamais l'atteindre.

Bell comme Loden l'observaient, subjugués. Ils étaient tous deux de bons bretteurs, et Loden pouvait même se targuer d'être excellent. Mais ils n'avaient jamais rien vu de pareil. Ni au Temple Jedi, ni de la part de Maître Yoda, de Zaviel Tepp ou même du vieil Arkoff. Bell osait à peine imaginer ce que pouvait donner un duel contre Porter Engle.

Cette démonstration de talents magnifique accaparait toute leur attention, si bien qu'ils ne virent pas la mine-taupe qui se creusait un chemin jusqu'au Vanguard. L'engin jaillit de terre et se détruisit dans un paroxysme d'auto-immolation joyeuse. L'explosion éventra le véhicule et projeta Bell comme Loden au sol, leur laissant à peine le temps d'amortir le choc avec la Force.

— Vous allez bien ? leur parvint la voix inquiète d'Indeera. Loden ! Porter ! Répondez-moi ! Bon sang, mais qu'est-ce qui se passe, là en bas ? Ça s'est mis à exploser dans tous les sens !

Loden laissa échapper un grognement et roula sur le dos. Il tira le comlink de sa ceinture.

— On va bien, Indeera. Juste quelques surprises que les Nihil avaient laissées pour nous. Des mines-taupes. On dirait que c'est fini maintenant. Mais on a perdu le Vanguard.

— S'ils ont laissé des mines, c'est qu'ils craignaient qu'on se lance à leur poursuite, réfléchit Indeera. Ce qui veut dire qu'ils ont réussi à s'enfuir.

— Je pense aussi, dit Porter en les rejoignant, son sabre laser de retour dans son étui. Ils doivent avoir un vaisseau posé quelque part dans l'une des zones de transit. Les champs magnétiques sont costauds dans les parages, alors ils ne pouvaient pas se contenter d'atterrir devant la maison pour capturer la famille. Ils ont dû se poser, puis venir jusqu'ici en speeder. Ensuite, la famille a détruit leur véhicule, alors ils ont volé les aciérés et se sont mis en route pour regagner leur vaisseau.

— Comment on fait pour les rattraper maintenant ? demanda Bell en poussant sur ses bras pour se relever. Le V-Roue est foutu.

— Il reste encore trois aciérés, répondit Porter. Je peux les seller et utiliser la Force pour les convaincre de faire équipe avec nous, de mettre toute leur énergie pour sauver leurs propriétaires. Si on se dépêche, on peut rattraper ces monstres avant qu'ils n'emmènent la famille hors-monde.

— D'accord, fais-le, dit Loden avant de porter à nouveau le comlink à ses lèvres. Indeera, on se lance à la poursuite des Nihil – il y a des bêtes ici qui peuvent servir de montures. Retourne à l'avant-poste et prends un Vector. On pourrait en avoir besoin pour les suivre hors-monde.

— Entendu, répondit Indeera. Que la Force soit avec vous.

Loden rangea le comlink à sa ceinture et marcha en direction des restes fumants du Vanguard. Les deux moitiés du véhicule étaient désormais séparées de plusieurs mètres, toutes sortes de débris éparpillés dans l'espace situé entre elles. Il s'arrêta près de ce qui avait été la cabine du conducteur.

— Qu'est-ce que vous faites ? voulut savoir Bell.

— Les systèmes internes du Vanguard sont conçus pour résister aux attaques. En théorie, il peut se faire arroser par un millier de décharges et continuer à rouler. Maintenant, ce pauvre V-Roue ne se rendra plus nulle part, mais peut-être qu'il peut encore se montrer utile…

Il tendit la main et un long panneau métallique situé à l'avant du Vanguard se mit à vibrer pour finir par se soulever légèrement du reste de l'épave.

— Aide-moi, Padawan. Ce truc est bloqué.

Bell tendit une main à son tour et le panneau noirci se libéra dans une torsion de métal avant de s'envoler au loin à travers la plaine. Loden se pencha en avant et scruta les rouages internes du Vanguard.

— Mmh. Ça m'a l'air intact.

Levant la main, il serra le poing et Bell entendit quelque chose de métallique se tordre et céder dans le compartiment moteur, un bruit sec comme celui de petites attaches soumises à une tension trop forte.

Loden plongea la main dans les rouages et en sortit un tube métallique long d'environ un mètre et demi avec, fixé à l'une de ses extrémités, une sorte de panier grillagé contenant un bloc d'alimentation compact. Des câbles se tendirent puis cédèrent alors qu'il extirpait l'assemblage, et l'on pouvait voir des composants électroniques reliés à un panneau métallique plat pendouiller sous le tube.

Bell observa son maître entrelacer les câbles d'un geste vif pour confectionner une sorte de sangle et suspendre le tout dans son dos. Les extrémités du tube dépassaient de chaque côté de ses épaules et de sa taille.

— Ouh, grommela Loden. Ça pèse son poids.

Il posa les yeux sur Bell et remarqua le regard interrogateur de son Padawan.

— Juste au cas où, expliqua-t-il avec un grand sourire.

Porter revint de l'enclos, tenant à la main les rênes des trois aciérés aux flancs argentés, à présent sellés et prêts à partir.

— Connectez-vous du mieux que vous le pourrez avec votre monture. Ce sont de bonnes bêtes, mais on va devoir leur en demander beaucoup. Il faut que vous leur expliquiez à quel point tout ça est important.

Bell n'était pas sûr de comprendre ce qu'il fallait faire. En même temps, songea-t-il, soit il se dépêchait de le découvrir, soit il risquait de se faire rapidement désarçonner et d'être laissé en plan.

Il mit le pied à l'étrier et se hissa sur le dos de sa monture… Pas aussi gracieusement qu'il l'aurait souhaité, mais l'important était d'être en selle. L'aciéré poussa un hennissement et fit quelques pas de côté en secouant la tête. Il frappa le sol du sabot, exprimant son irritation de se retrouver avec un cavalier manifestement inexpérimenté, et des étincelles jaillirent là où le métal frappa la pierre.

— Quelle direction, Bell ? lui demanda Loden, déjà installé sur sa monture.

L'apprenti projeta son esprit en quête d'émotions comme la peur, la douleur, la colère… et finit par trouver. Pas aussi loin qu'il aurait pu le craindre, en plus. Ils avaient une petite chance.

— Par là, indiqua-t-il, le bras tendu.

Et ils se mirent en route.

CHAPITRE VINGT-SIX

LE *PANACEA*, FRÉGATE MÉDICALE RÉPUBLICAINE DE CLASSE *SAUVETAGE*.

— Je ne suis pas très à l'aise avec ça, maître, déclara Burryaga. Nous faisions simplement notre travail…

Il parlait en shyriiwook et, pour autant qu'il le sache, la seule personne à un parsec à la ronde capable de le comprendre était son maître, le Chevalier Jedi Nib Assek, à ses côtés. Toutefois, il ne tenait pas à ce qu'on pense qu'il se plaignait, ou qu'il ne voulait pas être là ; c'était une célébration solennelle, raison pour laquelle tous deux avaient revêtu leur tenue du Temple. Pour lui, c'était une simple tunique doublée sans manches avec une ceinture azur, mais Nib portait l'attirail complet blanc et doré, ses longs cheveux gris attachés en un chignon. Sa paire de bottes et son manche de sabre laser étaient lustrés au point de capter la lumière.

— Ce n'est pas pour nous, Padawan, répondit Nib. Nous sommes là pour permettre à ces gens de tourner la page, de retrouver un peu de paix. Ils voulaient nous rencontrer. Allez, viens. Ça ne sera pas si horrible que ça.

Les deux Jedi se tenaient près de l’entrée d’une pièce dotée d’un haut plafond type cathédrale. Gigantesque, la salle occupait la majeure partie de la section centrale du *Panacea*, un immense vaisseau d’assistance médicale, l’une des premières Grandes Œuvres de la Chancelière Soh. Dans les années qui avaient suivi son achèvement, l’appareil avait été envoyé vers toutes sortes de zones de combat, de sites de catastrophe ou de régions affectées par des épidémies, preuve concrète du dévouement de la République pour ses citoyens, surtout les plus faibles. Plus récemment, Soh avait envoyé le vaisseau dans le Système Hetzal pour y récupérer et soigner les survivants de la catastrophe du *Legacy Run*.

L’énorme compartiment central du *Panacea*, qu’on appelait la passerelle panoramique, était un dôme en transparacier. Dans des circonstances normales, le dôme permettait de voir tout ce qui se passait à l’extérieur du vaisseau, mais par égard pour la plupart des occupants de la pièce, un choix différent avait été fait. En lieu et place du vide sidéral, les circuits intégrés du dôme avaient opacifié le revêtement et projetaient de subtiles tonalités vertes et bleues à sa surface, tandis qu’une lumière jaune plus chaude se déversait depuis le sommet. Des sons doux et calmes étaient diffusés au loin : le murmure d’un cours d’eau, le bruissement du vent dans les feuilles. Les psychologues de l’équipe médicale avaient subtilement recréé les couleurs, les bruits et les sensations d’une planète semblable à celle sur laquelle les colons du *Legacy Run* pensaient installer leur nouveau foyer. Du moins, si leur transport n’avait pas été détruit dans un tourbillon d’effroi et de flammes les projetant hors de l’hyperespace au cœur d’un désastre toujours en cours.

Burryaga suivait de près les Émergences. Comme il avait été présent au début de la catastrophe et joué un rôle relativement central dans sa résolution, il se sentait lié de façon étroite à la situation. Il avait envie de rester impliqué et d'apporter toute l'aide possible jusqu'à ce que cette lente tragédie soit définitivement terminée. Entre autres choses, il lisait les rapports quotidiens établis par le bureau de la Chancelière sur l'évolution de la crise. Récemment, ils se focalisaient sur la montée des tensions suscitées par le blocus hyperspatial dont le périmètre ne cessait de s'étendre. Mais les rapports traitaient également les Émergences. Relevé actuel : vingt et une, dont une qui avait récemment causé la destruction d'une station orbitale de chargement au-dessus de Dantooine. Or cette dernière coordonnait l'envoi d'une gigantesque cargaison de matériel de secours à destination des systèmes les plus éprouvés de la Bordure Extérieure.

Nib Assek rejoignit le centre de la passerelle panoramique, où une trentaine de personnes étaient rassemblées et échangeaient à voix basse. L'équipage du *Panacea* leur avait servi des rafraîchissements, et la plupart des gens tenaient un verre à la main. C'était un peu comme une fête… sauf que ça n'en était pas une.

Il s'agissait des premiers survivants du *Legacy Run* à avoir été secourus, ceux-là mêmes dont la peur avait été détectée par Burryaga alors que Nib, Te'Ami, Mikkel Sutmani et lui étaient sur le point de détruire leur compartiment. Les rescapés s'étaient rassemblés ici pour rencontrer les Jedi et les agents de la République qui leur avaient sauvé la vie. L'objectif visé était à la fois de mettre un point final à ce qu'ils avaient vécu et d'exprimer leur gratitude en personne. Mais la démarche mettait Burryaga mal à l'aise : on ne remerciait pas un Jedi de se comporter en Jedi.

Joss et Pikka Adren, le couple marié qui pilotait le Longbeam, ne semblaient pas souffrir des mêmes scrupules. Ils paraissaient parfaitement à l'aise et échangeaient déjà avec certains passagers du *Legacy Run*. Burryaga n'avait pas de problème avec ça, bien sûr – ils avaient fait partie prenante de l'équipe des secours –, et il était content qu'ils soient là, ne serait-ce que pour le soulager partiellement de ce fardeau social.

Le Wookiee sonda les survivants du *Legacy Run*. À travers la Force, il pouvait sentir l'étrange tension qui habitait ces gens : un curieux mélange de regret, de honte, d'exultation et de soulagement. La culpabilité du survivant, supposa-t-il.

Nib salua chaleureusement un jeune couple, les embrassant l'une après l'autre. Alors qu'elle libérait la seconde femme de son étreinte, elle remua les doigts en direction de Burryaga : un signal qui, dans leur langage secret maître-apprenti, signifiait « allez, plonge dans la bataille ».

Avec un soupir, Burryaga fit un pas en avant et repositionna sa ceinture, réconforté par le poids de son sabre laser dans l'étui fixé à sa taille. La poignée lustrée brillait autant que celle de Nib, même si la sienne avait été fabriquée avec de la résine provenant d'un wroshyr blanc de Kashyyyk, la planète d'origine des Wookiees, et arborait une large garde en electrum. Bien sûr, il ne s'attendait pas à avoir besoin de son arme en ce lieu, mais l'idée de « plonger dans la bataille » lui semblait particulièrement appropriée. Son maître savait à quel point il détestait les rassemblements de ce genre. Aucune de ces personnes n'était capable de le comprendre. Parfois c'était un avantage, car souvent les gens partaient du principe qu'un individu qui ne parlait pas n'écoutait pas non plus. Cela s'avérait utile quand il s'efforçait de recueillir des informations – mais ce n'était pas vraiment un champ de bataille et il ne se trouvait pas en territoire ennemi. C'était juste une sorte d'événement social un peu bizarre, et il estimait avoir peu de chance d'apprendre grand-chose ici, et ce quel que soit le nombre de conversations qu'il surprendrait.

Ceci dit, il savait qu'Avar Kriss avait demandé à Nib de se renseigner avec tact sur les différentes expériences faites par les survivants du *Legacy Run*, au cas où des détails importants concernant la catastrophe émergeraient. Maître Kriss et son partenaire, Elzar Mann, cherchaient des indices sur ce qui s'était passé. Elle pensait que certains rescapés avaient peut-être des souvenirs refoulés qui pourraient leur revenir une fois l'événement original un peu éloigné dans le temps et l'espace. Mais rechercher ces informations était le travail de son maître, pas le sien – il ne se voyait pas demander aux gens de lui raconter leurs histoires étant donné les circonstances. Aucun d'eux ne comprendrait un seul mot de sa part.

Peut-être que si le *Panacea* avait un droïde interprète à bord… mais non, juste quelques droïdes thérapeutes, avec leurs yeux perpétuellement écarquillés et leur façon sereine de se déplacer, et des droïdes pilules flottant çà et là. C'était un vaisseau médical, après tout.

Burryaga s'avança vers trois personnes discutant à mi-voix – un couple mimbanais et une humaine. Ils semblaient lessivés, diminués. Même la peau écarlate et les immenses yeux bleus sans pupilles des Mimbanais semblaient plus pâles que d'habitude. C'était compréhensible. Ils avaient tous passé ce qui avait dû leur sembler une éternité à dégringoler à travers l'espace dans ce compartiment à marchandises, avec l'angoisse permanente de mourir d'un instant à l'autre. Burryaga leva une main en guise de salut.

— Bonjour, dit-il en shyriiwook, ce qui lui valut, comme il s'y attendait, l'habituelle salve de regards interdits.

— Maître Jedi, répondit le Mimbanais en basic. C'est un honneur de vous rencontrer. Nous vous sommes tous si reconnaissants pour ce que vous avez fait.

— C'est bien normal, monsieur, répondit Burryaga. Il est inutile de nous remercier. Toute vie est précieuse, et nous sommes tous la République.

D'autres regards interdits. Il réprima un soupir.

— Hé, Burry ! entendit-il une voix l'interpeller avant de lever les yeux.

C'était Joss Adren et sa femme, Pikka. Tous deux avaient une boisson à la main et semblaient particulièrement détendus. Il ne savait pas comment ils faisaient. Peut-être que la boisson y était pour beaucoup. Les deux pilotes s'approchèrent du petit groupe.

— Vous ne le savez peut-être pas, les gars, poursuivit Joss, mais Burryaga, ici présent, est la raison pour laquelle vous êtes encore en vie.

— Heu, chéri... peut-être qu'il y a une meilleure façon de formuler ça ? intervint Pikka.

Elle n'était pas petite pour une humaine, mais à côté de son mari, c'est l'impression qu'elle donnait. Joss Adren ressemblait à un tronc d'arbre avec une tête par-dessus.

— Mais c'est vrai ! se défendit Joss. On s'apprêtait à vous atomiser, les gars... Enfin, je veux dire, on ne savait pas que vous étiez à bord. On pensait qu'il s'agissait juste d'un autre fragment, et on voulait être sûrs que vous ne percutiez rien. C'est alors que Burryaga est intervenu sur la comm et s'est mis à rugir comme un ouragan : il avait senti votre présence là-dedans, et nous a empêchés de tirer juste à temps !

Un grand sourire lui fendit le visage.

— Mais c'était tout juste. Je veux dire, vraiment *tout juste*. Une seconde de plus, et…

Pikka lui frappa le bras, violemment.

— Aïe !

— Viens, mon chéri, dit-elle en l'entraînant plus loin.

Les trois survivants fixaient Burryaga. Il avait chaud, et ressentait le besoin d'ouvrir la bouche pour haleter un petit coup, mais savait que certaines personnes pouvaient assimiler ça à un geste de menace. En même temps, c'était un Wookiee : bien sûr que ses dents étaient pointues et puis…

— Est-ce que c'est vrai, ce qu'il a dit ? demanda la Mimbanaise. C'était vraiment aussi juste ?

Il hocha la tête, et l'expression de leurs visages se fit pensive. Burryaga se sentait très embarrassé. Ils le traitaient comme s'il était une sorte de…

Il décida de saisir cette opportunité pour battre en retraite, et se dirigea vers la table des rafraîchissements. Il était affamé – ce qui lui arrivait assez souvent. Sa fourrure était claire, majoritairement dorée, avec des mèches acajou ici et là. Il était encore en pleine croissance, aussi mangeait-il à chaque fois qu'il en avait l'opportunité.

Les tables dressées pour l'événement étaient couvertes de denrées – les droïdes du *Panacea* y avaient veillé – mais un rapide coup d'œil l'informa que tout n'était que fromage, pain, fruits, crudités, préparations à tartiner, sauces et douceurs… pas un seul morceau de viande.

Les Wookiees pouvaient manger presque de tout, mais à cet instant, Burryaga sentait qu'il avait besoin d'un apport nutritionnel un peu plus riche que celui procuré par les carottines et les fruits à pépins.

Mais après tout, la nourriture restait de la nourriture. Piochant dans ce qui était proposé, il se remplit une assiette et commença à picorer. Et puis avec un peu de chance, s'il gardait la bouche pleine, peut-être que personne ne viendrait entamer la conversion avec lui.

Croquant à pleines dents dans un fruit vert vif qu'il n'avait jamais goûté auparavant – et plutôt savoureux, d'ailleurs –, Burryaga laissa ses yeux errer à travers la pièce. Il embrassa du regard l'étrange réception qui avait lieu au milieu d'une sorte de prairie virtuelle flottant au cœur de l'espace et s'attarda sur plusieurs personnes regroupées en petites grappes : Nib Assek conversant de façon animée avec une famille, Joss en plein récit avec d'autres rescapés, tous souriant, Pikka tenant la main d'une femme, particulièrement attentive à ce qu'elle lui confiait.

Burryaga eut une pensée pour les deux autres Jedi qui avaient participé au sauvetage : les Maîtres Te'Ami et Sutmani. Comment s'étaient-ils débrouillés pour échapper à cette corvée ? L'esprit dépité, il fourra le trognon de fruit, pépins compris, dans sa bouche, le broya en quelques claquements de dents et avala le tout.

Se retournant vers les plats de nourriture, il envisageait désormais d'essayer l'un des fromages lorsque quelqu'un attira son attention. Là-bas, sur le côté, contemplant les tourbillons bleus et verts du dôme, un tout jeune humain aux cheveux roux se tenait à l'extrême limite du sol blanc, sans parler à personne. L'un des droïdes thérapeutes se tenait non loin, son visage rond et joyeux se colorant tour à tour de différents tons pastel, agréables et chaleureux tandis qu'il s'adressait à l'enfant. Burryaga n'était pas toujours très doué pour estimer l'âge d'individus d'autres espèces, mais le garçon lui semblait avoir une dizaine d'années, voire un petit peu plus.

Il ne répondait pas au droïde thérapeute, malgré tous les efforts de l'obligeante petite machine. Il se contentait de contempler le dôme, l'esprit occupé par des pensées connues de lui seul.

Burryaga posa son assiette et avança dans cette direction tout en se projetant dans la Force. Il perçut chez le garçon une immense tristesse, mêlée de… culpabilité. Il se sentait coupable de quelque chose de monstrueux, de colossal, un sentiment qu'aucune personne de son âge n'aurait de raison d'éprouver.

Il s'approcha de l'enfant. Ses yeux étaient vides, comme deux gouffres insondables au milieu de son visage.

— Je m'appelle Burryaga, dit-il en indiquant sa poitrine même s'il savait que le garçon ne pouvait pas le comprendre. Quel est ton prénom ? ajouta-t-il en pointant un doigt vers l'enfant.

Ses gestes étaient universels, leur symbolique évidente, et le garçon sourit tristement.

— Serj. Serj Ukkarian.

Burryaga montra les autres survivants, une expression interrogative sur le visage.

Serj scruta la foule d'un long regard triste. Il paraissait chercher quelque chose qu'il savait ne plus être là. Quelqu'un, plutôt.

Il secoua la tête.

Burryaga tendit les bras et attira doucement l'enfant contre lui. Il ne comprenait pas pourquoi personne ne l'avait fait avant lui. Quand quelqu'un souffrait, on devait faire ce qu'on pouvait pour lui apporter du réconfort.

Quand quelqu'un était perdu, on devait l'aider à retrouver son chemin.

Puisant dans la Force, il fit ce qu'il put pour apaiser le pauvre Serj. Il ne pouvait pas effacer ses sentiments négatifs, mais il pouvait retirer un peu de poids, rendre le fardeau de l'enfant un peu moins lourd à porter.

Serj resta raide comme un piquet, puis commença doucement à se détendre, comme s'il laissait tomber une partie de ce qu'il portait sur ses épaules. Burryaga le sentit se mettre à trembler entre ses bras, et se rendit compte qu'il pleurait.

— C'est moi qui l'ai fait, dit Serj, sa voix étouffée contre la poitrine de Burryaga. Tout est ma faute. J'ai craqué les systèmes de la passerelle parce que la Capitaine Casset se croyait tellement intelligente. Je voulais lui montrer qu'elle était loin de tout savoir… J'allais diffuser une holovid sur les écrans de la passerelle, mais juste après être entré, j'ai vu… J'ai vu… et après le vaisseau s'est disloqué et j'étais dans le compartiment huit mais papa et maman se trouvaient dans le douze et ils ne l'ont toujours pas retrouvé, et je crois que… je crois…

Il s'effondra en sanglots. Burryaga le garda serré contre lui un temps qui lui sembla durer une éternité.

L'enfant n'avait pas tout à fait fini de dire ce qu'il avait sur le cœur, cependant, et Burryaga l'écouta parler jusqu'au bout. Finalement, lorsque Serj fut à court de mots, il le relâcha et recula d'un pas.

— Toi, dit-il en tapotant gentiment le front du garçon, tu n'as rien fait de mal.

Il joignit l'extrémité de ses doigts, puis les éloigna lentement comme pour mimer une explosion.

Burryaga secoua la tête et sourit à Serj.

— Tu n'as rien fait de mal, répéta-t-il.

Le garçon, sans aucun doute, ne parlait pas le shyriiwook, mais cela, il pouvait le comprendre et il le comprit.

Burryaga emmena Serj jusqu'à Nib Assek, qui était en train de discuter avec un autre groupe de rescapés.

— Il faut que vous entendiez ça, maître.

Elle le dévisagea avec curiosité.

— Voici Serj Ukkarian, poursuivit Burryaga en tapotant l'épaule de l'enfant qui, de fait, était brusquement devenu très nerveux, ce qui n'avait rien d'étonnant : se retrouver au centre de l'attention de Jedi pouvait être intimidant. Il craint d'avoir perdu sa famille dans la catastrophe, et nous devrions faire tout ce qui est en notre pouvoir pour l'aider.

Nib Assek hocha la tête.

— Bien sûr. Tout ce que nous pouvons.

Le ton de sa voix était respectueux mais trahissait également une note de curiosité. Son maître ne comprenait pas pourquoi il avait amené cet enfant jusqu'à elle : après tout, presque tout le monde ici avait vécu quelque chose de déchirant.

— Serj a accédé aux systèmes du *Legacy Run* juste avant l'accident. Il voulait faire une farce, rien de bien méchant, et il devait pour ça accéder aux écrans de la passerelle. C'est à ce moment-là qu'il a entraperçu la chose, quelle qu'elle soit, qu'ils ont failli percuter et qui a provoqué la dislocation du vaisseau.

— C'est fascinant ! répondit Nib en évitant de regarder Serj de peur de l'effrayer.

Elle pouvait sentir son état d'esprit, tout comme Burryaga – enfin, peut-être pas aussi bien que le Wookiee, les émotions étant son point fort dans la Force –, mais la tension et le trouble qui habitaient le garçon brillaient comme un arbre en feu au cœur de la nuit. Un simple novice le jour de son arrivée au Temple aurait été capable de percevoir la détresse de Serj.

Après quelques instants de réflexion, elle se tourna vers l'enfant et posa un genou à terre pour se mettre au même niveau que lui.

— Burryaga m'a dit que tu étais très courageux.

Serj ne répondit pas.

— Il m'a aussi dit que tu avais vu quelque chose quand tu as craqué les systèmes du *Legacy Run*, juste avant le début de la catastrophe. Nous faisons tout ce qui est en notre pouvoir pour mettre un terme aux Émergences… et empêcher qu'une chose pareille se reproduise un jour. Je sais que ça doit être un souvenir douloureux, mais peux-tu me dire ce que tu as vu, Serj ? Peux-tu me le décrire ?

Serj posa les yeux sur la Jedi, son regard à nouveau vide et distant.

— Des éclairs, dit-il. Ça ressemblait à trois éclairs.

CHAPITRE VINGT-SEPT

ELPHRONA.

— Tout va bien se passer, assura Erika à ses enfants en plongeant son regard dans celui de la petite Bee, puis de Ronn.

Ronn était plus âgé, à quelques années seulement de quitter le foyer, mais à cet instant, ils avaient tous deux l'air de bébés terrifiés, cherchant le moindre réconfort auprès de leurs parents.

La Nihil qui se trouvait avec eux dans le chariot renifla de dédain.

— C'est ça, dit-elle, trèèès bien.

Elle portait un masque, comme les autres, mais Erika avait vu qu'il s'agissait d'une Trandoshan à ses bras dont la peau écailleuse et grise miroitait au soleil. Ceux-ci étaient particulièrement longs par rapport à son buste et se terminaient par des mains dotées de griffes blanches. Un trait de peinture bleue en dents de scie traversait son masque du front au menton. Elle était équipée d'un fusil, ainsi que d'un blaster rangé dans son étui et la galaxie seule savait quelles autres armes.

Erika et sa famille ne risquaient pas de maîtriser cette femme, quand bien même ils parvenaient tous les quatre à se libérer des plastimenottes qui leur liaient les mains dans le dos. Ils n'étaient que deux mineurs et leurs enfants. Sans compter qu'Ottoh était à peine conscient : il avait reçu un mauvais coup à la tête quand les Nihil avaient enfin réussi à les déloger de leur maison.

Non, tout n'allait pas bien se passer.

Mais ce n'était pas le genre de choses que l'on disait à ses enfants.

— Restez bien courageux, leur souffla Erika.

Ils fonçaient le long d'un chemin de terre qui sinuait entre deux rangées de collines. Fer à gauche et magnétite à droite. Le champ généré par les minerais expliquait en partie pourquoi les vaisseaux ne pouvaient pas survoler cette région d'Elphrona, et pourquoi ils ne se trouvaient pas déjà loin de la planète à bord de l'appareil des Nihil. Leur speeder étant détruit, les kidnappeurs avaient décidé d'ajouter le vol de bétail à la liste de leurs crimes et s'étaient enfuis avec cinq des aciérés des Blythe.

Les ravisseurs avaient harnaché deux des créatures pour qu'elles tirent le chariot à répulsion dans lequel voyageait la famille. Trois autres avançaient à leurs côtés, un Nihil sur chaque monture. C'était des cavaliers inexpérimentés, avait remarqué Erika avec dédain, vu la façon dont ils se tenaient avachis sur leur selle, leur poids mal réparti. Ils ne cessaient de donner des coups de talon et de fouetter les flancs des créatures dans le but de leur soutirer un peu plus de vitesse, sans réaliser qu'il suffisait de s'asseoir correctement dans la selle pour que les aciérés se déplacent deux fois plus vite.

Bien sûr, Erika n'avait pas l'intention de le leur dire. Mieux valait que le groupe se déplace lentement. Car quelqu'un s'était lancé à leur poursuite, et plus les Nihil mettraient de temps à rejoindre leur vaisseau, plus les gens derrière eux auraient de chance de les rattraper.

C'était Ronn qui les avait repérés le premier. Il était assis dans le chariot dans le sens inverse de la marche, ce qui signifiait qu'il pouvait voir tout ce qui se trouvait derrière eux.

Son fils lui avait doucement touché la jambe avec sa botte. Trois contacts brefs – un signal, de toute évidence. Elle l'avait regardé, puis bougé silencieusement les lèvres : *Quoi ?*

Il n'avait pas répondu, juste tourné son regard sur le côté, par-delà sa mère, avant de revenir sur elle. Puis il avait recommencé, ses yeux indiquant le chemin qu'il venait de parcourir, avant de se poser à nouveau sur elle.

Puis Ronn avait touché la joue de sa sœur du bout de son nez et dit d'une voix forte :

— Ne pleure pas, Bee, cette idiote de lézarde ne te fera aucun mal.

Il avait eu droit à un coup de pied de la Trandoshan qui les surveillait, mais il n'avait pas bronché – son grand garçon courageux. Cela avait aussi fourni à Erika la distraction nécessaire pour tourner la tête et jeter un coup d'œil rapide derrière eux. Elle avait alors vu ce que Ronn avait repéré : des étincelles dans le lointain.

Pas toutes proches, mais pas trop loin non plus. Elle avait regardé à plusieurs reprises depuis, profitant de chaque opportunité pour lancer un rapide coup d'œil, et leurs poursuivants se rapprochaient un peu plus à chaque instant.

Les étincelles étaient identiques à celles créées par leurs propres montures chaque fois qu'un sabot frappait la roche métallique – les troupeaux d'aciérés sauvages galopant la nuit étaient une des merveilles offertes par la nature sur Elphrona. Le fracas des sabots faisait aussi beaucoup de bruit – un claquement rapide et tranchant – qui, heureusement, masquait celui émis par leurs poursuivants.

Trois, pensa-t-elle. Elle ne pouvait pas vraiment percevoir de détails, mais il lui semblait en distinguer trois, chevauchant côte à côte.

Personne ne semblait les avoir remarqués à part eux deux. Leur garde trandoshan gardait son regard fixé sur ses prisonniers. Et bien sûr, les Nihil regardaient droit devant eux, trop occupés à rester en vie, cramponnés à leur monture pour ne pas tomber de selle.

Elle lança un regard interrogateur à Ronn, et il répondit par une sorte de haussement d'épaules uniquement exprimé avec les yeux. Il ne savait pas qui était sur leur piste non plus – et Erika savait qu'il n'avait pas réussi à obtenir de l'aide de la part de L'Espoir d'Ogden.

Peut-être que la brigade de sécurité de l'agglomération avait fini par retrouver son courage et envoyé une équipe à leur secours… Encore qu'ils seraient venus en speeder, pas à dos d'aciérés.

Cela n'avait aucun sens. Néanmoins, cela laissait un peu de place à l'espoir et ce n'était pas du luxe à cet instant.

Elle risqua un autre coup d'œil en arrière, juste pour voir s'ils gagnaient du terrain, et cette fois, la chance tourna. La garde la vit faire et suivit son regard. Elle repéra immédiatement les poursuivants, impossibles à rater désormais. Les étincelles jaillissaient de chaque côté, comme si les gens lancés à leur poursuite chevauchaient le long d'une route enflammée.

La Nihil se dressa dans le chariot et cria en direction des autres membres de l'équipe :

— On a un problème ! Y a du monde à nos trousses, et ils vont vite ! On dirait trois des…

C'est alors qu'Ottoh, qui n'était pas inconscient en fin de compte, mais feignait seulement de l'être avec l'espoir qu'une occasion comme celle-là se présenterait, fit claquer sa langue à trois reprises sur son palais. Un claquement sonore. Alors les cinq aciérés, bien entraînés et choyés par son mari, reconnurent le signal et obéirent.

Ils s'arrêtèrent net, leurs sabots en duralliage fixés au sol grâce au champ organomagnétique qui leur permettait d'escalader les montagnes les plus escarpées d'Elphrona. Ici, la manœuvre eut pour effet de réduire leur vitesse à zéro de façon nette et précise.

Cela ne supprima pas pour autant l'élan, et encore moins l'inertie. Trois des Nihil furent éjectés de leur selle, projetés en avant à une vitesse phénoménale. Leur garde aussi, qui était dans la pire des positions possibles lorsque les aciérés s'arrêtèrent : debout, déséquilibrée, dans un chariot à répulsion se déplaçant rapidement. Propulsée dans les airs, elle jaillit hors du chariot tel un projectile tiré par son propre fusil.

Un instant plus tard résonna un son brutal, à la fois sec et sourd, le bruit de quelque chose de dur se brisant sur quelque chose d'encore plus dur.

Erika n'assista pas à la scène, compressée qu'elle était, comme le reste de sa famille, contre l'avant du chariot à répulsion, dans un enchevêtrement de bras et de jambes contusionnés. Malgré cela, elle était à peu près sûre de savoir désormais le bruit que faisait un crâne trandoshan qui se fracasse sur de la roche ferreuse.

Eh bien, bon débarras !

— Est-ce que tout le monde va bien ? demanda Erika.

— Ça va, répondit Bee.

Courageuse, la puce.

— J'me suis fait mal à la main, mais rien de trop grave, indiqua Ronn.

— Je suis désolé de ne pas vous avoir prévenus, dit Ottoh en s'extirpant de l'enchevêtrement. Mais ça n'aurait pas fonctionné sans l'effet de surprise. Maintenant, essayez de faire la même chose que moi.

Il s'allongea sur le dos, puis releva les genoux sur sa poitrine et tendit les bras autant que possible pour essayer de passer ses mains menottées sous ses pieds, de façon à ce qu'il puisse s'en servir un minimum.

Erika commença à l'imiter. S'ils pouvaient se servir de leurs mains, ils pourraient peut-être trouver un moyen de se libérer ou au pire de s'enfuir.

La crosse d'un fusil s'abattit sur la tête d'Ottoh et il s'écroula. Son regard devint vitreux, hagard. Il était vivant, mais Erika ne savait pas ce qu'il restait de lui à cet instant. Son mari ne risquait plus de mijoter d'autres surprises, en tout cas.

Les Nihil n'étaient pas partis. Ils étaient tombés, certains violemment, mais ils étaient toujours là, toujours armés et désormais fous furieux. Celui qui avait frappé son mari brandit à nouveau la crosse de son fusil, et si le premier coup ne lui avait pas déjà brisé le crâne, elle sut que celui-là lui serait fatal.

Erika se jeta en avant, couvrant le corps d'Ottoh avec le sien pour tenter de le protéger.

— Non !

Le fusil la cueillit dans les côtes et elle se roula en boule sous le coup de la douleur, immédiate et intense. Mais mieux valait elle qu'Ottoh.

— Pousse-toi ou je te tue, toi aussi, gronda le Nihil, d'une voix grave et étrange.

Quelqu'un à l'extérieur du chariot attrapa l'agresseur et le tira en arrière. Erika luttait pour retrouver son souffle mais elle entendit leurs échanges.

— Tu ne dois en tuer aucun.

— Asaria est morte. Elle est *morte*.

Asaria, songea Erika. *Quel joli prénom*.

— Ces stupides *mineurs* ont déjà tué *la moitié* d'entre nous, Dent.

— Un vrai plaisir, grommela Ronn à côté d'elle.

— Il est temps de leur faire *payer*.

— J'ai dit *non*. À chaque fois qu'on en tue un, c'est vingt-cinq pour cent en moins sur notre part. Je me fiche de ceux qu'on a perdus : ça a fait doubler nos gains. Mais on a perdu un *speeder* aussi, et ça, ça nous met dans le rouge. On a besoin de tous les crédits possibles. Alors t'as pas intérêt à en tuer *un seul* ! T'es juste une Foudre. Le Nuage, c'est moi. Alors tu fais ce que je te dis.

Il y eut un long silence, et Erika comprit que la vie de son mari, voire même de sa famille entière, allait dépendre du respect que cette Foudre avait pour son Nuage, quel que soit le sens de ces mots.

— D'accord, cracha le premier Nihil, et elle l'entendit s'éloigner.

Erika soupira lentement.

— Ottoh, souffla-t-elle.

Pas de réponse. Elle décida qu'elle allait partir du principe qu'il était toujours vivant. L'espoir était une affaire de choix – et la suite sembla lui donner raison.

Un bruit s'éleva au loin. Celui de sabots. Leurs poursuivants étaient en train de les rattraper !

— Il faut qu'on tue ceux qui nous poursuivent, annonça au reste de son équipe la cheffe des Nihil – le Nuage, si elle avait bien compris. Egga, Rel, grimpez au sommet des collines, de chaque côté. Trouvez un endroit où vous aurez le canyon bien en vue. Mack, Buggo et moi, on va continuer en direction du vaisseau. On emmène la famille avec nous, pour les forcer à suivre le même chemin. Débarrassez-nous d'eux.

Erika écouta le plan se mettre en place, puis avec un soubresaut, le chariot se remit en route et accéléra rapidement.

Mais à présent, il n'y avait plus de garde et elle put terminer la manœuvre que son mari lui avait montrée de façon à passer ses mains devant elle plutôt que de les garder bloquées dans son dos. Son premier réflexe ensuite fut de prendre le pouls d'Ottoh… Régulier et bien frappé. Il était inconscient, mais ce n'était peut-être pas si grave. Cette inquiétude levée, elle se tourna vers ses enfants. Elle caressa le visage de Bee et l'embrassa, puis prit les mains de Ronn dans les siennes.

— Vous vous montrez si forts, si courageux, tous les deux ! Nous sommes très fiers de vous !

— Est-ce que papou va bien ? demanda Bee.

— Il va se remettre rapidement. Ne t'inquiète pas pour ton père. Reste calme et tiens-toi prête à faire tout ce que je te demanderai de faire, le moment venu. En attendant, essaie de repasser tes mains devant toi, comme je l'ai fait. Tu es un vrai petit asticot. Tu peux le faire, j'en suis certaine. Toi aussi, Ronn.

Elle observa ses deux enfants se contorsionner comme elle leur avait demandé.

Et maintenant ? songea-t-elle.

Erika avait deux enfants et un mari inconscient à sauver d'une manière ou d'une autre, et…

Elle se rappela leurs poursuivants. De l'aide, peut-être, était en chemin.

Agrippant le bord du chariot, elle se hissa pour regarder en arrière. Avec un peu de chance, ils n'étaient plus très loin maintenant – et c'était le cas. Le retard provoqué par le stratagème d'Ottoh avec les aciérés s'était avéré payant. Ils ne devaient pas être à plus de cinq cents mètres d'eux !

Elle les distinguait mieux à présent : trois silhouettes chevauchant avec aisance et rapidité. Des cavaliers expérimentés, rien à voir avec leurs ravisseurs.

Erika avait envie de leur crier un avertissement, de les prévenir qu'ils se dirigeaient droit dans un piège, mais il était peu probable qu'ils l'entendent, et elle ne voulait surtout pas prendre le risque que les Nihil estiment finalement qu'une marge bénéficiaire de soixante-quinze pour cent représentait déjà une belle somme.

Puis quelque chose se produisit.

Trois faisceaux de lumière se déployèrent devant les cavaliers qui les rattrapaient rapidement : un doré, un bleu et un vert. Alors Erika comprit ce qui était en train de se passer ; elle comprit qui étaient ces gens.

— Par la lumière, souffla-t-elle. Ce sont des Jedi.

CHAPITRE VINGT-HUIT

HYPERESPACE. LE *NEW ELITE*.

— Mes amis, êtes-vous prêts à dompter la tempête ? cria Kassav.

Il leva une ampoule de smash bleu satiné équipée d'un goulot étroit conçu pour rendre la drogue accessible à tous les systèmes nasaux de la galaxie. Que vous soyez doté d'un nez, d'une trompe, de stomates, d'un proboscis ou d'un simple trou au milieu du visage, vous pouviez utiliser une ampoule de smash. Ce qui était une bonne chose, parce qu'on trouvait toutes ces options parmi ses troupes, et plus encore.

Les membres d'équipage du *New Elite* levèrent leur propre ampoule, un sourire d'anticipation sur le visage. La moindre surface du vaisseau vibrait au rythme de la musique, du wreckpunk brutal aux basses assourdissantes dans lequel chaque instrument utilisé par les musiciens était fabriqué à partir de morceaux d'épaves de vaisseaux.

Kassav prit une grosse et longue bouffée et *boum*, son esprit se mit à flamboyer. Tout était plus net, plus lumineux. Il pouvait le faire. Il allait *le faire.* Il pouvait tout faire.

Il regarda son équipage l'imiter : quelques-uns déversèrent le smash directement dans le filtre de leurs masques à gaz, une technique astucieuse qui permettait d'en intensifier les effets. Il vit l'énergie parcourir le groupe : une sorte de poussée, d'impulsion, comme un shot de sucre candi qui faisait tout briller, vibrer et siffler. Il laissa tomber son ampoule vide sur le pont et se fendit d'un large sourire.

— C'est *bon*, hein ? hurla-t-il en éructant chaque mot. C'est bon d'être un *Nihil*, pas vrai ?

Tous rugirent leur accord. Certains se contorsionnaient au rythme de la musique. D'autres se contentaient de se contorsionner.

— Parfait, profitez bien, accordez-vous une minute, mais ensuite prenez l'amortisseur. Il va falloir avoir l'esprit clair pour ça. Il faut dompter la tempête, pas vous laisser dompter par la tempête, OK ?

En guise d'exemple – c'était important de montrer l'exemple en tant que chef, de temps en temps –, il plongea la main dans sa tunique et en sortit une petite pilule orange et jaune. Il la brandit devant lui, que tous la voient bien, puis la jeta dans sa bouche et la croqua. Presque aussitôt, les effets du smash prirent une nouvelle qualité, comme des vagues dans une mer houleuse. Gigantesques, puissantes. Il fallait veiller au grain. Mais ces vagues… on pouvait surfer dessus.

Cette sensation lui fit penser à l'hyperespace. En quelque sorte. Pas les hypervoies officielles, mais les Sentiers bizarres de Marchion Ro. Kassav se tourna vers la baie d'observation de la passerelle pour contempler celui qu'ils traversaient à cet instant. Un tunnel constitué d'une infinité de rubans lumineux de toutes les couleurs, brassés, secoués, entrelacés. Il y avait un sens à tout ça, mais il n'était pas assez malin pour en comprendre toute la complexité.

Il ignorait totalement d'où venaient les Sentiers. Marchion Ro se montrait plutôt cachottier à ce sujet, refusant de donner trop de détails, tout comme son père, avant lui. Il prenait parfois à Kassav l'envie de lui arracher ce secret, un blaster sur la tempe ou, encore mieux, un couteau sous la gorge, mais les Ro n'étaient pas des gens stupides. Ou du moins, Asgar ne l'avait pas été. Il avait conscience de ce que représentaient les Sentiers et savait qu'ils risquaient de faire des envieux. Et même si Marchion Ro n'égalait pas son père – il en était même loin –, il avait hérité de toutes les mesures de protection qu'Asgar avait mises en place. Le *Gaze Electric*, ces affreux droïdes gardiens qui veillaient sur lui… Rien qu'approcher Marchion était compliqué. Il avait aussi clairement fait comprendre que les Sentiers eux-mêmes disposaient d'un système de protection spécifique. S'il mourait, ils disparaissaient avec lui. Ce n'était pas ce qui s'était passé à la mort d'Asgar, mais là encore, Marchion n'avait pas de fils à qui transmettre l'affaire familiale.

Il n'y avait pas que son vaisseau et ses droïdes assassins qui protégeaient Marchion Ro. C'était aussi le cas de la structure que son père avait exigé que les Nihil adoptent le jour où, des années plus tôt, il leur avait offert les Sentiers sur un plateau. Avant cela, le groupe était beaucoup plus petit – un simple gang en réalité. Leurs opérations se limitaient à une minuscule zone de la Bordure, à proximité du Linceul de Thull près de Belsavis, et ils survivaient tout juste à l'aide de menus larcins. Un jour, Asgar Ro s'était pointé et leur avait proposé les Sentiers en échange d'un tiers des butins engrangés. Mais ce n'était pas tout : il voulait peser dans les décisions.

Depuis, chaque mission qui utilisait les Sentiers nécessitait un vote à l'unanimité des trois Maîtres-Tempête et de l'Œil et, en cas d'égalité, la décision devait toujours suivre l'avis de Ro. À l'époque, cela n'avait pas semblé tellement important, mais cela signifiait que Pan Eyta, Lourna Dee et lui étaient toujours plus ou moins en compétition les uns contre les autres, prêts à tout pour s'attirer les bonnes grâces de l'Œil afin d'obtenir de nouveaux Sentiers. En théorie, ils auraient pu s'allier pour s'opposer à Marchion, mais il y avait beaucoup trop de rancunes entre eux. La plupart du temps, Kassav supportait à peine de rester dans la même pièce que Lourna Dee et Pan Eyta, alors envisager de partager le trône avec eux…

Marchion était seul, donc potentiellement vulnérable… sauf que ce n'était pas le cas. Il était protégé par le système que son futé de père avait mis en place. C'était agaçant… mais ça fonctionnait.

Bon sang, ça fonctionnait tellement bien que Kassav avait copié bon nombre des idées d'Asgar pour sa propre Tempête.

Il avait trois Orages au sommet de la hiérarchie de sa Tempête : Gravhan, Dellex et Trempette. Ils voulaient tous prendre sa place, mais ils ne s'allieraient jamais pour se débarrasser de lui, parce qu'aucun d'eux ne pourrait devenir le nouveau Maître-Tempête – ils resteraient juste trois Orages se partageant le pouvoir. Ouaip. C'était un bon p'tit système.

Ces trois Orages se trouvaient à cet instant sur la passerelle du *New Elite*, et ils avaient inhalé leur dose de smash en même temps que Kassav. Il ignorait s'ils avaient bien pris l'amortisseur, ou si les Nuages et les Foudres de leurs équipes l'avaient fait… Mais tout allait bien. Un comportement un peu borderline, ce n'était pas si grave. Être borderline, c'était le propre des Nihil après tout. Ça ne posait pas de problème tant que tous faisaient ce qu'on leur disait.

Et ils le feraient. C'était l'autre spécificité qui faisait des Nihil une organisation si performante, même si cette réalité-là était plutôt cachée et restait invisible à moins de se trouver au sommet de l'organisation. En surface, les Nihil représentaient la liberté, l'émancipation de tout système de contrôle à travers la galaxie. Oubliez la République, oubliez les Hutts, et ne pensez plus qu'à faire ce que vous voulez quand vous voulez. C'était l'argumentaire de vente, leur façon d'enjoindre les gens à les rejoindre. Dompte la tempête, bébé, dompte-moi cette tempête !

Mais une fois que tu devenais un Nihil, tu te retrouvais avec un nouveau joug sur les épaules, même si tu ne le sentais pas toujours à cause de toutes ces fêtes, du smash et du frisson de s'emparer de tout ce que tu veux quand tu veux. Il n'en restait pas moins qu'il fallait faire exactement ce que les chefs au-dessus de toi te demandaient, et pareil pour les chefs encore au-dessus. Si tu ne le faisais pas, au mieux, tu ne touchais pas ta part de la Loi des Trois. Au pire, tu te retrouvais avec une vibrolame dans le cou ou tu te faisais jeter hors du Grand Hall à la manière forte. Tout le monde devait se plier aux règles, tout le monde devait accepter de faire des sacrifices. Enfin, tout le monde sauf Marchion Ro et les Maîtres-Tempête, c'est-à-dire lui, Lourna Dee et cette brute coquette de Pan Eyta. Avait-il seulement conscience du ridicule d'être un Dowutin sensible aux tendances de la mode ? Enfin, bref.

Les Nihil n'étaient qu'une forme de contrôle supplémentaire, une machine conçue pour amasser des crédits en faveur des personnes situées au sommet.

Ouais, un bon p'tit système.

Kassav observa son équipage : les plus hauts échelons de sa Tempête, Gravhan, Trempette, et puis Dellex, juste devant, son seul œil organique étincelant sous l'effet du smash – ah ouais, c'était clair qu'elle n'avait pas pris son amortisseur, elle – et leurs troupes, rassemblées derrière eux.

— Voilà ce qu'on va faire, déclara Kassav. On va embobiner ces abrutis, leur pomper tant de fric qu'il n'y aura plus un seul crédit dans tout le système. On va les dépouiller de tout ce qu'ils ont, et le plus beau, c'est qu'ils vont nous *remercier de le faire.*

L'idée plut à tout le monde : beaucoup sourirent à pleines dents et acquiescèrent bruyamment.

— Nous sommes sur le point de réintégrer l'espace réel dans un système appelé Eriadu. Ils souffrent pas mal du blocus hyperspatial de la République : y'a pas assez de nourriture pour tout le monde, là en bas. La rumeur veut que la population soit sur le point de renverser les gens au pouvoir. Donc ces gars sont vraiment en pleine galère, et ne peuvent pas se permettre d'avoir un problème de plus à gérer. C'est parfait pour nous.

« Tout va se passer très vite à partir du moment où on va débarquer : il va falloir jouer serré à cause de la façon dont les Émergences vont s'enchaîner. Orages, vous avez bien briefé vos équipes ? Tout le monde sait ce qu'il doit faire ?

— J'sais pas pour les deux autres tocards, Kassav, mais mes gars sont fin prêts à faire le job, répondit Gravhan en tripotant l'une de ses défenses.

C'était un Chevin, ce qui signifiait que son anatomie se résumait principalement à une tête gigantesque à la peau grise parcheminée et au crâne agrémenté de longues mèches blondes. D'extérieur, il semblait assez lent et maladroit, et peut-être l'était-il, mais Kassav l'avait déjà vu découper un agent de sécurité en deux à la seule force de ses mains. Ça s'était passé lors du braquage d'une banque sur une planète de glace isolée. Gravhan s'était contenté d'attraper le gars et… Bref, si la Tempête de Kassav avait eu une devise, ça aurait pu être quelque chose comme « la victoire par la force brute », et Gravhan en était l'exemple parfait. Il n'y avait qu'à demander à cet agent de sécurité.

— Mon équipe se tient prête aussi, chef, rétorqua Dellex. Ils n'ont pas arrêté de s'entraîner depuis que vous nous avez présenté le plan.

— Vaut mieux, marmonna Gravhan, suscitant des gloussements parmi ses Foudres, des gens trop bêtes pour savoir qu'il valait mieux ne pas avoir Dellex pour ennemie.

Kassav la connaissait depuis des lustres, avait même eu une brève aventure avec elle quelque temps auparavant. Il savait qu'elle se pensait laide comme un pou, raison pour laquelle elle dépensait tout son argent dans des prothèses mécaniques de luxe. Elle se refaisait une beauté, remplaçant chaque partie de son corps l'une après l'autre. Mais tout ce métal n'améliorait pas pour autant son caractère. Elle devenait plus belle, certes, mais plus froide, aussi. Kassav avait le pressentiment que ces Foudres au gloussement compulsif de l'équipe de Gravhan risquaient de se retrouver avec le crâne fendu une nuit prochaine.

Bah, ce n'était pas son problème. Les Foudres, on en trouvait à la pelle.

— Affirmatif, répondit Trempette en levant le pouce depuis son fauteuil situé face à la principale console informatique du vaisseau.

Parfois, les gens imaginaient que Trempette s'appelait comme ça parce que c'était un Gungan… mais ce n'était pas la seule raison. Fut un temps, lorsqu'il participait aux raids, il terminait généralement couvert de sang, de la tête aux pieds. Trempé, même. C'était arrivé assez souvent pour que les gens se mettent à l'appeler comme ça et il n'avait jamais tué aucun de ceux qui le faisaient, donc c'est que ça devait lui plaire. On avait un peu de mal à déterminer ce que Trempette aimait ou non, parfois.

Tremp' était aussi un craqueur. Un sacré bon craqueur : il s'introduisait dans des systèmes informatiques depuis tout petit et, désormais, il utilisait ce talent pour faire toutes sortes de choses horribles sur son temps libre. Des choses cruelles et intrusives.

Pas le problème de Kassav, là encore.

— C'est parti, dit-il.

Le *New Elite* émergea de l'hyperespace dans le Système Eriadu. Il n'y avait pas beaucoup de trafic spatial d'après les instruments – rien de surprenant. La planète n'avait pas vu passer beaucoup de cargaison de combustible ces derniers temps, à cause du blocus. L'absence de circulation signifiait également que les satellites de surveillance du système les avaient probablement déjà repérés. Ce n'était pas un souci : ils n'étaient pas là pour se cacher, et si les habitants d'Eriadu voulaient envoyer quelques patrouilleurs pour leur chercher des noises… eh bien, c'était là que Dellex et Gravhan entraient en scène. Leurs artilleurs étaient des as.

— Trempette… vas-y, indiqua Kassav avec un geste en direction de son lieutenant.

Tremp' se mit au travail et accéda au réseau des communications du système en contournant tous les codes d'accès et mesures de sécurité en place, grimpant toujours plus haut, jusqu'à ce qu'il trouve ce qu'il cherchait.

Il pressa encore quelques touches, puis leva le pouce à nouveau.

— Vous êtes en ligne, boss !

Une voix jaillit des haut-parleurs de la passerelle, rauque, sifflante et froide. La voix d'une personne puissante, qui n'avait pas l'habitude que les choses échappent à son contrôle.

— Qui est-ce ? Ceci est un réseau comm sécurisé, déclara Mural Veen, la gouverneure actuelle de la planète Eriadu. Et qu'est-ce que c'est que ça, bon sang… de la musique ?

Oups, pensa Kassav.

Il pressa un bouton, et le wreckpunk baissa de volume pour être réduit à l'état de murmure.

— Hé, salut, gouverneure ! s'exclama Kassav. Je suis votre nouveau meilleur ami !

Silence à l'autre bout du fil. Elle devait attendre de voir ce qu'il voulait.

— Vous avez peut-être vu un vaisseau sortir de l'hyperespace en bordure du système ? C'était moi, et tout ce que vous avez besoin de savoir sur nous, c'est que je peux traverser le blocus hyperspatial de la Chancelière Soh alors qu'aucun autre appareil n'en est capable. Je vous conseille de garder ça à l'esprit tandis que nous poursuivons notre petite conversation : je peux faire des choses que personne ne peut faire.

— Laissez-moi deviner, intervint la gouverneure. Vous vous êtes faufilé à travers le blocus et maintenant vous allez proposer de nous vendre de la nourriture à des prix ridicules ? Je ne réagis pas bien à l'extorsion.

— C'est une chose qui reste à voir, madame, répliqua Kassav en mettant une certaine emphase sur le dernier mot, ce qui fit naître quelques gloussements parmi les Nihil de la passerelle.

Tous écoutaient comme s'il s'agissait du meilleur holofeuilleton qu'ils aient jamais vu.

— Mais laissez-moi vous dire une chose, poursuivit-il : je me sens plutôt vexé que vous nous preniez pour de vulgaires escrocs. Nous sommes bien plus que cela.

— Alors vous êtes qui, à la fin ?

— Je vous l'ai dit : votre nouveau meilleur ami. Votre sauveur, pour être précis.

Un silence.

— Je ne sais peut-être pas qui vous êtes, mais je sais où vous vous trouvez, gronda Mural. Mes équipes viennent de localiser votre emplacement. Je mets fin à cet appel pour vous envoyer les croiseurs de sécurité afin que vous soyez placé en détention. Je ne comprends rien à votre petit jeu, mais vous pourrez m'expliquer tout ça depuis l'intérieur d'une cellule d'Eriadu. Résistez et on vous réduit à l'état de particules.

— Vous êtes sûre de vouloir faire ça ? demanda Kassav, taquin.

— Absolument, au revoir. Je n'ai pas de temps à perdre avec ça.

— À vrai dire, vous n'avez pas tort. Trois Émergences se dirigent droit sur votre système. Elles seront bientôt là. Nous savons où elles apparaîtront, et quand. Nous pouvons les arrêter pour vous, si vous passez à la caisse.

— De quoi parlez-vous ? Personne ne peut prédire les Émergences.

— Et personne ne peut voler en hyperespace dans la Bordure Extérieure non plus.

— J'en ai assez entendu. J'envoie les croiseurs. Vous n'aurez qu'à dire ce que vous savez à ceux qui dirigeront votre interrogatoire.

— Si nous voyons vos vaisseaux se diriger vers nous, nous mettrons les voiles et vous serez tenue responsable de la mort de plusieurs milliards de personnes.

Kassav se fendit d'un large sourire. L'euphorie du smash maîtrisée par la prise de l'amortisseur s'améliorait chaque seconde. Il avait l'impression de voler, comme soulevé et porté par une vague, les bras ouverts, inarrêtable. Il savait depuis le début que c'était un bon plan. Il avait parcouru la liste des Émergences que Marchion Ro avait fournie aux Maîtres-Tempête et repéré immédiatement cette opportunité. L'occasion était si belle d'ailleurs qu'il avait oublié de faire part à Marchion et aux autres Maîtres qu'il envisageait de la saisir au bond. *Oups*. C'est bête. Pas de Loi des Trois pour amputer son butin, cette fois. Hors de question.

Kassav réalisa qu'il n'avait pas encore dit à cette gouverneure collet monté ce qu'il exigeait. Il secoua la tête. Il devait vraiment rester concentré.

— Gouverneure, c'est très simple. Si vous me donnez cinquante millions de crédits, personne n'est condamné à mourir. Je peux arrêter les Émergences, et vous aurez sauvé la vie de votre peuple. Je vais même vous faciliter la tâche…

Il leva un doigt, et Trempette envoya les informations bancaires chiffrées qui allaient permettre à la Gouverneure Veen de déposer de façon intraçable le montant en espèces sur un compte du DarkNet contrôlé par Kassav. Pas un compte des Nihil – celui-là appartenait seulement à Kassav.

— Vous êtes fou, répondit la gouverneure.

— Vous avez des doutes. Je peux le comprendre. Laissez-moi les dissiper.

Kassav leva un deuxième doigt et Trempette envoya une autre série de données.

— Vous venez de recevoir les coordonnées de la première Émergence. C'est à proximité de mon vaisseau, pour tout vous dire. Nous n'avons pas choisi cet emplacement au hasard. Voyez donc.

Kassav leva un troisième doigt puis tendit le bras en direction de Gravhan, qui hocha la tête et se tourna vers les membres de son équipe devant leurs postes de tir.

— On y est presque… d'un instant à l'autre…, indiqua Kassav.

Un morceau du *Legacy Run* surgit de l'hyperespace à une distance d'environ trente secondes-lumière du *New Elite*, soit à l'endroit exact où Kassav avait prédit qu'il apparaîtrait. Merci à Marchion Ro, à ses Sentiers et à sa mystérieuse maîtrise de l'hyperespace qui lui permettait de connaître les routes que tous les fragments allaient suivre. Tout cela était sur le point de rapporter à Kassav des millions de crédits.

Il jeta un coup d'œil aux holos de ciblage projetés sur le mur-vid de la passerelle, déjà verrouillés sur le fragment. Il ressemblait à un compartiment, intact. Il avait entendu dire que certaines de ces choses avaient des gens à bord, des colons qui se trouvaient dans le vaisseau avant qu'il ne se désintègre.

Oh, bah… Pas son problème, non plus.

— Feu ! ordonna Kassav.

L'équipe d'artilleurs de Gravhan était vraiment douée. Une salve de feu laser et de torpilles jaillit des canons du *New Elite* et se dirigea droit sur le fragment. Le tout percuta brutalement la cible, et le compartiment, pulvérisé, disparut du champ de bataille sur le mur-vid. Un tir parfait. Bien sûr, ils savaient déjà à l'avance ce qu'ils auraient à viser, et tout était planifié… mais malgré tout, ça devait avoir fait son petit effet.

— Voilà, reprit Kassav en se retournant face à la baie d'observation où, quelque part entre eux et le soleil, la Gouverneure Mural Veen devait se sentir un poil moins sûre d'elle. Maintenant, vous voyez que je suis digne de confiance. Deux autres Émergences vont débarquer. La prochaine sera là dans quatre-vingt-dix secondes. Vous avez les coordonnées du compte. Payez, ou assumez les conséquences.

— Espèce de fils de…, siffla la Gouverneure Veen.

— C'est possible, rétorqua Kassav. J'ai jamais connu ma mère, ni mon père. Pas sûr que ça soit primordial. Ce qui importe, ce sont les choix que vous faites dans la vie, pas vos origines. Comme le choix qui s'impose à vous maintenant, gouverneure.

Les secondes défilèrent. Kassav jeta un coup d'œil à Trempette, qui secoua la tête. Pas encore de transfert. Quelque peu dégoûté, le Maître-Tempête lui fit signe de poursuivre.

Une nouvelle série de coordonnées fut envoyée, vingt secondes avant l'arrivée de l'Émergence. Le *New Elite* n'était pas assez proche de celle-là pour s'y rendre à temps. Cette fois, l'Émergence allait se produire, et il n'y aurait rien pour l'arrêter. Mais… ça ne voulait pas dire qu'elle ne lui serait d'aucune utilité.

— Vous venez de recevoir les coordonnées de la deuxième Émergence, indiqua Kassav. Vous auriez pu empêcher ce qui va se passer, gouverneure. Ne l'oubliez pas.

Un autre morceau du vaisseau maudit se matérialisa dans l'espace réel, se déplaçant bien trop vite pour que personne ne puisse rien faire.

Parmi ses ressources, Eriadu en exportait surtout une : la lommite, un minerai utilisé pour fabriquer le transparacier, un alliage qui était aussi le composant principal des baies d'observations, verrières et hublots des vaisseaux. Lorsque la Chancelière Soh avait mis en place son blocus, les transports de marchandises qui s'apprêtaient à quitter le système, les soutes pleines de lommite, s'étaient retrouvés bloqués avec nulle part où aller. Ces transports s'étaient rassemblés en grappes dans une zone dégagée située non loin du point le plus proche où il était possible de passer en hyperespace, et y attendaient que les voies soient rouvertes.

Le fragment transperça l'un d'eux, provoquant son explosion immédiate. Et l'onde de choc générée emporta quatre autres appareils avant qu'ils ne puissent lever leurs boucliers.

— Ouille, dit Kassav. Y'avait facile une bonne centaine de membres d'équipage, là… sans parler de toute cette lommite. Qu'est-ce que ça va coûter à votre système, gouverneure ? Un sacré paquet de crédits, j'imagine. Maintenant, votre situation est encore plus mauvaise qu'avant. Et n'oubliez pas : il reste une Émergence en approche. Vous disposez d'environ quatre minutes. Et cette fois, ce n'est pas une centaine de morts qu'il y aura. Mais des milliards. Vous y compris, peut-être. Vous avez les coordonnées bancaires. N'attendez pas trop longtemps.

— Vous êtes maléfique, cracha la gouverneure. Vous en avez conscience, n'est-ce pas ?

Kassav se tourna face à sa Tempête et leva les yeux au ciel, suscitant des rires supplémentaires.

— Vous riez ? réagit la Gouverneure Veen, incrédule. Vous *riez* ?

— Ouais, gouverneure. C'est marrant, c'est tout. Il n'y a rien de maléfique là-dedans. Ce sont les affaires, voilà tout.

— J'ignore comment vous faites, mais c'est vous qui envoyez ces Émergences, n'est-ce pas ? Vous êtes à l'origine de tout ça. Je ne vois pas comment ça serait possible autrement.

— Quelle importance ? Vous perdez du temps, gouverneure. Deux minutes.

Kassav commençait à devenir un peu nerveux, à vrai dire. Il allait falloir qu'ils bougent, et vite, pour espérer rejoindre la trajectoire de la troisième Émergence, autrement ils seraient dans l'impossibilité de l'arrêter. Et il avait conscience qu'il *fallait* qu'ils l'arrêtent ; autrement, eh bien, cette petite arnaque risquait de moins bien fonctionner les prochaines fois, non ? Il n'était même pas sûr de retourner auprès des Nihil après ça, pas avec cinquante millions de crédits sur son compte, une Tempête entière lui vouant une fidélité sans faille et une liste de toutes les autres Émergences à exploiter.

Ouaip, Marchion Ro n'arrivait pas à la cheville de son père. Quelle idée de refiler des informations aussi précieuses, juste comme ça ! Le gars nourrissait un sentiment bizarre de loyauté vis-à-vis des Nihil. Il voyait en eux quelque chose de plus grand que ce qu'ils étaient réellement. Les Nihil formaient un gang de criminels, et s'il y avait bien une chose que Kassav savait à propos des criminels, c'était qu'on ne pouvait pas leur faire confiance.

Il en était le parfait exemple.

Quatre-vingt-dix secondes.

— Gouverneure, le temps vous est compté.

— Vous êtes des monstres.

— Vous aussi, si vous refusez de sauver votre peuple.

— *Très bien*, cracha la Gouverneure Veen. Les fonds sont en train d'être transférés.

Il regarda Trempette, et le Gungan leva le pouce à nouveau. Kassav adressa un signe à Dellex, qui poussa les moteurs à plein régime pour obtenir l'impulsion nécessaire qui allait les mettre sur la trajectoire de la troisième Émergence à l'instant de son apparition.

Les artilleurs de Gravhan se remirent au travail, préparant la salve qui allait détruire le dernier fragment et leur valoir un beau salaire.

— Il est bon que vous sachiez, ajouta la voix de la Gouverneure Veen dans le haut-parleur, que j'ai transmis notre conversation au Sénateur Noor, qui la diffusera d'un bout à l'autre de la Bordure Extérieure. Nous y avons aussi joint un scan de votre vaisseau, avons même trouvé une correspondance dans nos bases de données : le *New Elite*, appartenant à Kassav Milliko… Vous, je suppose. Vous touchez le gros lot aujourd'hui, Monsieur Milliko… mais je pense que vos ennuis ne font que commencer.

— Des ennuis ? Quels ennuis ? Nous sauvons des vies. Nous sommes des *héros*, gouverneure !

Kassav s'adressait tout autant aux Nihil qui, rassemblés autour de lui, n'en rataient pas une miette, mais son estomac commençait un peu à… Peut-être qu'il n'avait pas assez réfléchi à tous les détails. Bah, il n'y avait rien qu'il puisse faire pour le moment.

— Vas-y, dit-il en faisant signe à Dellex.

Elle hocha la tête et le vaisseau bondit en avant, mais le timing allait être serré. Si serré que les hommes de Gravhan allaient devoir tirer à l'instant où la poussée des moteurs s'arrêterait. Rien d'impossible, toutefois. Ils avaient le temps.

Ou pas. La troisième Émergence apparut pile comme prévu, et en effet, le fragment du *Legacy Run* se dirigeait bien vers la lune peuplée d'Eriadu, dont la population était estimée à un virgule deux milliard de personnes. L'équipe de Gravhan fit feu exactement comme prévu, pile au bon moment.

Sauf que la cible n'était pas là. Le *New Elite* avait mal calculé sa micropoussée et dépassé de beaucoup l'emplacement visé. Ils se trouvaient très loin de l'Émergence et les décharges de laser comme les torpilles fusèrent à travers l'espace sans rien toucher.

Kassav comprit immédiatement. Il décocha un regard à Dellex. Elle savait, elle aussi. Son regard était fixé sur lui.

— Chef, je dois avoir… Je dois m'être plantée dans les calculs de navigation. Je ne comprends pas ce qui s'est passé.

Kassav avait sa petite idée. L'œil organique de la femme brillait encore sous l'effet du smash et il était clair qu'elle n'avait pas pris son amortisseur. S'il ne fallait pas grand-chose pour foirer un calcul de navigation, Dellex était habituellement une championne en la matière grâce à ses prothèses mécaniques, mais cette fois… cette fois…

Le fragment du *Legacy Run* percuta la lune. Tout le monde sur la passerelle assista à la scène. C'était projeté en hauteur sur le mur-vid de façon parfaitement visible : de gigantesques nuages de débris s'élevant de la surface sous la forme de champignons, des ondes de choc se propageant d'un bout à l'autre du petit monde, beaucoup de flammes et tous ces nuages noirs qu'on voyait accompagner les explosions massives. Un peu comme une tempête.

Une voix jaillit du système comm, résonnant à travers la passerelle plongée dans le silence. Plus un seul gloussement s'élevait des Nihil, désormais. Rien que le silence.

— Vous allez payer pour ça, décréta la Gouverneure Mural Veen, dont la voix était peut-être la chose la plus froide que Kassav avait jamais entendue. Voici mon serment : *vengeance*. Les Eriaduans sont des chasseurs. Vous, comme tous les monstres à vos côtés, vous êtes maintenant nos pro…

Kassav pressa un bouton sur la console, et la voix se tut.

Il regarda sa Tempête et sut ce qu'ils pensaient.

Un virgule deux milliard de gens.

Oui, bah…

C'était pas son problème.

— Fichons le camp d'ici.

— On va où ? demanda Dellex, sa voix inhabituellement sourde.

Kassav réfléchit. Ces gens sur Eriadu connaissaient son nom. Son vaisseau. Il avait leur argent, mais il n'avait pas aimé ce qu'avait laissé entendre cette gouverneure. Elle ne semblait pas du genre à lâcher l'affaire. Il allait avoir besoin de protection. Besoin de faire partie de quelque chose de plus grand. Besoin de…

— On rentre, dit-il, résigné. Auprès des Nihil.

CHAPITRE VINGT-NEUF

SYSTÈME HETZAL. LA LUNE RACINE.

Keven Tarr contempla le plateau qui s'étendait devant lui. La vue était époustouflante.

Cinquante-sept mille huit cent dix-sept navidroïdes, reliés les uns aux autres en un gigantesque réseau. Il y avait de tous les modèles, de toutes les tailles, depuis les toutes dernières unités compactes et autoalimentées équipées de jambes ou d'autres accessoires de mobilité leur permettant de se déplacer d'un appareil à l'autre, jusqu'aux processeurs que l'on avait extraits de leurs vaisseaux d'origine. La puissance de calcul variait grandement d'un droïde à l'autre, mais au final, le dispositif était impressionnant.

Si le seul fait de rassembler les droïdes avait été un défi compliqué (facilité, il fallait le reconnaître, par les efforts héroïques du Secrétaire Lorillia qui avait réquisitionné des navidroïdes d'un bout à l'autre de la galaxie), les relier en un seul et même réseau était presque aussi difficile. L'idée était d'installer un nombre de processeurs pour qu'ils fonctionnent en parallèle de façon à ce que diverses sections puissent se charger de différentes parties du problème en même temps. Keven avait conçu le système de A à Z, mais connecter le tout par lui-même lui aurait pris des mois, un temps dont il ne disposait pas. Après avoir conceptualisé la chose et trouvé les composants de droïdes, il avait aussi fallu qu'il monte une équipe de techniciens formés à l'architecture positronique et à la structuration de réseau. Une grosse équipe.

Hetzal disposait de quelques personnes ayant les compétences nécessaires, mais c'était très loin de suffire. Les San Tekka avaient envoyé une douzaine de leurs navulateurs, des gens portant d'étranges implants entourant leur crâne rasé, ce qui leur permettait d'effectuer des calculs avec la précision d'un droïde sans pour autant renoncer aux bonds conceptuels dont seuls les esprits organiques étaient capables. Incroyablement pratiques, mais néanmoins encore insuffisants pour construire le réseau dans un délai raisonnable. Là encore, rassembler les ressources nécessaires avait pu se faire grâce aux connaissances apportées par le Sénateur Noor, le Secrétaire Lorillia et leurs divers alliés respectifs, qui avaient fait le nécessaire. Keven avait des ingénieurs systèmes sur place qui venaient d'aussi loin que Byss et Kuat. *Nous sommes tous la République* n'avait jamais semblé aussi vrai.

Keven ignorait ce que cela avait coûté en termes d'influence et de capitaux réels de faire construire cette chose, mais cela ne l'intéressait pas vraiment, non plus.

Il voulait juste la mettre en marche.

Le système était constitué de trois nœuds principaux, chacun étant doté de ses propres sous-nœuds. Aux trois éléments primordiaux était affectée une portion spécifique du calcul général. Le premier était conçu pour créer une simulation informatique de la catastrophe originelle en se servant de toutes les données disponibles. Le deuxième modélisait toutes les Émergences connues jusqu'à présent, et le troisième, de loin le plus gros et le plus complexe, exécutait un algorithme particulier élaboré pour déduire où auraient lieu les prochaines Émergences.

Ce troisième nœud était celui qui posait le plus de problèmes. Les deux autres ne faisaient que décrire des choses qui s'étaient déjà déroulées. Le troisième devait prédire l'avenir.

Et si je réussis à faire ça, songea Keven, *je suis quasiment un Jedi.*

Bien entendu, ce n'était pas le cas. De vrais Jedi se tenaient non loin de là : le duo qu'il avait déjà vu plusieurs fois et qui l'avait aidé avec les San Tekka. Avar Kriss et Elzar Mann. Ils donnaient l'impression d'être des gens bien, mais honnêtement, il n'avait rien en commun avec eux. Avar respirait le savoir-faire et la force tranquille. Elzar, quant à lui, donnait l'impression de sortir tout droit d'un holofeuilleton, avec sa peau couleur olive et ses cheveux noirs ondulés. Un bel homme, au final.

Keven Tarr était probablement plus proche des droïdes, ou des navulateurs (sauf qu'il n'avait pas besoin de porter ces étranges implants, et heureusement). Il aimait les systèmes et les règles, ainsi que les systèmes et les règles dissimulés derrière ces règles et ces systèmes. Tout pouvait se résumer à cela, en fin de compte. Des systèmes et des règles.

Cette affirmation était vraie pour les personnes, pour les droïdes, comme pour la galaxie entière et tout ce qu'elle contenait. Plus vous appreniez à aller en profondeur au cœur des systèmes et dans la compréhension des règles, plus vous aviez le pouvoir de changer les choses. C'était ce qui l'avait aidé à évoluer aussi vite sur Hetzal, jusqu'à se voir confier un poste majeur au ministère de la Technologie avant même d'avoir vingt-cinq ans. Lorsqu'il était encore enfant, il s'était rendu compte que quatre champs aux cultures différentes interagissaient dans une sorte de relation complexe, et que le nuisible que l'on exterminait de manière systématique n'était pas un nuisible du tout, mais au contraire un partenaire symbiotique de ces cultures. Il avait compris que si on laissait les plantes occuper ensemble les mêmes champs, au lieu de les cultiver séparément, et qu'on n'intervenait pas contre le soi-disant nuisible, non seulement le rendement global était meilleur mais les semences et les graines produites par les champs gagnaient en qualité. En plus de cela, une sorte de fruit hybride apparaissait deux fois par an, ce qui n'aurait pas pu être possible sans la contribution des quatre plantes.

Ce petit projet lui avait ouvert la voie à tout ce dont il rêvait : l'accès à des systèmes plus vastes et plus complexes qu'il allait pouvoir passer son temps à essayer de déchiffrer. Les autorités hetzaliennes lui avaient confié des missions de plus en plus importantes, comme le développement d'algorithmes pour la rotation des cultures ou la modélisation des phénomènes météorologiques, toutes sortes de sujets qu'il trouvait profondément intéressants et gratifiants. La seule chose qui le frustrait était le sentiment de lenteur. Il ne pouvait pas se plonger dans tout ce qu'il voulait, malgré le rôle d'importance qu'il jouait au sein du ministère de la Technologie : il restait tant de choses auxquelles il ne pouvait accéder sans demander la permission !

C'était son choix, en même temps. Keven savait qu'il aurait pu être un sacré craqueur, s'infiltrer dans tous les types de noyaux d'ordinateurs existants, mais ce n'était pas quelque chose qu'il approuvait. Il avait foi dans la loi, foi en la République. Il avait décidé voilà longtemps que la seule façon pour lui de travailler avec les systèmes qui importaient vraiment serait de gagner ce privilège grâce à son talent et à sa détermination.

Eh bien, ce moment était arrivé, manifestement. Difficile de faire plus fort que ce qu'il s'apprêtait à accomplir.

Lui, Keven Tarr, était sur le point de craquer l'hyperespace.

Une brise douce et fraîche lui caressa le visage et traversa le plateau qui surplombait le réseau. C'était bon signe.

Keven jeta un coup d'œil aux autres observateurs qui se tenaient non loin, échangeant discrètement entre eux. Si on lui avait demandé son avis, il aurait effectué le premier test de sa machine en privé au cas où quelque chose tournerait mal, mais les enjeux étaient trop importants, le temps trop court et trop de choses avaient été investies dans la création de ce réseau. De nombreuses personnes, des personnes puissantes, avaient choisi de soutenir l'idée de Keven et tous voulaient être présents pour voir si elle avait la moindre valeur.

Le Sénateur Noor et sa conseillère, Jeni Wataro. Le Secrétaire Lorillia. Le Ministre Ecka. Les deux Jedi, bien sûr, occupés à discuter avec Marlowe et Vellis San Tekka qui, en toute franchise, s'étaient montrés incroyablement utiles. En plus de mettre leurs douze navulateurs à disposition, ils avaient fourni des outils de modélisation hyperspatiale dépassant tout ce que Keven aurait pu espérer obtenir de son côté. Il avait dû signer toutes sortes d'accords avec le service juridique de leur entreprise spécifiant qu'il s'engageait à ne jamais utiliser la technologie pour quoi que ce soit d'autre, mais cela ne lui posait aucun souci. À vrai dire, il envisageait peut-être de voir si les San Tekka seraient désireux de travailler avec lui une fois tout cela terminé. Hetzal était sa planète natale, mais il se sentait prêt à passer à autre chose. Son monde était un système, lui aussi, et il avait le sentiment d'en avoir fait le tour, d'avoir craqué tout ce qu'il y avait à craquer. En avant ! En quête de systèmes plus vastes et plus complexes.

Bien sûr, s'il ne réussissait pas à faire fonctionner le réseau, aucune de ces opportunités excitantes ne pourrait se concrétiser. Quand vous disiez que vous alliez *essayer* de faire quelque chose, les gens entendaient généralement que vous *alliez* faire quelque chose, et si vous ne parveniez pas à votre but, alors ils pensaient que vous aviez échoué. Parfois même on en arrivait à vous reprocher d'avoir essayé. C'était assez injuste, surtout quand on savait que prédire l'avenir à l'aide d'un gigantesque réseau informatique constitué de cerveaux droïdes branchés les uns aux autres était simplement impossible. Mais c'était ainsi que le système qu'on appelait société fonctionnait, et Keven Tarr ne serait jamais assez puissant pour changer ce genre de règles.

Sa situation était binaire. Réussir ou échouer. Il avait fait tout ce qu'il pouvait pour que ce soit le premier résultat, mais c'était tout.

Il leva un comlink à ses lèvres :

— Alors, les gars, vous avez fini de relier le dernier groupe de droïdes ?

Un grésillement – cette multitude de droïdes au même endroit causait des interférences. Vous pouviez le sentir dans l'air, même le goûter, comme si le bout de votre langue touchait un métal inconnu.

— Il en reste encore un, répondit le Chef Innamin de la Coalition Défensive de la République.

On le connaissait comme le Contremaître Innamin jusqu'à encore récemment, avant qu'il ne soit promu suite à ses efforts héroïques lors de la catastrophe du *Legacy Run*. Lui et son coéquipier Peeples – alors enseigne et désormais lieutenant – avaient décidé de rester sur place pour apporter toute l'aide dont ils étaient capables, une manière pour eux d'honorer le sacrifice de leur capitaine, Bright, mort au cours d'une tentative de sauvetage à bord d'une station solaire.

Keven appréciait que les deux officiers mettent leurs talents à contribution, il trouvait que c'était un geste noble et généreux. D'autant plus qu'Innamin disposait d'une formation technique particulièrement utile ici sur la Lune Racine lui permettant également de superviser Peeples, même si le lieutenant était techniquement son supérieur. Peeples ne semblait pas s'en formaliser et avait même proposé d'échanger leurs grades avec Innamin. Le chef avait décliné, non sans avoir poussé un soupir agacé. Quoi qu'il en soit, le duo était en train de terminer le branchement du sous-nœud chargé de modéliser la cinquième Émergence.

En pensée, et en pensée seulement, Keven regrettait qu'il n'y ait pas eu quelques Émergences en plus. Chacune d'entre elles était un point de données, et jusqu'à présent il y en avait eu vingt-neuf. C'était pas mal – un bon début –, mais plus sa machine avait d'informations sur lesquelles se baser, mieux c'était. Il n'aurait pas de seconde chance sur ce coup, et pour plusieurs raisons.

Surtout pour une, en fait, quelque chose qu'il avait volontairement omis de préciser aux gentilles personnes qui l'avaient aidé à rassembler toutes ces machines aussi rares que précieuses pour monter son réseau.

Keven lança un regard furtif à Jeffo Lorillia, le secrétaire des Transports de la République, qui se trouvait non loin sur le plateau, en pleine conversation avec le Sénateur Izzet Noor, son visage allongé inhabituellement animé. Lorillia avait réussi à obtenir d'incroyables faveurs pour rassembler tant de navidroïdes en aussi peu de temps. La Bordure Extérieure était toujours en quarantaine hyperspatiale, à la plus grande frustration du Sénateur Noor, mais la réquisition du Secrétaire Lorillia avait retiré tant de navidroïdes de la circulation que ce n'était pas que la Bordure Extérieure qui expérimentait des pénuries. Le transport spatial commençait à être impacté d'un bout à l'autre de la République.

Bien sûr, si l'algorithme de Keven fonctionnait comme prévu, ils sauraient où auraient lieu les prochaines Émergences, et l'on pourrait lever le blocus – mais c'était un « si » à écrire en capitales. Il n'avait que cinquante-sept mille droïdes, quand il lui en aurait fallu plus du double. Les calculs qu'il devait effectuer allaient par conséquent prendre deux fois plus de temps, et même pousser son système jusqu'à ses limites. Sous une telle contrainte pendant aussi longtemps, le dispositif allait générer… Bref, il ne savait pas trop combien de ces cerveaux électroniques ultra précieux allaient survivre au processus. C'était la donnée essentielle qu'il avait choisi de ne pas partager avec le Secrétaire Lorillia. Le réseau, une fois alimenté, allait se montrer très vorace, et ce qu'il consommait… c'était des navidroïdes.

Mais c'était la seule solution qu'il avait. Il fallait qu'il essaie – même s'il était conscient de ce qui lui arriverait en cas d'échec. C'était ce que faisaient les gens bien.

— Peeples ! Vire ton orteil de là ! Qu'est-ce qui te passe par la tê… Oh, mais c'est plutôt une super idée, en fait, s'écria le Chef Innamin dans le comlink d'une voix quelque peu distante, comme s'il s'était tourné pour s'adresser à quelqu'un de son côté de la transmission.

Puis il revint, sa voix de nouveau claire et forte.

— C'est bon pour nous, Monsieur Tarr. Branchements terminés.

— Merci, chef – et vous pouvez m'appeler Keven. Sortez de la zone, et faites s'éloigner toutes les équipes que vous croiserez là-bas. Quittez le plateau, et venez nous rejoindre ici, sur la plate-forme d'observation.

— Hein ? Pourquoi ?

— Faites juste évacuer tout le monde, d'accord ?

Keven leva le datapad qui lui servait d'unité de contrôle centrale de l'ensemble du réseau. Il adressa une courte prière à la Matrone des Vignes, la sainte patronne de la région de Hetzal Prime où il avait grandi, puis enfonça la touche unique qui permettait d'allumer ce satané dispositif.

Un peu plus loin le long du plateau, le Sénateur Izzet Noor éventait son visage tandis que le colossal réseau de navidroïdes connectés prenait vie dans un vrombissement. On aurait dit un nid d'insectes – pas vraiment un son, en fait, plus une sensation, juste en dessous du niveau de perception réelle. Lui aussi priait, mais pas la Matrone des Vignes. C'était plutôt un vague « allez, allez, allez » marmonné dans sa barbe.

D'un bout à l'autre de la Bordure Extérieure, des mondes étaient au bord de la révolte. Même si la Chancelière avait autorisé le passage de convois humanitaires vers les planètes souffrant de l'absence de trafic hyperspatial, les gens étaient loin d'avoir retrouvé leur mode de vie normal, et ce n'était pas avec la livraison occasionnelle de rations d'urgence qu'on calmait ce genre d'agitation.

Si le plan fou de Keven Tarr et de ses droïdes ne fonctionnait pas, il allait devoir se rendre auprès de la Chancelière Soh pour la supplier de rouvrir les hypervoies, en dépit du danger. Au bout d'un moment, il fallait qu'elle reconnaisse que les préjudices causés au peuple de la Bordure l'emportaient sur le risque d'une nouvelle crise à la *Legacy Run*.

— Est-ce que vous arrivez à y croire ? demanda Noor à Jeni Wataro, sa plus proche conseillère depuis dix ans.

C'était une Chagrienne, à la peau bleue et aux épais tentacules terminés par une corne lui drapant les épaules et retombant sur sa poitrine. Wataro était essentielle à son travail, pour une multitude de raisons. Tout politicien devrait bénéficier d'un assistant chagrien, estimait Noor.

— Qu'est-ce que vous voulez dire, sénateur ?

Noor indiqua d'un geste vague le gigantesque réseau de droïdes qui s'étalait sur le plateau devant eux.

— Tout *ça*, Wataro. Servez-vous de vos yeux. On en est arrivés à de telles dépenses et pourtant, on ne sait même pas si ça va fonctionner. Je ne vois aucune raison pour laquelle nous ne pourrions pas simplement rouvrir les hypervoies. Et vous savez quoi ? poursuivit-il en se tournant vers elle. Quelqu'un d'autre là-dehors possède déjà la capacité de prédire les Émergences, si on en croit ce qui est arrivé sur Eriadu.

Wataro hocha la tête.

— Alors pourquoi fait-on ce truc stupide avec tous ces droïdes quand l'Amiral Kronara et la CDR pourraient se contenter de traquer ceux qui ont escroqué Eriadu ? continua Noor. Ce Kissav, je crois que c'est le nom que la Gouverneure Veen a employé, on le retrouve et on lui demande où seront les prochaines Émergences. Fin de l'histoire. Facile.

Noor fronça les sourcils en contemplant le réseau. Le vrombissement initial s'était transformé en un grésillement désagréable – pas un son, mais une sensation, jusque dans ses os.

— Je respecte le choix de la Chancelière, mais j'aurais préféré qu'elle envisage une autre approche.

— Peut-être devriez-vous vous présenter, sénateur, suggéra Jeni.

Elle n'arrêtait pas de dire ça, et il savait que c'était une sorte de méthode passive-agressive, comme pour souligner l'hypocrisie dont il faisait preuve en critiquant la Chancelière alors qu'il ne s'était jamais porté candidat pour le poste.

— Peut-être, Wataro, peut-être que je vais le faire. Nous verrons bien.

Un grand écran, installé sur le pont d'observation au-dessus du réseau, diffusait une version approximative de la catastrophe du *Legacy Run* à une vitesse dix fois supérieure à celle à laquelle elle s'était produite. Keven Tarr, les Jedi, le sénateur ainsi que les autres officiels locaux et républicains regardaient avec solennité les événements se dérouler. Beaucoup d'entre eux s'étaient trouvés sur place lorsque c'était arrivé – des gens étaient morts. Les victimes auraient pu être beaucoup plus nombreuses, mais tout de même : c'était une tragédie, et tout le monde regarda en silence.

Keven baissa les yeux vers son datapad et sur la série d'informations primordiales qu'il lui fournissait : l'état du réseau de navidroïdes. Les cinquante-sept mille sept cent huit processeurs réalisaient des calculs extrêmement complexes à la limite de leurs capacités.

Le jeune homme pouvait, en pressant quelques touches, agrandir n'importe lequel des trois nœuds principaux pour voir de plus près les sous-nœuds, les groupes encore plus petits, et même les droïdes individuels. Le réseau était conçu pour fonctionner comme un gigantesque cerveau doté de neurones, de cellules nerveuses, et tout le toutim.

Les mesures lui indiquaient la vitesse à laquelle chaque nœud, chaque unité et chaque droïde individuel fonctionnaient : plutôt utile, mais ce n'était pas les points de données qui sollicitaient le plus l'attention de Keven. Non, c'était un autre nombre qui suscitait son inquiétude, un nombre affiché à l'extrémité de chaque longue ligne de données… la température.

Tous ces processeurs qui fonctionnaient ensemble à plein régime étaient en gros comparables à un énorme four. Keven s'y était préparé aussi bien que possible : c'était la raison pour laquelle le réseau se trouvait à l'extérieur, dans la brise et les températures relativement douces de la Lune Racine. Il aurait pu le construire dans l'espace, mais la chaleur ne se dissipait pas à travers le vide : cela aurait été encore pire qu'ici.

Une bonne partie des droïdes était équipée d'un dispositif de refroidissement interne – c'était la source de la vibration qui s'élevait du plateau, et qui s'intensifiait peu à peu de manière insistante. Keven n'avait pas besoin de vérifier son datapad pour savoir que les températures grimpaient, et rapidement.

Heureusement, les observateurs semblaient tous avoir le regard fixé sur les événements qui se déroulaient sur le grand écran : chaque sauvetage héroïque des survivants du *Legacy Run*, chaque mort tragique, chaque miracle de dernière seconde. Keven, malgré les premiers problèmes qui commençaient à émerger à travers le réseau, prit un moment pour réaliser l'énormité de ce que les Jedi et les équipes de la République avaient accompli dans le secteur.

Le Système Hetzal aurait dû être rayé de la carte. C'était époustouflant que Keven lui-même soit encore là, à la surface de la Lune Racine. Il secoua la tête en observant la simulation du dernier fragment fonçant droit vers le soleil de Hetzal, le réservoir de tibanna liquide qui avait failli détruire le système entier. Il se souvenait clairement de ce moment : il avait été persuadé d'être sur le point de mourir, le savait au plus profond de son être… et ce n'était pas arrivé.

Les Jedi avaient uni leurs forces pour déplacer un énorme morceau de métal peu enclin à sortir de sa trajectoire, selon un angle parfait et de façon parfaitement coordonnée malgré les millions de kilomètres qui les séparaient.

C'était impossible. Et pourtant, ils l'avaient fait.

Keven regarda la scène se reproduire, le fragment virevolter au loin, échappant de justesse à l'un des soleils du système. Cela paraissait si simple, si facile à l'écran. Il savait que les Jedi avaient dû tout donner. Certains d'entre eux étaient même morts dans la manœuvre.

Ils avaient réussi. Il ne pouvait pas échouer maintenant.

La simulation de la catastrophe du *Legacy Run* s'acheva, et un deuxième nœud se mit en route, celui-là chargé de modéliser la première Émergence. L'image à l'écran montra les sept fragments apparaître dans le Système Ab Dalis, et l'impact du dernier sur la planète. Les observateurs se firent silencieux – une autre tragédie, qui n'avait pas pu, celle-là, être évitée par une intervention miraculeuse des Jedi.

Keven, cependant, avait cessé de regarder l'écran. Il ne pouvait détacher les yeux de son datapad. Les températures progressaient plus vite qu'il ne l'avait prévu.

Pour que son algorithme fonctionne, les systèmes se devaient de modéliser en continu tout ce qui s'était passé, chaque détail, chaque fragment, chaque trajectoire, le tout en même temps. À chaque fois qu'une nouvelle Émergence était ajoutée à la simulation, la charge ne faisait qu'augmenter.

On aurait dit que la chaleur s'élevait déjà du plateau. C'était certainement son imagination. Keven s'essuya le front avec la manche de sa chemise : humide.

Non. Ce n'était pas son imagination. Le réseau était en train de surchauffer, et ils avaient encore près de trente Émergences à modéliser.

Le Sénateur Noor changea de jambe d'appui, visiblement mal à l'aise. Il se tourna vers sa conseillère, indiqua l'air au-dessus du réseau de droïdes qui miroitait, comme un brouillard de chaleur s'élevant dans le ciel matinal.

— Wataro. Est-ce… ainsi que c'est censé se passer ?

— Je… Je ne suis pas sûre, répondit-elle en sortant un mouchoir de sa tunique pour éponger quelques gouttelettes vertes de sueur qui étaient apparues sur son front.

Keven s'inquiétait pour le nœud numéro cinq. Le Secrétaire Lorillia avait fait de son mieux, mais manifestement tout le monde n'était pas prêt à céder ses navidroïdes dernier cri, et ce en dépit de la noblesse de la cause. Un bon nombre des droïdes du réseau étaient de vieux modèles, quand ils n'avaient pas déjà été retirés du service actif. Ils pouvaient toujours remplir leur mission, mais pas aussi bien et pas aussi rapidement que les autres.

Il avait réparti les plus vieux droïdes dans l'ensemble du réseau dans le but d'équilibrer la charge, mais certaines sections se retrouvaient inévitablement avec un nombre supplémentaire de machines moins performantes. C'était le cas du nœud numéro cinq. La température montait rapidement, et ce n'était qu'une question de temps avant que…

Une gerbe d'étincelles jaillit du réseau, et Keven n'eut pas besoin de regarder pour savoir qu'elle venait du nœud numéro cinq. L'un des plus anciens navidroïdes avait fait un court-circuit et la chaleur avait tout simplement fait fondre sa matrice de calcul.

— *Blast !* siffla-t-il.

— Que se passe-t-il, Tarr ? entendit-il le Sénateur Noor crier vers lui.

Keven ne répondit pas. Il n'avait pas le temps. Si le nœud numéro cinq lâchait maintenant, alors la simulation devrait recommencer au début, et il savait qu'ils ne le laisseraient sans doute pas faire. Ce serait fort probablement son unique tentative. Heureusement, il avait anticipé ce problème… du moins jusqu'à un certain degré.

Une phalange de droïdes pilules s'approcha en flottant depuis l'un des côtés de l'installation. Tous étaient équipés d'unités de refroidissement capables de pulvériser des jets d'air glacé partout où cela pouvait être nécessaire. Keven les avait gardés en réserve jusqu'à maintenant, mais il était clair que le moment était venu de les utiliser.

Il pianota sur son datapad, et plusieurs droïdes pilules filèrent vers le nœud numéro cinq, vaporisant de l'air froid à l'aide de leurs conduits pulvérisateurs et entraînant une chute immédiate de la température. Parfait. C'était parfait.

Tant que les droïdes pilules auraient du réfrigérant, et tant que l'ensemble ne perdait pas trop de navidroïdes. Cinquante-sept mille sept cent douze, désormais ; sachant qu'il n'aurait même pas dû tenter ceci avec moins de soixante-quinze mille.

Le nœud numéro sept commençait à surchauffer, et Keven avait retenu la leçon. Il envoya un autre groupe de droïdes pilules dans cette direction pour le refroidir avant que ça ne tourne mal.

Ça va marcher, songea-t-il. *Je peux y arriver.*

Le nœud numéro quatorze entra en action pour modéliser la dix-neuvième Émergence, et la surcharge fut instantanée, brutale : cinquante droïdes projetèrent d'un coup les mêmes gerbes d'étincelles que le nœud numéro cinq avait produites. Peut-être était-ce dû à une erreur dans les branchages, ou peut-être qu'il s'agissait d'un passage particulièrement complexe de la simulation…

— Non ! cria Keven.

Il fut vaguement conscient des voix qui, à proximité, posaient des questions, lui donnaient des conseils, s'inquiétaient… Mais il n'avait pas de temps à leur consacrer, pas un seul instant. Le réseau était sur le point d'expérimenter une défaillance en cascade.

Vingt droïdes pilules fusèrent vers le nœud numéro quatorze – la moitié de ce qui lui restait, et ils n'avaient fait que les deux tiers à peine de la simulation.

Ils vont m'en vouloir, songea-t-il. *Ils vont dire que c'est de ma faute. Je ne faisais qu'essayer d'aider. J'ai fait de mon mieux. J'ai fait tout…*

Une main lui toucha le bras. Keven sursauta et fit volte-face – c'était la Jedi, Avar Kriss. Quelques pas derrière elle, se tenait l'autre, Elzar Mann – ils ne semblaient jamais loin l'un de l'autre.

— Calmez-vous, dit-elle, et c'est ce qu'il fit.

Il se sentait mieux, rien qu'à la sentir à ses côtés.

— Que se passe-t-il ? ajouta Avar.

— Le réseau produit beaucoup trop de chaleur, mais je ne peux pas arrêter la simulation maintenant. Soit on va jusqu'au bout, soit tout ça n'aura servi à rien. Nous n'avons encore rien appris de neuf pour le moment. Si on s'arrête maintenant, ce sera un énorme gâchis.

Une autre fontaine d'étincelles – nœud numéro onze : trois cent quatre-vingt-deux droïdes grillés d'un seul coup. Plus que cinquante-sept mille deux cent quatre-vingt-cinq.

Keven envoya le reste de ses droïdes pilules refroidir cette section, ce qui semblait suffire pendant quelque temps, mais un coup d'œil à son datapad lui indiqua qu'au moins quatre autres nœuds étaient en difficulté.

Les nœuds numéro trois et huit implosèrent. Cinquante-trois mille quatre cent douze. S'ils descendaient en dessous de cinquante mille, c'était cuit. Il aurait beau réaménager ou équilibrer les charges, il ne pourrait pas stimuler la puissance de calcul là où elle n'existait plus.

La brise tomba, et le petit supplément de fraîcheur qu'elle prodiguait disparut. Il n'y avait plus rien qu'il puisse faire. C'était fichu.

Avar Kriss continuait de se servir de la Force pour aider le jeune homme à contenir sa panique. Ce n'était pas simple. Tout en Keven Tarr tendait à partir en vrille. Il éprouvait de la culpabilité, de la honte, de la frustration… Probablement rien qui ne soit justifié ou mérité, mais les émotions répondaient rarement à la logique.

Elle regarda Elzar.

— Une idée ?

— Il a besoin de tout refroidir ?

— C'est ce qu'il a dit.

— D'accord, dit-il d'un ton pensif. J'ai peut-être une idée. Je n'ai jamais essayé, mais c'est faisable en théorie. Tu devrais être capable de percevoir ce que je vais faire. Tout aide que tu pourras m'apporter sera la bienvenue. Je ne vois pas comment je pourrais y arriver seul.

Elzar s'assit sur le sol, en tailleur, puis leva les mains et ferma les yeux. Avar projeta ses sens, et s'efforça de suivre ce qu'il faisait. Il puisait dans la Force… mais dans quel but ?

Elle se dit qu'il devait s'agir d'une autre de ses… expérimentations. Des idées lui traversaient constamment l'esprit, de nouvelles façons d'utiliser la Force pour accomplir des choses inédites, de nouveaux moyens d'obtenir une aide du côté lumineux. Il échouait, tout le temps, mais elle trouvait inspirante sa détermination à apporter de nouvelles idées aux Jedi. Pour Elzar Mann, ce qu'étaient les Jedi l'intéressait beaucoup moins que ce qu'ils pourraient être.

Avar écouta le chant de la Force… et soudain, elle comprit ce que son ami essayait de faire.

Impossible, lui dit-elle par la pensée, un concept assez basique pour être transmis à travers le lien émotionnel très souple que la Force pouvait leur fournir.

Il sourit, sans ouvrir les yeux.

Aide-moi, lui répondit-il en pensée.

Elzar Mann parlait à l'air. Il faisait chaud ici, juste au-dessus des droïdes qui travaillaient fiévreusement, mais la température était beaucoup plus fraîche dans les hauteurs. L'air chaud s'élevait, comme il en avait l'habitude, mais lentement. Pas assez vite.

Il demanda à la Force de l'aider, et elle répondit à son appel. Quoique mollement. L'air était plus lourd que ce à quoi on pouvait s'attendre.

Soudain, un allègement, et il sut qu'Avar avait joint ses efforts aux siens. C'était bien. Tout était toujours plus simple quand elle était à ses côtés. Littéralement, en fait : il ouvrit les yeux brièvement et vit qu'elle s'était agenouillée près de lui, ses avant-bras posés de façon détendue sur ses cuisses, paumes vers le ciel. Elle avait les yeux fermés et la tête inclinée en arrière.

La couche d'air chaud se mit à s'élever, de plus en plus haut, les deux Jedi créant des courants pour qu'elle soit emportée vers le ciel au-dessus du plateau. Cela ne fit pas grand-chose pour refroidir le réseau de navidroïdes, mais ce n'était pas tellement cela, l'objectif.

Alors que la masse d'air chaud s'élevait, elle atteignit des zones plus froides dans l'atmosphère. L'air chauffé charriait de l'humidité qui s'était évaporée de la surface. Ces minuscules molécules d'eau se rassemblèrent et fusionnèrent.

Travaillant de concert, Elzar et Avar poussèrent la masse d'air, l'encouragèrent à faire ce qu'elle souhaitait faire de toute façon et aidèrent les particules d'eau isolées à ne faire plus qu'un. Elzar éprouva quelque chose ressemblant à de la jubilation. Pas de la fierté – cela n'aurait pas été conforme à la voie des Jedi – mais de la joie à ce que deux personnes, reliées de manière profonde et collaborant sans qu'il leur soit nécessaire de parler, réussissent quelque chose d'aussi difficile.

Ils avaient toujours fonctionné comme cela, depuis les premiers jours de leur formation de Padawans. Leur connexion facilitait beaucoup de choses – mais pour être tout à fait honnête… elle en compliquait aussi d'autres.

Les deux Jedi poursuivirent leurs efforts. Elzar sentit la fatigue s'insinuer en lui. Avar et lui ne travaillaient qu'à partir d'une petite zone de l'atmosphère, un volume d'air relativement minuscule. Il s'agissait de le modeler, de le comprimer de façon à ce qu'il atteigne une masse critique et que les phénomènes météorologiques de la lune se chargent de faire le reste – créer une graine, en définitive –, mais cela restait malgré tout épuisant. Son corps était couvert de sueur, et il savait que ce n'était pas seulement à cause de la chaleur émise par le réseau. Respirer devint un effort et sa poitrine lui donna l'impression d'être prise dans un étau, comme si l'air qui s'élevait au-dessus de sa tête était aspiré directement dans ses poumons.

Mais Elzar Mann ne renonça pas. Avar Kriss non plus. Et lentement, quelque chose commença à se matérialiser dans le ciel au-dessus du plateau. Quelque chose d'immense, qui s'assombrissait à chaque instant.

Un nuage.

Il ne restait plus que cinquante et un mille dix-huit navidroïdes et même si Keven était parvenu à poursuivre la simulation – l'écran-vid diffusait à présent la trente et unième Émergence, ce qui signifiait qu'ils n'étaient plus qu'à quelques minutes d'arrêter la modélisation des événements qui s'étaient déjà déroulés pour se projeter dans ceux *à venir* –, il n'y avait aucune chance pour que le réseau tienne le coup jusque-là. Absolument tous les droïdes restants étaient dans le rouge, même les modèles les plus avancés. Keven faisait faire de grands arcs de cercle aux droïdes pilules pour tenter de rafraîchir l'ensemble de l'installation en même temps. Cela fonctionnait, dans une certaine mesure, lui faisant gagner quelques secondes de répit supplémentaires, mais son datapad affichait également les réserves de réfrigérant et la plupart d'entre elles se trouvaient en dessous des dix pour cent.

À cet instant précis, tout ce qu'il pouvait espérer, c'était de réussir à prédire une Émergence ou deux… Ce n'était pas grand-chose, mais cela pourrait aider à éviter une future tragédie. Il était quasiment impossible désormais qu'ils retrouvent l'enregistreur de données de vol, qui était à l'évidence le second objectif de toute cette opération – cela les aurait aidés à comprendre ce qui s'était passé et, avec un peu de chance, à éviter que cela ne se reproduise.

Mais il fallait aussi voir le positif là où il y en avait, aussi Keven continua-t-il à utiliser les machines qui lui restaient, les poussant au maximum de leurs capacités, même lorsque plusieurs centaines d'entre elles rendirent l'âme dans un geyser d'étincelles.

Quelque chose lui toucha le sommet du crâne et il sursauta. C'était assez léger, un insecte peut-être, ou bien…

Un autre impact, cette fois sur le dos de sa main alors que ses doigts dansaient rapidement sur la surface de son datapad, et il comprit ce qui se passait.

— Il… il pleut ? entendit-il s'étonner le Sénateur Noor.

Et soudain, dans un grondement de tonnerre, le ciel se déchira. Un déluge s'abattit sur le réseau ; de la vapeur s'éleva en sifflant des navidroïdes surmenés, et Keven dut passer la tranche de sa main sur son datapad pour garder les données visibles. Les températures chutaient rapidement au sein de chaque nœud. Les navidroïdes étaient conditionnés pour fonctionner dans le vide – un peu d'eau ne risquait pas de leur faire de mal.

Des nuages de vapeur s'élevèrent de l'installation, et Keven se retourna pour regarder les Jedi Avar Kriss et Elzar Mann agenouillés l'un à côté de l'autre, bras levés, paupières closes, tremblant sous l'effort tandis que la pluie détrempait leurs tuniques. Ils donnaient l'impression d'essayer de soulever un vaisseau spatial à mains nues. Le soleil brillait toujours au-dessus du plateau, et la lumière se déversait à travers la pluie, créant un halo miroitant tout autour d'eux.

Au-dessus des Jedi, l'écran-vid se mit enfin à diffuser quelque chose de nouveau : une région inhabitée de l'espace où la trente-quatrième Émergence allait se produire.

Il n'y en avait eu que trente-trois jusqu'à présent.

Le système fonctionnait ! Il prédisait l'emplacement des prochaines Émergences, et tant que la pluie continuerait à tomber, il n'y avait pas de raison qu'il s'arrête.

Keven réalisa qu'il n'avait pas échoué en fin de compte. Lui, Keven Tarr, le fils d'un fermier de Hetzal Prime, avait craqué l'hyperespace.

Quelle étrange galaxie c'était là.

CHAPITRE TRENTE

ELPHRONA.

Penché sur le cou de son aciérée, Porter Engle lui murmura à l'oreille tout en calmant les muscles tremblants de la bête à l'aide de la Force.

— Tu es un être de lumière. Tu ne connais pas la douleur, tu ne connais pas la fatigue, tu ne connais pas la peur. Tu n'es que lumière et vitesse, et il n'y a rien de plus beau dans ce monde. Je suis là avec toi. Nous allons faire de grandes choses, toi et moi. Nous allons sauver cette famille.

La lame de son sabre laser vibrait dans sa main tandis qu'il galopait à la poursuite des salopards qui avaient arraché quatre innocents de leur foyer. Comment Loden les avait appelés, déjà ? Les Nihil.

Porter Engle n'était pas en colère. Voilà déjà près de trois siècles qu'il était un Jedi. Il ne savait que trop bien où menait la colère. Il avait trouvé un meilleur moyen d'exprimer ses émotions dans une situation comme celle-ci. Il n'était pas en colère.

Il était sûr de lui.

Sûr qu'une grande injustice avait été commise.

Sûr qu'il pouvait y remédier.

Et surtout…

… il était sûr – ça ne faisait pas l'ombre d'un doute – que ces… *Nihil…* ne referaient jamais une chose pareille.

D'une façon ou d'une autre.

Il avait pris la tête du groupe, chevauchant quelques mètres devant Loden Greatstorm et Bell Zettifar. Il les aimait bien, tous les deux. Loden avait le sens de l'humour, ce qui était plutôt bienvenu chez les Jedi. Porter en avait rencontré beaucoup dans l'Ordre qui prenaient les choses bien trop au sérieux. La vie était longue et ils bénéficiaient du don de la Force. Alors pourquoi se montrer si stoïques ? Les vœux ne voulaient pas dire qu'on était morts.

Et Bell… Bell était un jeune homme formidable. Encore en quête de lui-même, mais il n'avait que dix-huit ans. Porter ne devait pas bien se connaître non plus au même âge. Mais un jour, il ferait partie de ces Jedi que l'on montre comme figure d'exemple aux générations futures.

Pour peu que Loden ne l'ait pas tué à l'entraînement d'ici là.

Porter reporta son attention sur la tâche à accomplir. Des pentes accidentées de roche ferreuse s'élevaient de chaque côté et le chemin devant lui se rétrécissait. Les Jedi ne ralentirent pas, mais ils placèrent leurs aciérés les uns derrière les autres pour traverser le canyon en une file unique.

Les Nihil et leurs prisonniers se trouvaient encore assez loin, mais les Jedi gagnaient du terrain. Ça ne serait plus long à présent. Il se remémora d'antiques batailles, repensa aux stratégies utilisées dans différentes prises d'otages. Les Nihil estimaient manifestement que cette famille avait une valeur et éviteraient sans doute de les blesser autant que possible. Cela donnait à Porter et à son équipe un avantage. Toutefois, il allait falloir agir rapidement. Le mieux consistait à ce que l'un d'eux – Loden, probablement – utilise la Force pour libérer la famille des griffes des Nihil tandis que Bell et lui s'occuperaient des ravisseurs.

Il y avait des chances pour que ces Nihil n'aient jamais combattu de Jedi auparavant – c'était le cas de la plupart des gens, et même s'ils avaient entendu des histoires, ces simples récits ne pouvaient être comptés comme de l'expérience. Ils ignoraient donc peut-être à quel point il était idiot d'utiliser un blaster contre eux. Une décharge de blaster tirée sur un Jedi revenait quasiment à se tirer dess…

Un subtil parfum de danger, comme un signal d'alarme tiré soit par la Force, soit par son instinct forgé par une multitude de chevauchées à travers d'étroits canyons avec des ennemis à l'horizon. Le bruit d'un tir de fusil blaster. Porter Engle leva vivement son sabre laser, prêt à dévier l'attaque – sauf qu'il n'en était pas la cible.

Son aciérée se cabra et la douleur qui submergeait son esprit comme son cœur résonna à travers Porter. Il coupa le lien qui les connectait l'un à l'autre et bondit de sa selle tandis que l'animal s'effondrait, ses sabots métalliques creusant de profonds sillons dans le sol poussiéreux. Il décrivit un saut périlleux dans les airs, repoussant quelques tirs supplémentaires d'un revers de son sabre laser. Les Nihil s'étaient manifestement cachés dans les collines pour tendre une embuscade aux Jedi.

Porter retomba au sol.

— Bande de lâches ! cracha-t-il.

Une pluie de nouvelles décharges le prit pour cible, en provenance des deux côtés, mais il connaissait désormais les angles de tir et ces derniers, associés à leur cadence, lui fournirent une information essentielle : il n'y avait que deux tireurs.

— Continuez ! lança-t-il à Loden qui avait légèrement ralenti sa monture. Ne laissez pas les autres Nihil conduire la famille jusqu'à leur vaisseau ! Je me charge de ces monstres et je vous rejoins dès que possible.

Loden hocha la tête sans un mot, puis Bell et lui poursuivirent leur route au triple galop, tout en déviant quelques décharges perdues.

Porter Engle se retrouva seul au milieu du canyon, non loin du cadavre de sa monture, une noble bête qui voulait seulement bien faire.

— Vous vous croyez malins, hein ? Abattre mon aciérée pour me couper l'herbe sous le pied ?

Silence au sommet des collines. Pas de tirs, ni de mouvements. Peut-être étaient-ils, en fin de compte, plus malins que ce qu'il pensait. Ils devaient sans aucun doute être en train de faire le tour, en quête d'un meilleur emplacement pour lui tirer dessus. Peu importe. Il les attendait de pied ferme.

Il cria vers un éboulis en hauteur :

— Avant que vous ne tuiez mon aciérée, je dois admettre que je n'avais pas encore décidé ce que j'allais faire de vous. Toutes les options étaient sur la table. Mais cette créature vivait dans la lumière, et vous la lui avez volée. Vous n'en aviez pas le droit. Merci de m'avoir montré votre vraie nature. Ça me facilite les choses.

Il tournait lentement sur lui-même en scrutant les collines, son sabre laser dressé devant lui. Il savait ce qui allait se passer. Quiconque préférait abattre la monture d'un homme plutôt que de s'en prendre au cavalier, quiconque tendait des embuscades était du genre à…

Des tirs de blaster, trois décharges, dans son dos. Forcément.

Porter fit volte-face, bloqua la première, la deuxième, puis renvoya la troisième décharge directement d'où elle venait. Des mouvements tout en haut parmi les rochers. Il bondit dans les airs, certainement bien plus haut que ce à quoi ces lâches de Nihil devaient s'attendre. Et il repéra l'homme qui venait de lui tirer dessus. Porter projeta son sabre laser, et l'arme fendit l'air sous la forme d'un disque en rotation meurtrier.

Le sniper des Nihil plongea derrière un affleurement de roche ferreuse, croyant sans doute y trouver un abri. Ce ne fut pas le cas. La lame trancha la roche, puis transperça l'homme, et Porter regretta qu'une créature vivante et pourvue de raison, un enfant de la Force, ait fait des choix le poussant à une telle extrémité.

Le second bandit en embuscade tira sur Porter avant que le Jedi ne retouche le sol et n'ait récupéré son sabre laser. Encore dans les airs et privé de sa principale forme de protection, il se trouvait dans une situation un peu plus complexe à gérer – mais il arrivait de temps en temps aux Jedi de perdre leur arme, et tout Chevalier digne de ce nom consacrait de nombreuses heures à développer des stratégies pour se défendre sans son sabre.

Porter Engle tendit la main, paume ouverte, et, puisant dans la Force, repoussa la décharge pour l'envoyer rebondir en direction des collines. Pas vraiment nécessaire. Il aurait pu se contenter de la dévier avec son esprit, ou de la figer sur place. Mais chasser une décharge de blaster d'un revers de main comme s'il s'agissait d'un insecte… cela faisait son petit effet.

— Je t'ai vu, mon ami ! cria-t-il en rappelant à lui son sabre laser. J'ai vu l'endroit où tu te cachais.

La poignée alla se nicher dans sa main avec un claquement qu'il avait toujours trouvé satisfaisant, ses doigts épais trouvant aussitôt leur marque sur le cylindre métallique usé par des dizaines de milliers d'heures d'entraînement et de combat.

— Et je te reverrai bientôt, ajouta-t-il.

Porter Engle piqua un sprint et prit la colline d'assaut, l'escaladant par bonds successifs de gauche à droite, se déplaçant probablement trop vite pour que le Nihil puisse le voir. Pas de nouvelles décharges de blaster. Quelque chose lui disait que le survivant avait fini par renoncer à son embuscade et préféré s'enfuir.

Lorsqu'il atteignit le sommet du versant, il sut qu'il avait vu juste. Juché sur un autre aciéré, le Nihil essayait de faire avancer l'animal à l'aide de furieux coups de talon. Il ne criait pas sur la pauvre créature dont la tête restait baissée et les sabots ancrés dans le sol – il ne voulait pas risquer de faire du bruit –, mais Porter était persuadé que, dans d'autres circonstances, il aurait insulté sa monture en faisant appel à toutes les injures possibles et imaginables.

— Je parie que c'est toi qui as abattu ma bête, dit Porter.

Le Nihil pivota sur sa selle. Son blaster fit feu et le duel s'acheva de la seule façon envisageable.

Porter était parfaitement sûr de lui.

Le Nihil tomba de sa monture, un trou fumant dans son masque.

Porter Engle ne perdit pas plus de temps avec lui. Il désactiva son sabre laser et le rangea d'un coup sec dans son étui, puis il s'approcha de l'aciéré traumatisé, une main tendue devant lui.

— Salut, p'tit gars… Tu es un être de lumière. Ça te dirait qu'on fasse une bonne action, toi et moi ?

La bête le dévisagea, les yeux écarquillés de peur. Le Jedi lui toucha le flanc, et elle se calma. Enroulant sa bride autour de ses mains, il se prépara à se hisser sur son dos.

Soudain, le Nihil avec le trou dans son masque *se redressa*. Il leva son blaster pour tirer – et Porter Engle réalisa que le bandit appartenait probablement à l'une de ces espèces dont le cerveau se trouvait ailleurs dans leur corps, ce qui signifiait qu'il pouvait survivre à un tir en pleine tête, et que le Jedi, dont les mains étaient occupées avec l'aciéré, était sur le point de mourir.

Toutes ces pensées lui traversèrent l'esprit, accompagnées d'un étrange sentiment de tristesse à l'idée d'une recette de tourte qu'il n'aurait jamais l'occasion d'essayer, puis il se prépara à rejoindre la Force.

Une ombre noire, grise et rouge orangé bondit des rochers, droit sur le Nihil blessé.

Tison, pensa Porter Engle, abasourdi. Il avait totalement oublié l'animal.

Le carbocanin entrouvrit la gueule et une immense giclée de flammes jaunes en jaillit, embrasant le Nihil avant qu'il n'ait le temps de lever son blaster pour se défendre. Un étrange cri sourd s'éleva du masque du bandit, et il se mit à rouler sur le sol pour tenter d'éteindre le feu qui consumait son corps. Tison ne s'arrêta pas là, elle continua d'envelopper le Nihil de flammes jusqu'à ce qu'il arrête de crier, puis de bouger.

Alors Tison ferma la gueule et, en quelques pas feutrés, alla rejoindre Porter Engle qui, se baissant avec précaution, la gratta derrière l'oreille. Elle était encore chaude, un peu comme son four à l'avant-poste. Il se dit que tout cela était parfaitement logique. Elle devait les avoir suivis jusqu'ici depuis la ferme incendiée.

Ses compagnons et lui avaient été si préoccupés par leur course-poursuite avec les Nihil qu'ils n'avaient pas envisagé qu'ils puissent eux-mêmes être poursuivis.

— C'est bien, ma belle. C'est très bien.

Porter monta en selle et se mit en route. Il redescendit le versant à un rythme soutenu, Tison l'accompagnant de ses grandes foulées souples, puis ils s'élancèrent en direction de Bell, Loden et la famille qu'ils essayaient de sauver.

Loden Greatstorm et Bell Zettifar gagnaient progressivement du terrain sur les Nihil qu'ils pourchassaient, mais ils ne les avaient pas encore tout à fait rattrapés. Désormais, les vaisseaux des ravisseurs étaient visibles, stationnés sur le sable couleur rouille juste à l'extérieur de la zone d'exclusion aérienne. Il y en avait deux, et on aurait dit deux tas de cubes et de piques soudés ensemble, marqués l'un comme l'autre par les trois traits en dents de scie qu'ils avaient vus sur la porte des Blythe. Les Nihil avaient presque atteint les appareils, leurs prisonniers toujours dans le petit chariot qui filait à leurs côtés.

— Nous n'arriverons jamais à les rattraper à temps, commenta Bell.

— Je sais, dit Loden.

Il lâcha les rênes de son aciéré, mais la créature, lancée au triple galop, ne ralentit pas pour autant, des étincelles jaillissant à chacune de ses foulées. Bell supposa que son maître dirigeait sa monture à l'aide de ses genoux et d'une pression judicieuse de la Force. D'un geste fluide, Loden fit glisser le tube métallique récupéré sur l'épave de leur Vanguard par-dessus son épaule. Il sortit son sabre laser de son étui, le plaqua contre le panneau connecté aux composants électriques du tube, et l'alimentation située à l'autre extrémité s'illumina d'une lueur dorée, identique à celle de la lame de Loden.

Bell comprit ce que Loden avait pris dans leur véhicule : le canon laser du Vanguard, son arme anti-vaisseau à verrouillage kyber. Il retint son souffle. Il n'arrivait pas à croire ce qui était sur le point de se passer.

Loden tira, et une décharge de lumière jaune jaillit de l'extrémité du tube comme une lame de sabre laser, mais en plus dense, plus *tangible.* Les contours d'une lame de sabre s'estompaient dans une blancheur intense, mais ce faisceau s'épaississait, s'assombrissait dans une couleur ambrée semblable aux premiers rayons d'un lever de soleil automnal. Et ce *bruit* – Bell l'entendait avec ses os, pas ses oreilles. Lorsque l'arme fit feu, tout autre son cessa d'exister.

L'aciéré de Bell se cabra et il eut toutes les peines à le maîtriser. Aussi ne put-il voir l'impact de la décharge. Il l'entendit, toutefois : un bruit totalement unique de métal soumis à une surchauffe instantanée pour finir par se vaporiser, suivi de deux *bam* distincts.

Quand sa monture, enfin calmée, repartit en avant pour rattraper Loden – dont l'aciéré n'avait pas bronché, bien sûr –, Bell vit ce que l'arme avait fait. L'un des deux vaisseaux des Nihil avait été tranché en deux et la partie centrale de l'appareil avait tout simplement… disparu. Les deux sections restantes avaient basculé chacune de leur côté et des étincelles ainsi que des flammes s'élevaient des rebords surchauffés.

— Ouah, souffla Bell.

D'une pression des genoux, il poussa son aciéré à accélérer et cria en direction de Loden :

— Faites pareil avec le second vaisseau !

— Impossible ! répondit son maître.

Il indiqua quelque chose devant eux avec l'arme fumante puis s'en débarrassa en la jetant sur le côté. Le tube tomba au sol dans un fracas métallique et fut distancé en un instant.

Bell regarda dans la direction indiquée par Loden. Il comprit immédiatement. Conscients de la menace qui planait sur le seul vaisseau qui leur restait, les Nihil s'étaient décalés de façon à ce que le chariot contenant la famille kidnappée se trouve dans leur ligne de mire. Le canon du Vanguard n'était pas une arme de précision, du moins pas quand il était désolidarisé du véhicule. Tenter de tirer aurait été trop risqué : la famille serait certainement tuée sur le coup.

— C'est peut-être aussi bien, commenta Loden. Un second tir et ce truc aurait pu me péter entre les doigts. J'ai dû laisser le module de refroidissement à bord du V-Roue.

— Alors qu'est-ce qu'on fait, maître ?

— Notre possible, répliqua-t-il.

Pas rassurant. Si Loden Greatstorm était à court d'idées, l'heure était grave.

Ils se rapprochaient des Nihil et la complexité de la situation commençait à entraver l'aptitude de Bell à planifier l'action suivante. Il allait devoir se fier à la Force, la laisser guider ses choix.

Quelque chose se produisit devant eux. Bell et Loden entendirent un tir de blaster, et peu après quelqu'un fut projeté hors du chariot. Les Nihil poursuivirent sur leur lancée, abandonnant le corps immobile étendu sur le sol dur.

— Ce n'était pas un Nihil, nota Bell. Il n'a pas de masque. Est-ce qu'ils ont tué l'un des otages ?

Loden resta silencieux.

Les Jedi firent accélérer leur monture, la silhouette au sol devenant plus nette à chaque mètre. Il s'agissait de la mère.

— Elle est en vie, indiqua Bell. Je peux encore la sentir.

Comme pour confirmer les paroles du Padawan, la femme leva un bras : un geste empreint de douleur et de fragilité, même à cette distance.

Derrière elle, les Nihil avaient presque atteint leur vaisseau.

Les Jedi rejoignirent la femme. Ils stoppèrent leurs montures et bondirent à terre. Elle présentait une plaie fumante sur le côté – ce n'était probablement pas mortel, en tout cas, pas dans l'immédiat.

— Je vous en prie, dit-elle d'une voix faible, mes enfants, mon mari. Je vous en prie, vous devez…

— On va s'en occuper, répondit Loden avec confiance – réelle ou bien destinée à rassurer la femme, Bell l'ignorait. Comment vous appelez-vous ?

— Erika. Erika Blythe.

Loden tendit la main vers sa blessure.

— Erika, je peux faire quelque chose pour ça. Avec la Force, je peux vous stabiliser assez longtemps pour que vous puissiez retourner à notre avant-poste – il y a de quoi vous soigner, là-bas.

— Mais ma famille…, rétorqua-t-elle, sa voix s'affermissant à mesure que Loden faisait ce qu'il pouvait pour la soulager.

— Nous allons les sauver, lui assura-t-il à nouveau.

À travers la plaine au sol induré, un bruit parvint au trio : les moteurs du vaisseau des Nihil qui s'allumaient.

— Non ! s'écria Erika Blythe en essayant péniblement de se relever.

Bell se demanda ce qu'elle imaginait pouvoir faire, mais le désespoir dans sa voix semblait plus intense encore que ce que la douleur devait lui infliger.

Loden se releva vivement et dégaina son sabre laser.

— Qu'y a-t-il, maître ?

Le vaisseau des Nihil s'éleva dans les airs et s'éloigna rapidement. Loden activa la lame de son sabre.

Le vaisseau décrivit un arc de cercle, fit demi-tour et retroussa chemin. Droit sur eux.

— Est-ce qu'ils reviennent la tuer ?

— Non, dit Loden. Elle servait d'appât. Ils savaient que nous nous arrêterions pour nous occuper d'elle. C'est *nous* qu'ils vont essayer de tuer.

L'appareil des Nihil virevolta dans leur direction, hideux et brutal, les trois éclairs dessinés à la peinture réfléchissante sur sa coque miroitant sous les rayons éblouissants du soleil d'Elphrona.

— Reste derrière moi, Padawan, ordonna Loden. Protège Erika.

Comment ? se demanda Bell. *C'est un vaisseau !*

Mais il se montra obéissant. En absence d'une meilleure idée, il se plaça entre le vaisseau des Nihil et la femme blessée, puis tendit la main vers son sabre laser.

Loden changea de position pour se placer de profil par rapport au vaisseau en approche. Son genou avant était fléchi et il tenait la poignée de son sabre laser à deux mains. Il ressemblait à un mur en duracier. Indestructible.

Mais c'est un vaisseau ! songea à nouveau Bell.

Les Nihil firent feu et une pluie mortelle jaillit des canons laser de l'appareil. La plupart des tirs le manquèrent – une personne constituait une petite cible pour un vaisseau – mais quelques-uns étaient mieux ajustés.

Loden Greatstorm rugit, un cri de guerre qui résonna à travers les plaines désolées d'Elphrona. Son sabre laser fendit l'air, trop vite pour que Bell réussisse à comprendre ce qu'il faisait, et les rayons laser se dispersèrent. Les pieds de Loden dérapèrent vers l'arrière, soulevant un nuage de poussière rouille, et il grommela comme si une immense masse lui avait donné un violent coup dans l'estomac.

Il tomba à genoux et la lame de son sabre se désactiva dans un vacillement, tandis que le vaisseau des Nihil fusait au-dessus de leur tête.

— Maître ! s'écria Bell.

— Je… vais bien. Mais… je ne pense pas pouvoir le faire… à nouveau.

Bell leva les yeux. L'appareil des Nihil faisait demi-tour pour effectuer un second passage.

Il activa son sabre laser et la lame verte se déploya en vrombissant.

Il se plaça de profil par rapport au vaisseau et fléchit son genou avant. Il se transforma en un mur que rien ne pourrait transpercer.

Ça ne marchera jamais, songea-t-il. *Si Loden a tout juste réussi à le faire…*

Ça ne fonctionnerait peut-être pas. Mais quel autre choix avait-il ?

Bell se projeta dans la Force.

Une pluie de laser, là-haut dans les airs. Cinq tirs.

Bell s'arma de courage, son regard tourné vers l'intérieur, non vers le ciel.

Un nouveau bruit : une explosion, comme une toux, étouffée.

C'était…

Il releva vivement la tête, juste à temps pour voir deux Vectors Jedi passer au-dessus du vaisseau des Nihil, dont l'un des moteurs laissait échapper une épaisse fumée noire.

Ils décrivirent un arc de cercle extrêmement serré, une Dérive de deux appareils, et tandis qu'ils s'inclinaient, Bell vit que seul un des cockpits était réellement occupé.

— Indeera, dit Loden en se remettant péniblement sur ses pieds. Par la lumière, regarde là !

Ébahi, Bell prit conscience de ce qu'il avait sous les yeux. Indeera pilotait *les deux vaisseaux*. Certaines fonctions des Vectors pouvaient être commandées à distance par le biais de la Force en cas d'extrême urgence – mais activer une fonction était une chose et piloter l'appareil entier en était une autre ! Indeera répliquait les mouvements qu'elle faisait dans son propre Vector à bord du second vaisseau, un véritable tour de force que Bell avait du mal à saisir parfaitement.

C'était spectaculaire.

Les Nihil semblaient plus terrifiés qu'impressionnés. Leur vaisseau se tourna vivement vers le haut et prit la direction de l'espace, accélérant lentement, une traînée de fumée dans son sillage.

Les deux Vectors descendirent se poser non loin de Bell, Loden et Erika. La manœuvre ne se fit pas de la façon la plus douce qui soit – les appareils rebondissant à plusieurs reprises sur le sol avant de s'immobiliser –, mais étant donné la prouesse réalisée par Indeera, Bell ne se sentait pas tellement autorisé à critiquer.

Les deux cockpits s'ouvrirent et Indeera apparut.

— Venez ! cria-t-elle. On peut essayer de les rattraper avant qu'ils ne rejoignent la zone d'entrée en hypcrcspacc ct s'cnfuicnt !

Loden se tourna vers Bell.

— Je t'aurais bien pris avec moi, mon apprenti, mais il faut que tu ramènes Erika à l'avant-poste. Tu as deux aciérés. Une fois sur place, conduis-la à l'infirmerie et…

— Je sais ce qu'il faut faire, maître.

Il n'était pas déçu, pas vraiment, mais il savait où son aide pouvait être la plus précieuse, et ce n'était pas en ramenant lentement mais sûrement Erika Blythe à leur avant-poste.

— Elle n'y survivrait pas, s'éleva une voix.

Bell et Loden se retournèrent et virent Porter Engle, comme apparu de nulle part, Tison à ses côtés. Un troisième aciéré se tenait non loin, et le vieux Jedi avait mis un genou à terre à côté d'Erika, sa main flottant au-dessus de sa plaie.

— C'est grave. Elle a besoin d'être soignée en cours de route. Je vais devoir me charger de la ramener. Je suis le meilleur infirmier de nous quatre, et de loin.

Loden ne perdit pas une seconde. Les Nihil s'éloignaient un peu plus à chaque instant.

— Que la Force soit avec toi, Porter. Bell, avec moi.

Il courut en direction du Vector en attente.

— Le moment est venu de voler.

CHAPITRE TRENTE ET UN

ESPACE PROFOND.
LONGBEAM DE LA RÉPUBLIQUE *AURORA III*.

Pikka Adren s'étira, et sentit ses muscles se détendre un petit peu. Elle aurait voulu demander à Joss de lui masser les épaules, mais la trente-neuvième Émergence ne devait plus tarder à se produire et elle ne voulait pas qu'il se trouve hors du fauteuil de pilote quand cela arriverait. Il leur restait encore quelques minutes, mais il était inutile de prendre un tel risque.

Son mari pourrait bien la masser plus tard. Pour peu, toutefois, que « plus tard » finisse un jour par arriver. Sans trop savoir comment, ils s'étaient retrouvés enrôlés dans l'équipe chargée de gérer toutes les répercussions de la catastrophe du *Legacy Run*, et cela lui convenait plutôt bien – ils touchaient une prime de risque en plus de réaliser une bonne action –, mais ils étaient censés être en *vacances*. Elle leur avait réservé un séjour sur Amfar où ils devaient aller se reposer une fois leur mission d'aide à la construction du Flambeau Stellaire terminée, mais ce moment était loin derrière eux à présent. Pikka avait déjà perdu l'acompte et elle ignorait si la République accepterait de lui rembourser le montant ou si…

Arf. Elle s'en voulait de s'inquiéter de choses aussi insignifiantes. Joss et elle étaient littéralement en train de sauver la galaxie, là. Ou en tout cas, une grosse partie de la galaxie.

Mais tout de même. En ce moment précis, elle aurait dû se trouver sur une plage, en tenue légère, en train de siroter une boisson délicieuse, son beau mari étendu à côté d'elle dans le plus simple appareil lui aussi, tous deux occupés à penser à ce qu'ils feraient plus tard, une fois débarrassés de ces tenues légères, avec en tête toutes sortes d'idées inventives pour se faire du bien.

— Tu es prête, ma chérie ? demanda Joss.

Il avait l'air excité. Manifestement, il ne regrettait pas la plage. Ce genre de situation le faisait vibrer.

En même temps, songea-t-elle, *moi aussi*.

Un couple de bricoleurs free-lance prêts à sauver les Territoires de la Bordure Extérieure, main dans la main, et avec panache. Plutôt pas mal.

— Prête, mon chéri, dit-elle en posant les mains sur sa console.

— Je viens de faire le tour du reste de l'équipe, indiqua Joss. Tout le monde est paré. Peu importe ce qui va apparaître, on saura gérer.

Pikka acquiesça dans un murmure, arrachant ses pensées d'Amfar pour se concentrer sur la tâche à venir. Manifestement, la République avait trouvé un moyen de prédire où se produiraient les prochaines Émergences – elle avait entendu parler d'une sorte de mégaprocesseur composé de dizaines de milliers de droïdes reliés à la Force, capable de deviner l'avenir, mais ça devait être des foutaises. En tout cas, ils avaient identifié trois zones comme étant les lieux les plus probables où pourrait débarquer l'enregistreur de données de vol du *Legacy Run*, et avaient monté une équipe pour intercepter ces Émergences de manière successive.

Des équipes supplémentaires s'occupaient de retrouver de potentiels survivants sur les sites des autres Émergences. Il restait possible que des gens soient toujours en vie à bord des modules de passagers en dépit du temps qui s'était écoulé depuis la catastrophe originelle, et tout était mis en œuvre pour les ramener sains et saufs chez eux. Ces missions étaient évidemment extrêmement importantes, mais retrouver l'enregistreur de données de vol était crucial : il pourrait apporter des réponses sur les causes de la destruction du vaisseau et aider à éviter que cela se reproduise.

Le blocus hyperspatial de la Bordure Extérieure était toujours en vigueur, et Pikka savait que de nombreux mondes en souffraient. Des rumeurs faisaient état d'émeutes de la faim dans les villes-gouffres d'Utapau, quand bien même la Chancelière Soh avait autorisé le transport d'aide d'urgence. Et bien sûr, la construction du Flambeau Stellaire s'était finalement achevée, mais l'inauguration et l'ouverture officielles avaient été reportées. Du point de vue de sa fierté professionnelle, cela piquait un peu. Cet endroit allait être merveilleux, et aider une foule de gens. Joss et elle avaient travaillé dur sur ce projet à leur petite échelle, et elle avait envie de voir la station opérationnelle en temps et en heure.

L'équipe de recherche comprenait quatre Longbeams et deux Vectors Jedi. Il s'agissait de ses vieux amis, Mikkel Sutmani et Tc'Ami, ce qui était plutôt logique. Après tout, c'était eux quatre qui avaient imaginé les techniques utilisées dans le Système Hetzal pour sauver la Lune Racine lors de la catastrophe originelle. Ils avaient depuis peaufiné la méthode et se sentaient désormais prêts à gérer toutes les situations possibles.

Pikka songea que cette Émergence ne serait sans doute qu'un morceau d'épave sans aucun intérêt. Auquel cas, ils le laisseraient passer sans rien faire. Ils se trouvaient dans une région inhabitée de l'espace, loin de tout ce qui aurait pu se sentir menacé par un fragment de vaisseau.

— J'ai fait chauffer le système d'armement, dit-elle. Tout le reste est paré également : les magnégriffes, le carburant semble OK, et tout le toutim.

— Nickel. Dès qu'on en aura fini ici, il faudra qu'on file aux coordonnées de l'Émergence suivante. On aura tout juste le temps de faire le trajet.

— Tu crois vraiment qu'on pourrait avoir à se battre ?

— J'en doute, mais tu sais ce qui s'est passé à Eriadu. Quelqu'un d'autre a réussi à prédire une Émergence. Trois, même. On recherche un vaisseau appelé le *New Elite*, une corvette modifiée. L'Amiral Kronara en a parlé au briefing. On ignore encore à quel point ils sont impliqués, mais il y a une petite chance pour qu'ils se pointent ici aussi. Il faut qu'on soit prêts à tout. Si on doit se battre, on se battra.

À titre personnel, Pikka avait plutôt prévu de laisser les Jedi s'en charger si une telle situation venait à se présenter. Elle n'avait pas peur de combattre, mais n'était rien de plus qu'une mécanicienne, au final. Elle serait plus qu'heureuse de laisser les magiciens de l'espace mener les combats.

— La voilà qui arrive, annonça Joss. Émergence trente-neuf dans cinq, quatre, trois…

— … deux, un, égrena Belial depuis son poste de surveillance. La voilà.

— Scanne-la, et dis-moi si ça ressemble à l'enregistreur de données de vol, ordonna Lourna Dee.

Debout et bras croisés sur la passerelle de son vaisseau amiral, le *Lourna Dee*, elle contemplait la petite flotte que la République avait rassemblée pour leur petite mission. De vrais héros. Hourra !

Lourna Dee aimait son vaisseau, et c'est pourquoi elle lui avait donné son nom. Quiconque avait un problème avec ça était libre d'en discuter avec elle. Jusqu'à présent, ça ne semblait avoir dérangé personne.

Chacun des Maîtres-Tempête de Marchion Ro possédait son vaisseau de guerre personnel, qui témoignait du goût de son propriétaire et des possibilités offertes au sein de l'organisation. Travaille dur, pille et traque avec cœur, suis les Sentiers, et toi aussi, un jour, tu auras peut-être ton propre vaisseau de guerre customisé. L'intérieur du *New Elite* de Kassav ressemblait à une boîte de nuit miteuse. Le vaisseau de Pan Eyta, l'*Elegancia*, était magnifique, ses surfaces recouvertes de cuir velours, son éclairage conçu pour souligner de façon parfaite chaque idée d'aménagement raffinée qu'il avait eue.

Le *Lourna Dee* était unique, mais d'une tout autre manière.

Le croiseur était équipé de divers dispositifs et boucliers qui le rendaient quasiment impossible à détecter sur un scan. Régulateur de chaleur, revêtement ablatif, moteurs à double étanchéité qui recyclaient presque toutes les émissions d'échappement dans les systèmes d'armement et de survie, ainsi que bien d'autres choses encore. Toutes ces modifications spéciales avaient coûté un paquet de crédits, mais avaient rendu le vaisseau mère de sa Tempête quasi invisible même pour les senseurs les plus puissants.

Généralement, une attaque réalisée par le *Lourna Dee* se déroulait ainsi : le pilote ennemi pensait *Attends, d'où il vient, ce vaiss... ?* et ils étaient pulvérisés en un millier de particules.

Ici... Eh bien, cela restait à voir. Le *Lourna Dee* disposait de la force de frappe nécessaire pour détruire quatre Longbeams et une poignée de petits Vectors maigrelets, si elle parvenait à les prendre par surprise sans cesser de bouger. Mais cela signifiait sortir de l'ombre et ce n'était *pas* au menu de cette opération. Les Maîtres-Tempête étaient pour une fois tombés d'accord lorsqu'il avait fallu voter l'autorisation de cette mission : les Nihil devaient *absolument* éviter qu'on les croie liés de près ou de loin aux Émergences ou au *Legacy Run*.

Il y avait deux raisons à cela. Tout d'abord, il y avait évidemment le fiasco monumental de Kassav au-dessus d'Eriadu. Sa tentative stupide d'extorquer cette planète – une tentative qui, en plus d'avoir extrêmement mal tourné, était de toute évidence mue par la volonté du Weequay de garder la totalité des bénéfices pour lui-même – avait braqué un projecteur plutôt malvenu sur les Nihil. Les Eriaduans avaient diffusé le nom de cet idiot et les caractéristiques de son vaisseau sur tout l'HoloNet. Même s'il n'y avait pas de lien direct avec les Nihil, cela contribuait à réchauffer la piste. Et après cette débâcle, Kassav avait eu le culot de revenir en rampant jusqu'au Grand Hall. Il avait offert les trente millions de crédits qu'il prétendait avoir obtenus à cette occasion en échange de leur protection.

Pan Eyta et Lourna Dee avaient été d'avis de se débarrasser de Kassav sur-le-champ, de le jeter hors du hall – à la manière forte –, mais Marchion Ro avait voté pour qu'il reste avec eux, pour lui donner une chance de réparer ses dégâts. Il avait dit quelque chose sur le fait que son expérience pouvait leur être utile, vu que c'était un vieux de la vieille et que sa Tempête lui était extrêmement fidèle… peut-être que ce n'était pas le moment de créer du désordre dans les troupes. Et puis, de toute façon, comme Kassav n'avait pas eu le droit de voter, tout s'était résumé aux voix de Pan et de Lourna contre les deux de Marchion. Or comme la tradition chez les Nihil voulait qu'en cas d'égalité le choix de l'Œil l'emporte… Kassav était toujours des leurs.

La *seconde* raison qui faisait que cette mission était aussi importante tenait à quelque chose que Marchion Ro avait appris auprès d'un de ses espions républicains, la conseillère principale de ce vantard de sénateur de la Bordure Extérieure, Noor, qu'on entendait constamment déblatérer sur l'HoloNet. Selon l'espion, l'enquête de la République avait mis à jour des indices plutôt sérieux laissant entendre que la destruction du *Legacy Run* aurait été causée par la présence dans son hypervoie d'un vaisseau des Nihil, lui-même en transit le long d'un Sentier. Marchion avait recoupé plusieurs données, et cela semblait plausible. Le genre de surprise dont on se passerait bien…

Et maintenant, la République avait fabriqué une sorte de superdroïde capable d'effectuer des analyses hyperspatiales de haut niveau. Ça leur fournissait le moment et le lieu exacts de toutes les prochaines Émergences, y compris celles où l'enregistreur de données de vol du *Legacy Run* pourrait se trouver. Si les enquêteurs de la République mettaient la main dessus, ils pourraient probablement en tirer la preuve définitive que les Nihil étaient responsables de *tout* – pas seulement du travail bâclé de Kassav à Eriadu, même si on pouvait argumenter que la catastrophe aurait eu lieu avec ou sans lui, mais aussi de tous les morts de Hetzal, ceux d'Ab Dalis et tout le reste. Des Jedi avaient péri à

Hetzal. S'ils apprenaient que les Nihil étaient fautifs… eh bien, Marchion Ro semblait assez méfiant vis-à-vis de l'Ordre et Lourna Dee n'aimait pas trop non plus l'idée qu'ils se mettent à les traquer.

L'organisation entière des Nihil pourrait être menacée. Il ne fallait pas laisser la République trouver cet enregistreur de données de vol. Ils devaient le détruire et il n'y avait qu'un seul Maître-Tempête vraiment à même d'effectuer cette mission… Lourna Dee et sa corvette de combat furtive.

Voilà pourquoi elle se retrouvait là, tapie dans le système où Marchion Ro l'avait envoyée via un de ses Sentiers, restant cachée en attendant de savoir si cette Émergence deviendrait une cible ou si elle devait passer directement au site suivant sur la liste de l'Œil.

— Ce n'est pas l'enregistreur, décréta Belial, les yeux fixés sur ses écrans.

Le Devaronien n'était qu'un Nuage, pas encore un Orage, mais Lourna Dee avait dans l'idée qu'il ne tarderait pas à prendre du galon. Le gars était intelligent, compétent. Calme dans les situations de crise. Sans émotion. Les gens de cette trempe s'intégraient parfaitement dans son organisation.

— Ça ressemble à l'un des compartiments passagers.

— Yerk, dit l'un de ses lieutenants, un humain appelé Attaman. Vous croyez qu'ils sont encore vivants, là-dedans ? Ça doit faire des semaines qu'ils voyagent à travers l'hyperespace !

Lourna Dee ne répondit pas. Elle regarda les petits éclats lumineux au loin, signes que l'équipe de la République passait à l'action, un acte héroïque qui mènerait certainement à un sauvetage héroïque.

Elle faillit donner l'ordre de tirer. Elle en brûlait d'envie.

Une salve de missiles pourrait suffire à abattre les six vaisseaux, ainsi que le compartiment passagers du *Legacy Run*, et le tout arriverait si vite qu'ils n'auraient même pas le temps de réaliser qu'ils étaient morts.

Mais bien que l'idée soit plaisante en soi, il y avait des risques pour que ça tourne mal, et ils avaient déjà bien assez de problèmes comme ça. Marchion avait été extrêmement clair, au point que ça avait presque ressemblé à un ordre.

— Ne les laisse pas découvrir que tu es là, à moins que ce ne soit nécessaire. Si ce n'est pas l'enregistreur de données qui se pointe, tu te contentes de passer à la suite, avait-il dit.

Elle allait devoir le remettre à sa place un de ces quatre. Il y avait une hiérarchie à respecter. Honnêtement, elle aurait préféré le retirer totalement du jeu. Et si une telle opportunité ne se présentait pas, elle finirait simplement par s'attaquer à Kassav et à Pan Eyta. Elle prendrait certainement le risque. Vainqueur ou perdante, elle doutait que Marchion lui en veuille : c'était la façon de faire des Nihil.

Plus tard, peut-être, une fois que toute l'excitation autour de la catastrophe du *Legacy Run* serait retombée.

— Entrez les coordonnées et fichons le camp d'ici, ordonna Lourna Dee.

Marchion Ro leur avait fourni des Sentiers pour l'ensemble de l'opération, des routes à travers l'hyperespace qui leur assuraient de se rendre à l'emplacement suivant bien plus vitc que l'équipe de la République. Et s'il advenait que cette Émergence-là contienne l'enregistreur de données de vol, eh bien…

Peut-être qu'clle allait quand même pouvoir tuer quelqu'un aujourd'hui.

— On y est ! jaillit la voix de Joss Adren dans la comm. Les scans confirment que cette quarantième Émergence correspond à la portion de passerelle où était encastré l'enregistreur de données de vol du *Legacy Run*. Bon sang, j'ignore comment le méga-droïde de la République a pu le déduire, mais ils ont vu juste. Tout le monde en position. On a un Longbeam en moins, mais on s'y est préparés. On procède au plan d'extraction numéro quatre – étant donné la trajectoire du fragment, je pense que c'est ce qui sera le plus efficace. Vous savez ce que vous avez à faire, alors gardez votre sang-froid et faites-le.

Mikkel Sutmani poussa ses leviers de commande et son Vector bondit en avant. Il sentit Te'Ami faire de même, du côté de son aile tribord, quelque part hors de portée. Il voyait les trois Longbeams restants droit devant lui en train de rejoindre leur position.

Le quatrième Longbeam de leur équipe était resté en arrière sur le site de l'Émergence précédente pour porter secours aux survivants du *Legacy Run* qui se trouvaient à bord du fragment. Les colons traumatisés avaient besoin de soins médicaux et thérapeutiques : une poignée d'entre eux étaient morts au cours de leur voyage inimaginable, et l'horreur de cette expérience serait difficile à digérer. Ils allaient être conduits au *Panacea*, déplacé de l'endroit où il se trouvait au-dessus de Hetzal à un point de collecte près du Flambeau Stellaire. À bord, ils pourraient y retrouver d'autres survivants et être pris en charge par un personnel désormais bien formé à ce genre de problèmes. La situation était terrible – mais au moins étaient-ils vivants, et ne fonçaient plus sans but à travers l'espace avec pour seul horizon une mort lente et atroce.

Mikkel chassa les survivants de son esprit et se concentra sur la tâche qui l'attendait. Leur rôle ici était plus ou moins le même qu'au-dessus de Hetzal au moment de la catastrophe originelle : utiliser la Force pour ralentir le morceau de superstructure du *Legacy Run* tandis que les Longbeams s'y accrochaient avec leur magnégriffes et rembobinaient. Le fragment se déplaçait toujours à une vitesse incroyable, mais ils avaient tous déjà effectué la manœuvre plusieurs fois. Ce qui, à l'origine, leur avait semblé quasi impossible était à présent… eh bien, pas exactement de l'ordre de la routine, mais faisable.

— On met le paquet pour celui-là, OK, Te'Ami ? dit Mikkel en passant sur le canal comm limité aux Jedi.

Il entendit son traducteur convertir ses paroles de l'ithorien au basic pour qu'elle puisse comprendre.

— Le capitaine de la République est confiant, ajouta-t-il, mais on a un Longbeam en moins que prévu. Ça pourrait être un peu plus compliqué que ce à quoi on s'attendait.

— Entendu, répondit Te'Ami.

Leurs vaisseaux plongèrent en direction du fragment qui filait à travers l'espace – selon le même angle et la même vitesse, comme s'ils ne faisaient qu'un.

— Je me demandais, Te'Ami…, reprit Mikkel. Après l'épisode d'Eriadu, il semble clair que la République et les Jedi vont travailler ensemble pour traquer ce fameux Kassav. J'envisageais de me porter volontaire pour cette mission. Ça me semble un bon moyen de mettre mes compétences au service du bien commun. Je me disais que tu pourrais faire pareil ? On forme une bonne équipe tous les deux – c'est clair –, et tu es une Jedi remarquable. Je serais fier de t'avoir pour partenaire.

— Ouah, Mikkel, répondit Te'Ami, amusée. Je crois que je ne t'ai jamais entendu parler aussi longtemps. Aurais-tu oublié tes vœux ? Nous autres Jedi devons éviter toute forme d'attachement.

— Je ne suis pas *attaché*. Je pense juste qu'on pourrait faire du bon boulot, toi et moi. Apporter un peu de lumière à la galaxie. Nos talents se complètent bien.

— Je crois que je vais devoir te signaler au Conseil.

— Fais ce qui te semble approprié, rétorqua-t-il d'un ton sec que le traducteur transmit parfaitement.

Te'Ami s'esclaffa.

— Je te taquine, Mikkel. Je serais très heureuse d'être ta partenaire pour une mission. Si le Conseil est d'accord, on se lance dans la traque et on fouille chaque recoin de la galaxie à la recherche de…

L'écran du détecteur de menaces s'alluma. Des missiles, venus de nulle part, une grosse salve, au moins une douzaine, se dirigeaient droit sur le fragment de l'enregistreur de vol.

— Qu'est-ce que c'est ? demanda Mikkel.

— Ils visent le fragment, dit Te'Ami. Ils veulent détruire l'enregistreur de données de vol !

— Hmm. Peut-être que c'est de nouveau ce Kassav. On dirait qu'on va devoir accomplir cette fameuse mission un peu plus tôt que prévu, Maître Te'Ami.

— On dirait, en effet, Maître Sutmani.

Mikkel tira son sabre laser de son étui et l'appuya contre le panneau d'activation de son tableau de bord – l'affichage de son système d'armement se déverrouilla et s'activa dans une lumière verte tandis qu'il se connectait au cristal de la poignée de son sabre.

Sur ses écrans, il vit que les Longbeams avaient également pris conscience de la menace : les trois vaisseaux se dispersaient pour rejoindre une position d'où ils pourraient essayer de tirer sur les missiles.

Ses systèmes remontèrent la trajectoire des projectiles en quête d'un point d'origine et tombèrent sur… rien. Le vide de l'espace. Avec un tel nombre de missiles, il aurait dû y avoir un bâtiment de guerre de bonne taille, mais rien de tel n'apparaissait sur ses écrans.

Il mit la question de côté. L'identité de leur assaillant pouvait attendre. Protéger le fragment, c'était l'urgence première.

Mikkel fit feu et les lasers fusèrent des canons de son Vector en direction des missiles. À ce moment-là, les Longbeams avaient commencé à tirer également : un mixte de mesures offensives et défensives, déployées soit pour détruire soit pour détourner les missiles. Peu importe ce qui fonctionnait, tant qu'aucun des projectiles n'atteignait l'enregistreur de vol.

L'un des missiles vira en direction de l'une des mesures défensives : un nuage de leurres à commande statique émis par un Longbeam, conçu pour offrir une fausse cible attrayante au système de repérage du projectile. Le Longbeam qui avait envoyé l'appât ne recula pas, se tournant déjà vers une autre cible, partant du principe que le missile exploserait automatiquement au contact du leurre. Au lieu de cela, l'arme pénétra dans le nuage instable et tourbillonnant… mais il n'y eut pas d'explosion. Mikkel devina ce qui allait se passer, toutefois il était trop loin pour intervenir. Il n'avait pas le temps. Il se projeta dans la Force, mais il *n'avait pas le temps*. Le missile émergea de l'autre côté du nuage de leurres et percuta de plein fouet la coque du Longbeam.

Cette fois, il y eut bien une explosion.

— *Blast !* jaillit la voix de Joss Adren dans la comm.

Personne ne dit plus rien. Les Jedi et les deux derniers Longbeams se mirent au travail, sans savoir où se trouvait la source des missiles, sans savoir s'ils s'apprêtaient à mourir ou non, se contentant de faire ce qu'ils pouvaient.

Sous les yeux de Lourna Dee, une poignée supplémentaire de ses missiles fut détruite, ou explosa sans faire de dégâts contre les défenses déployées par les Longbeams. Elle en avait encore cinq en jeu, cependant, et il suffisait qu'un seul touche sa cible. La victoire n'était plus qu'une question de temps.

Il lui restait également de nombreux missiles en réserve, même si elle ne voulait pas déployer une autre salve à moins que ce ne soit absolument nécessaire. Le *Lourna Dee* avait changé de position immédiatement après avoir tiré, mais les équipes de la République savaient qu'elle était dans le coin à présent. Il y avait de grandes chances pour qu'ils parviennent immédiatement à repérer la signature du *Lourna Dee* si elle devait tirer à nouveau.

L'objectif consistait à détruire l'enregistreur et de repartir aussitôt en hyperespace. C'était tout.

Toutefois, s'il fallait en arriver là, elle pulvériserait avec plaisir jusqu'au dernier de ces vaisseaux au passage.

Avec plaisir.

Mikkel fit feu et le missile qu'il avait visé explosa quelques secondes seulement avant d'atteindre le fragment.

Il se laissa retomber dans son fauteuil, un soupir de soulagement s'échappant de chacune de ses bouches.

Plus que deux projectiles, mais aucun n'était à portée de ses canons. C'était aux autres de jouer à présent.

Il observa le Longbeam de Joss et Pikka Adren projeter ces magnégriffes dont ils se montraient toujours si fiers – toute une batterie, sans doute la totalité de ce que leur vaisseau avait en réserve, entraînant avec eux des câbles fins interminables –, et le missile changea de trajectoire, détourné par la force d'attraction générée par les griffes.

Ingénieux.

Le missile explosa, et même si les magnégriffes avaient probablement été détruites dans l'opération, il restait encore un Longbeam capable d'extraire l'enregistreur de données de vol : il restait possible d'accomplir la mission.

Il n'y avait plus qu'un seul missile ennemi, et Te'Ami se dirigeait vers lui selon une trajectoire d'interception. Aucun des Longbeams, ni Mikkel lui-même, n'était en position pour l'atteindre – mais Te'Ami pouvait le détruire sans problème. C'était une tireuse exceptionnelle.

Et en effet, une salve de feu laser jaillit de l'avant de son Vector – qui manqua la cible, mais de peu… – puis un autre missile apparut soudain sur les écrans de Mikkel, qui se dirigeait droit sur Te'Ami. L'ordinateur de visée du Jedi essaya d'en déduire l'emplacement de leur assaillant. Une silhouette vacillante se matérialisa vaguement sur ses écrans… puis disparut. Quel que soit le vaisseau qui leur tirait dessus, il possédait manifestement une sorte de dispositif de dissimulation – mais ce n'était pas le problème principal à cet instant.

— Te'Ami ! Il y a un autre missile ! Je ne peux pas…

— Je le vois, Mikkel. Silence, maintenant. J'ai du pain sur la planche.

Mikkel Sutmani se contenta donc de regarder, avec le même sentiment d'impuissance que celui ressenti face à la destruction du Longbeam quelques instants plus tôt, mais mille fois plus fort. Te'Ami fit accélérer son Vector, s'efforçant à la fois de semer le missile qui la poursuivait et d'arrêter le projectile d'origine avant qu'il ne frappe l'enregistreur de vol.

Son Vector enchaîna culbutes et cabrioles, ses canons crachant sans discontinuer – en vain – tandis qu'elle essayait de toucher sa cible et d'échapper à ce qui l'avait pris, elle, en chasse.

Mikkel poussa son propre Vector en avant, même s'il savait, une fois encore, qu'il n'avait pas le temps. Il se projeta dans la Force, persuadé qu'à travers elle tout était possible, persuadé qu'il *pouvait* atteindre le missile qui poursuivait le vaisseau de Te'Ami pour le faire changer de trajectoire ou exploser. Il percevait la vitesse de l'engin, ses contours, son revêtement métallique, ses gaz d'échappement brûlants qui le propulsaient en avant en direction de sa camarade Jedi.

— Je l'ai, déclara Te'Ami dans la comm d'une voix satisfaite, sereine.

Mikkel tenait presque le missile… Il le sentait, avait l'impression de l'agripper dans sa main. Il pouvait le détruire. Son alliée était la Force, et c'était de ses alliés la plus puissante. Il crispa ses doigts autour du projectile… et soudain il disparut dans une boule de feu brutale. Mais pas de son fait.

Il avait disparu.

Et Te'Ami aussi.

Le chagrin le frappa à la manière d'une onde de choc, aussi intense que celle qui venait de tuer sa collègue. Mikkel serra les poings, sonda son esprit en quête de calme.

Les instruments de visée de son Vector affichèrent une série de données : le profil complet et l'emplacement du vaisseau qui venait d'assassiner Te'Ami, ainsi que les caractéristiques détaillées de ses armes et de ses systèmes de défense.

— Ouah, vous avez vu ça, les gars ? Cible acquise : corvette de combat… laide comme un pou, commenta la voix de Joss Adren. Pas le *New Elite*, un autre vaisseau. Maître Sutmani, que diriez-vous qu'on aille lui régler son compte, avec votre Vector et mon Longbeam, pendant que la Capitaine Meggal récupère l'enregistreur ?

Mikkel ne répondit rien. Il ne se demanda pas d'où venaient ces informations, et ne se posa aucune autre question d'ailleurs. Il se contenta de pousser ses leviers de commande au maximum, et les moteurs de son Vector répondirent dans un rugissement.

J'ai du pain sur la planche, pensa-t-il.

— *Blast !* s'exclama Lourna Dee, montrant plus d'émotions qu'elle n'avait l'habitude de le faire.

Le satané Jedi avait abattu son dernier missile avant qu'il ne parvienne à atteindre l'enregistreur de vol. Certes, ce Jedi-là était mort, mais Lourna n'avait toujours pas accompli sa mission, et il semblait également qu'elle avait révélé sa position. Un Longbeam et un Vector se dirigeaient droit sur elle.

— Est-ce qu'on envoie d'autres missiles ? demanda Attaman.

— Oui, répondit Lourna. Lancez le reste… Tout ce qu'on a. On va tuer ces imbéciles et après on s'occupera du fragment.

Le *Lourna Dee* frémit légèrement lorsque l'appoint de ses missiles fut tiré : une autre demi-douzaine, suivis d'une traînée d'émission, qui filèrent vers les deux points de lumière qui grossissaient à mesure qu'ils se rapprochaient de son croiseur.

Le Jedi… Ce maudit Jedi dans son Vector maudit … en détruisit *quatre*. Les deux autres se dirigeaient vers le Longbeam, mais l'appareil en abattit un d'un tir laser et détourna le dernier avec une fusée éclairante.

— C'est… qui, ces gars ? dit Belial.

Il était inquiet. Lourna Dee le percevait. Elle aussi, au demeurant. Le *Lourna Dee* n'était pas conçu pour les combats au corps à corps. Il était fait pour frapper depuis l'ombre, abattre sa cible, et déguerpir. Il était léger côté armure, léger côté boucliers, et n'était pas très bien fourni en canons laser non plus.

Est-ce qu'un Longbeam et un Vector pouvaient vraiment l'emporter sur son vaisseau mère ? Rien que ces deux petits appareils à eux seuls ?

Elle décida qu'elle ne tenait pas à le savoir.

Kassav ou même Pan Eyta auraient peut-être essayé, auraient tenu à faire une sorte de baroud d'honneur, mais elle était plus maligne que ces deux-là. Lorsque les circonstances changeaient, il fallait calculer ses chances. Calculer ses options. Puis sélectionner le meilleur choix. Et ici, il n'y en avait qu'un.

— Entrez les coordonnées du Sentier et fichons le camp d'ici. On a perdu.

CHAPITRE TRENTE-DEUX

AU-DESSUS D'ELPHRONA.

Ultident Margrona, ou juste Dent depuis son adolescence – elle détestait le prénom Ultident, le trouvait affreusement guindé –, retira violemment son masque et le laissa tomber sur le sol du cockpit. Rien à faire si ces stupides mineurs voyaient son visage. Elle avait besoin de respirer, besoin d'air !

— Ils sont derrière nous, Dent ! s'écria Crampon. Et ils nous rattrapent vite !

Elle était au courant. Les Jedi avaient légèrement touché leurs moteurs d'un tir de blaster et ils ne pouvaient plus les pousser au-delà de quatre-vingts pour cent de leurs capacités. Ils avaient obtenu un Sentier par Lourna Dee qui devait leur permettre de quitter le système, mais leur réacteur à Sentiers avait besoin de calculer le saut à partir d'une zone spécifique située dans le puits de gravitation d'Elphrona – et cet endroit était trop loin pour qu'ils puissent le rejoindre avant que les Jedi ne les rattrapent. Elle avait entendu pas mal de rumeurs sur ce que ces Vectors étaient capables de faire. Ils avaient beau avoir l'air frêles, ces vaisseaux pouvaient démonter le leur, tir après tir. Il n'y avait pas d'échappatoire. Ils allaient se retrouver avec un moteur totalement hors-service, à flotter dans le vide, et ensuite la situation se transformerait en prise d'otage et quelle issue y aurait-il à ça ?

Tu es un Nuage, se dit-elle. *Tu ne serais pas un Nuage si tu n'étais pas futée. Tu n'es pas une de ces idiotes de Foudre. Utilise tes méninges. Dompte la tempête.*

Si les Jedi venaient à neutraliser leur vaisseau, ils pourraient menacer de tuer les deux gosses et le père le temps que… le temps que quoi ? Les Jedi n'allaient pas laisser une bande de Nihil kidnappeurs leur échapper ! Ils finiraient par prendre l'appareil d'assaut, tueraient probablement Dent et son équipage sur-le-champ. La justice à la pointe du sabre. À moins qu'ils les envoient en prison sur Elphrona à la place. *Peut-être.*

Ça sentait mauvais dans les deux cas. Un échec complet. Pas très Nihil. Elle imaginait sans peine ce que tout le monde dirait : « Vous vous souvenez de cette nana-là, Dent ? Elle a réussi à foirer la mission la plus simple de la galaxie : un simple kidnapping sur une planète paumée. Elle a réussi à se faire tuer, et toutes ses Foudres avec elle. Quelle abrutie. »

Elle eut une pensée – fugace – pour les deux Foudres qu'elle avait laissées sur la planète, et qu'elle avait rapidement comptées pour perdues. Elle se dit qu'il était possible qu'Egga et Rel soient encore en vie quelque part, là en bas, à se battre pour défendre la bonne cause : deux Foudres loyales faisant ce que leur Nuage leur avait ordonné.

Ils étaient tous deux si stupides – obéir à ses ordres alors qu'il était *évident* qu'elle les envoyait se faire tuer pour gagner un peu de temps et permettre à Mack,

Crampon et elle de quitter la planète avec le colis ! Non, ces deux imbéciles étaient morts, c'était obligé. D'ailleurs, ils n'avaient pas essayé de la contacter, or s'ils avaient liquidé le Jedi, ils auraient appelé pour qu'ils passent les chercher.

Pff, songea-t-elle.

C'était *censé* être la mission la plus facile de la galaxie. Elle avait été si fière d'y avoir pensé toute seule. Elle avait entendu parler de ces quatre personnes, qui voulaient recommencer à zéro dans la Bordure Extérieure, pour vivre de façon « authentique », en coupant les ponts avec leur famille fortunée sur Alderaan. Ça l'avait rendue *folle*. Ils avaient tout, ces Blythe, et ils avaient tout envoyé balader pour aller jouer dans la boue. Mais il y avait des gens qui n'avaient jamais ce genre de choix. Ils étaient nés dans la boue et ils y mourraient également – des gens comme elle. Jusqu'au jour où elle avait rencontré les Nihil, en tout cas. Lourna Dee l'avait recrutée en lui faisant une promesse… Ils étaient tous ensemble dans le même vaisseau, formaient une famille, sa nouvelle famille… Tout ça avait l'air tellement bien ! Et ça *fonctionnait*, aussi. Elle était devenue Nuage et avait trouvé des Foudres bien à elle pour lui obéir – ça commençait vraiment à prendre forme.

Puis elle avait eu cette idée d'enlever les Blythe et d'exiger une rançon à leurs riches grands-parents sur Alderaan. Son Orage, convaincu qu'elle tenait quelque chose, l'avait soumise auprès de Lourna Dee elle-même qui, à son tour, l'avait présentée à Marchion Ro, enthousiaste également. Elle avait alors reçu les Sentiers nécessaires pour mener la mission à bien. C'était *supposé fonctionner comme sur des roulettes*.

Et *bim*. Des Jedi.

— Cheffe ! Qu'est-ce qu'on va faire, cheffe ?

Crampon le casse-pieds. Égal à lui-même. C'était *lui* qu'elle aurait dû envoyer dans les collines tendre une embuscade au Jedi. Mais c'était le mari d'une cousine éloignée, un membre de sa famille, en quelque sorte. Ce qu'elle avait de plus proche en tout cas.

Des lasers frôlèrent l'avant du cockpit. Un tir de sommation.

Installé aux canons, Mack répliqua aussitôt, mais connaissant ses aptitudes d'artilleur, Dent se doutait qu'il y avait peu de chance qu'il réussisse à abattre un Vector. Les appareils se déplaçaient comme des fantômes, à coups de virevoltes et de loopings impossibles. Comme les Jedi eux-mêmes, en fait.

Dent tendit la main et pressa quelques boutons sur son tableau de bord. Elle n'était pas censée appeler pendant les missions – les signaux risquaient d'être interceptés et pistés – mais qu'avait-elle à perdre ?

Une voix jaillit du comlink. C'était son Orage, un Ugnaught aussi drôle que charmant appelé Zoovler Tom.

— Dent ! s'exclama-t-il, manifestement content de l'entendre. Tu as de bonnes nouvelles pour moi ? Tu as récupéré les colis qu'on t'avait envoyée chercher ?

— Je les ai, répondit-elle en essayant de retirer toute marque de panique dans sa voix. Mais on est tombés sur un os. Des Jedi. Et ils nous pourchassent. Le vaisseau a pris un coup. On ne va pas être capables de rejoindre le point de transfert avant qu'ils ne nous rattrapent. On a besoin d'un autre Sentier, et vite. On n'a pas encore quitté l'atmosphère, donc ça risque d'être un peu plus compliqué que d'habitude.

— Des Jedi, tu dis ?

Zoovler n'avait plus l'air content du tout.

— Un Sentier à une altitude aussi basse…, ajouta-t-il. Le puits de gravitation de la planète risque de poser soucis. Tu demandes beaucoup, là, Ultident.

Dent fronça les sourcils. Elle avait un jour révélé son vrai prénom à Zoovler, lors d'une fête, dans un moment de camaraderie imbibé d'alcool. Et à présent, il s'en servait comme d'une arme. Nabot abject ! À se croire différent et supérieur aux autres, juste parce que c'était un Orage… Alors que ce n'était qu'un sale Ugnaught ! Si elle parvenait à s'en sortir, elle lui verserait du poison dans sa boisson la prochaine fois et elle se marrait bien quand sa face hideuse deviendrait toute noire.

— Donne-moi tes coordonnées. Je vais devoir les remonter jusqu'au sommet, dit l'Orage. Ne rappelle pas. Soit je te recontacte pour te donner un nouveau Sentier… soit tu te débrouilles.

La transmission fut coupée.

Réfléchis, pensa-t-elle.

Ce serait long d'attendre que Zoovler parle de ça aux autres Orages. Puis ils choisiraient de prévenir ou non Lourna Dee, et ce serait à elle de décider s'ils demandaient un nouveau Sentier à l'Œil ou s'ils l'abandonnaient à son sort. Elle n'était qu'un Nuage… Ses chances étaient maigres. Mais elle savait que les Blythe étaient précieux, et si on parvenait à les extraire de ce guêpier, tout le monde en sortirait gagnant – y compris Zoovler, y compris Lourna Dee et même Marchion Ro.

C'était comme ça que le système fonctionnait. C'était la raison pour laquelle les Nihil étaient une réussite. Tout le monde faisait les choses à sa façon, vivait comme il le souhaitait, s'emparait de ce qu'il voulait… et tout le monde y trouvait son compte, donc c'était dans l'intérêt de tous de maintenir le système.

Mais si les Jedi les attrapaient avant que tout ça remonte au sommet, personne n'y gagnerait quoi que ce soit. Ultident Margrona la première.

— Mack, appela-t-elle.

— Ouais, répondit-il en continuant d’arroser les Jedi qui les pourchassaient, sans faire mouche une seule fois.

— Prends un des gosses. La gamine. Et balance-la par le sas.

— Heu…, balbutia Mack, pris de doutes.

— Quoi, tu as des *scrupules* maintenant ?

— Non. Je m’en fiche, mais c’est qu’on a déjà perdu l’humaine adulte. Si on perd encore un prisonnier, c’est la moitié de notre part qui disparaît.

Espèce d’abruti ! avait-elle envie de hurler. *Qu’est-ce qu’on en a à faire du fric alors que si on ne file pas rapidement d’ici, on n’aura ni bénéfice, ni crédit, ni même la vie sauve. Tu seras mort, pauvre débile de Foudre !*

— Les Jedi vont essayer de sauver la gamine, expliqua-t-elle avec toute la patience dont elle était capable. C’est toujours ce qu’ils font. Ça pourrait nous laisser une chance de déguerpir.

Mack grommela, puis elle l’entendit se lever et se diriger vers l’arrière du vaisseau où les trois derniers Blythe étaient ligotés.

— Dompte la tempête, Dent, se murmura-t-elle. Dompte la tempête et tout ira bien.

CHAPITRE TRENTE-TROIS

LA BORDURE EXTÉRIEURE, LE *THIRD HORIZON*.

— Voilà donc ce qui a causé tant de souffrances, déclara la Chancelière Lina Soh depuis ses bureaux de Coruscant.

Elle contemplait un holo H-D projeté par l'un de ses droïdes comm, tandis qu'Avar Criss et les autres membres de la force opérationnelle chargée des Émergences étaient rassemblés devant un écran-vid de la salle de briefing du *Third Horizon* – mais les images étaient les mêmes : la dernière chose que les scanners du *Legacy Run* avaient vue avant que le vaisseau ne se disloque.

Cette chose était un vaisseau, hideux et anguleux, avec trois zigzags lumineux dessinés sur sa coque – exactement ce qu'avait décrit Serj Ukkarian à bord du *Panacea.* Trois éclairs qui, pour les équipes du Sénateur Noor, correspondaient bien à l'emblème utilisé par les pillards de la Bordure Extérieure connus sous le nom de Nihil. L'appareil se déplaçait à travers l'hyperespace, mais pas le long du tunnel tourbillonnant comme c'était le cas pour tous les vaisseaux à bord desquels Avar avait déjà voyagé. Le vaisseau des Nihil, lui, *croisait* l'hyperespace, à angle droit par rapport à la trajectoire du *Legacy Run.* Il était également suivi, dans son sillage, d'une étrange turbulence rouge et or.

— Il m'avait pourtant semblé comprendre que c'était impossible, commenta Lina Soh, sa main gauche caressant distraitement la tête de l'un de ses deux félins géants.

Avar connaissait leurs noms – Matari et Voru étaient célèbres à travers toute la République –, mais n'aurait su dire lequel était Matari et lequel était Voru.

Les paroles de la Chancelière étaient légèrement décalées en raison de la distance qui séparait Coruscant des Territoires de la Bordure Extérieure. Les communications de niveau sénatorial bénéficiaient d'une priorité absolue dans l'utilisation des relais, mais un parsec restait un parsec. On pouvait espérer que cela évolue un jour – l'amélioration du réseau des communications galactiques faisait partie des Grandes Œuvres planifiées par Lina Soh –, mais rien ne risquait d'arriver tant qu'ils n'auraient pas trouvé une solution au problème qui les occupait à cet instant précis.

— Cela devrait être impossible, Chancelière, intervint Vellis San Tekka, assis à la table près de son partenaire, Marlowe, qui acquiesçait d'un hochement de tête.

Avar perçut quelque chose dans cet échange. Une forme de communication silencieuse entre les San Tekka. Une attention particulière dans le choix des mots.

Peut-être qu'Elzar avait raison, songea-t-elle. *Peut-être qu'on aurait dû se montrer un peu plus incisifs avec eux.*

C'était visiblement ce qu'il pensait, lui aussi. Il était assis en face d'elle, de l'autre côté de la table, et son regard capta le sien. Ce n'était rien de plus qu'un petit coup d'œil, mais elle savait parfaitement ce que cela signifiait, sans même qu'il soit nécessaire de se servir de la Force.

Elle répondit à Elzar par un haussement discret des épaules. Même si les San Tekka n'avaient pas dit tout ce qu'ils savaient, leur aide avait été sincère et inestimable. Keven Tarr lui avait confié qu'il n'aurait jamais pu réaliser son réseau de navidroïdes sans leur collaboration. Elle ignorait à quel point c'était vrai – l'ingénieur hetzalien était indubitablement un génie – mais les San Tekka avaient indubitablement aidé Keven à achever le réseau plus vite et la rapidité était la clef, dans ces circonstances.

Le génie en question était présent par le biais d'un autre écran, un droïde comm projetant son image holographique contre l'un des autres murs blancs de la salle de briefing. Tarr était resté sur la Lune Racine de Hetzal, où il se servait de son réseau pour analyser les données récupérées dans l'enregistreur de vol du *Legacy Run*. Le gigantesque cerveau informatique hétéroclite avait été totalement réparé suite aux dégâts causés lors de sa première activation. En fait, il n'avait pas seulement été restauré mais amélioré. La Chancelière Soh avait ordonné au Secrétaire des Transports Lorillia de fournir à Keven Tarr autant de navidroïdes qu'il en aurait besoin. Un million même, si nécessaire, et quel qu'en soit le coût.

— Quelqu'un pourrait-il résumer les principales conclusions auxquelles nous sommes arrivés jusqu'à présent, je vous prie ? demanda Lina Soh.

Tout le monde se tourna vers Avar. Elle avait fini par prendre, malgré elle, la tête de la force opérationnelle, alors même que la pièce contenait un amiral, un sénateur et diverses autres sommités.

— Nous avons appris qu'un groupe se faisant appeler les Nihil était directement lié à la catastrophe de Hetzal et aux Émergences qui en avaient résulté. Il s'agit d'une organisation criminelle de petite envergure sévissant dans la Bordure Extérieure – des pillards, pour faire simple. Ils ont commis des atrocités, mais ils constituent un problème régional, géré au cas par cas par les forces de défense et les équipes de sécurité locales. Aussi maléfiques qu'ils puissent être, ce sont des bandits à la petite semaine.

« Il semblerait – bien que ce ne soit encore qu'une hypothèse – que ce qui s'est passé à Hetzal leur ait donné la capacité de prédire les Émergences, tout comme le réseau de navidroïdes de Keven Tarr. De ce qu'on en sait, ils se sont servis de cette aptitude à deux reprises. Une première fois au-dessus d'Eriadu, dans le cadre d'une tentative bâclée d'extorsion. Et la seconde, lors de la quarantième Émergence, où ils ont essayé d'empêcher nos équipes de récupérer l'enregistreur de données de vol du *Legacy Run*, sachant qu'il permettrait de les relier directement à l'ensemble de la catastrophe.

— C'est à cette occasion que nous avons perdu l'une de vos collègues, le Chevalier Jedi Te'Ami ainsi que deux courageux pilotes de Longbeam, Marcus Augur et Beth Petters. Est-ce exact ?

Avar inclina légèrement la tête en signe d'acquiescement. La Chancelière réfléchit un instant tout en grattant derrière l'oreille du targon qui émit aussitôt un ronronnement de plaisir.

— Pensons-nous que ces Nihil ont causé la catastrophe du *Legacy Run* de façon intentionnelle ?

— Ça ne semble pas le cas, répondit Elzar Mann.

Il indiqua l'écran-vid principal qui continuait de montrer en boucle le vaisseau des Nihil croiser le tunnel de l'hyperespace.

— Il s'agit clairement d'un vaisseau paré au combat. S'ils avaient voulu détruire le *Legacy Run*, ils auraient pu se contenter d'utiliser leurs canons. Ce qu'ils n'ont pas fait. Si le *Legacy Run* s'est disloqué, c'est parce qu'il a essayé d'éviter l'impact. De plus, comme Maître Kriss l'a noté, ce n'est qu'une bande de pillards de la Bordure Extérieure. Des opportunistes, pas des planificateurs. Tout cela ressemble à un terrible accident.

— Un accident dont ils ont su rapidement profiter à Eriadu, intervint le Sénateur Noor en frappant du poing sur la table. Un accident qui a coûté très cher aux Territoires de la Bordure Extérieure, en nombre de vies fauchées, d'opportunités manquées et de ressources saccagées. Ils doivent être tenus pour responsables !

Derrière lui, sa conseillère hocha la tête. C'était une Chagrienne à la peau bleue, grande et mince, à la tenue et aux manières toujours impeccables. Jeni Wataro, se rappela Avar.

— Ils le seront, lui assura la Chancelière Soh en levant la main. Tout d'abord, nous devons déterminer si cela risque de se reproduire. Messieurs San Tekka… Quel est votre avis ?

Marlowe et Vellis échangèrent un bref regard avant de parler.

— Nous croyons qu'il s'agit d'un tragique coup du sort, Chancelière, répondit Marlowe. Nous ne pensons pas qu'il y ait un problème global avec l'hyperespace. Toutefois, ceci…

Il montra du doigt l'écran-vid où défilaient toujours les images du vaisseau à la silhouette grossière croisant, encore et encore, le chemin du *Legacy Run*, laissant cette étrange traînée rouge et or dans son sillage.

— … suggère que les Nihil ont une compréhension de l'hyperespace qui est, au mieux, unique, au pire, extrêmement dangereuse. Il est nécessaire d'enquêter à ce sujet, et rapidement.

— Eh bien, c'est parfait, alors ! se réjouit le Sénateur Noor. Vous avez entendu l'expert, Chancelière ? Tout va bien avec l'hyperespace. La Bordure Extérieure souffre de la situation – et je sais que vous voulez voir le Flambeau Stellaire devenir opérationnel. Il est temps de rouvrir les voies.

— Pas encore, sénateur, répliqua Lina Soh. Nous savons ce qui s'est passé, plus ou moins – mais ce n'est pas parce qu'il s'agissait d'un accident cette fois-ci que cela ne pourrait pas être reproduit de manière intentionnelle à l'avenir. Ce ne serait pas tellement surprenant que des pillards se transforment en terroristes. Cette menace doit être éliminée.

Le Sénateur Noor commença à bafouiller de nouvelles objections.

— Cela suffit, Noor, l'interrompit la Chancelière. J'ai pris ma décision. Je sais que vous êtes inquiet pour la Bordure. Je le suis également… mais ma responsabilité s'étend à toute la galaxie, et au cas où vous l'auriez oublié, l'hyperespace permet d'aller partout. Si les Nihil peuvent nous attaquer à l'intérieur des hypervoies, alors nous ne sommes plus à l'abri nulle part.

Elle se tourna vers l'Amiral Kronara qui se tenait à l'autre extrémité de la salle de briefing.

— Amiral, je veux que vous donniez effet aux dispositions de défense contenues dans les accords de la CDR. Rassemblez une flotte en piochant dans les mondes signataires et traquez les Nihil. J'ai lu les rapports : même s'il n'y a vraiment plus de risques à voyager dans l'hyperespace, il n'en demeure pas moins que de dangereux criminels ne devraient pas sévir en toute impunité. Et même s'ils limitent leurs attaques à la Bordure Extérieure, nous sommes tous la République.

— Très bien, Chancelière, dit-il, l'air ravi.

En même temps, c'était un amiral.

— Avez-vous la moindre idée de l'endroit où pourrait se trouver la base des Nihil ? demanda la Chancelière Soh. Leur quartier général ?

— Si je peux me permettre, Chancelière, intervint Keven Tarr en levant la main, j'ai déjà configuré mon réseau pour qu'il calcule le point d'origine probable du vaisseau qui a provoqué la catastrophe du *Legacy Run*. Il provenait d'une zone près de Kur Nebula. J'ignore s'il s'agit de leur base, mais c'est un bon endroit pour commencer.

— Parfait, Monsieur Tarr, répondit-elle avant d'embrasser du regard la salle de briefing du *Third Horizon*. Vous avez tous très bien travaillé jusqu'à présent. Vous avez découvert la cause de cette tragédie. Maintenant, je vous confie une nouvelle mission : faire en sorte qu'une chose pareille n'arrive jamais plus. Quel qu'en soit le prix.

La Chancelière Lina Soh se pencha en avant et ses deux félins géants, qui semblaient avoir perçu l'intensité émotionnelle de leur maîtresse, levèrent la tête, oreilles aplaties dans une démonstration d'intimidation. Avar réalisa, en dépit de ses compétences et de sa formation, qu'elle était contente d'avoir la moitié de la galaxie entre cette femme et elle. Elle n'aurait pas voulu être à la place des Nihil, à savoir dans le collimateur d'une personne qui avait montré sa volonté de refaçonner une galaxie entière.

— Je veux que ces Nihil soient traduits en justice, proclama-t-elle. Jusqu'au dernier.

CHAPITRE TRENTE-QUATRE

LE NON-ESPACE. LE GRAND HALL DES NIHIL.

Le moment est venu, songea Marchion Ro. *Le temps du renouveau.*

Il se tenait au centre de l'immense plate-forme qu'était le Grand Hall des Nihil, ouvert sur les quatre côtés au néant du Non-Espace. D'étranges lumières multicolores clignotaient au loin avec rien d'autre pour leur faire écran que la silhouette des vaisseaux qui avaient conduit Marchion et les trois Maîtres-Tempête jusqu'à cet endroit perdu et désolé. Le Grand Hall était vide, son immensité nullement encombrée de tables de festin, et les quatre individus s'y trouvaient seuls et sans leurs masques.

Marchion regarda chacun d'eux – Kassav, Pan Eyta et Lourna Dee. Ils le détestaient, se détestaient entre eux, et chacun pensait pouvoir faire mieux que les autres. Il n'y avait pas d'unité. Il n'y avait pas d'objectif commun chez les Nihil, outre ceux de faire du profit, de prendre plaisir à s'approprier les biens d'autrui et à défier le système. Il fallait que cela change.

Le moment était venu.

— J'ai reçu des nouvelles de mon espion qui travaille au bureau du Sénateur Noor, annonça Marchion. Les Jedi et la République ont pu accéder aux données de vol de l'enregistreur qu'ils ont récupéré quand Lourna a échoué à sa mission.

L'intéressée cilla légèrement, mais ne dit rien.

— Ils savent que nous sommes responsables de la catastrophe du *Legacy Run*, poursuivit-il. Un des Nuages de Pan Eyta, de retour d'un pillage, voyageait le long d'un Sentier quand il a failli percuter le *Run*.

— Ce n'est pas de notre faute ! protesta Kassav. Comment pouvait-on savoir…

— Que ce soit de notre faute ou non ne change rien, rétorqua Marchion. Eriadu, en revanche, on sait tous que ça l'était.

Cette fois, Kassav préféra ne rien ajouter.

— Donc, il y a ce qui s'est passé à Hetzal, toutes les Émergences, l'opération stupide de Kassav à Eriadu, et puis Lourna Dee qui a carrément confirmé qu'on était impliqués quand elle a essayé, en vain, de s'emparer de l'enregistreur de vol, résuma Pan Eyta d'une voix ressemblant à un éboulement de rochers. Il y a nos empreintes partout. Ça va faire mal.

— Qu'est-ce que vous croyez qu'il va se passer ? demanda Lourna.

— Ils vont nous traquer, devina Pan. La République, et les Jedi aussi. On n'est plus une simple bande de pillards locale. On est devenus une menace pour eux. On est à l'origine de ce satané blocus hyperspatial. Ils vont vouloir se servir de nous pour faire un exemple.

— Écoutez, on a fait du bon boulot, dit Kassav. Tout le monde s'est fait du pognon. C'est pas comme si on était forcés de continuer. On pourrait juste… arrêter.

— Et tous ces Orages, ces Nuages et ces Foudres de nos Tempêtes ? Ceux qui nous suivent croient en nous. Qu'est-ce qu'ils deviennent ? demanda Lourna Dee.

Kassav haussa les épaules.

— Ils peuvent faire ce qu'ils veulent. S'ils veulent poursuivre l'aventure des Nihil, continuer à dompter la tempête, c'est leur problème. Y a rien qui dit qu'on peut pas prendre notre retraite. Quoi, on doit rester Maître-Tempête jusqu'à la fin de notre vie ? Pourquoi on ne pourrait pas profiter des fruits d'une vie de labeur ?

Pan Eyta renifla de dédain.

— Tu crois qu'ils vont voir les choses comme ça ? Ils vont se dire qu'on décampe, oui !

Kassav haussa à nouveau les épaules.

— Les Nihil, c'est une histoire de liberté, non ? De faire ce qu'on veut quand on veut. Eh bien, peut-être que j'ai envie de mettre les voiles avant qu'un Jedi sorte son sabre laser et me tranche la tête.

— N'est-ce pas toi qui avais dit un jour que tu aimerais te battre contre un Jedi ? s'étonna Marchion Ro d'un ton léger. Que ça ferait une bonne anecdote à raconter ?

Kassav ne répondit rien.

Le moment est venu, songea Marchion.

Il frappa Kassav, lui planta son poing en plein milieu de son visage barbare, stupide et fourbe. Les gants de Marchion étaient renforcés par des plaques de métal et des compensateurs d'accélération ; il aurait pu transpercer un mur en duracier sans ressentir la moindre douleur. Il entendit le bruit que fit son nez barbare, stupide et fourbe quand il se déforma sous son poing, et bon sang, ce que ça faisait du bien.

Pan Eyta et Lourna Dee ne bougèrent pas. Ils semblaient sidérés. Ce n'était pas le genre de choses que faisait l'Œil. L'Œil ne se battait pas, et surtout pas contre les Maîtres. Il n'avait pas de Tempête pour le soutenir. L'Œil recevait un tiers des prises et s'en contentait.

Accueillir le changement n'est pas toujours simple, mes amis, songea Marchion.

Kassav tituba en arrière, les yeux écarquillés, du sang giclant de son nez – mais il se reprit aussitôt. L'homme n'était pas étranger à la douleur, et Marchion se dit qu'il ne devait pas non plus être étranger aux coups de poing surprises. Les yeux de Kassav se plissèrent et sa main plongea dans son manteau de fourrure où il dissimulait un blaster en violation des règles du Grand Hall. Marchion le savait depuis des années.

Le bras de Marchion fendit l'air et l'une des vibro-étoiles qu'il gardait dans un fourreau au niveau de son poignet fusa en sifflant. Elle trancha la moitié de la main de Kassav ainsi que la crosse de son blaster, et des morceaux de métal comme de chair tombèrent au sol.

Kassav – c'était à saluer – essaya de continuer de se battre. Du sang coulait toujours de son nez et giclait de ce qui restait de sa main droite, mais il se jeta malgré tout vers l'Œil et tenta un coup de poing honorable de sa main gauche.

Marchion para, pivota et envoya Kassav au sol. Il s'affala sur la plate-forme avec un son creux et spongieux dans une flaque de son propre sang.

— Nngh ! gémit Kassav.

C'était le premier son qu'il émettait depuis le début du combat – ce type était un dur, ça ne faisait aucun doute.

Marchion posa le talon de sa botte sur la poitrine du Maître-Tempête. Sans douceur. Il pesa de tout son poids, comme s'il voulait faire passer l'homme au travers du pont pour qu'il soit aspiré dans le vide de l'espace.

— Je suis l'Œil des Nihil, comme mon père l'était avant moi. Nous avons fait de cette organisation ce qu'elle est aujourd'hui, et je ne te regarderai pas la détruire par ton égoïsme, ta peur et ta faiblesse. Tu as fait une erreur à Eriadu, Kassav, et tu es revenu vers nous la queue entre les pattes. N'oublie pas comment ça fonctionne, chef. Les Nihil doivent rester forts. Et l'une des façons d'y parvenir…

Il se pencha en avant, les yeux plissés et les lèvres retroussées.

— … c'est de se débarrasser des faibles.

Marchion appuya plus fort avec sa botte.

— J'ai un plan pour arranger ça, poursuivit-il. Pour tout arranger. Tu veux l'entendre ?

Marchion Ro appliqua une pression supplémentaire sur sa poitrine, et l'homme poussa un grognement. Il hocha la tête. L'Œil retira son pied et regarda Kassav se relever.

— Je comprends que vous soyez tous inquiets. La situation est grave, et elle ne va pas tarder à empirer. Mais écoutez ce que j'ai à dire.

Les Maîtres-Tempête le fixèrent, méfiants mais curieux.

— Ça va résoudre tous nos problèmes, ajouta-t-il. Nous débarrasser de la République et même tuer quelques Jedi au passage. Et on pourra reprendre nos affaires comme avant. Plus d'Émergences. Juste les Sentiers, et les pillages. On pourra recommencer à recruter de nouvelles Foudres. Et continuer à se payer du bon temps !

La méfiance baissa d'un cran et la curiosité grimpa de manière proportionnelle, même chez Kassav.

Marchion savait que ce serait le cas. Aucun d'eux n'avait envie de partir de son côté, sans les Sentiers. Ils s'étaient tous fait un beau paquet de crédits grâce aux Nihil, mais l'avaient dépensé aussi vite qu'ils l'avaient amassé, dans des vaisseaux de luxe, des vêtements chics et des banquets prestigieux. Leur cupidité se chargerait de décider pour eux.

— Écoutez, on est plus malins, plus rapides et on a les Sentiers, continua-t-il. On a dix coups d'avance sur la République. Je vous le dis, on peut arranger tout ça. Les Nihil sont toute ma vie. Je ne vais pas tout laisser tomber sans me battre.

— On t'écoute, dit Pan Eyta.

— D'accord. On peut récupérer l'enregistreur de données de vol. Sans lui, la République ne sera pas capable de nous retrouver. On peut faire profil bas un petit moment, nous réorganiser, même déménager dans la Bordure Médiane… Avec les Sentiers, nous pouvons travailler n'importe où dans la galaxie.

Il désigna Kassav et Lourna Dee de ses deux mains.

— Vous deux, vous avez fait de grosses erreurs et vos équipes vous ont vu faire. Ça commence à jaser. Vous êtes en situation de faiblesse. Vos Orages se disent peut-être que c'est le bon moment pour un putsch. Vous pouvez encore reprendre la situation en mains. Faites-le bien et vous serez les héros de vos Tempêtes.

Il leur sourit. Un grand sourire plein d'encouragement. Ça n'eut pas l'air de les rassurer.

— Kassav, j'ai appris par mes sources au sein de la République que l'enregistreur de données de vol avait été détérioré quand le *Legacy Run* a explosé. Ils ont réussi à en tirer quelques données, mais pas la totalité, pas assez pour nous mettre la main dessus. Ils vont l'envoyer à une usine spécialisée pour qu'ils en extraient le reste. Tu peux intercepter le transport et le détruire.

« Lourna Dee, rends-toi sur Elphrona pour aider ton équipe à terminer leur mission d'enlèvement. On pourrait avoir besoin de fonds, et comme cette opération est déjà en cours, autant que ça rapporte un max de crédits. Ça montrera à vos équipes que vous vous souciez de leurs besoins. C'est le moment de montrer notre unité, de se serrer les coudes.

« Je vous donnerai à tous les deux les Sentiers dont vous aurez besoin.

Lourna Dee hocha la tête. Puis, après un instant, Kassav l'imita.

— As-tu… besoin que je fasse quelque chose ? demanda Pan Eyta.

Voilà qui n'était pas habituel. Un Maître-Tempête qui demandait à l'Œil ce qu'il attendait de lui, c'était… totalement inédit. La dynamique avait changé. Ils pouvaient tous le sentir. Le moment de la fuite était passé, et loin derrière eux. Ils avaient reconnu que s'ils voulaient rester avec les Nihil et en récolter tous les bénéfices, ils auraient besoin de l'Œil pour les sortir de la crise dans laquelle ils s'étaient fourrés eux-mêmes.

— Non, Pan, répondit Marchion. Rien pour le moment.

— Est-ce qu'on ne devrait pas voter ? demanda Lourna.

— Absolument, affirma Marchion Ro.

Le vote fut unanime.

— Allez-y, dit l'Œil. Nous n'avons pas beaucoup de temps. Allez sauver les Nihil.

Les Maîtres-Tempête partirent en direction du sas de sortie.

Marchion les laissa s'éloigner, puis lança :

— Kassav.

Le Weequay se retourna.

Marchion indiqua le sol.

— N'oublie pas ta main.

CHAPITRE TRENTE-CINQ

SYSTÈME ELPHRONA.

Bell n'arrivait pas à en croire ses yeux : une trappe dans la coque du vaisseau des Nihil s'était ouverte… et une petite silhouette avait été poussée à l'extérieur. Juste… jetée, comme ça.

Il étouffa un cri de surprise. Loden, dans le fauteuil du pilote devant lui, fit aussitôt plonger le Vector en un piqué vertigineux.

— Padawan. Tu vas sauver cet enfant. Moi, je vais continuer pour aller secourir les autres. Ne crains rien. Je suis extrêmement fier d'avoir été ton professeur. Je crois en toi.

Le cockpit du Vector se souleva et le vent se mit à siffler tout autour d'eux, si bruyant qu'il n'était plus possible de communiquer.

Mais qu'y avait-il à ajouter ?

Bell déboucla son harnais de sécurité et bondit à l'extérieur.

La gravité se saisit aussitôt de lui et il chuta en tourbillonnant. Cela importait peu. Ils se trouvaient à des kilomètres de la surface d'Elphrona, ce qui signifiait qu'il avait un peu de temps devant lui. Mais pas trop non plus : s'il voulait sauver la petite fille – car il était certain qu'il s'agissait d'elle : une *enfant*, qui avait été jetée comme un vulgaire déchet par les Nihil –, il fallait qu'il se concentre.

Il cessa de prêter attention au Vector de Loden qui fusait vers les hauteurs pour poursuivre la chasse aux côtés du vaisseau d'Indeera, arrêta de penser au sol, au ciel, à tout sauf à la Force, et se mit à la fouiller en quête d'un petit point de lumière : les émotions d'une enfant perdue qui avait besoin d'être sauvée.

Là.

Bell parvenait difficilement à garder les yeux ouverts à cause de la violence du vent. Il regretta de ne pas porter de lunettes de protection… mais honnêtement, il n'en avait pas besoin, ni même de ses yeux, en réalité. Il avait la Force.

Il serra ses jambes l'une contre l'autre et ses bras le long de son corps, puis s'inclina vers le bas et se sentit comme projeté en avant grâce à l'aérodynamisme de sa nouvelle position.

Bell puisa dans la Force, lui demanda de le pousser encore plus vite. La petite fille battait des bras et cela créait certainement de la résistance à l'air, mais ils ne tarderaient pas à atteindre tous deux la vitesse terminale et le Jedi serait alors dans l'impossibilité de la rattraper. Ses quelques secondes de chute avant que Bell ne saute du Vector avaient indubitablement donné à l'enfant une avance significative.

Mais la Force répondit à son appel, et peut-être aussi que la texture lisse de sa tenue en cuir de Jedi aidait un peu. Toujours était-il qu'il gagnait du terrain. La terreur de la petite Blythe se profilait à l'horizon de ses sens, grandissait peu à peu, la peur prenant le pas sur tout.

Il l'ignora.

Lorsqu'il fut assez proche, il se servit de la Force pour attirer la petite fille vers lui et l'enveloppa de ses bras. Elle se débattit – évidemment, qui ne l'aurait pas fait ?

Il tira sur un pan de sa tunique pour en couvrir leurs têtes, juste assez pour bloquer le vent, puis regarda l'enfant. Il ne se rappelait pas avoir déjà vu quelqu'un d'aussi effrayé de toute sa vie.

Bell montra l'emblème Jedi sur sa poitrine. Par miracle, la fillette se calma. Elle avait compris qui il était et s'estimait déjà sauvée.

Pas encore, songea-t-il.

Il l'attira près de lui, plaça une main en coupe autour de son oreille, et lui parla :

— Ferme les yeux. Je suis avec toi, maintenant. Tu n'es pas seule.

Il ignorait si elle l'avait entendu, mais il avait fait ce qu'il pouvait pour la calmer. Maintenant, il fallait qu'il se concentre.

Bell regarda vers le bas, paupières plissées face au vent. Il cherchait un endroit approprié – de l'eau peut-être, voire une pente douce le long de laquelle ils pourraient rouler – à même de faciliter leur atterrissage.

Il n'y avait rien. Rien que le paysage désolé de la planète : les volutes des chaînes de montagnes magnétiques et, entre elles, les plaines couleur rouille. Elphrona n'était pas une planète très « douce ».

Ils tombaient d'une hauteur cent fois plus élevée que tout ce qu'il avait essayé jusqu'à présent, et même dans ces conditions, il n'avait jamais réussi à atterrir seul. L'espace d'un instant, il se mit à espérer contre tout espoir que Porter Engle se pointerait miraculeusement au dernier moment – mais l'Ikkrukkien était loin d'ici à présent et, de toute façon, il avait déjà une Blythe à sauver.

Non, personne n'allait venir les sauver, que ce soit lui ou la fille. Il allait devoir s'en charger, et s'en charger seul.

Bell s'ouvrit à la Force. Il ne pensa pas au sol, mais à l'enfant dans ses bras, et à quel point il était injuste que toutes ces choses lui soient arrivées.

Il savait qu'il avait le pouvoir de la sauver, de faire en sorte qu'elle continue de vivre dans la lumière. Pourquoi la Force cosmique lui aurait donné tous ces pouvoirs, si ce n'était dans ce but précis ?

Le vent n'était pas son ennemi, ni la gravité en elle-même. Tous deux faisaient partie de la Force, au même titre que lui et la fillette. En luttant contre eux, il risquait de lutter contre lui-même.

Il valait mieux qu'il n'essaie pas de lutter du tout. Il valait mieux qu'il essaie de comprendre.

Bell Zettifar se détendit.

Il en vint à comprendre quelque chose de profond – quelque chose à propos de la Force, peut-être. Ou alors quelque chose à propos de lui-même, quelque chose qu'il essaierait de mettre au clair plus tard. Il se dit que c'était la raison pour laquelle il avait été incapable jusqu'à présent de se sauver de ses chutes, malgré tous les efforts de son maître.

Être un Jedi, ce n'était pas se sauver soi-même.

C'était sauver les autres.

Le rugissement du vent diminua aux oreilles de Bell, jusqu'à nc plus être qu'une puissante brise. Il se mit à entendre la petite Blythe. Elle priait ou psalmodiait quelque chose. Il ne pouvait comprendre les mots, mais c'était la même phrase qu'elle répétait en boucle.

Le vent se calma encore jusqu'à se faire silencieux. Bell ouvrit les yeux. Ils n'étaient plus qu'à dix mètres environ de la surface, et ils dérivaient vers le sol, aussi lentement qu'une feuille morte, jusqu'à ce qu'ils se posent en douceur sur la terre couleur ardoise. Il pouvait comprendre ce que disait la petite fille à présent :

— Je ne suis pas seule.

Il se redressa en position assise. La petite était agrippée à lui.

— Tout va bien maintenant. Comment t'appelles-tu ?

Elle le regarda, les yeux écarquillés.

— Je m'appelle Bee. Mais c'est juste un surnom qu'on me donne. Mon vrai prénom, c'est Bailen.

— Il ressemble un peu au mien. Moi, c'est Bell. Nous ne risquons plus rien maintenant, Bailen. Tout va bien se passer.

La petite fille lui décocha un regard dubitatif, celui d'une enfant qui savait qu'un adulte était en train de lui dire quelque chose de faux, quand bien même elle avait très envie d'y croire. Son visage se décomposa et elle éclata en sanglots.

Bell se contenta de la serrer contre lui. Il leva les yeux vers le ciel, à la recherche des Vectors ou du vaisseau des Nihil. Rien. Pas même une traînée laissée dans le ciel.

Tout va bien se penser, pensa-t-il.

Il n'y croyait pas tellement, lui non plus.

INTERLUDE

Le Conseil.

Jora Malli se plaça face au droïde comm chargé de transmettre son image à Coruscant, dans la salle située tout en haut du Grand Temple de l'Ordre où le Conseil Jedi se rassemblait pour délibérer. Elle-même se trouvait à bord de l'*Ataraxia*, l'élégant et magnifique vaisseau Jedi, presque un temple à lui tout seul.

L'appareil était sorti de l'hyperespace près de Felucia dans l'unique but de permettre à Jora d'assister à cette réunion avec une stabilité maximale et un signal aussi clair que possible. C'était, selon toute vraisemblance, le dernier vote auquel elle participerait en tant que membre du Conseil Jedi. Le Flambeau Stellaire allait très bientôt ouvrir ses portes et, à partir de cet instant, Jora se retirerait officiellement du Conseil pour assumer la direction des quartiers Jedi à bord de la gigantesque station spatiale.

Jora Malli n'avait pas pu prendre part à de nombreux votes par le passé – même si elle prenait son rôle très au sérieux, elle estimait généralement servir la lumière de manière plus efficace sur le terrain galactique plutôt qu'assise à l'intérieur du Temple Jedi. Mais les délibérations de ce jour étaient particulièrement importantes, et le Conseil entier avait été rassemblé. Les personnes qui ne pouvaient être présentes physiquement sur Coruscant projetaient leur image par le biais d'holotransmissions prioritaires, comme le faisait Jora.

Le droïde comm de Jora affichait en retour une image de la Chambre du Conseil : une élégante pièce circulaire dont les immenses fenêtres à chaque mur offraient une vue ininterrompue sur le paysage urbain de Coruscant. Il faisait jour au Temple, et le soleil se déversait dans la salle, illuminant la magnifique mosaïque qui en recouvrait le sol. Les fenêtres avaient également un sens symbolique : le Haut Conseil exerçait ses activités au grand jour, et n'avait rien à cacher.

Douze fauteuils étaient disposés à intervalles réguliers tout autour de la pièce, la forme et la taille de chacun étant adaptées à son occupant. Yarael Poof, Rana Kant, Oppo Rancisis, Keaton Murag et Ada-Li Carro étaient physiquement présents. Six autres, y compris elle-même, assistaient à la réunion sous forme d'hologrammes, avec un autre droïde dans la Chambre du Conseil projetant leurs images au reste des participants. Onze membres du Conseil, soit tous sauf Maître Rosason, prise par des négociations diplomatiques délicates dont elle ne pouvait s'éclipser.

Jora pensa à son Padawan, Reath Silas.

Elle aurait aimé qu'il soit là avec elle. Il aurait pu apprendre beaucoup de choses en observant une réunion du Conseil. Pour tout dire, le jeune homme lui manquait, voilà tout.

Reath avait dix-sept ans. C'était un bon élève, qui ne semblait pas totalement emballé à l'idée de quitter Coruscant pour suivre son maître sur le Flambeau Stellaire. Il ne montrait que peu d'intérêt pour les frontières de la République. Enfin, cela n'avait rien d'étonnant. Reath avait dix-sept ans, après tout. Aucune station spatiale, aussi exotique soit-elle, ne faisait le poids face à la plus grande cité de la galaxie.

Elle l'avait laissé sur Coruscant afin qu'il puisse profiter encore un peu de la planète-capitale avant d'aller la rejoindre dans la Bordure Extérieure, un petit cadeau qu'elle avait été heureuse de lui faire. Mais peu de temps avant son départ du Noyau, Reath s'était retrouvé embarqué dans une mission aux côtés de deux autres Jedi plus expérimentés, Cohmac Vitus et Orla Jareni, tous deux Chevaliers. Elle avait quelques réserves vis-à-vis d'Orla, mais Cohmac avait la tête sur les épaules. Tout irait bien pour Reath, même si le jeune homme devait se sentir un peu frustré de ne pas avoir pu pleinement profiter de ses derniers instants dans le Noyau.

En même temps, c'était le lot des Jedi. Mieux valait pour lui s'y habituer rapidement.

Elle jeta un coup d'œil à Sskeer qui, assis face à elle de l'autre côté de la table, observait silencieusement, ses longs bras aux pattes griffues croisés sur sa poitrine. Il avait l'air imposant, comme toujours, une masse de muscles à la peau écailleuse et aux dents pointues vêtue d'une tunique de Jedi. Les trandoshans étaient rares dans l'Ordre car la culture de leur planète s'était bâtie autour des notions de prédation et de suprématie, deux idéaux qui ne collaient pas toujours très bien avec les préceptes Jedi. Même lorsque des enfants trandoshans présentaient des affinités avec la Force, il n'était pas courant qu'ils soient amenés au Temple Jedi pour y être entraînés. Sskeer, cependant, avait non seulement été jusqu'à Coruscant, mais il s'était aussi distingué en devenant un Maître Jedi accompli. Tout était possible.

Jora ne pensait pas avoir besoin de lui au cours de cette réunion du Conseil, et elle supposait qu'il le savait, lui aussi – mais Sskeer n'était jamais loin, et c'était souvent quand elle pensait ne pas avoir besoin de lui qu'il s'avérait le plus utile. Le Trandoshan lui avait personnellement sauvé la vie à quatre reprises.

Et ça n'était sans doute pas fini, pensa-t-elle.

La réunion commença – et l'ordre du jour était en effet d'une grande importance. La Chancelière de la République, Lina Soh, avait demandé aux Jedi de participer directement à une mission pour laquelle elle avait autorisé la Coalition Défensive de la République à traquer puis à capturer ou éradiquer un groupe de pillards de la Bordure Extérieure répondant au nom de Nihil.

Ces individus avaient interféré avec les hypervoies galactiques dans ce qui semblait être une tentative d'extorsion d'énormes sommes d'argent aux systèmes. Si ce n'était pas assez grave, leurs actions avaient eu pour conséquences la mort de milliards de gens et la paralysie d'un large pan de la galaxie.

Les Nihil devaient être combattus. La seule question était de savoir quel rôle les Jedi joueraient dans cet objectif.

Jora écouta les divers membres du Conseil présenter leurs arguments. Une grande importance était accordée à la nécessité d'interpréter la volonté de la Force, d'écouter la voix de la Force, de suivre les instructions de la Force, et ainsi de suite. Jora trouvait cela un peu fastidieux. Un véritable tourbillon philosophique.

Pour elle, c'était très simple. Les Jedi étaient reliés en profondeur au côté lumineux de la Force. Tout choix que faisait un Jedi était, par conséquent, la volonté de la Force. Leur formation leur permettait de devenir de meilleurs instruments de cette volonté, bien sûr, de la même manière qu'un sabre laser bien entretenu fonctionnait mieux que celui négligé par son propriétaire – mais se laisser entraîner dans d'interminables débats sur les possibles intentions de la Force conduisait à la paralysie. C'était une perte de temps.

— Il s'agit d'une intervention militaire, déclara Maître Adampo d'une voix forte, et il caressa sa longue barbe blanche. Les Jedi ne constituent pas une force armée. Je pense que ce n'est pas plus compliqué que cela.

— Mais nous l'avons déjà été par le passé, intervint Oppo Rancisis. De fait, nos prédécesseurs ont mené et remporté la Grande Guerre des Sith. On trouve un nombre incalculable de précédents de ce genre dans les chroniques.

— Exact, mais nous ne sommes pas en guerre actuellement. Nous vivons même ce qui s'en éloigne le plus, répliqua Rana Kant.

— Pas le plus, intervint Yarael Poof. Il y a eu des époques dans notre histoire où l'Ordre était réduit à une poignée de membres.

— Qu'est-ce que vient faire notre Histoire dans tout cela ? protesta Ephru Shinn, la membre la plus récente du Conseil, une Mon Calamari choisie par Yoda pour le remplacer lorsqu'il s'éloignait temporairement des affaires du Conseil. Nous devrions nous préoccuper de l'instant présent, pas des empires, des victoires ou des défaites d'antan. Quel est notre rôle dans cette République, en cet instant précis ?

Elle leva une main et ajouta :

— Je pense que les Jedi devraient, en permanence, présenter aux nombreux peuples de la galaxie un mode de vie centré sur la paix. Nous devons montrer l'exemple. La République y est particulièrement réceptive en ce moment.

— Oui, mais nous sommes les gardiens de deux idéaux, n'est-ce pas ? intervint Yarael Poof. Parfois, malheureusement, ils entrent en conflit. Nous devons lutter pour maintenir la paix, mais aussi la justice. Une paix sans justice est faussée, creuse. C'est le genre de paix qu'apportent les tyrannies.

— Je ne crois pas qu'il y ait eu un seul précédent où les Jedi se soient mêlés des affaires militaires du gouvernement galactique sans que cela n'ait donné lieu à une source intarissable de complications, répliqua Ephru.

— Est-ce à dire que nous ne devrions nous battre que pour ce qui est simple ? La galaxie n'est pas connue pour sa simplicité, Maître Shinn, intervint le Grand Maître Lahru.

Et cela continua de la sorte. Jora écouta, mais ne dit rien, laissant les autres membres du Conseil indiquer clairement leur position. Il en résulta que cinq d'entre eux étaient d'accord pour accepter la requête de la Chancelière d'inclure des Jedi dans la mission contre les Nihil, tandis que cinq étaient contre.

C'était à Jora que revenait le choix final, ce qui lui semblait approprié étant donné que c'était son vaisseau, l'*Ataraxia*, qui devait accompagner les forces de la République dans leur mission.

Les autres membres du Conseil la regardèrent, attendant qu'elle prenne la parole. Et c'est ce qu'elle fit :

— Vous savez que je n'aime pas trop les grands discours. Je préfère l'action. Dans le cas présent, je pense que le choix est assez simple. Il suffit de répondre à la question que je me pose toujours avant de faire quoi que ce soit.

Elle regretta une fois de plus que Reath ne soit pas avec elle en pensant aux enseignements qu'il aurait pu tirer de tout cela. Elle allait devoir les lui transmettre plus tard.

— Est-ce que ce que je m'apprête à faire permettra d'apporter plus de lumière à la galaxie ?

Elle étendit les bras et poursuivit :

— Dans ce cas-ci, je pense que la réponse est claire. Les Nihil ont tué un nombre incalculable d'individus à travers la Bordure Extérieure, et causé des souffrances sans fin dans leur sillage. Nous devons agir pour empêcher que cela se reproduise. Je vais prendre l'*Ataraxia* et accompagner la flotte de l'Amiral Kronara.

— Et ensuite ? demanda Oppo Rancisis. Avez-vous la moindre idée de ce que vous ferez une fois les Nihil trouvés ?

— Oui, Maître Rancisis. La volonté de la Force.

TROISIÈME PARTIE

La Tempête

CHAPITRE TRENTE-SIX

LA BORDURE EXTÉRIEURE.
LA NÉBULEUSE DE KUR.

Le *New Elite* émergea de l'hyperespace à proximité d'une nébuleuse d'un vert vif qui baigna aussitôt la passerelle du vaisseau d'une lueur marécageuse écœurante. Kassav détestait cette couleur. Il était originaire de Sriluur, au cœur de l'Espace Hutt, un monde désertique où les seules choses vertes qu'on pouvait voir l'étaient à cause de la moisissure qui les recouvrait. Le vert n'était pas naturel : c'était une teinte maladive, un mauvais présage.

Il n'avait pas besoin de ça.

La passerelle du vaisseau était silencieuse – pas de musique. Kassav n'était pas d'humeur. Il contemplait ce qui restait de sa main tandis que le droïde médical essayait de la soigner, refermant la chair entaillée, rafistolant l'ensemble comme il le pouvait. Les options semblaient se limiter à garder sa main avec les quelques doigts qui y étaient toujours attachés, ou bien trancher ce qui restait et bénéficier d'une prothèse. Dans les deux cas, ses compétences de tireur ne seraient jamais plus les mêmes. Il allait falloir qu'il apprenne à tirer de la main gauche.

Marchion Ro, pensa Kassav. *Ce salaud de Marchion de Ro.*

— L'Œil vous a dit quand ces vaisseaux de la République allaient débarquer ? demanda Trempette. On a prévu une sacrée force de frappe – ça devrait suffire à envoyer au tapis tout ce sur quoi on pourrait tomber. On se débarrasse de ce truc d'enregistreur dont Marchion Ro nous a parlé… et on reprend les affaires !

Le Gungan se fendit d'un large sourire et ses grandes dents d'abruti brillèrent comme des champignons phosphorescents dans la lueur étrange émise par la nébuleuse.

— J'en ai marre d'attendre, poursuivit Tremp'. On est les Nihil. Faut qu'on dompte la tempête !

Kassav leva les yeux de sa main ravagée et fusilla son lieutenant du regard.

— Écoute-moi bien, espèce de cloaque. Tu attendras aussi longtemps que je te dirai d'attendre. Et après, tu *feras* exactement ce que je te dirai de faire.

Trempette leva les mains, ses deux mains absolument parfaites, comme pour remuer le couteau dans la plaie, et recula d'un pas.

— OK, boss.

Tremp' avait l'apparence d'un cadavre. Un cadavre moisi, mort depuis trois semaines. Kassav balaya la passerelle du regard pour observer le reste de son équipage. C'était le cas de tout le monde. Maudite nébuleuse.

À travers la baie d'observation, il vit le reste de sa Tempête s'extraire de l'hyperespace, comme prévu. Il y avait environ une centaine de vaisseaux, petits pour la plupart – des Nefs de Foudre, des Nefs de Nuage –, ainsi qu'une poignée de vaisseaux plus gros.

Des bâtiments d'assaut, des cargos modifiés, ce genre de choses.

Ses troupes fidèles, et fidèles à lui seul. Ils étaient tous des Nihil, bien sûr, mais ces équipages n'acceptaient d'ordres ni de Pan Eyta ni de Lourna Dee… et sûrement pas de Marchion Ro.

Kassav contempla sa flotte, laissant glisser son regard d'un vaisseau à l'autre. Il y avait là quasiment toute sa Tempête à l'exception de quelques vaisseaux occupés à remplir de petites missions. Ce n'était peut-être pas la plus belle de la galaxie, mais elle était puissante. Elle pouvait faire des dégâts. Pan Eyta n'embauchait que des intellos coincés dans ses équipes. Lourna Dee ne choisissait que des menteurs et des sournois. Kassav, quant à lui… eh bien, il avait toujours préféré choisir des guerriers. Il se disait que si on devait en arriver là, sa Tempête serait probablement capable de vaincre les flottes de Pan Eyta et Lourna Dee combinées. Tous des guerriers, jusqu'au dernier, et ils partageaient tous la même certitude, une leçon que Kassav avait apprise avant même de savoir marcher : au cœur de la bataille, ne t'arrête jamais de te battre. La victoire ou la mort.

En fait, en regardant sa Tempête fourmiller autour du *New Elite*, une idée lui traversa l'esprit, et pas pour la première fois : avait-il seulement besoin des Nihil ? Pourquoi ne pas prendre ses troupes et partir ? Changer de Bordure, trouver un autre endroit où bosser. Les Sentiers étaient pratiques, mais il n'en avait pas besoin, et il était sûr et certain de ne pas avoir besoin de Marchion Ro. La galaxie était vaste. Il pouvait lancer un nouveau gang dans le style des Nihil ; il avait appris toutes les techniques – il n'y avait pas de raison qu'il ne puisse pas les réutiliser ailleurs.

Mais pas un truc stupide à base de tempête et tout le reste. Il en avait plus qu'assez. Peut-être quelque chose en rapport avec… le feu ? Ça pourrait marcher : les étincelles tout en bas, puis les flammes, les brasiers, la fournaise… Ouais, ça pourrait *très bien* marcher. Et lui au sommet, tel le soleil. Kassav, un astre géant et puissant autour duquel tournait tout le reste !

Parfait. Ça fonctionnerait comme un charme. Il y avait toujours des gens qui voulaient appartenir à un groupe, trouver un moyen de s'élever – et la République était riche, grasse, prête à être pillée. Les enquêteurs Jedi dont Marchion Ro avait si peur cherchaient les *Nihil*, pas lui spécialement. Ouais, ils connaissaient peut-être son nom et son vaisseau depuis Eriadu… mais il pouvait changer les deux. Si Marchion Ro et les autres Maîtres-Tempête tenaient tant que ça à l'organisation, ils n'avaient qu'à en assumer les conséquences et se débrouiller pour gérer tous ceux qui voulaient voir les Nihil disparaître.

En fin de compte, qu'est-ce qu'il fichait ici, à attendre ces vaisseaux de la République et leur stupide boîte noire ? Mieux valait leur laisser, et qu'ils s'en servent pour traquer Marchion et le reste des Nihil ! Ça résoudrait deux problèmes à la fois. Il avait toute sa Tempête rassemblée autour de lui ; il pouvait donner l'ordre de partir tout de suite.

Kassav repoussa le droïde médical d'un geste agacé. Il posa les yeux sur le panneau de contrôle des communications intégrées à son fauteuil de commandement et, de sa main blessée, entra maladroitement le code permettant une transmission pour toute la flotte.

Bye bye tempête, bonjour fournaise, songea-t-il.

— Des vaisseaux émergent de l'hyperespace, Kassav ! annonça Dellex depuis le poste de surveillance.

Il la regarda, les yeux plissés.

— Les transports de la République ?

Elle se pencha en avant, comme si elle ne croyait pas à ce que les écrans lui disaient.

— C'est peut-être bien la République, mais il n'y a pas qu'une poignée de vaisseaux, répondit-elle avant de se tourner vers lui, son œil organique écarquillé. C'est… une flotte de combat !

Debout sur la passerelle du *Third Horizon*, l'Amiral Kronara analysait l'écran tactique, se concentrant plus particulièrement sur les données qui venaient d'apparaître concernant les forces ennemies. Tout portait à croire que sa coalition allait affronter la flotte entière des Nihil – et elle n'avait rien d'une armée désorganisée de vulgaires pillards. Des dizaines d'appareils de toutes les tailles, allant de simples chasseurs jusqu'à un vaisseau mère central, un bâtiment visiblement customisé ayant les dimensions d'une corvette standard. Les scans brossaient déjà un tableau de leurs capacités militaires, et elles se révélaient plutôt conséquentes. Ce ne serait pas un jeu d'enfant. Chaque vaisseau semblait prêt à en découdre. Tous sans exception étaient armés jusqu'aux dents, avec un arsenal complet allant de canons laser jusqu'à des mines magnétiques.

Il y avait là le potentiel pour une bataille d'une ampleur qu'aucun militaire de la République, pas même un haut gradé comme lui, n'avait connue depuis des décennies. C'était le problème avec une si bonne Chancelière : les Hutts se faisaient discrets, les Mandaloriens n'avaient pas posé de soucis depuis avant sa naissance, et les plus gros combats que ses troupes avaient eu à mener dépassaient rarement la taille d'une escarmouche. Il n'existait même pas de flotte républicaine en tant que telle – juste le singulier croiseur de classe *Émissaire* qu'était le *Third Horizon*, et divers vaisseaux tactiques ou d'escorte de plus petite taille.

De manière générale, les secteurs et les planètes se chargeaient de leur propre sécurité. Les rares fois où il y avait eu une menace plus importante, le traité de la Coalition Défensive de la République pouvait être mis en œuvre. Les mondes prospères comme ceux de Chandrila ou d'Alderaan étaient appelés à fournir des vaisseaux et du personnel placés sous le commandement d'officiers militaires de la République, avant d'être rendus à leur planète d'origine une fois la crise passée. C'était justement le cas, cette fois-ci. Sur les ordres de la Chancelière, Kronara avait sonné le ralliement et était parvenu à rassembler une force opérationnelle de bonne taille. La plupart des mondes signataires avaient été plus qu'heureux de fournir de l'équipement – tous voulaient participer aux représailles contre les Nihil, ces criminels qui avaient paralysé la galaxie.

Sous son commandement direct, Kronara bénéficiait du *Third Horizon*, accompagné de ses Longbeams et d'un complément plutôt robuste de Skywings Incom Z-28 – en fait, ses hangars contenaient la quasi-totalité de la petite division d'appareils d'assaut placée sous le contrôle direct de la République. Outre cela, les planètes membres de la CDR leur avaient confié cinq croiseurs de patrouille de classe *Pacificateur*, tous dotés d'un équipage d'une centaine de personnes, ainsi que de leurs propres escadrons de Longbeams et de Skywings. Et… un autre groupe était en chemin. Pas un signataire du traité de la CDR et pas nécessairement le genre de personnes qu'il aurait invitées à se joindre à lui, mais pas non plus le genre de personnes que l'on pouvait aisément refuser. Surtout si l'on prenait en compte la tragédie qu'ils avaient subie à cause des Émergences.

Un autre appareil était visible sur son écran, qui ne relevait pas de son autorité mais qui n'en était pas moins un allié : l'*Ataraxia*, l'unique grand vaisseau placé sous le contrôle direct de l'Ordre Jedi. C'était un bâtiment magnifique, conçu pour évoquer de façon subtile le symbole de l'Ordre, avec sa coque et ses longues ailes courbées soulignées par un revêtement blanc et or. Si l'*Ataraxia* avait pour futur proche d'être rattaché de manière permanente au Flambeau Stellaire dès que la station serait opérationnelle, il était venu ce jour-là prêter main-forte à la flotte de la CDR. Le vaisseau disposait d'un armement léger, mais pouvait transporter un grand nombre de Vectors, et ses hangars étaient actuellement pleins. Jusqu'à ce que l'appareil n'arrive, Kronara n'avait pas été certain de la participation des Jedi, malgré la requête de la Chancelière Soh. Les Jedi étaient liés à la République à bien des égards, mais ils pouvaient – et cela arrivait – rester indépendants à chaque fois que cela leur semblait approprié. Quelles que soient leurs raisons cette fois-ci, il était content que l'Ordre soit venu. Il s'avérait souvent utile d'avoir des Jedi sous la main.

L'Amiral Kronara n'était pas un va-t-en-guerre, mais il n'aurait pour rien au monde laissé passer l'occasion de rassembler une telle force opérationnelle, de réaliser un combat en temps réel et de s'exercer à la coordination. De plus, cette situation ne présentait aucune ambiguïté d'ordre moral. Ces Nihil étaient clairement du mauvais côté de l'Histoire. Une opération militaire justifiée contre une force armée conséquente ? L'opportunité de faire de la galaxie un lieu plus sécurisé ? Ça oui, il signait des deux mains !

Il reporta son attention sur l'écran, réfléchissant à la tactique qu'il allait employer. Ses forces étaient en vert, déployées en rangs uniformes et disciplinés. Les Nihil formaient une masse rouge, tourbillonnante et chaotique. Il y avait beaucoup de vaisseaux là-dedans. Cela n'aidait pas à prédire comment les choses pouvaient tourner. Kronara avait étudié les rares renseignements, rassemblés par les forces de sécurité de divers mondes de la Bordure Extérieure, dont on disposait sur les Nihil. À en croire leur réputation, c'était un sacré ramassis de sauvages. Plus inquiétant encore, des rapports suggéraient qu'ils pouvaient quasiment apparaître et disparaître à leur guise. Il ignorait ce que cela signifiait, mais cela laissait entendre qu'ils pouvaient user de tactiques totalement uniques.

Eh bien… qu'ils essaient ! Il avait ses petites tactiques personnelles, lui aussi.

Il regarda à nouveau sa propre flotte sur l'écran. Pas vraiment une armada, mais une force plus que suffisante, toutes choses considérées.

Si les Nihil voulaient se battre, ils seraient servis.

L'Amiral Kronara activa son comlink et appela l'*Ataraxia* de façon à coordonner ses premières actions avec la commandante, Maître Jora Malli. Il la connaissait un peu : elle avait plutôt l'esprit militaire, comme c'était souvent le cas chez les Jedi, et avait été désignée pour diriger le temple Jedi du Flambeau Stellaire une fois que la station ouvrirait ses portes. Mais comme cela n'était pas encore le cas, elle était ici, et représentait l'Ordre dans la lutte contre les Nihil.

— Maître Malli, nous allons tenter de contacter le vaisseau mère des Nihil. L'obstruction créée par la nébuleuse a pour effet de réduire les zones d'entrée en hyperespace, et nous en avons bloqué la majorité. La plupart des vaisseaux ennemis ne semblent pas assez gros pour être équipés de navordinateurs capables de calculer une autre issue dans un délai raisonnable. Ils devront donc se résoudre à communiquer ou à se battre – ils ne pourront se contenter de fuir. Au cas où ils choisiraient la seconde option, êtes-vous prête à intervenir ?

— Bien sûr, amiral, répondit la douce voix de Jora Malli. Je pense que je sortirai moi-même aux commandes d'un Vector, si nous devions en arriver là. J'ai Avar Kriss à bord de l'*Ataraxia* : elle pourra aider à relier les Jedi entre eux, comme elle l'a fait dans le Système Hetzal.

— Fantastique ! répondit l'amiral, et il le pensait vraiment.

Les Jedi étaient toujours très impressionnants, mais ce qu'il avait vu à Hetzal au cours de la catastrophe du *Legacy Run* était remarquable. Si Avar Kriss pouvait mettre en pratique cette gamme de compétences sur un véritable champ de bataille, cela pourrait leur conférer un avantage décisif.

L'Amiral Kronara joignit les mains dans son dos. Il adressa un dernier regard à l'écran tactique, puis donna l'ordre :

— Ouvrez un canal de communication. Voyons si ces criminels acceptent de discuter.

— Ils essaient de nous contacter, indiqua Dellex.

— Ne réponds pas, rétorqua Kassav.

— Je n'en avais pas l'intention, répliqua-t-elle. Mais il faut bien qu'on fasse quelque chose. Avec toute cette poussière spatiale causée par la nébuleuse, c'est impossible de passer en hyperespace de n'importe où sans exploser. Les vaisseaux de la République bloquent la zone d'accès à l'hypervoie la plus proche. On pourrait s'échapper avec un Sentier, mais l'Œil ne nous en a pas donné.

— Il faut qu'on attaque, c'est ça ? intervint Gravhan depuis le poste d'artilleur. Flotte de combat ou pas, si on tue pas tous ces gars, les Nihil, c'est fini.

— Laissez-moi une seconde pour réfléchir, OK ? gronda Kassav.

Il se tourna vers Dellex.

— Est-ce qu'il y en a une autre ? Une zone dégagée permettant de passer en hyperespace sans un Sentier, je veux dire ?

La femme consulta ses écrans.

— Ouais. Pas tout près, mais si on y va pleins gaz, y a moyen qu'on l'atteigne avant que les vaisseaux de la République nous tombent dessus.

— D'accord. Donne l'ordre à tous les vaisseaux, alors : qu'ils foncent vers cette autre issue. Ensuite, qu'ils se dispersent, puis qu'ils attendent de mes nouvelles avant de faire quoi que ce soit. *Quoi que ce soit*, c'est bien compris ? Pas de pillage, rien. Juste faire profil bas jusqu'à ce que je les recontacte.

Gravhan prit la parole :

— C'est pas que je veux vous remettre en question, patron, mais…

— Alors ne le fais pas, répliqua Kassav en le fusillant du regard.

Il avait mal à la main. Mal à la tête. Mal partout. Il aurait voulu qu'il y ait au moins *une chose* qui se passe bien. Gravhan ne semblait pas comprendre ça. Il déglutit. Sa gorge était aussi sèche que de la poussière.

— Le truc, Kassav, c'est que Marchion Ro nous a expliqué, à moi, Trempette, et Dellex, les ordres qu'il vous avait donnés, et il a dit que si vous ne faisiez pas ce qu'il demandait, eh bien…

— Eh bien *quoi*? Qu'est-ce que vous croyez que vous allez faire? rugit Kassav en dégainant son blaster de la main gauche et en le pointant sur son Orage à la loyauté « sans faille ».

Marchion Ro disait à ses hommes ce qu'ils devaient faire, maintenant? Il leur donnait des instructions dans son dos?

Trempette et Dellex dégainèrent à leur tour. Enfin… Dellex se contenta d'activer son canon d'épaule, mais il le vit s'illuminer et entendit un petit vrombissement significatif. Sur la passerelle, les autres Nihil se figèrent, incertains de ce qu'ils devaient faire, attendant de voir comment les choses allaient tourner.

— On est censés te tuer, répondit Trempette. Voilà ce que l'Œil nous a dit de faire. Il a dit que ce que tu as fait à Eriadu a mis tout le monde en danger et que cette mission, c'est la seule solution pour nous garder tous en sécurité. La seule solution pour que tout aille bien à nouveau.

Ce que j'ai fait à Eriadu, espèce de sale traître? Ce que j'ai fait? Comme si tu n'avais pas été à mes côtés tout du long, à diriger l'opération avec moi, pensa Kassav.

Il aurait peut-être été capable d'abattre les trois… mais pas de la main gauche. Il garda son blaster pointé sur Gravhan, et répondit en crachant chaque mot :

— Vous pensez que Marchion Ro savait qu'on allait se retrouver face à une flotte de combat de la République? Écoutez, c'est tout l'un ou tout l'autre : soit il le savait, et il nous a volontairement envoyés au casse-pipe, soit il l'ignorait, et dans ce cas, il serait le premier à nous dire de déguerpir pour avoir une chance de prendre notre revanche plus tard. Dans un cas comme dans l'autre, on doit *partir*. On trouvera bien un autre moyen de nous débarrasser de cette boîte noire de malheur.

Il vit ses trois Orages réfléchir à ces options.

— Trempette, retourne à la comm. Essaie de joindre l'Œil. Dis-lui ce qui se passe et demande-lui un Sentier pour nous sortir de là.

Le Gungan hésita une ou deux secondes, puis rengaina son blaster et se dirigea vers la console des communications.

— Dellex, transmets les ordres que je t'ai donnés au reste de la flotte. Dis-leur de filer aussi vite que possible jusqu'à l'autre point de transfert. Gravhan, retourne au poste d'artillerie, juste au cas où ces salopards de la République décideraient de nous canarder.

— Pas de réponse de Marchion Ro, indiqua Trempette. Mais le croiseur de la République tente à nouveau de nous contacter.

Kassav regarda ses lieutenants d'un air entendu. *Vous voyez ?* semblait dire son regard. *On est tout seuls sur ce coup.*

Sans un autre mot, ils rangèrent leurs armes et suivirent ses ordres.

Il sentit les moteurs du *New Elite* monter en intensité tandis que l'appareil se préparait à fuir le piège dans lequel – il en était quasi persuadé à présent – Marchion Ro les avait précipités.

— Argh, dit Dellex d'une voix inhabituellement étouffée.

— Quoi encore ?

— Une autre flotte vient de débarquer. Par l'autre point de transfert hyperspatial. On est cernés, Kassav !

— Dis-moi que ce sont des Nihil. Dis-moi que c'est la Tempête de Pan Eyta.

— Ce n'est pas eux. Les vaisseaux indiquent tous provenir d'Eriadu.

— C'est là qu'on a foiré notre opération d'extorsion, indiqua Trempette. Là où cette lune a été pulvérisée.

Une clarification absolument inutile. Tout le monde sur cette passerelle savait exactement ce qu'ils avaient fait à Eriadu.

Ce qu'ils ignoraient peut-être, cependant, c'était la réputation des gens qui vivaient là-bas. Kassav la connaissait, lui. Il s'était renseigné après sa petite visite dans leur système. Ce qu'il avait appris lui avait fait pousser des jurons pendant une minute d'affilée. Manifestement, les Nihil n'étaient pas les seuls prédateurs de la galaxie.

Eriadu était l'une de ces planètes de guerriers. Une culture entière pétrie d'idéaux tournant autour de la vengeance, de la justice, du sang et de l'honneur, où l'on s'offensait d'un rien, se provoquait en duels, s'empoisonnait les uns les autres, et autre joyeuseté du genre.

Mais pour le moment, ils semblaient avoir mis de côté leurs querelles assez longtemps pour unir leurs forces et se mettre en chasse.

— Eh bien, changement de programme, on dirait, commenta Kassav. Prévenez tous les vaisseaux : le moment est venu de se battre. Tuons-les jusqu'au dernier !

Tous sur la passerelle regagnèrent vivement leur poste pour se préparer au combat. Ils semblaient excités, même ces imbéciles de lieutenants, qui auraient dû être moins naïfs.

Kassav pressa un bouton sur son fauteuil de commandement, et la musique reprit. Un nouveau morceau de wreckpunk, palpitant, rythmé et plein de bruits métalliques. Il poussa le volume au maximum.

— Pour les Nihil ! s'écria Kassav en levant son poing mutilé et douloureux au-dessus de sa tête.

— Pour la tempête ! répondirent-ils tous en chœur, avec ardeur et impatience.

Kassav contempla son équipage, son regard glissant d'un visage à l'autre.

Dans la lueur verdâtre de la nébuleuse de Kur qui continuait de nimber la passerelle, ils ressemblaient tous à des cadavres, morts depuis trois jours.

Pour les Nihil, pensa Kassav. *Pour la tempête*.

CHAPITRE TRENTE-SEPT

L'ESPACE. SYSTÈME ELPHRONA.

Loden Greatstorm sollicita un peu plus durement son Vector, accélérant à travers le vide en direction du vaisseau nihil endommagé, tandis que le globe rouille et argenté d'Elphrona s'éloignait derrière eux. Il sentit Indeera faire de même à bord de son propre vaisseau.

Ils y étaient presque. Le Jedi savait que, pour passer en hyperespace sans danger, il fallait s'éloigner de manière significative d'Elphrona. Comme en surface, l'espace entourant la planète était une masse tourbillonnante de champs magnétiques et de déformations gravitationnelles. Il n'y avait aucun risque que les Nihil s'échappent avant qu'Indeera et lui ne les rattrapent.

Et ensuite… Eh bien, la Force serait son guide. Il ne souhaitait pas la mort de ces ravisseurs. Il ne voulait la mort de personne – jamais ; mais parfois, avait-il réalisé, les gens déterminaient par eux-mêmes leur fin, et il n'y avait rien, semblait-il, que lui ou même la Force puisse faire pour l'éviter.

Bah, il ne fallait pas être si fataliste. Il ferait tout son possible pour sauver chaque vie à bord de ce vaisseau. Mais les innocents auraient la priorité, et la ligne entre l'innocence et la culpabilité avait été clairement franchie lorsque les Nihil avaient choisi de jeter un enfant dans le vide.

Il pressa la commande de la comm.

— Bell, tu me reçois ?

— Maître ! vint aussitôt la réponse.

— As-tu…

— Oui ! s'exclama Bell. J'ai réussi à l'attraper et on a rejoint la surface en douceur. Elle s'appelle Bee. Elle s'inquiète pour son frère et son père, mais elle va bien.

Le visage de Loden se fendit d'un large sourire.

— Je savais que tu pouvais le faire, petit ! En ce qui me concerne, rien de ce que le Conseil pourra te proposer pour tes épreuves ne dépassera ce que tu viens d'accomplir. Je vais faire la demande pour que tu sois élevé au rang de Chevalier Jedi dès qu'on en aura fini avec tout ça.

— Vous êtes sérieux ?

— Je suis sérieux. Tu m'as entendu, hein, Indeera ?

— Absolument, Loden, résonna la voix d'Indeera Stokes dans la comm.

— Tu vois, Bell ? C'est acté. Mais il faut que tu emmènes Bee à l'avant-poste. Sa mère est là-bas, avec Porter. Dis-lui qu'on va lui ramener le reste de sa famille en un rien de temps. Assure-toi que Porter lui donne un peu de ragoût.

— Je pense que je vais aussi lui présenter Tison.

— Parfait. Je vais devoir couper, Bell. Indeera et moi avons du pain sur la planche. J'ai hâte de pouvoir fêter cet adoubement, Chevalier Jedi Zettifar.

— Maître… merci.

— Je ne suis plus ton maître, Bell. Tu es un Chevalier Jedi.

— Pas tant que le Conseil ne l'aura pas déclaré, et je veux que vous soyez là quand ça arrivera. Que la Force soit avec vous.

— Elle y est, Bell. Ne t'inquiète pas. À très vite.

Loden bascula le commutateur de sa comm et reporta son attention sur le vaisseau des Nihil. Ils étaient à portée de laser et, comme on pouvait s'y attendre, quelques décharges fusèrent dans leur direction en provenance du canon arrière de l'appareil.

Indeera et lui virèrent sur le côté, leurs Vectors se déplaçant comme s'ils ne faisaient qu'un, et ils esquivèrent les tirs sans difficulté. Sa comm se mit à grésiller.

— Comment veux-tu faire ça, Loden ? lui demanda la Jedi.

— Nous avons l'un comme l'autre de la place pour un passager, et il reste deux Blythe à bord de ce vaisseau. Je vais les faire ralentir. Pendant ce temps, tu récupères le premier, puis je m'occupe du second.

— Et c'est tout ?

— C'est tout. Je n'aime pas trop entrer dans les détails.

— Entendu. Je te suis.

Loden accéléra, faisant atteindre à son Vector une vitesse qui ne tarda pas à dépasser celle des Nihil.

— Prépare-toi, dit-il à l'intention d'Indeera et, dans une certaine mesure, à la sienne.

Il poussa ses leviers de commande, vers l'avant puis sur le côté, et se projeta simultanément dans la Force pour saisir les gouvernes réactives du Vector et les *booster*. Ce faisant, il réalisa une manœuvre qu'aucun pilote autre qu'un Jedi n'aurait été capable de réussir.

Dans la comm, il entendit Indeera étouffer un petit cri de surprise et ne put s'empêcher d'esquisser un sourire.

Le Vector monta en spirale et passa *au-dessus* du vaisseau des Nihil. Il tournoyait comme une mèche, échappant à tous les tirs frénétiques provenant des canons ennemis, et termina sa course nez à nez avec l'appareil des Nihil. Il volait toutefois *en arrière*, en se maintenant exactement à la même vitesse que le vaisseau adverse. Il était assez près de lui pour que ses canons soient dans l'incapacité de le prendre pour cible, et tant qu'il resterait là, il serait à l'abri.

Mais plus important encore, il pouvait voir clairement l'intérieur du cockpit, où une femme à l'air paniqué pilotait le vaisseau. C'était une Nihil, la première qu'il voyait sans son masque, et elle ressemblait à… une personne. C'était une humaine assez jeune, aux cheveux courts et en bataille, avec des traces de poussière rougeâtre sur le visage héritées de leur fuite échevelée à travers les plaines d'Elphrona, et deux rayures bleues en zigzag peintes sur la joue. Une enfant de la Force, comme tant d'autres.

Mais la Force ne prenait pas les décisions pour vous, et cette personne en particulier s'était rendue coupable d'actes horribles, que ce soit par nécessité ou par choix.

L'heure des comptes avait sonné.

Loden lâcha l'un des leviers et effectua un geste lent et transversal de la main sans quitter la Nihil des yeux.

— Vous allez ralentir votre vaisseau et ouvrir la trappe de votre sas extérieur.

À travers le transparacier du cockpit, il vit les lèvres de la femme bouger pour répéter ce qu'il venait de dire. Loden gardait le contact mental pour les cas de force majeure – mais si ce n'en était pas un, alors il ignorait ce qui pouvait en être. Elle n'avait pas besoin d'entendre ce qu'il avait dit : la technique portait bien son nom. Un contact mental, c'était tout ce dont on avait besoin.

Loden garda les yeux rivés sur la pilote pour maintenir le lien au cas où il aurait à lui donner d'autres instructions. Il sentit le vaisseau des Nihil ralentir, puis Indeera s'approcher et venir placer son Vector à côté de l'appareil. Il savait qu'elle allait devoir sauter dans le vide pour atteindre le sas – mais ce ne serait qu'une question de secondes et l'Ordre Jedi enseignait à ses membres des techniques pour survivre aux conditions extrêmes de l'espace. Ces méthodes ne fonctionnaient qu'un temps restreint – l'espace restait l'espace, après tout – mais il savait qu'Indeera saurait faire le nécessaire.

En fait, la Force lui souffla qu'elle s'était déjà lancée.

Il perçut un vent de panique à l'intérieur du vaisseau, mais tout redevint calme rapidement. Il ignorait si Indeera avait utilisé le contact mental à son tour ou si elle avait été forcée de tuer les autres Nihil – il savait qu'ils étaient plusieurs à avoir survécu aux événements sur Elphrona.

Ce sera bientôt fini, pensa-t-il.

Une fois qu'Indeera aurait terminé le travail et extrait le premier Blythe, Loden pourrait s'introduire de la même manière dans le vaisseau des ravisseurs. Il ferait en sorte de le neutraliser, pour permettre aux pirates survivants d'être arrêtés par les escouades de sécurité d'Elphrona ou bien par un appareil de la République. Puis il pourrait raccompagner son passager tout juste libéré à la surface pour qu'il y retrouve sa famille. On faisait pire, comme journée de travail, tout bien consi…

Sortis de nulle part, et se matérialisant tout autour de lui… des vaisseaux, *beaucoup* de vaisseaux émergèrent de l'hyperespace et les encerclèrent, lui, l'appareil des Nihil et le Vector d'Indeera. Cela aurait dû être impossible : tant d'appareils effectuant un saut aussi coordonné et aussi près d'une planète ? Mais les vaisseaux étaient bien là. Il y en avait un nombre incalculable, et de toutes sortes. Il repéra un grand bâtiment au centre, aux lignes pures et menaçantes, et tout autour de lui, une nuée d'autres plus petits… mais tous sans exception arboraient sur leur coque trois zigzags étincelants. Encore ces éclairs.

Encore les Nihil.

La cloison avant de la passerelle du *Lourna Dee* n'était qu'une immense baie d'observation, faite de transparacier triplement trempé dans une matrice à noyau de diamant.

À travers elle, Lourna Dee repéra ce qu'elle avait été envoyée récupérer près de cette planète esseulée : une nef de Nuage endommagée avec laquelle l'équipe de Dent Margrona s'était rendue sur Elphrona pour capturer une famille qu'ils espéraient échanger contre une rançon à leurs proches fortunés d'Alderaan. Près de l'appareil se trouvaient deux de ces petits vaisseaux Jedi pénibles : des Vectors.

L'un volait juste devant la nef de Nuage, si près qu'on pouvait s'étonner que les deux vaisseaux nc se soient pas encore percutés – mais elle avait entendu dire que les pilotes Jedi pouvaient faire des choses incroyables.

Grand bien leur en fasse. Ils étaient deux pauvres Vectors contre une Tempête entière de Nihil à présent.

Le premier appareil se dégagea de sa position face à la nef de Nuage, avec pour objectif, manifestement, soit de s'enfuir soit de se mettre en position d'attaque.

Lourna Dee renifla de dédain.

Bonne chance, mon petit.

CHAPITRE TRENTE-HUIT

ESPACE PROFOND. LA NÉBULEUSE DE KUR.

Kassav regardait l'écran d'affichage du champ de bataille le front plissé. Quasiment à l'instant où il avait ordonné à sa Tempête de passer à l'offensive, les croiseurs de la République avaient vomi un flot incessant de ces chasseurs en forme de pointe, les Skywings, accompagnés d'un bon nombre de leurs vaisseaux phares, les Longbeams.

Ses troupes ripostaient et rendaient coup pour coup dans les escarmouches, mais les gros canons du croiseur lourd de la République et de ses cinq plus petits compagnons se déchaînaient et presque chacun de leurs tirs touchait une nef de Nuage. Les boucliers du *New Elite* et de certains des plus gros vaisseaux des Nihil pouvaient encaisser ces décharges – pour un certain temps, en tout cas – mais les Nefs de Nuage ? Elles n'avaient aucune chance. Elles disparaissaient dans une nuée de flammes et de duracier pulvérisé chaque fois qu'un tir faisait mouche.

Ils avaient encore l'avantage du nombre, mais cela ne durerait pas – surtout que les vaisseaux d'Eriadu se rapprochaient à chaque seconde, menaçants, implacables. Soit ses Nihil parvenaient à créer une brèche dans la flotte de la République et à atteindre la zone d'accès à l'hypervoie, soit ils allaient tous mourir sur place.

Il y avait un autre vaisseau, également : le croiseur Jedi. Jusqu'ici, il n'avait rien fait, mais tout portait à croire qu'il était venu avec quelques-uns de ces Vectors à bord. C'était la dernière chose dont il avait besoin.

— Toujours pas de nouvelles de l'Œil ? demanda-t-il d'une voix forte.

— Pas encore, boss, répondit Trempette.

Kassav ne s'était attendu à rien. Il était quasi certain qu'aucune solution de secours n'allait être transférée comme par magie dans leur réacteur à Sentiers. S'il voulait avoir une petite chance de revoir Marchion Ro et d'enfoncer sa lame dans l'œil de ce salopard arrogant, il allait devoir se débrouiller par lui-même.

Il scruta l'écran tactique, s'efforçant de déterminer quel ordre donner. La République était en train de massacrer ses troupes ; les attaques coordonnées et disciplinées se révélaient incroyablement efficaces face à sa Tempête, où chaque pilote était son propre maître et se battait comme il en avait foutrement envie. La plupart de ses Nihil étaient engagés dans des combats rapprochés, chacun s'efforçant d'abattre un vaisseau de la République, de se créer une légende, d'avoir une bonne anecdote à raconter à leur retour au Grand Hall. Mais face à des militaires aguerris, ils n'avaient aucune…

C'est ça, pensa-t-il.

Il ouvrit un canal comm à l'attention de toute la flotte.

— Mes chers Nihil, c'est votre Maître-Tempête qui vous parle. Vous êtes en train de donner une sacrée leçon à ces abrutis de la République ! Je suis impressionné. Mais je veux qu'ils repartent de cette bataille en sachant qu'il vaut mieux ne plus se frotter à nous, désormais. Arrêtez de vous battre selon leurs règles. Ils ne retiendraient rien à la leçon. Battez-vous à la manière des Nihil. Battez-vous *libres*. Battez-vous *à la déloyale*.

Il sourit.

— Montrez-leur qui nous sommes. C'est un ordre.

Il fallut quelques instants pour que la consigne fasse son chemin, puis l'un des plus gros vaisseaux, un ex-cargo à peine plus petit que le *New Elite*, ouvrit les portes de sa soute. Il alluma ses moteurs et quelque chose se déversa à l'extérieur, propulsé par l'effet d'inertie, une substance grisâtre et gélatineuse. Kassav se rappela que ce vaisseau avait été volé. De toute évidence, les nouveaux propriétaires nihil n'avaient jamais vidé les conteneurs de fret, et de toute évidence l'appareil devait être spécialisé dans le transport de déchets.

La bouillasse se déversa en un flot toxique, recouvrant les chasseurs de la République qui poursuivaient le cargo. Deux Skywings partirent en vrille et se percutèrent, provoquant une explosion… qui embrasa tout le chargement. Les flammes s'étendirent rapidement en une vague meurtrière, engloutissant chaque vaisseau républicain qui avait été recouvert par la substance. Tous explosèrent, les uns après les autres, dans une réaction en chaîne qui était l'une des plus belles choses que Kassav ait vues.

Voilà qui n'était pas très loyal, en effet.

Les autres Nihil ayant assisté à la scène avaient parfaitement reçu le message et cessèrent aussitôt de se battre de front, ou en duels rapprochés. Kassav vit même l'un de ses vaisseaux *se poser* sur l'un des plus gros appareils de la République, puis allumer ses moteurs au maximum pour envoyer une belle flambée sur la baie d'observation principale. Il vit un autre équipage utiliser la technique du harpon qui avait si bien fonctionné à Ab Dalis pour déchiqueter l'un des cinq croiseurs.

Il n'y avait pas que des choses réjouissantes, cependant : l'un de ses plus gros appareils, une corvette légère, était pilonné par un escadron de Longbeams. Ses moteurs brûlèrent une dernière fois, puis le vaisseau se mit à dériver.

Bon, eh bien, c'est comme ça, pensa Kassav. Blast*! Ce vaisseau m'aurait pourtant été bien utile par la suite.*

Plusieurs capsules de sauvetage abandonnèrent la corvette en détresse, et les Longbeams interrompirent aussitôt leur attaque pour les récupérer à l'aide d'une sorte de mécanisme à base de pinces magnétiques. Ils les entraînèrent ensuite jusqu'au croiseur républicain le plus proche, pénétrant dans ses hangars en tirant les capsules derrière eux.

Kassav s'inquiéta un instant de ce que les prisonniers risquaient de révéler à la République à propos des Nihil et de leurs opérations, puis réalisa que ça n'avait finalement pas d'importance. La situation ne pouvait pas tellement être pire.

Soudain, le croiseur républicain implosa, et la détonation fut si massive que le souffle emporta un certain nombre de petits vaisseaux situés à proximité. Au même moment, les moteurs de la corvette nihil, celle que Kassav avait cru perdue, se mirent à flamboyer de nouveau, et le vaisseau fit volte-face, ses canons arrosant un groupe proche de Skywings.

Kassav prit conscience de ce qui venait de se passer. Les capsules de sauvetage ne contenaient personne à bord : elles étaient pleines d'explosifs ! Et dire que ces idiots de la République avaient voulu se la jouer altruistes en essayant de les secourir, juste parce que…

— Hé, marmonna-t-il en souriant. Nous sommes tous la République.

Il pressa le bouton de la comm.

— C'est ça ! s'écria-t-il. Trouez-leur la peau ! Je vous suis à cent pour cent !

Il coupa le système comm et porta la main à sa bouche pour se mâchonner le bout du pouce – un tic nerveux – mais réalisa qu'il n'avait plus de pouce à cette main.

— Des nouvelles de Marchion Ro ? lança-t-il à Trempette.

En guise de réponse, le Gungan se contenta de secouer la tête, ses longues oreilles dodelinant autour de son crâne.

Ce n'était pas comme s'il espérait quoi que ce soit. C'était Kassav contre le reste de la galaxie. Comme toujours.

L'Amiral Kronara n'en croyait pas ses yeux. Il ne s'attendait pas à ce qu'une bande de criminels se batte avec quoi que ce soit qui s'apparenterait à de l'honneur, mais ça, c'était… méprisable.

L'un des plus gros vaisseaux nihil venait de libérer une gigantesque quantité de produit résiduaire de réacteur. Cela avait créé une traînée de radiations invisibles, extrêmement toxiques, qui non seulement brouillait les senseurs, mais empoisonnait les pilotes qui avaient le malheur de voler à travers. Ils étaient condamnés à une agonie lente et douloureuse à moins de se rendre immédiatement aux bâtiments médicaux.

Ça va aussi toucher certains de leurs propres vaisseaux, pensa-t-il. *Forcément. Ils assassinent leurs propres troupes.*

Les Nihil n'en avaient visiblement rien à faire. Ni de ça ni de rien d'autre ; leur seul but était de causer le plus de dégâts possible.

Cette stratégie fonctionnait. Kronara avait déjà perdu deux de ses croiseurs de patrouille de classe *Pacificateur*, le *Marillion* d'Alderaan et le *Yekkabird* de Corellia, avec l'ensemble de leur équipage ainsi qu'un bon nombre des vaisseaux d'assaut Longbeam et des chasseurs Skywing.

Il ne disait pas que les Nihil étaient en train de gagner – leurs tactiques mettaient le paquet sur l'offensive, rien sur la défensive, et ils prenaient des coups. Leur nombre décroissait peu à peu… mais ils ne perdaient pas non plus. Il fallait que ça cesse, et vite. Il était temps de passer au niveau supérieur.

Vérifiant à nouveau les écrans, l'Amiral Kronara repéra l'emplacement de la petite flottille d'Eriadu qui approchait inexorablement du champ de bataille.

Pas encore assez proche, pensa-t-il.

— Passez-moi l'*Ataraxia*, demanda-t-il à son officier des communications.

La voix de Maître Jora Malli s'éleva quelques instants plus tard du système comm :

— Amiral, que puis-je faire pour vous ?

— Les Nihil se servent de tactiques peu orthodoxes et autre coup bas abject. Nous pouvons les vaincre, mais les pilotes de la CDR ne sont pas formés à ce genre de choses. Ça risque de prendre du temps et nous coûter beaucoup de vies. Si vous et vos troupes étiez…

La Jedi accepta avant qu'il ne termine sa phrase.

— Nous allons voir ce que nous pouvons faire, amiral. La Force offre un sacré avantage au combat.

— Nous vous en sommes reconnaissants.

— Bien sûr, répondit-elle, puis elle coupa la transmission.

Jora Malli rejoignit le hangar principal de l'*Ataraxia* à grands pas, Sskeer à ses côtés. Elle porta un comlink à ses lèvres.

— Avar, on va sortir l'escadron de Vectors. Les pilotes de la République ont besoin de notre aide pour neutraliser les Nihil avant que les choses n'empirent, là-dehors. Est-ce que tu peux créer un réseau entre nous pour nous faciliter la tâche ?

— Oui, je peux, répondit Avar Kriss. J'arrive déjà à entendre le chant.

Jora savait qu'Avar se représentait la Force sous forme de musique. Elle ne la voyait pas de cette façon. Pour elle, la Force était… une force. Mais on ne pouvait nier l'efficacité de ce que Maître Kriss était capable de faire.

Tout autour d'elle, des Jedi couraient vers les Vectors en attente. L'équipage non Jedi de l'*Ataraxia* s'activait à faire le plein et à préparer les frêles vaisseaux au décollage. Elle vit Elzar Mann et son ami Stellan Gios, Nib Assek et son Padawan wookiee, Burryaga, l'Ithorien Mikkel Sutmani qui avait participé à la tragique mission au cours de laquelle l'Ordre avait perdu Te'Ami… Tous de très bons pilotes. Il fallait qu'ils le soient. Elle avait analysé les données tactiques de la bataille et les vaisseaux nihil semblaient déterminés à blesser ou détruire leurs ennemis.

— Prêt, mon vieil ami ? demanda-t-elle à Sskeer alors qu'ils approchaient de leurs propres Vectors.

— Tu devrais être sur le Flambeau Stellaire, siffla le Jedi trandoshan, en train de gérer les demandes d'approvisionnement et les novices récalcitrants, pas de diriger un assaut contre une bande de pirates. Laisse-moi y aller seul. Ce n'est absolument pas nécessaire que tu sortes.

— On peut mourir dans son lit aussi simplement que sur un champ de bataille, Sskeer, dit-elle en grimpant dans le cockpit de son vaisseau.

— Voilà qui est totalement faux, rétorqua Sskeer en plaçant un masque à oxygène sur son large museau et en s'installant dans son siège de pilote. Et si tout simplement on se mettait d'accord tous les deux pour ne pas mourir ?

— Ça marche, lança-t-elle tandis que la verrière se refermait.

Jora sortit son sabre laser – un cylindre doré orné de deux quillons incurvés en platine redescendant vers la poignée comme des ailes – et le plaça sur la console de son Vector, contre le panneau d'activation des armes. Le système de ciblage s'illumina d'un blanc vif, la couleur de sa lame. Elle avait retiré le cristal kyber, alors rouge sang, d'une antique lance laser Sith et l'avait soigné en le purifiant de toute la rage et de la souffrance qu'y avait instillées son propriétaire d'origine. Elle avait effectué le rituel dans le simple but de s'exercer, pour voir comment cela fonctionnait, mais une fois le processus terminé, elle s'était retrouvée étroitement liée au cristal, et s'en servait à présent comme noyau pour son arme principale.

Elle poussa à fond ses leviers de commande et fusa hors du hangar en direction de l'espace.

Tout autour d'elle, des Vectors se matérialisèrent, sortis à sa suite des entrailles de l'*Ataraxia*.

— Avec moi, Jedi, déclara Jora Malli, et les vaisseaux l'encerclèrent, créant la formation serrée dont seuls les Jedi étaient capables.

C'était une Dérive, parfaitement disposée, et la seule chose qui surpassait le plaisir d'en voir une était d'y participer.

La bataille faisait rage au loin, et ils s'apprêtaient à en inverser le cours.

Les vaisseaux d'Eriadu avançaient lentement mais sûrement, et se trouvaient à présent à portée de vue, ce qui signifiait qu'ils étaient également à portée de tir, mais ils n'avaient pas encore ouvert le feu. Kassav pensait savoir pourquoi. Les chasseurs aiment terrifier leur proie avant de la tuer.

Les combats, c'était une chose, mais cette attente. C'était insoutenable.

Les vaisseaux étaient tous longs et fins, comme des lames. On aurait dit des épées, dressées sur le fil, qui se dirigeaient droit sur lui.

— Réaffecte un tiers de nos vaisseaux aux croiseurs d'Eriadu, cria-t-il à Trempette. Il faut qu'ils *disparaissent*.

— Bien reçu, boss !

Tremp' avait l'air dubitatif. Rien de surprenant. Kassav l'était aussi. Ils avaient abattu une part non négligeable de Longbeams et de Skywings, mais les Jedi avaient fini par rejoindre les combats en envoyant leurs petits Vectors de malheur. Mais peu importe. Les Jedi aussi pouvaient mourir, comme n'importe qui d'autre. Personne n'avait jamais dit qu'ils étaient immortels.

Toutefois, les Nihil arrivaient à court de coups fourrés et la République commençait à se faire plus futée, laissant les gros canons de leurs croiseurs faire la majorité du travail. Il était temps de partir. Ce dont Kassav avait vraiment besoin, c'était d'un Sentier, mais les chances pour ça étaient…

— Kassav !

C'était Trempette avec, dans la voix, un petit quelque chose de nouveau : de l'espoir.

— J'ai Marchion Ro en ligne ! s'exclama-t-il.

— Passe-le-moi ! cria Kassav. Canal privé !

La voix de l'Œil résonna dans le masque du Maître-Tempête :

— Salut, Kassav ! Tu es tombé sur un os, on dirait ?

Je crois que tu es parfaitement au courant, pensa le Weequay.

— Ouais. La force opérationnelle de la République, un groupe de Jedi et même quelques vaisseaux venant d'Eriadu. Comme une sorte d'embuscade. Je sais que tu veux te débarrasser de cet enregistreur de données de vol, mais on aurait vraiment besoin d'un Sentier pour nous tirer de là. On morfle salement, Marchion. C'est toute ma Tempête qui est en danger.

— Il ne devait y avoir que quelques transports, répondit Marchion Ro. Je ne sais pas ce qui s'est passé. Je vais te donner un Sentier. Continue de te battre en attendant. Je vais dire quelque chose à ta Tempête, aussi. Au nom de l'Œil.

— D'accord, super, mais dans combien de temps tu crois que tu pourras m'envoyer un Sentier, parce que…

La communication fut coupée. Kassav aurait voulu pouvoir courir le long de la ligne de transmission, non pas pour s'échapper mais dans le seul but de rejoindre Marchion Ro et de l'assassiner de la façon la plus sauvage qui soit.

Trempette prit à nouveau la parole :

— Une nouvelle transmission de la part de l'Œil. Tous les vaisseaux la reçoivent.

— Mets-la en ligne, dit Kassav.

Le wreckpunk qui beuglait toujours dans les haut-parleurs de la passerelle baissa automatiquement de volume tandis que la voix de Marchion Ro résonnait à travers le *New Elite* et les autres vaisseaux de la flotte des Nihil.

— Je suis l'Œil des Nihil, et je vois les combats que vous menez. Je vois la République, qui essaie de vous prendre votre liberté, de vous dérober vos crédits durement gagnés, d'interdire votre mode de vie… C'est votre *mort*, qu'elle veut. Juste parce que vous respirez. Que vous existez. Que vous empruntez des voies qu'ils ne possèdent pas. Qui sont-ils pour nous dire comment vivre ? Qui sont-ils pour venir sur notre territoire et essayer de nous tuer ? La République. Les *Jedi*. Qu'est-ce qui leur en donne *le droit* ?

Kassav embrassa la passerelle du regard. Dellex, Gravhan, Trempette, et tous les autres, ils avaient tous interrompu leurs activités et écoutaient, figés, sans rien faire d'autre que boire les paroles de Marchion Ro.

Il eut soudain un mauvais pressentiment. Un très mauvais pressentiment.

— Je ne laisserai pas cela arriver, poursuivit Marchion Ro. J'ai une responsabilité vis-à-vis des Nihil, et de la liberté en laquelle nous croyons tous si profondément. Je suis l'Œil, et je vous fournirai ce dont vous avez besoin pour vaincre nos ennemis. Voici les Sentiers de Guerre, mes amis, et avec eux…

Il marqua un temps d'arrêt, retint son souffle, et Kassav sentit que chacun de ses hommes était suspendu aux lèvres de Marchion, impatient d'entendre la suite.

— … vous ne pouvez pas perdre.

Le *New Elite* se mit à ronronner, toutes ses surfaces vibrant avec une nouvelle énergie très étrange, jusque dans ses entrailles. Dellex cria, les yeux fixés sur ses écrans.

— Kassav… Le réacteur à Sentiers… il se passe quelque chose !

Sskeer volait au cœur de la Dérive, son lien avec tous les Jedi autour de lui renforcé par ce qu'Avar Kriss faisait – quoi que ce soit – depuis l'*Ataraxia.* Et son lien le plus fort de tous était avec Jora Malli. Son vaisseau se trouvait juste à sa droite, si proche que le bout de leurs ailes se touchait presque.

Les Vectors n'avaient pas encore engagé le combat. Les Nihil étaient toujours un peu plus loin, empêtrés dans diverses escarmouches avec des Longbeams et des Skywings. Il percevait de l'impatience, tout autour de lui, tandis que les Jedi se préparaient à l'épreuve du combat.

Son propre cockpit était nimbé d'une lumière verte, couleur de la lame de son sabre laser. Tout était prêt. Il allait défendre, il allait protéger, il allait faire justice. Il était un Jedi, et il…

Quelque chose se passa.

Les vaisseaux des Nihil… bougèrent. Se décalèrent. Tous, à un moment, étaient à un endroit, avant de se trouver à un autre. Ils ne s'étaient pas déplacés d'un même mouvement, mais par à-coups et soubresauts séparés, disparaissant et réapparaissant à des distances variées de leur point de départ.

Cela se reproduisit, et il n'y avait pas de raison apparente à cela, ni de points communs. Les Nihil se volatilisaient simplement à un endroit et…

Il eut la perception fugace de quelque chose d'énorme, de solide, de trop près pour être évité, apparaissant en plein milieu de la Dérive, suivi d'un impact si gigantesque qu'il eut toutes les peines à en prendre la mesure. Il y eut un immense éclair de lumière et sa connexion avec beaucoup des Jedi qui l'entouraient disparut. Puis quelque chose percuta la verrière de son cockpit – la transperça –, et des morceaux acérés de métal s'enfoncèrent dans son épaule, lui traversèrent le corps et son siège de pilote, lui tranchant le bras au niveau de l'articulation.

À travers le choc, Sskeer crut comprendre ce qui s'était passé. Mystérieusement, les Nihil étaient parvenus à passer en hyperespace, puis en étaient ressortis directement au milieu de la Dérive, et la collision qui avait suivi avait causé une onde de choc charriant chaos et destruction.

Sskeer poussa un cri, pas tant à cause de la douleur ou de la perte de son bras – c'était un Trandoshan, aussi son bras finirait-il par repousser –, mais à cause de quelque chose de bien pire.

Parmi les Jedi dont il ne sentait plus la présence, il y avait… Jora Malli.

CHAPITRE TRENTE-NEUF

ELPHRONA. ORBITE BASSE.

Loden écarta vivement son Vector du vaisseau nihil neutralisé. Il plaqua son sabre laser sur la console de contrôle et les commandes d'armement s'illuminèrent. Il activa les boucliers, mais savait qu'ils ne résisteraient qu'à quelques tirs de l'armada qui venait de surgir de nulle part.

Par conséquent, l'astuce consistait à ne pas se faire toucher.

— Indeera ! cria-t-il en consultant les menaces en approche sur sa console et en analysant toutes les informations transmises par la Force au sujet des innombrables vaisseaux qui l'entouraient.

Il y eut une brève pause, l'espace d'un souffle, comme si toute la flotte ennemie se concertait pour prendre la même décision collective, puis les blasters se mirent à mitrailler. Partout, en cascade. Loden plongea, vira et se faufila pour compliquer au maximum la tâche de ceux qui le visaient, sachant qu'au milieu d'un tel champ de tir, il courait autant de risques de recevoir un faisceau perdu que de se faire abattre par un véritable tireur d'élite.

Il cessa donc de réfléchir et s'abandonna à la Force, la laissant guider ses gestes. En cogitant trop, il finirait par s'emmêler lui-même dans la marche à suivre. Il ne pouvait en être certain – qui pouvait l'être –, mais il pensait que son heure n'était pas encore venue.

Un tir de blaster ricocha sur ses boucliers avant et il revit son estimation.

« Peut-être » que mon heure n'est pas encore venue, pensa-t-il.

— Je suis là, Loden, répondit Indeera. Qu'est-ce qui se passe ?

— Une flotte de Nihil vient de surgir de l'hyper-espace, et ils n'ont pas l'air particulièrement ravis.

— Ici ? C'est impossible.

— Je t'en prie, explique-leur !

— Tu vas bien ?

— Pour le moment, oui. Je me contente d'éviter de me mettre en travers de leur chemin. Mais je n'y arriverai pas éternellement. Il faut qu'on trouve une solution, et vite.

Après une brève pause, Indeera reprit la parole :

— Ils ne tirent ni sur ce vaisseau ni sur mon Vector.

— Je sais. Ils doivent chercher à garder la famille en vie, répondit Loden en lâchant une rafale avec ses propres canons, abattant l'un des plus petits appareils des Nihil.

— Qui sont ces Blythe ? Pourquoi sont-ils si précieux ?

— C'est vraiment important ?

— Non… mais je ne peux prendre que l'un d'eux à bord de mon Vector, Loden. Le père veut que je m'occupe d'abord de son fils, si je parviens à le sortir de là… mais je ne sais pas vraiment comment semer les Nihil même si je parviens à retourner dans mon vaisseau.

— Fais comme ça. Prends le fils. Je couvrirai votre retraite, et ensuite j'irai chercher le père et je vous suivrai sur Elphrona. La sécurité planétaire refuse peut-être de s'occuper d'une seule bande de maraudeurs, mais il faudra bien qu'elle réagisse face à une flotte d'invasion tout entière.

— D'accord… mais Loden… comment vas-tu t'y prendre ?

Il effectua un tonneau et tira de nouveau. Cette fois, il manqua sa cible, mais au moins il était vivant et toujours prêt à se battre.

— Eh, fit-il, je vais sans doute me fier à la Force, un truc du genre…

Aucune réponse de la part d'Indeera. Loden éclata de rire.

— Tout ira bien. Ou pas, mais je ferai de mon mieux. Rends-moi un service et laisse le sas extérieur ouvert quand tu partiras, Indeera.

— À t'entendre, on dirait que tu as vraiment un plan.

— Je n'irais pas jusque-là. Disons un enchaînement de cinq tâches impossibles. Je vais simplement m'y atteler… une à la fois.

Il piqua en direction du plus grand vaisseau des Nihil, esquivant brièvement les tirs des neuf ou dix appareils plus modestes qui le traquaient, tout en s'exposant aux rafales de laser du croiseur. Mais mieux valait un assaillant que dix.

— Le temps presse, Indeera. C'est le moment de leur rentrer dedans. Prête ?

— Prête.

— On y va ! cria Loden.

Il ralentit son souffle en puisant dans la Force et lâcha les leviers de commande, qu'il n'effleurait plus que du bout des doigts. Les Vectors étaient des appareils réactifs, et celui-ci prêtait davantage d'attention encore aux ordres de son pilote que la plupart des autres. Loden avait entendu son Padawan – ou plutôt son *ancien* Padawan, puisque Bell deviendrait sous peu un Chevalier Jedi lui aussi – indiquer le nom du vaisseau à Tison quand il croyait que personne ne l'écoutait.

Le *Nova*. Peut-être que Bell gardait ce nom secret parce qu'il considérait ça un peu idiot ou puéril. Mais Loden le trouvait magnifique. Il regretta de ne pas l'avoir dit à Bell. Il faudrait qu'il le fasse, la prochaine fois qu'ils se verraient.

Très bien, Nova*, il est temps de faire honneur à ton nom.*

Avec ses mains, Loden pilota le vaisseau tandis qu'il employait la Force pour actionner les armes et se faufiler à travers le champ de bataille. Les Nihil n'avaient jamais vu personne voler de la sorte, et ils n'avaient aucun moyen d'anticiper ses mouvements ou, lorsque Loden choisissait de tirer pour tuer, de lui survivre.

Le *Nova* s'était transformé en fleur de feu et de laser, tourbillonnant dans la bataille. Chaque tir trouvait sa cible, chaque déplacement lui permettait soit d'esquiver, soit de choisir sa prochaine proie.

Les assaillants nihil passèrent d'une posture d'attaque à ce qui ressemblait à une retraite en panique. La nuée sphérique de vaisseaux qui entourait Loden s'éloigna et perdit en densité, à la fois en raison de la distance qui séparait les appareils et parce qu'il en réduisait régulièrement le nombre. Seul le vaisseau mère demeurait immobile, les lasers de Loden ricochant sur ses boucliers.

Une sensation diffuse l'informa que le Vector d'Indeera avait saisi l'occasion pour sortir de l'ombre du vaisseau des ravisseurs et se faufiler par une brèche de la défense ennemie. Comme il s'y attendait, les Nihil restants ne la poursuivirent pas. De toute évidence, ils surveillaient les communications entre Loden et Indeera ou avaient accès au flux des cams installées à l'intérieur de leur vaisseau endommagé. Dans tous les cas, ils savaient lequel des Blythe Indeera avait pris : le garçon.

Ce n'était pas lui qui les intéressait. Pour une raison mystérieuse, ils voulaient le père.

Et la mission de Loden consistait à s'assurer qu'ils ne l'enlèvent pas.

Il savait comment s'infiltrer dans le vaisseau des Nihil, mais pas vraiment ce qu'il y ferait ensuite. S'en sortir indemne semblait… improbable. Dans le meilleur des cas.

Tout comme repousser une énorme armada ennemie à bord d'un seul Vector le temps que sa collègue s'échappe, et il avait pourtant réussi… Il trouverait bien quelque chose.

Loden vira pour se diriger droit sur le vaisseau nihil endommagé qui contenait le dernier Blythe captif.

Il s'approcha, puis tira brusquement sur les leviers, réduisant sa vélocité à zéro et sentant l'accélération le tirer en avant.

Au moyen d'une série de gestes rapides assistés par la Force, il retira son sabre laser de la console – l'arme encore chaude lui brûla presque la main –, déclencha l'ouverture d'urgence de la verrière du Vector, déboucla son harnais de sécurité et s'élança hors du vaisseau, dans l'espace.

Loden avait visé à la perfection. Ou presque. Il parvint à franchir le sas ouvert du vaisseau nihil endommagé, mais sa jambe heurta le rebord de la trappe. À cette vitesse, il eut l'impression qu'on lui assenait un coup de marteau en duracier. Les os de son tibia se brisèrent et, l'espace d'un instant, Loden ne sentit rien. Mais l'instant ne dura pas.

Lui succéda la douleur, incandescente.

Loden percuta ensuite la trappe intérieure du sas, mais il avait prévu ce choc et parvint à amortir légèrement l'impact. Il pressa le panneau de contrôle qui flanquait l'entrée, et la porte extérieure se referma d'un coup. L'atmosphère se rétablit tandis que l'oxygène affluait dans le minuscule espace.

Loden en profita pour examiner sa fracture : sa jambe formait un angle bizarre, et l'os semblait avoir percé la peau. Mauvais signe.

Dehors, par le hublot du sas, il vit une brève gerbe de flammes et sut qu'il s'agissait de son Vector, abattu par un tir des Nihil.

Adieu, Nova, pensa-t-il. *Tu étais un merveilleux vaisseau.*

Rien de tout cela ne le prenait de court… Enfin si, peut-être sa jambe cassée. Ce n'était pas idéal.

Loden se remémora les méthodes de contrôle de la douleur qu'il connaissait. Alors qu'il gardait conscience de sa souffrance à un certain niveau, il parvint à l'enfermer et à la mettre de côté. L'astuce ne durerait pas. On ne pouvait duper le corps éternellement. Mais avec un peu de chance, ce répit suffirait pour qu'il passe l'étape suivante.

Un signal sonore délicat le prévint que l'atmosphère du sas s'était équilibrée avec celle du vaisseau, et la porte intérieure s'ouvrit. Loden se leva en prenant appui sur sa jambe valide – aucune technique Jedi ne pouvait lui permettre de faire reposer le moindre poids sur l'autre – et il se hissa à l'intérieur.

Il vit d'abord les cadavres. Il y en avait plusieurs – des Nihil, uniquement – et tous portaient les traces caractéristiques d'un assaut au sabre laser. Tous également étaient armés de blasters. Indeera n'avait eu d'autre choix que de défendre sa vie, et celle des otages avec elle : ces gens étaient responsables de leur propre mort. Le corps de la pilote gisait là, lui aussi, la femme sans masque que Loden avait influencée avec son contact mental.

Ensuite, il vit l'homme qui écarquillait les yeux, un blaster au poing. Il ne ressemblait pas à un Nihil. Plutôt à un mineur. Le dernier Blythe.

— C'est vous, l'autre Jedi, dit l'homme.

— C'est vous, le père, répondit Loden d'une voix qui tremblait un peu.

— Ottoh Blythe. Avant toute chose, merci d'avoir sauvé ma famille. Si je peux faire quoi que ce soit pour vous, je…

— Je n'aurais rien contre un petit coup de main, maintenant que vous en parlez, dit Loden en désignant sa jambe.

Ottoh regarda le tibia cassé, comprit ce qui s'était passé et hocha la tête. Il rengaina son pistolet et s'approcha d'une cloison où une boîte métallique carrée était fixée. Il la retira, l'ouvrit et prit le médipac d'urgence qui s'y trouvait.

Il en sortit un injecteur et le montra à Loden.

— Ça ne va pas soigner une jambe cassée, mais ça vous aidera peut-être à oublier qu'elle l'est. Un petit moment en tout cas.

— Avec plaisir, dit Loden.

Ottoh lui tendit l'injecteur et le Jedi l'enfonça promptement dans sa cuisse avant d'appuyer sur le déclencheur. L'objet émit un léger chuintement et la douleur cessa aussitôt. Il cessa de puiser dans la Force, économisant ses réserves pour les épreuves à venir.

— Ça va mieux ?

— Assez pour nous sortir d'ici.

— Ils ont détruit votre vaisseau, indiqua Ottoh. Je l'ai vu exploser par la verrière. Comment on va faire pour s'enfuir ?

— Nous *sommes* dans un vaisseau. Et ils ne tirent pas dessus. Ils ne veulent pas vous tuer, ce qui nous donne un avantage. En premier lieu, essayons de négocier. Je dispose de quelques astuces à utiliser contre leur chef, et si elles fonctionnent…

Il y eut un choc sonore, étourdissant, et au même instant, un objet apparut dans la soute avec eux. C'était l'extrémité pointue d'une sorte de torpille, conçue pour percer les coques, ce qu'elle venait justement de faire. Loden tenta de la repousser dans l'espace au moyen de la Force, puis s'arrêta en se demandant si le vaisseau serait encore protégé du vide de l'espace. Résoudre un problème risquait d'en provoquer un autre, ce qui revenait au même au final puisque la torpille allait exploser. Il s'en voulait de s'être trompé à ce point dans ses calculs, mais au moins avaient-ils sauvé trois membres de la famille, et Indeera, Bell et Porter avaient survécu, et si son heure avait sonné, eh bien…

Des clapets s'ouvrirent à l'extrémité du projectile, libérant un gaz bleu-gris ressemblant à de la fumée ou encore à un nuage d'orage, et ce dernier envahit le compartiment en un instant. Les Jedi pouvaient retenir leur souffle très longtemps, mais tout s'était passé si vite que Loden n'avait pas eu le temps d'*inspirer*.

Il vit Ottoh Blyth tomber à genoux puis basculer en avant, les yeux révulsés. Le vertige l'envahit à son tour. Loden puisa dans la Force pensant que, peut-être, s'il parvenait à repousser la torpille, il arriverait à évacuer l'air de la soute et le poison avec lui… Bien sûr, Ottoh Blythe et lui se retrouveraient exposés au vide, mais un problème à la fois.

Malheureusement, la Force semblait lui filer entre les doigts. Il n'arrivait pas à penser ni à se concentrer.

Il tomba sur le côté, et la douleur qui explosa dans sa jambe lui éclaircit momentanément les idées. L'instant ne dura pas. Il n'arrivait pas à aligner deux pensées. Il se sentait stupide, engourdi.

La trappe du sas s'ouvrit et de l'air pénétra dans la soute, mais pas en quantité suffisante pour dissiper le gaz. La bourrasque permit toutefois de dégager une zone près du sas, permettant à Loden Greatstorm de voir les monstres entrer dans le vaisseau.

Les Nihil.

Lourna Dee pénétra dans la soute, suivie de quelques-uns de ses meilleurs Orages. Tous portaient le masque qui permettait à la fois de dissimuler leur identité, de répandre la terreur et, plus important, de filtrer la neurotoxine. Elle avait acheté la recette spéciale de cette substance à un empoisonneur de Nar Shaddaa et ne l'avait jamais partagée avec les autres Maîtres-Tempête… Il fallait bien que les filles gardent quelques-uns de leurs secrets, après tout.

La brume grise tourbillonna, se sépara un instant avant de se refermer, laissant Lourna Dee apercevoir le Jedi et Blythe qui gisaient sur le sol, inconscients.

Voilà qui devrait régler ma dette auprès de Marchion Ro, songea-t-elle. *Mission accomplie.*

Lourna Dee pensa à Kassav : elle se demanda s'il s'en sortait de son côté, et s'il était arrivé à se racheter, lui aussi.

Elle espérait bien que non.

— Prenez-les tous les deux, ordonna-t-elle.

CHAPITRE QUARANTE

ESPACE PROFOND. LA NÉBULEUSE DE KUR.

— Mais comment s'y prennent-ils ? s'exclama l'Amiral Kronara en voyant les points verts qui représentaient ses chasseurs disparaître un à un du moniteur tactique.

Les points bleus s'éclipsaient aussi, et ceux-là correspondaient aux Jedi.

Tous les vaisseaux des Nihil à l'exception du vaisseau mère se livraient à une manœuvre inconcevable. Ils disparaissaient pour réapparaître de l'autre côté du champ de bataille, surgissant et se volatilisant presque aussi vite. Les pilotes de la République n'arrivaient pas à suivre, et les Nihil en profitaient, abattant un par un ses Longbeams et ses Skywings.

La tactique ne semblait pas entièrement contrôlée, cela dit : les vaisseaux des Nihil se matérialisaient sur les trajectoires de la République et des Jedi… mais aussi des leurs. Il en résultait un véritable chaos. Un chaos explosif, meurtrier.

— Des champs de dissimulation ? demanda-t-il.

— On ne dirait pas, amiral, répondit l'un de ses officiers de pont. Les scans laissent entendre qu'ils effectuent des sauts en hyperespace. Des sauts minuscules, d'un simple kilomètre parfois.

— C'est impossible.

L'officier ne répondit rien, judicieusement. De toute évidence, c'était possible : ces fichus appareils étaient en train de le faire sous leurs yeux.

Un autre Longbeam explosa… Trois bons éléments de perdus, au minimum. Certains vaisseaux de cette classe en contenaient jusqu'à vingt-quatre.

C'était… Comment lutter contre ce genre de chose ? Cela revenait à affronter le chaos lui-même. À combattre… une tempête.

Sur l'*Ataraxia*, Avar Kriss flottait au-dessus du pont et écoutait le chant de la Force. Elle tentait de se concentrer exclusivement sur les notes des vaisseaux nihil tandis qu'ils émergeaient de l'hyperespace et y replongeaient, exploitant cette tactique insolite de la façon la plus meurtrière qui soit. Les Nihil ne représentaient toutefois qu'une ligne mélodique dans la grande symphonie de la bataille, une ligne malaisée à isoler. Heurtée, saccadée, elle disparaissait pour reparaître ensuite. Difficile à suivre.

Avar fronça les sourcils.

L'absence des Jedi qu'ils venaient de perdre résonnait dans sa tête et lui compliquait encore la tâche. La grande Jora Malli, et tant d'autres avec elle. C'était un accident, impossible à prévoir, mais ça n'adoucissait pas la tragédie pour autant.

Là.

Là.

Ça y est. La Force venait de lui montrer le chant des Nihil, leur façon de voler et de se battre. Elle l'entendait distinctement, ce qui signifiait qu'elle savait non seulement ce qui se passait mais, dans une certaine mesure, ce qui *allait* se produire.

Avar étendit sa conscience vers les Jedi à bord de leurs Vectors grâce au réseau qu'elle avait créé, pour les guider, les aider à entendre ce qu'elle-même entendait, afin qu'ils anticipent l'endroit où les appareils des Nihil allaient réapparaître… et mettent un terme définitif à cette bataille.

Elzar Mann filait à bord de son Vector, plongeant et se faufilant à travers les combats, d'une cible à l'autre, tirant quand l'occasion se présentait. La Dérive s'était éparpillée lorsque la collision avec le vaisseau nihil avait emporté plus de dix de leurs appareils et, à présent, chaque Jedi devait trouver sa propre voie dans le chaos environnant.

Avar était là, bien sûr, en arrière-plan de son esprit, assurant la cohésion des Jedi, les aidant et les guidant comme toujours. Il ne comprenait pas vraiment ce qu'elle faisait, car l'information qu'elle transmettait semblait diffuse, mais il touchait ses cibles, chaque tir frappant un vaisseau adverse, souvent au moment même où il émergeait de l'hyperespace.

Ce que faisait Avar n'avait guère d'importance, à vrai dire. Il appréciait simplement qu'elle l'accompagne dans sa tête.

La présence des Nihil lui convenait moins. C'était à croire que ces créatures n'étaient faites que de rage et de peur. D'étranges monstres rampant au fond de l'océan de la Force dans lequel nageait toute chose.

Elzar Mann plongea dans les abysses et se mit à les traquer, un par un. C'était stupéfiant. Il n'avait aucun mal à les trouver. Leur colère les rendait vulnérables. Ce qui, à leurs yeux, les rendait forts et dangereux... était une faiblesse au bout du compte.

Il tira de nouveau, et un autre vaisseau ennemi disparut. Traversant le nuage de débris, il cherchait déjà sa prochaine cible.

— Est-ce qu'on est en train de... gagner? s'étonna Dellex depuis son poste de surveillance où elle s'efforçait de suivre l'évolution incompréhensible de la bataille qui faisait rage tout autour du *New Elite*.

Kassav n'avait aucune idée de la réponse à lui donner. Les mystérieux Sentiers de Guerre de Marchion Ro semblaient avoir pris le contrôle des vaisseaux de sa Tempête par l'intermédiaire des réacteurs à Sentiers. Ils les catapultaient et les extrayaient de l'hyperespace à raison d'un saut toutes les deux ou trois secondes. Certes, les appareils de la République n'avaient presque aucune chance de les toucher, mais il restait à savoir si le phénomène leur conférait réellement l'avantage. Les rares communications qui leur parvenaient de la part des Foudres et des Nuages impliqués dans la mêlée donnaient une impression de confusion, voire de terreur.

— Un autre message de l'Œil, signala Trempette. Sur votre canal privé, Kassav.

Marchion Ro, pensa Kassav. *Ce salaud de Marchion Ro.*

Il activa sa comm et n'attendit pas que l'Œil parle.

— Qu'est-ce que c'est que ça ?

— La victoire ! rétorqua Marchion Ro. Elle s'est fait attendre. Mais ce n'est que la première d'une longue série.

— Bon sang, qu'est-ce que tu racontes ?

— C'est toi qui as tué mon père, n'est-ce pas ?

Kassav hésita. Pas très longtemps, mais suffisamment sans doute.

— De quoi tu parles, Marchion ? On est en train de crever, nous, ici !

— Je ne suis pas totalement sûr que c'était toi, poursuivit l'Œil des Nihil, mais je choisis de le croire. Et sinon, eh bien… L'heure de Lourna Dee et de Pan Eyta viendra aussi. Au revoir, Kassav, et merci. Toi et ta Tempête, vous êtes sur le point de sauver les Nihil. Nous vous remercions pour votre sacrifice.

La connexion coupa, et le Weequay observa la bataille par la baie d'observation. Il vit ce qui était en train de se produire, comme tous les occupants de la passerelle.

— Mais qu'est-ce qu'ils… fichent ? balbutia Gravhan.

Les vaisseaux de la Tempête de Kassav avaient de nouveau changé de tactique. Ils ne bondissaient plus d'un point à l'autre en effectuant de courts trajets en hyperespace, mais visaient activement les vaisseaux de la République en sautant directement *sur* eux. Ils les percutaient de plein fouet dans le cas des petits appareils, ou surgissaient à l'intérieur de la barrière des boucliers des plus vastes croiseurs pour s'écraser contre leurs coques dans d'immenses gerbes de feu et de débris.

— Éteignez les réacteurs à Sentiers ! hurla Kassav. Vite !

Le *Third Horizon* frémit tandis qu'un autre appareil des Nihil se pulvérisait contre sa coque.

— Rapport d'avarie ! demanda l'Amiral Kronara.

Ce dernier assaillant avait employé la même ruse que d'autres en émergeant de l'hyperespace à l'intérieur des boucliers du *Third Horizon*.

— Brèche sur les ponts trois et quatre, mais il s'agissait d'une section non essentielle, amiral. Des équipes d'urgence sont en route, mais l'impact n'affectera aucun système indispensable.

Il n'avait jamais rien vu de tel. Les Nihil n'étaient pas des fanatiques, à sa connaissance. Simplement des pillards. Qu'est-ce qui pouvait pousser ces gens à se suicider de la sorte ? Ils savaient certainement que la République chercherait à les faire prisonniers autant que possible. Aucun d'entre eux n'était condamné à une mort certaine !

— Envoyez une autre transmission au vaisseau mère, ordonna-t-il. Redites-leur que nous sommes prêts à accepter leur reddition et que nous les traiterons humainement. Ils n'ont pas besoin de faire ça.

Il avait imaginé toutes sortes de scénarios pour cet affrontement, mais certainement pas celui-là. C'était… une boucherie.

Le chant était devenu triste, et Avar Kriss ne souhaitait plus l'écouter. D'après ce qu'elle percevait, les Nihil étaient devenus semblables à de petites créatures sauvages prisonnières d'une cage, cherchant désespérément à s'échapper et faisant tout ce qu'elles pouvaient pour y parvenir, même si elles en souffraient.

Même si elles en mouraient.

Quel effroyable gâchis.

Ils sont devenus fous, pensa Kronara.

Il se considérait réellement comme un homme de paix malgré sa profession. Il y avait ce cliché du militaire, presque toujours vu comme psychotique. Mais ce n'était pas son cas. Kronara savait qu'il y avait un temps pour la guerre, mais qu'il fallait l'écourter autant que faire se pouvait, et en limiter l'aspect destructeur.

Mais ces Nihil… ils se battaient sans raison. Mouraient sans raison. Des attaques-suicides… Difficile d'imaginer ce qui pouvait bien pousser des êtres pensants à de telles extrémités. Il n'en restait plus beaucoup désormais, par rapport à l'effectif d'origine. Kronara avait rappelé la majorité de ses chasseurs à rejoindre les vaisseaux capitaux. Du côté de la République, dehors, il ne restait guère plus que les Jedi. Les Vectors et leurs pilotes disposaient de la maniabilité nécessaire pour garder une longueur d'avance sur les micro-sauts des Nihil.

Des nuages de débris dérivaient lentement dans toute la zone entourant la nébuleuse. Un véritable cimetière. Le vaisseau mère demeurait le seul engin adverse important, et jusqu'alors, il ne semblait pas disposé à suivre l'exemple des appareils les plus petits en cherchant à éperonner l'ennemi.

Des bêtes sauvages. Il fallait qu'ils soient éradiqués.

Kronara détestait cette conclusion. Mais il ne pensait pas se tromper.

À point nommé, une transmission parvint sur la passerelle du *Third Horizon*. Une voix froide, mais pas dépourvue d'émotion pour autant. Non, on sentait de la rage dans ce ton, mais une rage contrôlée, focalisée comme la pointe d'une foreuse à diamant.

La commandante de la phalange d'Eriadu. La Gouverneure Mural Veen.

— Amiral Kronara, dit-elle. Nous reconnaissons la primauté de la République dans cet affrontement, mais nous vous demandons d'avoir la courtoisie de nous laisser nous occuper du vaisseau mère des Nihil, compte tenu de l'injustice perpétrée par ces créatures contre notre système.

— Très bien, gouverneure. Je vous en prie.

Il n'avait même pas eu à réfléchir. Si les membres du contingent d'Eriadu voulaient tenter un abordage contre le genre d'ennemis que les Nihil s'étaient révélés être, il ne pouvait qu'applaudir ! Sans doute même, songea-t-il, qu'ils allaient y prendre plaisir, trouver en cela un moyen de rétablir l'équilibre.

Et une fois l'appareil neutralisé, peut-être pourraient-ils obtenir des réponses. Il y avait forcément une personne de haut rang à bord de ce vaisseau mère. La République manquait tellement d'informations sur cette organisation, alors qu'elle en avait désespérément besoin…

Les appareils eriaduans n'hésitèrent pas. Dès qu'ils reçurent le feu vert, ils foncèrent sur le vaisseau mère des Nihil comme les pointes de lance auxquelles ils ressemblaient.

Kronara avait assisté à une chasse au reek, autrefois, sur Ylesia. C'était exactement comme ça. Le massif animal ne succombait pas à une unique blessure grave, mais à une multitude de petites attaques qui le saignaient peu à peu, jusqu'à ce que la bête finisse par s'allonger par terre et mourir.

Chaque frappe des Eriaduans neutralisait l'un des systèmes du vaisseau des Nihil. La propulsion, les batteries d'armement, les boucliers… Tous tombaient un à un. Le vaisseau éclopé n'était plus qu'une coquille flottant dans le vide.

Kronara regarda le plus grand des appareils d'Eriadu s'approcher de l'engin mort, se préparant à l'amarrage et à l'abordage.

Il n'enviait pas les Nihil survivants à bord de ce vaisseau. Pas le moins du monde.

Kassav était assis dans son fauteuil de commandement sur la passerelle de son vaisseau, naguère magnifique. La musique s'était arrêtée. Les haut-parleurs ne crachotaient plus que des parasites. La fumée des systèmes grillés avait envahi le pont, mais son masque la filtrait et lui permettait d'y voir malgré tout.

Par exemple, il distinguait sans peine l'écran d'affichage de la bataille qui lui montrait que sa puissante flotte avait pratiquement disparu. Çà et là, il restait quelques petits vaisseaux qui luttaient encore jusqu'au bout… mais c'était tout. Ces vestiges ne suffisaient pas à faire une Tempête, et encore moins une Fournaise. À vrai dire, on dépassait à peine le niveau de la Foudre.

Marchion Ro et son père avaient donné les Sentiers aux Nihil. Tous les appareils, jusqu'au dernier, étaient équipés de réacteurs à Sentiers directement reliés à l'hyperdrive et aux systèmes de commande. Ces machines les rendaient capables de prouesses incroyables : longer des routes cachées derrière la trame de l'espace, accomplir des exploits inaccessibles aux autres vaisseaux…

Les Sentiers donnaient leur force aux Nihil. Et comme Kassav l'avait compris trop tard, les réacteurs à Sentiers constituaient aussi leur faiblesse. Marchion avait simplement… pris le contrôle. Placé les vaisseaux là où il le voulait. Le Weequay ignorait pourquoi… Sans doute par vengeance, et pour effectuer une sorte de putsch, mais il devait y avoir autre chose. Les subtilités le dépassaient. Honnêtement, ça n'avait plus d'importance.

Il entendit les bruits de combat derrière lui et prit conscience que, très bientôt, les derniers membres de l'équipe d'un millier d'imbéciles qui avaient choisi de se placer sous ses ordres allaient trépasser. Ses Orages, Gravhan, Dellex et Trempette… tous morts.

Kassav décida de dire aux Eriaduans tout ce qu'il savait. Il pouvait passer un marché. Il était doué pour ce genre de choses. Il avait tant d'informations à leur révéler, concernant Marchion Ro et les autres Nihil. Des informations qu'ils recherchaient.

— C'est vous qui commandez ce vaisseau ?

Kassav pivota sur son siège pour faire face aux Eriaduans. Ils portaient des armures de combat et se tenaient droits comme des i. Kassav regretta amèrement de n'avoir pas choisi un autre système lorsqu'il avait décidé d'extorquer cinquante millions de crédits.

En tête se trouvait une femme aux cheveux gris, mince comme une lame de couteau, et Kassav comprit qu'il n'avait aucune chance de s'en sortir vivant. Non pas en raison de sa présence physique imposante, ni du blaster qu'elle avait au poing, ni même des taches de sang qui maculaient son armure et auxquelles elle ne prêtait pas la moindre attention.

Non, son heure avait sonné parce que Kassav croyait reconnaître la voix de la femme, et s'il avait vu juste, elle ne négocierait pas. Aucune chance. Mais il fallait quand même qu'il essaie.

— Je peux vous aider. On devrait parler. Vraiment. Faisons un marché.

— Je sais ce que valent vos marchés, Kassav Milliko, répondit Mural Veen, gouverneure planétaire d'Eriadu, la femme à laquelle il avait fait des promesses qu'il n'avait pas tenues, celle qu'il avait volée et…

Elle l'abattit.

L'Amiral Kronara se tenait, silencieux, sur la passerelle du *Third Horizon*. Aucun des autres membres d'équipage ne disait mot.

Ils se contentèrent de regarder le dernier vaisseau nihil, un petit appareil d'assaut qui ressemblait à un cargo rafistolé incapable d'infliger le moindre dégât à un croiseur de la République de classe *Émissaire*, voler en direction des batteries laser du *Third Horizon* et exploser.

L'éclat vert de la nébuleuse de Kur illuminait une scène de destruction absolue. Des fragments de vaisseaux de toutes les tailles flottaient sans but dans la zone d'affrontement. La plupart venaient des Nihil, mais l'unité de la CDR avait subi des pertes atroces, principalement parce qu'ils s'étaient attendus à une simple escarmouche face à une bande de pillards désorganisés. Les vestiges de deux croiseurs de classe *Pacificateur* ainsi que leurs équipages flottaient dans le vide, eux aussi, en compagnie de bien trop de

Longbeams, de Skywings et de Vectors. Avec leurs pilotes, évidemment.

S'il y avait un point positif à en tirer – une bien maigre consolation, pour sûr –, c'était qu'il ne faisait plus aucun doute à Kronara que la menace que représentaient les Nihil devait être éradiquée. Or voilà… c'était fait.

Quels que fussent les objectifs des Nihil en ce lieu, et la nature de ces pillards… c'était terminé.

CHAPITRE QUARANTE ET UN

LE NON-ESPACE. LE *GAZE ELECTRIC*.

Lourna Dee considéra le sabre laser du Jedi. Il était plutôt élégant, mais le simple fait de tenir ce genre d'instrument la rendait nerveuse. Tout le monde les disait magiques.

J'ai une épée magique dans la main, pensa-t-elle. *Qu'est-ce qui se passe, bon sang ?*

— Donne-le-moi, dit Marchion Ro en tendant la main.

Elle le lui remit, soulagée de s'en débarrasser. Marchion l'examina à son tour, puis commença à s'en servir pour tapoter son masque, au niveau de l'œil central.

Toc.

Toc.

— Tu veux vraiment faire ça ? demanda Lourna. S'il s'allume, tu sais…

— Il ne s'allumera pas.

Toc.

Ils se trouvaient à bord d'une des soutes du *Gaze Electric*, où Lourna avait fait conduire le dernier des Blythe ainsi que le Jedi capturé. Elle n'avait pas saisi leurs noms. Le gaz les avait assommés tous les deux, et ils restaient endormis, ce qui n'était guère surprenant. Elle n'avait pas voulu prendre de risque avec la magie des Jedi et leur avait donc administré une seconde dose en revenant d'Elphrona.

— C'est comme ça qu'ils fonctionnent, expliqua Marchion en brandissant le manche.

Un petit geste du doigt et le faisceau se déploya en sifflant, projetant des ombres dorées dans la soute.

Il fendit l'air à plusieurs reprises, comme pour expérimenter la lame, découvrir les sensations qu'elle procurait, écouter le vrombissement grave qu'elle émettait.

— Je vais le garder, déclara-t-il.

Lourna Dee recula involontairement d'un pas, et se détesta un peu pour avoir eu cette réaction. Marchion Ro n'était pas un Jedi. Elle ne savait plus vraiment qui il était, ces temps-ci, du reste. Il avait toujours disposé d'un avantage, mais au moins savait-il rester à sa place. Il était l'Œil, rien de plus.

Mais à présent… c'était terminé. Il manifestait une… assurance inédite, particulièrement troublante. Comme s'il avait changé, évolué, comme s'il était devenu quelque chose de plus grand qu'auparavant.

À moins, comme elle commençait à le soupçonner, qu'il n'ait toujours été le même, mais qu'il ait simplement décidé de cacher sa vraie nature, à elle comme aux autres Maîtres-Tempête. Mais ils le savaient tous, pas vrai ? Au fond d'eux, ils le savaient.

Marchion Ro était un prédateur.

Il pivota et effectua des moulinets plus rapides, de grands gestes meurtriers. Lourna recula de nouveau. Peu lui importait qu'il la prenne pour une lâche. S'il lui échappait des doigts, ce truc pouvait la couper en deux comme un rien.

— La Tempête de Kassav est tombée dans un piège tendu par la République, Lourna Dee, annonça Marchion Ro. Une immense flotte. Tragique. Ils sont tous morts. Qu'en penses-tu ?

— Au sujet de Kassav ?

— Oui.

Nouveaux coups de sabre.

Lourna Dee ne répondit pas avant un long moment.

— Ce que j'en pense, c'est que ton espion au bureau du Sénateur Noor t'a dit que la République connaissait déjà le lieu où tu as envoyé Kassav. Je crois que tu savais que leur flotte l'y attendrait, et que tu les as envoyés à la mort, lui et sa Tempête. Ce que je pense… c'est que tu viens de tuer un tiers des Nihil.

Marchion Ro cessa ses mouvements, terminant sa dernière courbe de sorte que le sabre laser pointe droit sur elle.

— Eh bien, eh bien, Lourna ! Plus futée que je ne l'aurais pensé. La question est… que vas-tu faire à présent ?

Toute l'attention de Lourna Dee se focalisait sur la pointe du sabre laser qui bourdonnait à quelques centimètres de son visage.

— Tu pourrais partir, j'imagine, reprit Marchion, mais la République dispose de toutes les données sur ton bel appareil. Le signal de son transpondeur et tout le reste. Il te faudrait l'abandonner, alors que tu lui as donné ton propre nom. Douloureux, je parie.

Il fallut un moment à la Twi'lek pour comprendre ce qu'il entendait exactement par là. Elle leva les yeux pour le dévisager, malgré son masque décoré du symbole d'un ouragan. Elle savait que derrière, il souriait. Elle l'entendait dans sa voix.

— La mission de l'enregistreur de données de vol, dit-elle. Tu as donné à la République les informations concernant mon vaisseau. C'est comme ça qu'ils m'ont trouvée. Et qu'ils ont pu m'attaquer !

— Techniquement, c'est Jeni Wataro qui leur a transmises… mais elle les tenait de moi.

— Tu voulais que j'échoue. Pourquoi, Marchion ?

— La République avait besoin de l'enregistreur pour savoir où envoyer sa flotte afin de nous chercher. Sans cela, je n'aurais pas pu sacrifier la Tempête de Kassav. À présent, ils vont croire qu'ils nous ont détruits. Ils vont se détendre. Ils vont cesser de nous pourchasser.

Lourna Dee se fichait bien que Kassav fût mort. Cela ne l'affectait pas du tout. Mais l'audace de ce que Marchion Ro venait de faire… Envoyer le tiers de l'organisation à la mort comme si de rien n'était… Qui était-il au juste ?

— Tu crois que ça va marcher ? demanda-t-elle en reportant son regard sur la lame du sabre laser.

Peut-être qu'en faisant un bond en arrière, elle pourrait dégainer son blaster à temps. Peut-être.

— Oh oui, Lourna Dee. J'ai tout prévu.

Il désactiva l'arme, et la Twi'lek prononça une prière de remerciement muette. Il pouvait la rallumer, certes. Elle se savait toujours en danger. Mais elle venait de comprendre qu'elle l'avait toujours été, depuis le moment où Marchion Ro, et son père aussi, du reste, avaient approché les Nihil.

— Nous sommes tous la République, cracha-t-il, cynique. Que nous le voulions ou non, pas vrai ?

Il la regarda, et l'œil de son masque parut briller.

— Je ne t'ai jamais beaucoup parlé de ma famille, et je doute de le faire un jour, mais je souhaite échapper à mes origines. Ce vaisseau en faisait partie, en fait, jusqu'à ce que la situation tourne court. Mon père et moi avons réussi à nous enfuir. Nous n'avons pas ménagé nos efforts et nous avions un plan… pour les Sentiers, pour les Nihil… pour toutes sortes de choses.

Il désigna son propre masque.

— Tout était joué d'avance. Depuis le jour de ma naissance. Je pensais m'en être libéré. Mais non. Pas vraiment.

Lourna Dee secoua la tête. Elle ne…

— Je ne comprends pas pourquoi tu m'as envoyée chercher l'enregistreur de données de vol, Marchion. Si tu voulais que la République s'en empare, pourquoi devais-je courir après ?

— Pour que ta Tempête te voie échouer, Lourna Dee, et commence à envisager un nouveau dirigeant. Mais aussi pour que tu n'aies nulle part où aller. Je vais avoir besoin de toi, je crois.

— Pour quoi faire ?

Marchion Ro pencha la tête sur le côté, et elle sut qu'il souriait de nouveau.

— Tu verras bien, dit-il.

Il fallait qu'elle s'échappe, pour réfléchir. Elle avait l'impression que Marchion venait de l'enfermer dans une boîte dont elle n'arrivait pas vraiment à comprendre la forme. C'était comme le Grand Hall : des murs invisibles, mais bel et bien présents.

— Écoute, Marchion, je vais retourner auprès des miens. Ils ont des questions : ils veulent savoir par exemple pourquoi tu as envoyé toute ma Tempête secourir quelques Foudres et un Nuage. Tu trouves pas que c'était un peu exagéré, non ?

Elle pointa du pouce le fermier, l'homme qu'ils avaient capturé, dernier membre de la famille que le Nuage de Dent avait enlevée. Chevilles et poignets menottés, il était adossé à une caisse dans la soute, mais n'avait toujours pas repris connaissance.

— J'ai l'impression que c'est en rapport avec ce type. D'accord, peu importe, tu n'as pas besoin de m'expliquer ce qui le rend si précieux. Tu peux même gérer la demande de rançon si ça te chante. Je me fiche bien de la Loi des Trois. Tu peux tout garder. Peut-être que tu peux juste me refiler une partie des bénéfices pour que je les distribue aux miens.

Marchion Ro arpentait la soute, le bruit de ses bottes se répercutant sur les cloisons de duracier.

— Cet homme ? dit-il en regardant Ottoh Blythe.

Il dégaina de nouveau le sabre laser, l'activa et l'abattit dans le même mouvement – le faisceau doré trancha le prisonnier en deux, le tuant sur le coup.

Une odeur désagréable envahit la soute. Bien que désireuse de s'éloigner de cette puanteur étrange aussi vite que possible, Lourna Dee resta figée.

Marchion a perdu la tête, pensa-t-elle. *Il est complètement fou.*

— Je ne m'intéresse pas à ce type, dit-il. Je ne m'y suis jamais intéressé.

Marchion Ro décala son sabre, orientant la lame à un mètre environ sur la gauche, vers l'autre prisonnier que Lourna Dee avait récupéré dans le vaisseau au-dessus d'Elphrona. Le propriétaire de l'arme dont Marchion venait de se servir pour assassiner quelqu'un.

Le Jedi twi'lek à la peau sombre.

On l'avait ligoté plus solidement encore que Blythe : des liens triples, des chaînes, des modules paralysants et un bâillon. Elle en était ravie, parce que le regard de cet homme n'avait *rien* d'amical. Elle avait entendu parler des Jedi, comme tout le monde. Elle n'aurait su démêler le vrai du faux dans ces récits, mais elle savait au moins qu'un élément était erroné. De toute évidence, les yeux des Jedi n'émettaient pas de rayons mortels, parce que dans le cas contraire, Marchion Ro aurait été raide mort.

Elle n'arrivait pas à croire que Marchion avait pris l'arme de cet homme pour tuer quelqu'un d'autre sous ses yeux. C'était à croire qu'il voulait jouer avec le feu, même avec un Jedi bien ligoté. On ne savait jamais de quoi ils étaient capables.

— Je n'ai pas octroyé des Sentiers à ton équipe pour que tu me ramènes une famille de mineurs, Lourna Dee. Je l'ai fait parce que cette planète abrite un avant-poste Jedi. Je me suis dit qu'il y avait une chance, aussi minime soit-elle, que tu parviennes à me ramener un Jedi. Alors pourquoi pas ? Et, ô surprise, voilà que j'en ai un. Ce qui est une bonne chose, parce qu'un Jedi…

Il désactiva le sabre laser et l'accrocha bien en évidence à sa ceinture.

— … c'est précisément ce dont j'ai besoin.

CHAPITRE QUARANTE-DEUX

CORUSCANT.

La Chancelière Lina Soh réfléchit à la pertinence de son choix, songeant à tout ce qui avait été dévoilé et perdu lors de ces dernières semaines. Dans son bureau de Coruscant, accompagnée de Matari et de Voru, elle fixait avec eux la vaste baie vitrée située derrière son secrétaire et observait l'infini paysage urbain qui s'étendait au-delà. Elle ignorait ce que la vue inspirait aux targons, mais pour elle, l'horizon hérissé d'immeubles évoquait une version miniaturisée de la République. Toujours en mouvement, toujours changeant et évoluant, d'une profondeur et d'une étrangeté immenses, infinies. À cet instant, le soleil se couchait et les lumières s'allumaient une à une dans les bâtiments. Comme les étoiles au firmament. Les mondes de la République.

Oui. Elle faisait le bon choix.

Lina se détourna de la ville-monde pour considérer le groupe qu'elle avait convoqué dans son bureau, le même que celui qu'elle avait rencontré sur la place des

Monuments au tout début de l'affaire. Un sénateur, un amiral, un secrétaire et, comme toujours, des Jedi. Les Jedi se montraient toujours serviables et utiles, résolvant tous les problèmes qu'on leur soumettait et un bon nombre de ceux qu'on ne leur soumettait pas. Sans leur aide, on n'aurait assurément pas démêlé le mystère du *Legacy Run* aussi vite et de façon si décisive. Beaucoup étaient morts en se portant au secours de la République et, parmi eux, Maître Jora Malli, censée diriger le temple de l'Ordre du Flambeau Stellaire. Ils avaient fait des sacrifices, s'étaient battus et avaient triomphé, comme ils semblaient toujours le faire. Elle aimait beaucoup les Jedi.

Mais parfois, elle se demandait s'ils n'étaient pas *trop* utiles.

— Je vais rouvrir la Bordure Extérieure, annonça la Chancelière Soh.

Elle désigna son assistant, Norel Quo, dont la peau pâle se teintait d'orange sous les rayons du couchant.

— Faites immédiatement une déclaration en ce sens. Le voyage hyperspatial à travers les territoires est de nouveau autorisé. Je vais promulguer plusieurs décrets destinés à alléger les taxes sur ces routes commerciales afin d'aider à réduire les dégâts économiques de la quarantaine. Mais la mesure se limitera à un mois environ, afin d'inciter les marchands à y faire transiter leurs biens au plus vite. Ce qui devrait juguler les pénuries.

Un coup d'œil en direction de son secrétaire des Transports.

— Avez-vous quelque chose à y redire, Secrétaire Lorillia ?

— Non, répondit l'intéressé. Le seul écueil potentiel réside dans une pénurie de navidroïdes à cause du dispositif de Keven Tarr sur Hetzal, mais nous pouvons sans doute tous convenir du fait que la dépense en valait la peine. J'ai déjà demandé aux fabricants d'accélérer la production. Peut-être pourrions-nous mettre en place une mesure avantageuse pour eux aussi, au moins jusqu'à un réapprovisionnement décent ?

— Nous trouverons bien quelque chose. Mais c'est une bonne nouvelle. Et en parlant de Tarr, je sais qu'il a produit un rapport consacré aux autres usages potentiels de sa batterie de droïdes avant de partir travailler pour les San Tekka. L'avez-vous lu ?

— Absolument, Chancelière. De brillantes idées. Il pourrait révolutionner les voyages hyperspatiaux, et même avoir des applications dans l'espace réel, si nous arrivons à effectuer les calculs sans passer par des dizaines de milliers de droïdes rares et onéreux.

— Tenez-moi au courant, Jeffo. Nous avons peut-être trouvé là une autre Grande Œuvre. Et naturellement, essayez de trouver un moyen de remercier Keven Tarr. Une médaille ou quelque chose de ce genre. Un poste prestigieux dans l'une des universités de la République, peut-être. Ou un travail, si vous en dénichez un capable de l'intéresser sur le long terme. Je déteste voir un cerveau de ce genre se tourner vers l'industrie privée alors qu'il y a tant à faire dans la République.

— J'y réfléchirai, répondit le secrétaire.

Elle reporta son attention sur le Sénateur Noor, dont le visage s'était éclairé lorsqu'elle avait parlé de rouvrir la Bordure Extérieure, et qui avait conservé cette attitude réjouie pendant toute sa conversation avec Lorillia.

— Izzet, à titre personnel, dit Lina, j'ai bien conscience de l'épreuve que viennent de traverser les mondes que vous représentez. J'apprécie votre patience et la leur. J'espère que vous comprenez bien que tout ce que nous avons mis en œuvre était indispensable pour la sécurité et la sûreté de la République.

Il lui adressa un hochement de tête grave et digne.

— Naturellement, Chancelière. Je n'ai jamais pensé le contraire.

Voilà plusieurs décennies que Lina Soh avait appris à ne pas afficher ses émotions sur son visage : c'était une politicienne née. Mais en son for intérieur, elle roulait tellement des yeux qu'elle aurait pu fixer le soleil couchant de Coruscant à travers la baie vitrée, dans son dos.

Noor se tourna vers sa conseillère, debout derrière son siège, un datapad à la main.

— Je vais également faire un discours, Wataro. Nous allons devoir remercier les mondes pour leur patience et leur faire savoir que nous avons éradiqué la menace des Nihil. Il faudrait prévoir une tournée de visites. Je pense que nous commencerons par Hetzal, Ab Dalis et Eriadu, les planètes les plus gravement touchées par les Émergences, avant de passer à…

— Sénateur, si vous le permettez…

L'Amiral Kronara avait levé la main. Le Sénateur Noor le regarda sans dissimuler son agacement d'avoir été interrompu par un militaire.

— Amiral.

— Nous ne sommes pas certains que les Nihil aient disparu.

— J'ai lu votre rapport, Kronara. Votre unité a détruit des centaines de leurs vaisseaux lors de la bataille. Vous avez trouvé toute leur flotte et vous l'avez anéantie. Nous n'avons pas subi le moindre pillage depuis. S'il ne s'agit pas d'une preuve, je ne sais pas ce que c'est.

— Sénateur, avec tout mon respect, je crois que vous avez vu dans ce rapport ce que vous vouliez bien y voir. Je vous confirme que nous avons détruit une troupe de Nihil considérable. Mais pour le moment, nous n'avons pas appris grand-chose de leurs opérations. Nous savons qu'ils utilisaient des méthodes de voyage hyperspatial que nous ne comprenons toujours pas, mais nous ignorons d'où elles leur venaient, combien ils étaient, où ils avaient établi leur base, et si leurs objectifs se limitaient aux pillages…

Il haussa les épaules.

— Vous pouvez dire ce que vous voudrez dans votre discours, poursuivit-il. Ce n'est pas mon problème. Mais si les Nihil n'ont pas disparu et recommencent à s'en prendre aux mondes de la Bordure Extérieure, vous n'aurez pas l'air bien malin après avoir annoncé à vos électeurs qu'ils n'avaient plus rien à craindre.

La Chancelière Soh appréciait énormément cet échange. Le Sénateur Noor beaucoup moins. Il se retourna vers sa conseillère.

— Modifiez la formule, dans ce cas. Contentez-vous d'annoncer que nous avons fait d'énormes progrès dans notre entreprise visant à rendre les Territoires de la Bordure Extérieure sûrs et sans danger, et que nous accueillons à bras ouverts la paix et la prospérité qui nous attendent dans les mois et les années à venir.

— Vous savez ce que vous devriez mentionner également, sénateur ? intervint la Chancelière Soh.

Le Sénateur Noor haussa un sourcil.

— Le Flambeau Stellaire. Il va ouvrir dans les délais. Je viens de recevoir un rapport de Shai Tennem. Si les Nihil n'ont pas disparu, ou si quelque chose d'autre se produit là-bas, le Flambeau Stellaire participera à la gestion de la crise.

Et la présence de l'autorité de la République qu'il incarne facilitera d'autant la négociation des accords de paix entre Quarren et Mon Calamari, songea-t-elle. *De plus, le Flambeau lui-même servira de relais de communication pour accroître la fiabilité des transmissions dans la région, et tiendra lieu d'élément central au reste du réseau d'informations. Et une fois que les habitants en auront constaté l'efficacité, voter l'autorisation d'autres stations semblables ne sera plus qu'une formalité.*

Ses Grandes Œuvres se mettaient en place une par une.

La République ne se limitait pas à un seul monde. Elle en englobait beaucoup, tous uniques à leur façon. Résoudre un problème en causait inévitablement d'autres. Il existait d'insolubles conflits culturels, historiques, économiques et militaires entre les habitants des diverses planètes. On y trouvait des seigneurs de guerre, des agitateurs et des mécontents, ainsi que d'autres adversaires plus délicats à gérer : des épidémies, d'étranges factions magiques installées sur des mondes secrets et convaincues qu'elles devaient conquérir la galaxie et, oui, même des anomalies hyperspatiales.

Mais la solution était la suivante – la Chancelière Soh en était intimement persuadée et en avait fait la clef de voûte de sa façon de gouverner : on ne pouvait pas résoudre ces problèmes individuellement. Ce genre de tentative confinait au ridicule. Ce que l'on pouvait faire, au contraire, consistait à amener les différents peuples de cette haute époque de la République Galactique à considérer les *autres* comme leurs semblables. Comme des frères et sœurs, des cousins, des amis, ou au moins comme des collègues dans l'entreprise commune qui visait à bâtir une galaxie accueillante pour tous, à l'écoute de tous, et qui faisait de son mieux pour éviter de nuire à quiconque. Ou du moins qui s'efforçait sincèrement de faire de son mieux.

Si l'on y parvenait, plus besoin de s'atteler à la résolution des problèmes. Beaucoup se régleraient d'eux-mêmes, parce que les gens croiraient en la République davantage qu'en leurs propres objectifs, et s'ouvriraient à ce terme magique : le *compromis*.

Ce jour merveilleux n'était pas encore arrivé, pas tout à fait, et peut-être l'attendrait-on éternellement. Mais elle y consacrerait ses efforts chaque heure de chaque jour où elle conserverait son poste. Tout ce qu'elle voulait, au bout du compte, c'était que cinq mots survivent à son mandat, voire qu'ils lui survivent, à elle, tout simplement. Les mots qui étaient déjà devenus emblématiques de ses Grandes Œuvres, et bien davantage encore. Chaque fois qu'elle les entendait, ils lui réchauffaient le cœur. Tel était l'objectif. Une idée. Un sentiment.

Elle pouvait y arriver. Tout le monde le pouvait.

La Chancelière Soh savait que c'était vrai. Cinq mots.

Nous sommes tous la République.

CHAPITRE QUARANTE-TROIS

LE NON-ESPACE. LE GRAND HALL DES NIHIL.

Les Nihil s'étaient rassemblés. Une véritable armée de quelques milliers d'individus, masqués et terrifiants. Ils observaient en silence.

Au-dessus du Grand Hall, un champ d'énergie en forme de dôme protégeait la plate-forme du vide du Non-Espace. D'ordinaire, il demeurait invisible. Mais à présent, des images y défilaient, projetées par des droïdes comm en suspension dans les airs.

— Pour les Nihil ! fit la voix de Kassav, tonitruante et féroce.

Un millier de bouches, toutes mortes à présent, lui répondirent d'un cri :

— Pour la tempête !

La Bataille de Kur débuta, présentée sous forme d'images diverses, depuis les plans tactiques jusqu'aux enregistrements de caméras embarquées, voire aux plans plus larges assemblés par les algorithmes de calcul des droïdes comm. Les Nihil regardaient, tout comme Marchion Ro depuis la table surélevée au bout du Hall,

Lourna Dee et Pan Eyta à ses côtés. Un des sièges restait vide, pour celui qu'ils avaient perdu.

L'Œil et les Maîtres-Tempête portaient leurs masques habituels, mais celui de Marchion était nouveau. Plus complexe, il comportait un motif rappelant celui d'une couronne, et la gravure de l'ouragan était désormais intégrée dans un disque rouge vif, tel l'œil malveillant d'un monstre. La tenue de Ro avait changé, elle aussi. Il était à présent vêtu d'un épais manteau de fourrure, abîmé et déchiré par endroits. Mais l'usure témoignait du passé, de batailles livrées et remportées. Et pour cause : c'était celui d'Asgar Ro.

— Kassav croyait qu'avec ses équipes, il allait nous sauver tous, nous protéger, empêcher la République de découvrir nos secrets, déclara l'Œil des Nihil. C'était un piège, un mensonge. Regardez-les fondre sur lui. La République et les Jedi ont traqué la Tempête de Kassav comme de la vermine.

Des murmures parcoururent la foule tandis que les Nihil regardaient les vaisseaux succomber un par un sous les tirs de leurs assaillants. Des vaisseaux qui arboraient la même bannière que celle qui figurait sur leurs masques, leurs vêtements, leurs corps.

— Mais regardez, poursuivit Marchion Ro en désignant la bataille qui faisait rage au-dessus d'eux. Voyez ce que Kassav et les siens ont accompli.

— Montrez-leur qui nous sommes !

C'était la voix de Kassav, à nouveau, et la phase suivante de l'affrontement commença, les Nihil employant de nouvelles tactiques agressives : bombes à radiations, déjections toxiques et capsules de sauvetage explosives.

— Nos frères et sœurs ont refusé de se battre selon les règles de la République, expliqua Marchion Ro. Ils ont combattu comme des *Nihil*.

Rugissement d'approbation. Pas suffisamment sonore pour ébranler le Grand Hall, il y avait encore trop d'incertitude… mais c'était un début.

Les Jedi engagèrent le combat, et l'affrontement tourna de nouveau au désavantage des Nihil. Les Vectors fusaient à travers le champ de bataille comme des projectiles tout en mitraillant leurs adversaires.

Une autre voix résonna au-dessus du Grand Hall, celle de Marchion Ro cette fois :

— Je suis l'Œil, et je vous fournirai ce dont vous avez besoin pour vaincre nos ennemis. Voici les Sentiers de Guerre, mes amis, et avec eux… vous ne pouvez pas perdre.

L'équilibre changea encore. Les vaisseaux de la Tempête de Kassav sautaient d'un point à l'autre, impossibles à abattre, et ils mettaient en pièces Skywings, Longbeams et Vectors. L'enthousiasme se répandit comme une vague parmi les Nihil. C'était un sentiment nouveau. Puissant.

— Oui, dit Marchion Ro. Les Sentiers sont notre force ! Mais l'effectif de Kassav restait limité, et il n'a pu faire mieux, même avec tout ce que je lui ai donné. Regardez néanmoins ce qu'il a accompli. *Regardez ce que lui et les siens ont accompli !*

Les vaisseaux des Nihil commencèrent à s'écraser contre ceux de la République, provoquant d'effroyables dégâts en emportant leurs équipages. Une certaine inquiétude naquit chez les spectateurs.

— Je ne m'attendais pas à ça, déclara Marchion Ro. J'ignore si nos compagnons agissaient sur ordre de Kassav ou s'ils ont simplement décidé qu'ils en avaient assez qu'on les prive de leur liberté, assez que la République leur dise quoi faire en s'imaginant pouvoir contrôler nos planètes, tuer les nôtres et… bref.

Il désigna l'affichage.

— Il existe un point de rupture pour chaque être, un moment où il choisit la liberté plutôt que la tyrannie. C'est ce qu'ont fait les compagnons de Kassav. Pour eux tous. Et pour nous.

Le silence s'était abattu sur la foule. L'Œil fit un autre geste et le combat se figea.

— Nous sommes les Nihil, dit Marchion Ro.

Il y eut quelques acclamations ténues, qui se turent bien vite.

— Je suis l'Œil, Marchion Ro. Je suis les Nihil. Tout comme, ajouta-t-il en tendant les mains vers son auditoire, l'est chacun d'entre vous.

C'est le moment, pensa-t-il. *Un pas de plus sur le sentier.*

— Kassav et les siens sont morts afin de préserver notre liberté. Mais ce combat n'est pas terminé. La République va venir nous chercher. Et les Jedi aussi. Nous ne sommes plus des Tempêtes, des Orages, des Nuages et des Foudres. Nous ne faisons qu'*un*.

Marchion Ro porta les mains à son visage et retira son masque. Il se dressa là, embrassant du regard la foule devant lui. Son instrument. Son arme. Son *armée*.

— Nous sommes les Nihil, conclut-il.

Dans tout le Hall, d'autres masques tombèrent, quelques-uns seulement au début, puis en masse. Ils heurtèrent le sol avec de lourds bruits de ferraille.

Marchion Ro laissa errer son regard sur l'assemblée, et il vit l'ardeur de ceux qui la composaient. Ils comprenaient.

Il se retourna pour fixer Pan Eyta et Lourna Dee. Eux n'avaient pas retiré leurs masques.

— Allez, dit-il doucement.

Ils échangèrent un regard. Marchion se demanda si l'on en viendrait aux armes, ou si ces deux-là survivraient au bout du compte. Il avait une préférence pour la seconde option. Un travail énorme les attendait.

Lentement, les deux derniers Maîtres-Tempête ôtèrent leurs masques. Pan Eyta se leva, raide, son visage aux énormes défenses dépourvu d'expression… même si Marchion n'était pas particulièrement doué pour déchiffrer les émotions des Dowutins. Lourna Dee, quant à elle, feignit la nonchalance en secouant ses lekku.

Marchion Ro se retourna vers les Nihil qui attendaient. Avec un geste élégant, il brandit son masque.

— Pour Kassav ! cria-t-il, et, *cette fois*, la foule répondit en l'acclamant, libérant toute sa tension et son angoisse dans un déferlement sonore.

Les Nihil pensaient que tout irait bien désormais.

Aucun d'entre eux n'avait jamais vu son visage. Cela n'avait pas d'importance qu'ils le voient maintenant. Il n'y en avait pas un seul qui savait qui il était. Il n'était pas Marchion Ro, non plus. Il s'appelait… Non, aucune importance. L'endroit d'où il venait avait disparu, n'existait plus que dans les leçons qu'il en avait tirées et les rares outils qu'il avait dérobés en partant.

Marchion Ro baissa le bras, et plusieurs droïdes serviteurs apparurent derrière la scène. Ils portaient des bols métalliques dans leurs bras mécaniques.

Tous se dispersèrent en flottant au-dessus de l'assemblée, à l'exception de l'un d'eux qui s'arrêta devant Marchion.

— Kassav a sacrifié sa vie pour préserver le mode de vie des Nihil, tout comme l'a fait sa Tempête, poursuivit-il. Il nous a montré la voie. Quoi que nous ayons pu être, toute cette fortune, cette puissance… ce n'est que le commencement. Et vous savez pourquoi ? Laissez-moi vous montrer.

Il effleura une commande à sa ceinture et l'image affichée par les droïdes changea. Il ne s'agissait plus d'un plan figé sur les derniers moments de la Bataille de Kur, mais d'une image magnifique et complexe de la galaxie dans toute sa splendeur : une vaste spirale en rotation lente abritant d'innombrables mondes, d'innombrables richesses, d'innombrables occasions à saisir.

— La galaxie. Mais à y regarder de plus près, je ne vois pas que des étoiles et des planètes. Je vois… une tempête.

L'image se mit à tournoyer plus vite, prenant l'aspect d'un énorme système climatique, un cyclone centré sur son œil.

— Nous sommes les Nihil… nous ne nous contentons pas de dompter la tempête. Nous sommes la tempête.

Une nouvelle expression commençait à apparaître sur leurs visages. Ils comprenaient. On pouvait même lire de l'émerveillement.

— Dorénavant, nous allons *posséder* la tempête. Nous nous sommes cantonnés à la Bordure Extérieure pour ne pas trop attirer l'attention, de crainte de gâcher une occasion en or. C'est terminé. Nous allons percer aussi loin que possible, sans pitié, et nous allons *nous emparer de ce que nous voudrons.*

Marchion désigna le cyclone qui tournait au-dessus de leurs têtes.

— Les Nihil vont se répandre *dans toute la galaxie* !

Nouvelle acclamation, sans la moindre hésitation.

Marchion Ro commença à faire les cent pas sur la scène et désigna certains Nihil, pour les distinguer des autres. Il les vit sourire comme lui, détecta l'expression de jalousie chez leurs collègues.

— J'ai dans mes archives des Sentiers qui nous conduiront aux quatre coins de la galaxie ! Nous pouvons nous rendre là où nous le souhaitons, prendre tout ce que nous voulons. Lina Soh a tenté de nous détruire, avec sa République et les Jedi, mais le sacrifice de Kassav nous a fait gagner du temps. Du temps pour bâtir, pour planifier, pour grossir nos rangs. Le jour viendra où nous apprendrons à la République qu'on ne peut pas nous détruire ! Ils craindront les Nihil. Et s'ils essaient encore de nous arracher notre liberté, nous les réduirons en miettes !

Marchion tendit la main vers le droïde serviteur en suspension près de lui et plongea les doigts dans le bol qu'il tenait. Quand il les ressortit, ils étaient rouges.

— Par le sang de celui qui a tout donné pour nous… Kassav !

Avec trois doigts, Marchion traça des zigzags sur son visage. La foudre. Le sang.

Les droïdes serviteurs descendirent vers la foule, et il vit les Nihil reproduire son geste, puisant dans le sang pour tracer trois éclairs sur leurs visages.

Y en aurait-il certains pour se demander comment on pouvait tirer tant de sang d'une seule personne, ou comment il se l'était procuré puisque Kassav était mort dans l'espace ? Marchion Ro l'ignorait, mais ça n'avait pas d'importance. L'essentiel, c'était qu'aucun d'eux ne poserait jamais ces questions, parce qu'ils considéraient le doute comme une faiblesse, et que les Nihil restaient forts en éliminant leurs faiblesses.

Tourne, tourne la roue du destin, songea-t-il en levant les yeux vers la galaxie pour contempler la tempête.

— Allez, dit Marchion Ro. Amenez-moi d'autres Nihil, autant que vous le pourrez…

Son visage se fendit d'un large sourire.

— … et je vous donnerai absolument tout.

Mari San Tekka dormait. Elle paraissait sereine, enveloppée dans un cocon de câbles, de bras mécaniques et de systèmes de surveillance… tout l'équipement requis par sa nacelle médicale pour maintenir cette très vieille femme en vie.

— Repose-toi bien, ma chère, murmura Marchion Ro en posant une main sur la capsule médicale dont émanait une douce chaleur. Tu as énormément à faire.

Elle ressemblait à un fœtus, minuscule et rabougrie, couchée sur le côté, les mains recroquevillées contre la poitrine. La nacelle médicale était une sorte de matrice inversée, même si Marchion Ro doutait que la galaxie abritât une autre humaine plus éloignée du ventre maternel que celle-là.

Il avait dit la vérité aux Nihil. Il possédait bel et bien des archives qui contenaient des milliers de Sentiers. Mari avait passé des décennies à répertorier les routes secrètes traversant toute la galaxie, et sa base de données les stockait toutes, les rendant disponibles à volonté. Les Nihil pouvaient surgir là où ils le souhaitaient, fût-ce sur le toit du palais de la Chancelière Soh si l'envie leur en prenait.

Il se demanda combien de temps encore Mari survivrait. Assez longtemps, sans doute. Il avait trouvé un fournisseur capable de lui procurer ce nouveau médicament miracle, le bacta, ce qui l'aiderait probablement à prolonger son existence. La substance venait d'un monde situé dans le Système Hetzal. L'ironie l'avait fait rire. Dire qu'il avait failli détruire cette planète.

Marchion Ro se détourna de la forme endormie de Mari San Tekka. Il quitta la salle et descendit trois ponts plus bas dans son vaisseau amiral. Il traversa de splendides couloirs en arche, de vastes galeries où l'on prononçait autrefois des sermons, où l'on bâtissait des rêves, où des familles travaillaient et préparaient l'avenir pour se façonner une vie meilleure.

Jusqu'à ce qu'un jour, tout s'arrête.

À présent, le *Gaze Electric* était désert. Hanté.

Finalement, après un long trajet à travers l'immense vaisseau, Marchion Ro parvint à une section où régnait une atmosphère bien éloignée de celle de la chambre tranquille et tamisée où Mari San Tekka égrenait son existence infinie.

Ici, les lumières étaient vives. Les angles aigus. Toutes les surfaces réfléchissantes. On ne pouvait se tourner nulle part pour chercher la paix, et même en fermant les yeux, on n'échappait pas entièrement à l'éclatante luminosité.

Les parois étaient métalliques, comme le sol. Huit cellules. Sept abritaient des prisonniers livrés par Pan Eyta : des moins-que-rien, arrachés à un transport de passagers à destination de Travnin. Des gens ordinaires qui ne méritaient certainement pas qu'on les emprisonne sur le vaisseau amiral de l'Œil des Nihil.

Pas de chance. La vie n'offrait que rarement ce que l'on méritait.

Sept des cellules occupées étaient reliées au système électrique du vaisseau, et programmées pour électrocuter les prisonniers à intervalles et intensités aléatoires. Ces chocs et la luminosité rendaient le sommeil impossible. L'enfermement dans l'une des cellules du pont carcéral du *Gaze Electric* vous condamnait à la colère, à la douleur, à la peur et, au bout du compte, à la folie.

Et tout ceci avait été conçu spécifiquement pour l'homme qui occupait la huitième.

Le Jedi.

Marchion Ro traversa le couloir, passa devant toutes les cellules de torture et arriva devant la dernière. Le Jedi leva la tête, le visage calme mais les yeux fatigués. Il pouvait bien faire mine de conserver sa sérénité, le bouleversement émotionnel qu'il percevait forcément chez les autres prisonniers produisait de toute évidence l'effet escompté. Il devait également souffrir, avec sa vilaine fracture à la jambe, Marchion ayant naturellement pris soin de ne pas lui laisser bénéficier du centre médical de pointe situé seulement quelques ponts plus haut.

D'un geste vif, le Twi'lek leva une main et tendit deux doigts tout en prononçant une simple phrase :

— Vous allez tous nous libérer.

Marchion sentit la pression qu'exerçait la volonté du Jedi en se répandant dans son esprit. Il *désirait* faire ce que le Twi'lek lui demandait. Pourquoi pas, après tout ?

Parce qu'il était Marchion Ro.

Il sourit.

— Ça n'arrivera pas, Jedi. Ma famille savait tout de vous. On m'a expliqué ce que vous étiez capables de faire, et comment résister.

Il désigna d'un geste vague les autres cellules.

— Eux non plus ne sortiront pas. S'ils meurent, j'en ferai amener d'autres. Leur travail consiste à remplir ce pont tout entier de douleur, de colère et de terreur. Ça ne t'aide pas à réfléchir, pas vrai ? Difficile de faire appel à la Force.

Il s'adossa au mur et croisa les bras.

— C'est ma grand-mère qui m'a transmis cette méthode. Elle la tenait de la sienne. On n'emprisonne pas les Jedi derrière des barreaux. On les enferme dans la douleur. Je n'ai jamais eu l'occasion d'essayer auparavant, mais on dirait que ça fonctionne assez bien.

L'un des prisonniers gémit, trop faible pour crier, sans doute. Le Jedi ne regarda pas. Il ne détachait pas les yeux du visage de Marchion Ro.

— Quel est ton nom ? Je ne peux pas me contenter de t'appeler Jedi.

— Loden Greatstorm.

Marchion écarquilla les yeux. Il s'écarta du mur.

— Loden… *grande tempête* ? Par les Sentiers, c'est tellement parfait ! Quel plaisir de te rencontrer, mon ami. Je crois que nous allons réaliser de grandes choses ensemble.

— Lesquelles ? demanda Loden. Pourquoi fais-tu tout ça ?

Marchion éclata de rire.

— Tu veux que je te révèle mon grand plan, Jedi ? Ce n'est pas mon genre. Les plans peuvent échouer, à n'importe quelle étape. J'ai un objectif, et on peut atteindre ses objectifs de bien des façons. Tant qu'on arrive là où l'on veut se rendre au bout du compte, les routes qu'on emprunte n'ont aucune importance. Toutes représentent le même trajet.

— Ton objectif, alors.

Marchion réfléchit un moment, pesant ses mots.

— Quand mon père est mort, j'ai hérité d'une organisation fragmentée, brisée. Les Nihil étaient puissants, mais ils passaient leur temps à se battre entre eux. Il leur était impossible de réaliser leur véritable potentiel – ce qui pourtant était indispensable, si je voulais en faire l'arme dont j'avais besoin. Mon père a tenté de changer les choses, mais il a échoué, et on l'a assassiné.

Nouveau gémissement venu d'une des cellules de torture. Marchion supposa que le cycle d'électrocution venait de reprendre.

— Je n'avais presque plus envie d'essayer. Pendant longtemps, j'ai tenu le même rôle que lui, l'Œil des Nihil, le gardien des Sentiers. Et je suis devenu riche. Tout allait bien. Et puis… vous êtes arrivés.

Le Jedi plissa les paupières. Marchion gloussa.

— Oh, je ne parle pas que de toi, Loden Greatstorm. Je parle de la République, qui a bâti son Flambeau Stellaire dans mon domaine. Elle l'a envahi, se l'est approprié avec toutes ses règles, ses lois et cette liberté si particulière qui ne rend personne réellement libre. Et vous, Jedi, vous étiez toujours derrière, convaincus que tout ce que vous faisiez était juste et bon. Ma famille l'a appris à ses dépens, il y a bien longtemps.

— Mais nous nous sommes déjà rencontrés, dit le Jedi. D'une certaine façon.

La peau vert sombre de son visage glacial semblait absorber les lumières vives de la prison.

— Je reconnais ta voix, précisa Loden.

Marchion sourit à pleines dents.

— Il y a une famille de mineurs, à une trentaine de kilomètres au sud-ouest de la ville, dit-il en adoptant un ton faussement angoissé. Deux parents, deux enfants. Il faut aller les sauver, Jedi, vous devez le faire !

Projeté en arrière, Marchion alla percuter brutalement la cloison. Son crâne s'écrasa contre le duracier. Rien ne l'avait touché… mais il savait que le Jedi était responsable.

Loden s'affaissa au sol. L'effort nécessaire pour utiliser la Force l'avait clairement épuisé.

— Pas suffisant, fit Marchion en se tâtant l'arrière du crâne avec précaution. Essaie encore et je tue l'un des prisonniers.

Le Jedi ne réagit pas.

— Comme je l'ai déjà dit : de nombreux sentiers, un seul objectif. Hetzal, c'était moi aussi. J'ai envoyé l'un de mes appareils croiser la route du *Legacy Run*. Une nef d'Orage. Ils ne se doutaient de rien. Il me suffisait d'un accident, d'une catastrophe, n'importe quoi pour mettre les Nihil dans le collimateur de la République.

— Mais pourquoi avoir fait ça ?

— Pour moi, tout est un outil, et tout le monde aussi, répondit Marchion Ro. Et je vais me servir de ces outils selon mes besoins.

Il sourit. Un sourire de prédateur… mais le Jedi était dangereux, et il ne pouvait se permettre de l'oublier. Sa famille avait fait confiance aux Jedi autrefois, et cela lui avait coûté tout ce qu'elle avait.

— Ils vont venir me chercher, affirma Loden Greatstorm. Mon Ordre. Et si je meurs avant…

Il inclina la tête et un mince sourire se dessina sur ses lèvres.

— … c'est toi qu'ils viendront chercher.

Marchion Ro glissa une main dans sa tunique pour en tirer un objet de pierre et de métal, une sorte de sceptre long comme trois mains, gravé de symboles : des visages qui hurlaient, des flammes, des chaînes. On avait l'impression qu'il avait été fondu et reforgé. Lorsqu'il l'effleura, l'instrument émit une lumière d'une écœurante teinte violette qui parvint à surpasser l'éclairage éblouissant du pont carcéral.

Cet objet portait une grande responsabilité, presque aussi grande que celle des Jedi, dans le sort de ses ancêtres, mais c'était de l'histoire ancienne, et les temps avaient changé. Il parviendrait à accomplir ce qu'eux n'avaient pas réussi.

Le sceptre tiédit sous sa paume comme une chose vivante, qui respirait. Il le montra à Loden, qui plissa les yeux. Dans la lueur violette que projetait l'objet, le visage du Jedi semblait étrange. Cadavérique.

— Je n'ai pas peur de ton Ordre. S'ils croient pouvoir m'affronter…

Il sourit à ce Loden Greatstorm, le parfait Chevalier Jedi. Si brave. Sans crainte.

— … je les attends de pied ferme.

CHAPITRE QUARANTE-QUATRE

LE FLAMBEAU STELLAIRE.

La station était une merveille qui étincelait dans le vide, un joyau finement ouvragé brillant dans l'espace, et l'une des plus grandes structures jamais bâties hors-monde. Sa construction avait mis à l'épreuve les ressources pourtant illimitées de la République Galactique, mais c'était justement le but. Même les Territoires de la Bordure Extérieure méritaient ce que la République avait de mieux à offrir.

Nous sommes tous la République.

C'était le Flambeau Stellaire, et on l'avait enfin achevé. Ni trop tôt ni trop tard. Il devait servir plusieurs objectifs, et subvenir aux divers besoins des nombreux citoyens de la République qui vivaient dans la région.

Lorsque deux cultures auraient besoin d'un terrain neutre pour résoudre une querelle, le Flambeau serait là. Et si cette dispute devait mal tourner au risque de voir les négociations déboucher sur une guerre ? Le Flambeau était une base militaire abritant un fort contingent de médiateurs, issus des mondes de la Coalition Défensive de la République et exerçant leurs fonctions par rotation. Sa superstructure se composait à dix-neuf pour cent de triazurite, un minéral rare qui amplifiait les signaux de transmission et en faisait un énorme relais capable de faciliter, d'améliorer et d'accélérer les communications entre les peuples de la Bordure Extérieure. C'était un hôpital, un observatoire, une station de recherche, un marché commercial dynamique où l'on échangeait les produits venus de toute la Bordure et d'ailleurs…

Le Flambeau Stellaire était ouvert à tous les citoyens, et conçu pour leur permettre de découvrir la République dans sa riche diversité. Depuis les concerts de fibruissant donnés par des maîtres chadra-fans aux danses océaniques des Mon Calamari en passant par les modules présentant la flore et la faune de mondes divers, de Kashyyyk à Kooriva… Tout cela était la République, avec des expositions qui changeaient et que l'on mettait constamment à jour pour fournir une expérience réellement représentative.

Et naturellement, il n'y avait pas de République sans Jedi. Le Flambeau Stellaire abritait le plus grand temple en dehors de celui de Coruscant, afin qu'il serve de plaque tournante aux activités de l'Ordre, dans la Bordure Extérieure et au-delà. Conçu par le célèbre architecte Jedi Palo Hidalla et abritant certains des membres les plus expérimentés de l'Ordre, le temple du Flambeau offrait tout le nécessaire aux novices, Padawans, Chevaliers Jedi et Maîtres Jedi pour qu'ils puissent servir le peuple et la Force.

Il manquait toutefois un chef au quartier des Jedi depuis la mort tragique de Maître Jora Malli dans la bataille contre les Nihil… mais peut-être que l'on pouvait également pallier cette absence.

Des sommités venues de toute la galaxie étaient arrivées pour fêter l'inauguration de la station. Le *Third Horizon*, qui récemment avait héroïquement participé à tant d'événements d'importance galactique, s'était déjà amarré pour déposer ses passagers. Le croiseur Jedi *Ataraxia* était là aussi, rattaché de manière permanente au Flambeau Stellaire comme moyen de transport dédié à l'Ordre. Il avait transporté des Jedi venus de Coruscant et d'ailleurs afin qu'ils puissent assister au grand moment qui allait changer la galaxie à tout jamais.

Les visiteurs débarquèrent, tous en tenue festive ou cérémonielle. Les Jedi portaient des écharpes bleu céruléen, vermillon et pourpres en travers de leurs tuniques blanche et or, avec le symbole de l'Ordre brillant de mille feux, telle la lumière de la Force s'élevant vers le ciel. Les diplomates, militaires et sommités industrielles ou culturelles de la République, vêtus des costumes les plus appropriés, offraient un spectacle de divertissement et de faste réjouissant.

Le personnel du Flambeau les accueillait par groupes pour leur montrer toutes les facettes de la station, la fierté et l'optimisme se lisant sur les visages des visiteurs comme sur ceux des guides.

Bell Zettifar était venu d'Elphrona avec Indeera Stokes et Porter Engle. Les survivants de la famille Blythe avaient refusé l'invitation, préférant retourner auprès de leur famille sur Alderaan.

Bell était perdu. Il ne comprenait pas ce qui s'était produit, ni comment son maître pouvait se trouver avec lui un instant, pour… disparaître l'instant d'après. Indeera, qui l'avait accepté comme Padawan le temps de prendre d'autres mesures, pensait que Loden Greatstorm était mort. Mais pas Bell. Techniquement, il aurait pu prononcer ses vœux de Chevalier sur

Coruscant, mais il ne parvenait pas à s'y résoudre. Loden Greatstorm aurait dû présider la cérémonie, comme le voulait la tradition. Mais désormais… comment faire ?

Tison cheminait aux côtés de Bell. Cela semblait peu orthodoxe, sans doute, mais qui aurait pu imposer au Padawan davantage de solitude encore ?

Porter Engle marchait avec le groupe, discret, semblant à peine remarquer les splendeurs du Flambeau Stellaire. Il repensait à ce que cela faisait d'être la Lame de Bardotta, se remémorait pourquoi il avait choisi de ne plus jamais tenir ce rôle.

Indeera songeait à toutes les décisions qu'elle avait prises pendant la tentative de sauvetage sur Elphrona, et se demandait si d'autres choix auraient permis de sauver Loden et Ottoh Blythe. Elle l'ignorait et ne le saurait sans doute jamais.

Conduits par un autre guide au sein d'un groupe différent, Stellan Gios, Avar Kriss et Elzar Mann parcouraient ensemble les couloirs bien éclairés de la station, réunis comme souvent lorsque les affaires de l'Ordre le leur permettaient. Des rumeurs circulaient quant à l'identité du futur dirigeant de la station maintenant que Maître Jora était morte, mais ces trois-là n'échangeaient pas de commérages. C'étaient des Jedi. Et tous des maîtres à présent. Le Conseil avait finalement autorisé Elzar Mann à prononcer ses vœux : il allait enfin savoir ce qui l'attendait dans les profondeurs de l'océan infini qu'était la Force.

Ils passèrent devant Skeer, le Jedi trandoshan, qui avait passé beaucoup de temps dans le Flambeau pendant sa construction et n'avait donc pas besoin de le visiter. Debout devant une baie vitrée, il fixait l'espace. Avar le salua, mais Sskeer ne répondit pas. Il avait survécu à la Bataille de Kur, et son bras manquant repoussait comme chez tous les membres de son espèce, mais la blessure morale que lui avait infligée la mort de Maître Jora Malli se révélait plus difficile à guérir.

Dans la grande salle de réunion qui occupait le cœur du Flambeau, Nib Assek et Burryaga regardaient la Chancelière Lina Soh se diriger vers une estrade centrale accompagnée de Yarael Poof, membre du Conseil Jedi. Tous les Jedi de premier plan se trouvaient à bord de la station, y compris Yoda, ce qui en avait étonné certains. D'ordinaire, le vieux maître trouvait un malin plaisir à esquiver toutes les fêtes superflues, mais il était bien là, avec la classe de novices qu'il avait prise sous sa tutelle ces derniers mois. Les raisons qui l'amenaient à assister à l'inauguration du Flambeau Stellaire lui appartenaient, et à lui seul. Yoda conservait toujours sa réserve.

Tout autour de la salle, bien d'autres visiteurs s'étaient rassemblés à l'issue de leur visite guidée pour assister à l'événement du jour. Mikkel Sutmani. Joss et Pikka Adren. Keven Tarr, l'Amiral Kronara, et même le Contremaître Innamin accompagné du Lieutenant Peeples. La Jedi prodige Vernestra Roh et son tout nouveau Padawan, Imri Cantaros, venaient d'arriver après avoir eux-mêmes rencontré les Nihil sur Wevo. Des sénateurs, des ministres et des présidents étaient là, des individus de statuts variés, prestigieux ou non. Des milliers de personnes avaient consenti des efforts extraordinaires pour que ce moment arrive enfin, et tous ceux qui le pouvaient étaient venus. Ceux qui n'en avaient pas la possibilité ou qui avaient choisi de s'abstenir avaient reçu un accès à un holocanal sécurisé afin de pouvoir visualiser et entendre la cérémonie en temps réel.

La Chancelière Soh arriva au pupitre. Des droïdes cam flottaient autour d'elle pour enregistrer cet instant. Elle prit la parole :

— Vous le savez, j'ai la vision d'une galaxie de Grandes Œuvres, toutes reliées, capables d'inspirer l'ensemble des citoyens et de leur apporter la paix. Je crois ces Œuvres réalisables, mais pas grâce à moi, ni grâce à des talents spéciaux que je posséderais. Je les crois réalisables grâce à nous tous. Parce que nous pouvons collaborer, et que nous allons le faire, pour arriver à ce but. Nous sommes, chacun d'entre nous, de grandes œuvres. J'ai la vision d'une galaxie où nous employons nos forces à pallier nos faiblesses mutuelles, où nous comprenons et embrassons nos différences en les considérant comme des atouts précieux. Nous sommes une République où chaque voix a son importance, qu'elle vienne du Noyau ou de la plus lointaine planète de la Bordure.

Elle poursuivit en évoquant les sacrifices réalisés pour garantir la sécurité dans la Bordure Extérieure et permettre l'achèvement de la station. On se remémora la mort de Hedda Casset, de Loden Greatstorm – un passage qui fit sourciller Bell Zettifar –, de Merven Getter, de Vel Borta, du Capitaine Finial Bright et de bien d'autres. La construction d'un monument commémoratif fut proposée : une autre Grande Œuvre en l'honneur de toutes les victimes de la catastrophe du *Legacy Run* et des Émergences qui avaient suivi. Une sculpture en plusieurs pièces placées sur le site des Émergences de Hetzal, d'Eriadu et d'Ab Dalis, et comportant les noms de tous les disparus.

Le discours de Lina Soh dura exactement le temps adéquat et se termina par ces mots :

— Cette station sera un symbole de la République dans la Bordure Extérieure. Un lieu où nous célébrerons notre unité, et où nous nous aiderons les uns les autres pour la renforcer. Elle émettra une lueur que chaque habitant de ce secteur verra en permanence. Une flamme. Le Flambeau de la République. La lumière…

Elle marqua un temps, et les droïdes cam immortalisèrent son expression d'optimisme sincère. Ce n'était pas une politicienne. C'était une femme qui croyait chacun des mots qu'elle prononçait.

— … de l'espoir.

Dans l'atrium, des sabres laser s'allumèrent en se découpant sur le paysage étoilé. Il y en avait des centaines, de toutes les couleurs de l'Ordre Jedi. Brandis en hommage.

Depuis l'espace, toute personne observant la station aurait pu voir une vive lueur naître dans son cœur ouvert aux regards, et repousser les ténèbres.

La lumière des Jedi.

Le relais du Flambeau s'activa à son tour : un signal, un son ressemblant à un tintement audible par tous ceux qui possédaient ne fût-ce que l'équipement le plus rudimentaire, à des centaines de parsecs autour de la station. Tous les égarés, tous ceux qui connaissaient la peur, la confusion, tous ceux qui avaient perdu l'espoir… tous ceux-là pouvaient s'y connecter. Ils pouvaient écouter, et le son les aiderait à retrouver leur chemin.

Le Flambeau Stellaire. Premier d'une longue série.

Tout allait pour le mieux.

ÉPILOGUE

L'ENNEMI.

— C'est un endroit magnifique, dit Elzar Mann.

Avar Kriss l'accompagnait. Ils avaient laissé Stellan Gios à l'inauguration, en pleine conversation avec plusieurs membres du Conseil. Elzar et Avar cheminaient sur un long sentier traversant l'un des modules de jardin du Flambeau Stellaire, une immense bulle de transparacier dans laquelle on avait construit de longues passerelles en spirale. La base de la sphère était remplie de la terre d'origine d'un monde appelé Qualai, une petite planète à gravité basse en lisière de la Bordure Extérieure.

Dans ce sol poussaient de grands arbres fins et élégants qui frôlaient l'autre extrémité de la sphère, trois cents mètres plus haut. Suspendus à leurs branches bleu vif, des rideaux de végétaux ondulaient de la canopée jusqu'au sol. Ils arboraient des couleurs qui variaient du rouge à l'orange en dégradés gracieux sur toute leur longueur. Les courants d'air les agitaient, et ils oscillaient en répandant des fragrances d'encens.

Le sentier en spirale permettait de traverser les rideaux de plantes tandis qu'ils dansaient et s'ouvraient par endroits, et que de minuscules insectes et oiseaux bioluminescents voletaient parmi eux comme des étincelles, chaque arbre possédant son propre écosystème.

Depuis le centre du jardin, avec la vue que donnaient les parois en transparacier sur l'espace, on avait presque l'impression de se trouver autour d'un gigantesque feu de camp et de contempler la nuit.

— Oui, en effet, reconnut Avar.

— Et rien qu'à nous, ajouta Elzar. Personne d'autre ne semble l'avoir encore découvert.

— Ça ne durera pas. Je suis sûre que certains partiront de la fête et finiront par le trouver. Des couples en quête d'un coin tranquille où personne ne les dérangera, sans doute.

— Alors, profitons-en tant que ça dure !

Ils poursuivirent leur ascension dans le bruissement des rideaux de flammes végétales.

— Regarde-nous un peu ! Deux Maîtres *Jedi qui profitent ensemble d'un moment de sérénité. Pas croyable, non ? Je commençais à me dire que ça n'arriverait jamais.*

Avar lui sourit.

— Je savais bien que le Conseil finirait par t'élever au rang de maître. Je n'en ai jamais douté.

— Facile à dire, pour toi. Tu l'es devenue il y a déjà quelques années.

— Hé, le Conseil sait reconnaître le talent. C'est prévu pour quand ?

— Bientôt, j'imagine. Il faudra que je me présente devant le Conseil, sur Coruscant. Une simple

formalité, en fait. Je doute que cette promotion bouleverse autant ma vie que la précédente.

— C'est juste. Le passage de Padawan à Chevalier Jedi... c'est là que l'on comprend réellement. Que l'on prend conscience du choix que l'on fait...

Elle laissa sa phrase en suspens.

Ils pensaient probablement à la même chose. Aux moments partagés lorsqu'ils étaient Padawans, des instants tolérés et assez courants... mais auxquels il fallait renoncer une fois que l'on devenait un adulte au sein de l'Ordre.

Ils n'avaient plus parlé de ces moments depuis très longtemps, et pas autrement que par allusion, mais les souvenirs n'étaient jamais bien loin, en particulier lorsqu'ils se retrouvaient ensemble.

Cette époque, qui datait de bien des années, leur semblait soudain très proche, très prégnante.

Avar s'arrêta. Elzar fit un pas avant de se rendre compte qu'elle ne le suivait plus, et il se retourna pour la regarder.

Il haussa un sourcil.

Elle lui tendit la main.

Il la prit. La considéra, puis dévisagea Avar Kriss, son amie.

Le regard qu'elle lui adressa ressemblait à l'océan dans lequel il puisait au fond de lui, à la Force, profonde et infinie, impossible à appréhender tout à fait.

On aurait pu s'y noyer.

— Nous sommes des Jedi, dit-il.

— En effet.

Elle détourna les yeux et lui lâcha la main. Il reprit pied, mais peut-être qu'au fond de lui, il le regrettait.

Ils poursuivirent leur chemin.

— Ils m'ont confié la station, annonça Avar.

— Quoi ?

— Le commandement du contingent de Jedi affecté au Flambeau Stellaïre. Maintenant que Maître Jora est morte, c'est à moi qu'ils ont confié la charge. Je crois que j'ai impressionné le Conseil, après ce qui s'est passé sur Hetzal, et ensuite, et…

— Oui. Tu es très impressionnante, dit Elzar d'une voix douce.

Le sentier s'élevait encore au travers des flammes.

— J'ai à faire sur Coruscant, ajouta-t-il. Des recherches dans les Archives... Ce que nous avons accompli sur Hetzal m'a donné toutes sortes d'idées inédites concernant la façon dont le côté lumineux pourrait nous parler. Je sais que le Conseil ne comprend pas toujours ce que j'essaie de faire, mais je suis un maître désormais. J'ai l'impression que c'est le moment de prouver à l'Ordre combien je peux lui être utile.

— Oui, répondit Avar, aussi bas que lui.

— Nous ne nous verrons plus aussi souvent. Tu crois que nous nous sommes trop habitués à passer du temps ensemble ? Avons-nous commis une erreur ?

— Non, dit-elle sur un ton assuré.

— C'est ce que je pense aussi. Et nous resterons en contact.

— Oui. Nous pourrons parler chaque fois que nous le souhaiterons. Grâce au projet de relais comm de la Chancelière Soh, ça n'aura jamais été aussi facile.

— C'est sûr.

Ils avaient atteint le bout du sentier, le sommet de la spirale, où une sortie débouchait sur le reste de la station. D'ici, ils percevaient les échos des festivités, ténus mais attirants.

— On dirait que la fête bat son plein. Tu veux qu'on aille prendre quelques verres de ce qu'ils servent ?

Et puis, je n'aurais rien contre l'idée de danser. Et si nous allions danser, Maître Jedi Elzar Mann ?

Il se demanda ce qu'elle pensait du regard qu'il était en train de poser sur elle. Peut-être se noyait-elle un peu, elle aussi.

— Je te suis dans un instant, répondit-il. J'aime beaucoup cet endroit, et j'ignore quand j'aurai l'occasion de le revoir.

— D'accord.

Avar hésita puis sourit – un sourire authentique et honnête –, avant de s'éloigner.

Elzar la regarda partir, puis il se retourna pour contempler les étoiles, le vide de l'espace, l'océan le plus infini qui soit. En contrebas, les arbres-flammes s'agitaient, bruissant et remuant leurs branches… Il avait l'impression de se trouver en suspension au-dessus d'un véritable brasier. Il laissa sa conscience errer dans les ténèbres, et observer, observer…

La Force s'empara de son esprit.

D'horribles visions défilèrent sous ses yeux, des événements qu'il ne pouvait comprendre, baignés d'une lumière violette et malsaine. Des Jedi, parmi lesquels beaucoup de ses connaissances, des amis et des collègues, horriblement mutilés, livrant des batailles perdues d'avance contre d'abominables choses qui vivaient dans le noir. Des choses venues des abysses.

Les Jedi, ceux qui avaient survécu, devaient fuir. Non pas battre en retraite, mais s'enfuir réellement.

Les visions lui transpercèrent l'esprit. La Force hurlait une sorte de mise en garde ou de prophétie, fouaillant sa conscience sans relâche.

Elzar tomba à genoux, un filet de sang coulant de son nez. Ces visions ne ressemblaient pas à des événements flous, de ceux qu'il était possible de prévenir.

Elles semblaient inévitables. Certaines.

Le mal, l'horreur déferlant sur la galaxie comme la marée.

Il vit des Jedi mourir, hurler, et finalement, il se vit lui-même, incapable d'échapper à ce qui se profilait à l'horizon.

Avec une lenteur atroce, les visions refluèrent. Elzar reprit ses esprits. Il eut un hoquet, et des gouttes de sang éclaboussèrent le sol.

Que venait-il de voir ? Qu'avait-il vu ?

Le pire, ce n'était pas le chaos, les batailles, la douleur, et les horreurs monstrueuses et inconnues surgies de l'obscurité. C'était ce qu'il avait vu dans les traits de chaque Jedi que la Force lui avait montré.

L'ennemi le plus redoutable.

La peur.

REMERCIEMENTS

Les projets consacrés à *Star Wars*, quels qu'ils soient, représentent toujours un effort collectif. Des films en passant par les jouets jusqu'à ce roman… ils nécessitent une véritable galaxie. C'est particulièrement vrai dans le cas de *La Lumière des Jedi*, qui résulte d'années entières de travail de la part d'un groupe que le monde a découvert à l'origine comme un collectif de cinq écrivains travaillant sur le mystérieux « Projet Luminous ». Je ne connaissais aucun d'entre eux personnellement lorsque le chantier de la Haute République a commencé, mais je connaissais leur travail. Aujourd'hui, il se passe rarement une journée sans que je bavarde avec l'un ou l'autre membre de ce groupe de talents incroyables : Claudia Gray, Justina Ireland, Daniel José Older et Cavan Scott. De collègues, ils sont devenus mes amis, et ce livre n'existerait pas sans leurs encouragements constants, leurs relectures et leurs merveilleuses idées.

Ensuite vient naturellement le chef d'orchestre qui a élaboré le Projet Luminous, a protégé son petit groupe d'écrivains d'innombrables tempêtes et nous a poussés à avancer depuis que les premiers e-mails consacrés à ce qu'allait devenir Luminous se sont mis à circuler : Michael Siglain, directeur créatif de Lucasfilm Publishing. C'est lui le meilleur, et je vous garantis que parmi tous ceux qui ont pu le rencontrer, personne ne dira le contraire. C'est lui qui m'a embarqué à bord, comme nous tous, et je lui suis infiniment reconnaissant.

Les membres du Story Group de Lucasfilm nous ont consacré énormément de temps et d'efforts tandis que nous échafaudions la Haute République, et je voudrais mentionner en particulier Pablo Hidalgo, dont les notes enrichissaient toujours notre travail et s'accompagnaient souvent de diagrammes instructifs concernant la nature mystérieuse de l'hyperespace. James Waugh, pour son soutien permanent et sans faille. Matt Martin et Robert Simpson, Brett Rector, Jen Heddle, Troy Alders… et la liste continue. Comme je l'évoquais au tout début, *Star Wars* est une galaxie, et tout le monde y contribue. C'est un spectacle extraordinaire.

Elizabeth Schaefer chez Del Rey, pour sa clairvoyance éditoriale et quelques tweets vraiment chaleureux après la lecture d'un premier jet du roman.

Mon agent, Seth Fishman, pour qui il n'est jamais impossible de conclure un marché. Jordan D. White chez Marvel Comics, qui m'a donné ma première chance de m'atteler à l'écriture sur *Star Wars*, et dont découle tout le reste.

Shawn DePasquale, qui compte toujours parmi mes premiers lecteurs. Tommy Stella, mon fidèle premier assistant.

George Lucas et les innombrables génies avec lesquels il a travaillé pour donner vie à *Star Wars* (toute une galaxie, je vous dis !). Aucun d'entre nous ne ferait ce travail sans leurs efforts.

Et bien sûr, ma famille : Rosemary et Amy, Hannah, Sam et Chris, Jay et Ann, Mary et Jim.

Et finalement, merci à vous. J'espère que vous avez aimé ce récit.

Nous sommes tous la République.

Charles Soule
Été 2020

À PROPOS DE L'AUTEUR

Parmi les cinq auteurs qui ont été les architectes de la saga littéraire qu'est la Haute République, Charles Soule est de loin celui qui a été le plus prolifique sur la licence *Star Wars*. On lui doit en effet les scénarios de nombreux comics : l'intégralité des séries *Dark Vador – Le Seigneur Noir des Sith* et *Poe Dameron*, ainsi que les miniséries *Obi-Wan & Anakin*, *Lando – Le Casse du Siècle* et *L'Ascension de Kylo Ren*. Depuis janvier 2020, il est le scénariste de la série régulière *Star Wars* se déroulant après *L'Empire contre-attaque*. Il est également l'auteur de deux romans extérieurs à la licence : *The Oracle Year* et *Anyone*.

Imprimé en France par

MAURY IMPRIMEUR
à Malesherbes (Loiret)
en avril 2021

POCKET - 92 avenue de France, 75013 PARIS

N° d'impression : 253515
S31789/03